이 완벽한 날
THIS PERFECT DAY

This Perfect Day

WARP

이 완벽한 날

아이라 레빈 지음 · 김승욱 옮김

Ira Levin

그리스도, 마르크스, 우드, 웨이가

　이 완벽한 날로 우리를 이끌었지.

마르크스, 우드, 웨이, 그리스도,

　웨이 빼고 모두가 희생되었어.

우드, 웨이, 그리스도, 마르크스가

　우리에게 멋진 학교와 공원을 주었지.

웨이, 그리스도, 마르크스, 우드가

　우리를 겸손하게, 우리를 착하게 만들었어.

— 아이들이 공을 튕기면서
부르는 노래

contents

1부

성장

1

도시의 하얀 콘크리트 슬래브 건물들, 덜 거대한 건물들에 둥글게 에워싸인 거대한 건물들 한가운데에 널찍한 분홍색 광장이 있었다. 200명쯤 되는 아이들이 거기서 놀면서, 위아래가 붙은 흰색 작업복 차림의 감독자 10여 명의 보살핌 속에서 운동을 했다. 황갈색 피부를 드러낸 검은 머리의 아이들 대부분은 빨간색, 노란색 원통들 사이를 기어서 통과하거나, 그네를 타거나, 유연체조를 했다. 하지만 사방치기 칸이 바닥에 새겨져 있는 어두운 구석에 모인 아이들 다섯 명은 서로 밀착한 채 둥글게 둘러앉아서, 자기들 중 한 명의 말에 조용히 귀를 기울였다.

"그들은 동물을 잡아서 먹고 가죽을 입어." 여덟 살쯤 된 사내아이가 말했다. "그리고… 그리고 '싸움'이라는 걸 해. 서로를 일부러 다치게 한다는 뜻인데, 맨손으로 할 때도 있고 돌멩이 같은 걸 쓸 때도 있어. 그들은 서로를 사랑하고 돕는 일이 전혀 없어."

듣는 아이들은 눈을 크게 뜨고 있었다. 사내아이보다 어린 여자아이가 말했다. "팔찌를 벗으면 안 되잖아. 그런 게 어딨어?" 여자아이는 손가락 하나로 제 팔찌를 잡아당겨, 팔찌의 고리들이 얼마나 튼튼하게 연결되어 있는지 보여주었다.

"도구만 있으면 벗을 수 있어." 사내아이가 말했다. "연결의 날에는 벗잖아, 안 그래?"

"아주 잠깐 벗는 거지."

"그래도 벗기는 하잖아."

"그들은 어디 살아?" 다른 여자아이가 물었다.

"산꼭대기에." 사내아이가 말했다. "깊은 동굴 속에. 우리가 찾을 수 없는 모든 곳에."

처음 말했던 여자아이가 말했다. "틀림없이 병들었을 거야."

"그거야 당연하지." 사내아이가 웃으면서 말했다. "'불치'가 그 뜻이잖아. 병들었다. 그러니까 그런 이들을 불치자로 부르지. 아주, 아주 병들었으니까."

가장 어린 아이, 여섯 살쯤 된 사내아이가 말했다. "치료 안 받아?"

처음 말한 사내아이가 무시하듯이 어린 사내아이를 보았다. "팔찌도 없는데? 동굴에 사는데?"

"근데 어떻게 병에 걸려?" 여섯 살 소년이 물었다. "도망치기 전까지는 치료받잖아, 안 그래?"

"치료가 항상 좋은 건 아냐." 여덟 살 소년이 말했다.

여섯 살 소년이 그를 노려보았다. "아냐."

"아냐, 내가 맞아."

"이런, 세상에." 감독자 한 명이 양쪽 겨드랑이에 배구공을 하나씩 끼고 다가오며 말했다. "너희 너무 가까이 앉은 것 아니니? 무슨 놀이를 하고 있어? '토끼 어딨어' 놀이?"

아이들은 후다닥 서로에게서 멀어져 더 커다란 원을 그렸다. 하지만 여섯 살 소년은 전혀 움직이지 않고 가만히 있었다. 감독자가 의아한 얼굴로 아이를 보았다.

스피커에서 두 개의 음으로 이루어진 종이 울렸다. "샤워하고 옷 갈아입자." 감독자가 말하자, 아이들은 폴짝 일어나 달려갔다.

"샤워하고 옷 갈아입자!" 감독자는 근처에서 패스볼 게임을 하던 아이들에게도 소리쳤다.

여섯 살 소년은 고민과 불만이 드러난 얼굴로 일어섰다. 감독자는 아이 앞에 쪼그리고 앉아 걱정스럽게 아이의 얼굴을 살폈다. "왜 그러니?"

소년의 오른쪽 눈은 갈색이 아니라 초록색이었다. 아이가 감독자를 보며 눈을 깜박였다.

감독자는 배구공을 내려놓고, 아이의 손목을 돌려 팔찌를 확인한 뒤, 부드럽게 아이의 어깨를 잡았다. "왜 그래, 리?" 그녀가 물었다. "게임에서 졌어? 지는 거나 이기는 거나 똑같아. 너도 알잖아, 그렇지?"

아이는 고개를 끄덕였다.

"중요한 건 재미있게 놀면서 운동하는 거야, 그렇지?"

아이는 다시 고개를 끄덕이며 웃어 보이려고 했다.

"그래, 잘했어." 감독자가 말했다. "좀 낫네. 조금 전에는 늙고 슬픈 슬픔 원숭이 같았어."

아이가 빙긋 웃었다.

"샤워하고 옷 갈아입자." 감독자는 안심한 표정으로 말했다. 그러고는 아이를 돌려세워 엉덩이를 가볍게 한 번 쳤다. "어서 가. 빨랑."

가끔 '칩'이라고 불리기도 하지만, '리'라고 불릴 때가 훨씬 더 많은(이름번호^{nameber} Li RM35M4419) 그 소년은 음식을 먹는 동안 거의 한마디도 하지 않았다. 그의 누이 피스는 쉬지 않고 재잘거렸다. 부모는 아들이 조용하다는 사실을 알아차리지 못했다. 네 명이 모두 텔레비전 앞 의자에 앉은 뒤에야 엄마가 아들을 제대로 살펴보고는 이렇게 말했다. "너 괜찮니, 칩?"

"네, 괜찮아요." 아이가 말했다.

엄마는 아빠에게 고개를 돌렸다. "저녁 내내 애가 한마디도 안 했어."

칩이 말했다. "나는 괜찮아요."

"그럼 왜 그렇게 말이 없어?" 엄마가 물었다.

"쉬." 아빠가 말했다. 텔레비전 화면이 켜져서 제 색깔을 찾아가는 중이었다.

1시간이 지나 아이들이 잠자리에 들 준비를 하고 있을 때, 칩의 엄마는 화장실로 가서 아들이 이를 닦고 튜브에서 마우스피스를 꺼내는 모습을 지켜보았다. "왜 그래?" 엄마가 물었다. "누가 네 눈을 보고 뭐라던?"

"아뇨." 아이의 얼굴이 빨개졌다.

"그거 씻어." 엄마가 말했다.

"씻었어요."

"씻으라고."

아이는 마우스피스를 씻은 뒤 손을 뻗어 선반 위 제자리에 걸었다. "예수가 말했어요. 예수 DV 말이에요. 놀이 시간에."

"무슨 말? 네 눈에 대해 말했어?"

"아뇨, 눈 얘기가 아니에요. 내 눈에 대해서는 아무도 말 안 해요."

"그럼 무슨 얘긴데?"

아이는 어깨를 으쓱했다. "그들… 병이 들어서 패밀리를 떠나는 그들요. 도망쳐서 팔찌를 벗는 그들."

엄마는 불안한 얼굴로 아이를 보았다. "불치자 말이구나."

아이는 고개를 끄덕였다. 엄마가 그 이름을 알고 있다는 사실과 엄마의 태도 때문에 아이는 더 불안해졌다. "그거 진짜예요?"

"아니." 엄마가 말했다. "아니야. 진짜. 밥을 불러야겠다. 너한테 설명해 주라고." 엄마는 몸을 돌려 서둘러 밖으로 나갔다. 마침 잠옷을 여미며 화장실로 들어오던 피스와 엄마가 서로를 스쳐 지나갔다.

거실에서 칩의 아빠가 말했다. "2분만 더. 애들은 누웠어?"

칩의 엄마가 말했다. "어떤 애가 칩한테 불치자 얘길 했대."

"진짜 싫네." 아빠가 말했다.

“밥한테 전화해야겠어.” 엄마가 전화기로 향하며 말했다.

“지금 8시가 넘었어.”

“그래도 올 거야.” 엄마는 전화기 판에 팔찌를 대고, 화면 가장 자리 아래에 끼워진 카드에 빨갛게 인쇄된 이름번호를 읽었다. “밥 NE20G3018.” 그녀는 양쪽 손바닥의 손목 쪽 끝부분을 마주 대고 세게 비비면서 기다렸다. “아무래도 애한테 고민이 있는 것 같다 싶었어. 저녁 내내 한마디도 안 했잖아.”

칩의 아빠가 의자에서 일어섰다. “내가 가서 이야기해 볼게.” 그가 걸음을 옮기며 말했다.

“밥이 하게 둬!” 칩의 엄마가 소리쳤다. “가서 피스나 재워. 아직 화장실에 있을 거야!”

20분 뒤 밥이 왔다.

“애는 방에 있어요.” 칩의 엄마가 말했다.

“두 분은 프로그램을 보고 있어요.” 밥이 말했다. “어서, 앉아서 봐요.” 그는 둘에게 빙긋 웃어 보였다. “걱정할 필요 없어요. 정말로. 매일 있는 일이니까.”

“지금도요?” 칩의 아빠가 말했다.

“물론이죠.” 밥이 말했다. “앞으로 100년 뒤에도 이런 일은 있을 거예요. 애들은 애들이잖아요.”

밥은 스물한 살로 지금까지 그들을 담당했던 조언자 중 가장 젊었다. 아카데미를 졸업한 지도 아직 1년이 채 되지 않았다. 하지만 그에게는 머뭇거리거나 자신 없는 기색이 전혀 없었다. 오히려 쉰 살이나 쉰다섯 살의 조언자들보다 더 느긋하고 자신감이 있었다. 칩의 부모는 그에게 만족했다.

밥은 칩의 방으로 가서 안을 들여다보았다. 칩은 팔꿈치를 괴고 손으로 머리를 받친 자세로 침대에 누워 있었다. 그의 앞에는 만화책이 펼쳐져 있었다.

"안녕, 리." 밥이 말했다.

"안녕하세요, 밥."

밥은 안으로 들어가 침대 옆에 앉았다. 그리고 텔레콤프Telecomp를 양발 사이 바닥에 내려놓은 다음, 칩의 이마를 만져보고 머리를 헝클어뜨렸다. "뭘 읽고 있어?"

"『우드의 투쟁』이에요." 칩은 만화책 표지를 밥에게 보여준 뒤 다시 내려놓았다. 그리고는 '우드의Wood's' 중 노란색으로 널찍하게 인쇄된 'W'를 집게손가락으로 덧그리기 시작했다.

밥이 말했다. "누가 너한테 불치자들에 대해 천cloth 같은 소리를 했다며?"

"그게 그런 거예요?" 칩은 글자를 덧그리는 손가락에서 눈을 떼지 않은 채 이렇게 물었다.

"응, 그런 거야, 리." 밥이 말했다. "옛날에는 그게 진짜였지. 아주, 아주 옛날에. 하지만 이젠 아니야. 그냥 천 같은 소리야."

칩은 말없이 'W'를 덧그리기만 했다.

"의학과 화학에 대한 지식이 항상 지금처럼 많았던 건 아니야."

봅은 아이를 주시했다. "통합 이후 50년쯤 뒤까지도 멤버들이 가끔 병에 걸렸지. 아주 소수지만. 그들은 자기가 멤버가 아니라고 생각했어. 그래서 그들 중 일부가 도망쳐서, 패밀리가 사용하지 않는 곳에서 자기들끼리 살게 된 거지. 불모의 섬이나 산꼭대기 같은 데서."

"그들은 팔찌를 벗었어요?"

"그랬을걸. 그런 데서는 팔찌가 별로 쓸모가 없었을 거 아니야. 스캐너가 없으니까."

"예수 말로는, 그들이 '싸움'이라는 걸 했대요."

봅은 시선을 돌렸다가 다시 아이를 바라보았다. "'공격적인 행동'이라는 말이 좀 더 좋은 표현이겠구나. 맞아, 그런 행동을 했지."

칩은 봅을 올려다보았다. "근데 지금은 죽었어요?"

"응, 전부. 한 명도 빠짐없이." 봅은 칩의 머리카락을 정돈해 주었다. "아주, 아주 오래전 일이야. 요즘은 아무도 그렇게 되지 않아."

"요새는 의학과 화학에 대해 우리가 아는 게 많으니까요. 치료가 되죠."

"맞아. 게다가 그 당시에는 컴퓨터가 다섯 대로 분리되어 있었다는 점도 잊으면 안 되지. 병든 멤버가 자기 고향 대륙을 떠나면, 접속이 완전히 끊어졌거든."

"우리 할아버지가 유니콤프UniComp를 만드는 걸 도왔어요."

"그래, 나도 알아, 리. 그러니까 다음에 또 누가 너더러 불치자 얘길 하거든 두 가지만 기억해. 첫째, 옛날에 비하면 요즘은 치료 효과가 훨씬 더 좋다. 둘째, 지상 어디서나 우리를 보살피는 유니콤프가 있다. 알았지'?”

“네.” 칩은 이렇게 말하고 나서 미소를 지었다.

“자, 이게 너에 대해 뭐라고 하는지 보자.” 봅은 바닥에서 텔레콤프를 들어 무릎 위에 펼쳤다.

칩은 일어나 앉아서 가까이 다가가며, 팔찌가 드러나게 잠옷 소매를 밀어 올렸다. “내가 추가 치료를 받게 될까요?”

“필요하다면. 네가 켜볼래?”

“내가요? 해도 돼요?”

“그럼.”

칩은 엄지와 검지를 텔레콤프의 전원 스위치에 조심스럽게 갖다 댔다. 딸깍 하고 스위치를 켜자 작은 불빛들이 켜졌다. 파란색, 황갈색, 황갈색. 칩은 방긋 웃었다.

그를 지켜보던 봅이 미소를 지으며 말했다. “접촉.”

칩은 팔찌를 스캐너에 댔다. 그러자 그 옆의 파란 불빛이 빨갛게 변했다.

봅이 입력 자판을 두드렸다. 칩은 빠르게 움직이는 그의 손가락을 지켜보았다. 봅은 계속 자판을 두드리다가 응답 버튼을 눌렀다. 초록색 기호 한 줄이 화면에 나타나고, 곧 그 아래로 또 한 줄이 나타났다. 봅은 그 기호들을 유심히 살폈다. 칩은 그를 지켜보았다.

봅이 웃는 얼굴로 칩을 곁눈질했다. “내일 12시 25분.”

“좋아요! 고마워요!”

“감사는 유니에게.” 봅은 이렇게 말하면서 텔레콤프의 전원을 끄고 뚜껑을 닫았다. "너한테 불치자 이야기를 한 애가 누구야? 예수 누구?"

"DV33 어쩌고예요. 24층에 살아요."

봅은 텔레콤프의 걸쇠를 딸각 걸었다. "그 애도 아마 아까 너처럼 걱정하고 있겠네."

"예수도 추가 치료를 받을 수 있어요?"

"필요하다면. 내가 그 애 담당 조언자한테 알릴게. 자, 이제 자야지. 내일 학교에 가야 하잖아." 봅은 칩의 만화책을 들어 협탁에 놓았다.

칩은 웃는 얼굴로 베개에 아늑하게 머리를 묻었다. 봅은 일어서서 램프를 끄고 칩의 머리를 한 번 더 헝클어뜨리며 고개를 숙여 뒤통수에 입을 맞췄다.

"금요일에 봐요." 칩이 말했다.

"그래. 잘 자라."

"잘 가요, 봅."

봅이 거실로 들어오자 칩의 부모가 불안한 얼굴로 일어섰다.

"칩은 괜찮아요." 봅이 말했다. "벌써 거의 잠들었어요. 내일 점심 시간에 추가 치료를 받을 건데, 아마 진정제가 조금 투여될 거예요."

"아, 다행이다." 칩의 엄마가 말했다. 칩의 아빠는 "고마워요, 봅"이라고 말했다.

"감사는 유니에게." 봅은 이렇게 말하고 나서 전화기로 향했다. "칩이 말한 그 애도 도움이 필요할 것 같아요. 칩한테 그 이야기를 했다는 애요." 그는 팔찌를 전화기 판에 갖다 댔다.

다음 날 점심 식사 후에 칩은 에스컬레이터를 타고 학교에서 3층 아래에 있는 의료 센터로 내려갔다. 센터 입구의 스캐너에 팔찌를 대자 화면에 'yes'라는 단어가 초록색으로 깜박거렸다. 치료 섹션 출입구에서도 역시 'yes'가 초록색으로 깜박거렸다. 치료실 문에서도 마찬가지였다.

열다섯 개 유닛 중 네 개가 수리 중이라서 줄이 상당히 길었다. 하지만 곧 그는 어린이용 발판에 올라가 소매를 높이 밀어 올린 팔을 구멍 안으로 쑥 밀어 넣었다. 구멍 가장자리에는 고무가 덧대어져 있었다. 칩은 구멍 안쪽의 스캐너가 그의 팔찌를 찾아 고정하는 동안 팔을 전혀 움직이지 않고 어른처럼 잘 버텼다. 따스하고 매끄러운 주사 원반이 그의 팔을 파고들었다. 유닛 안에서 모터가 윙 돌아가고 액체가 방울방울 떨어졌다. 머리 위의 파란색 불빛이 빨갛게 변하자, 주사 원반이 윙 하는 소리와 함께 간지럽히듯이 그의 팔을 찔렀다. 그러고는 불빛이 다시 파랗게 변했다.

나중에 운동장에서 예수 DV, 그러니까 불치자에 대해 이야기했던 그 소년이 칩을 찾아와 도와줘서 고맙다고 말했다.

"감사는 유니에게." 칩이 말했다. "나는 추가 치료를 받았어. 너도?"

"응." 예수가 말했다. "다른 애들이랑 봅 UT도 받았고. 처음 나한테 그 얘기를 해준 멤버야."

“난 조금 무서웠어. 멤버들이 병에 걸려서 도망치는 걸 생각하니까.”

“나도 좀 그랬어. 하지만 이제 그런 일은 없어. 아주, 아주 옛날 일이야.”

“치료법이 옛날보다 좋아졌으니까.” 칩이 말했다.

“게다가 지상 어디서나 우리를 보살피는 유니콤프가 있잖아.”

“맞아.”

감독자 한 명이 와서 패스볼 놀이를 하는 아이들 쪽으로 두 아이를 훠이훠이 보내버렸다. 50~60명쯤 되는 아이들이 서로 손끝이 닿을 만한 간격으로 늘어서서 만든 거대한 원이 분주한 운동장에서 4분의 1이 넘는 공간을 차지하고 있었다.

2

칩이라는 이름을 지어준 이는 바로 칩의 외할아버지였다. 할아버지는 식구들 모두에게 진짜 이름과는 다른 별도의 이름을 지어주었다. 칩의 엄마는 원래 이름이 애나지만, 할아버지가 부르는 이름은 ‘스즈’였다. 칩의 아빠는 예수 대신 ‘마이크’라고 불렀다(아빠는 멍청한 짓이라고 생각했다). 피스는 ‘윌로’였지만, 그 이름을 철저히 거부했다. “싫어! 그 이름으로 날 부르지 마! 난 피스야! 난 피스 KD37T5002야!”

외할아버지 파파 잰은 이상했다. 물론 외모도 이상했다. 모든 할아버지, 할머니에게는 그들만의 독특한 특징이 있었다. 키가 몇 센티미터쯤 너무 크거나 너무 작거나, 피부색이 너무 밝거나 너무 어둡거나, 귀가 크거나, 코가 휘었거나. 파파 잰은 정상보다 키가 크고 피부색이 어두웠다. 눈은 커서 튀어나올 것 같았고, 하얗게 세어가는 머리카락 속에는 불그스름한 부분이 두 군데 있었다. 외모만 이상한 것이 아니라, 말도 이상했다. 진짜 이상한 부분이 바로 그거였다. 파파 잰의 말에는 항상 열정과 힘이 있었는데도, 칩은 할아버지의 말이 결코 진심이 아니라는 느낌이 들었다. 사실은 정확히 반대의 뜻을 말하는 것 같았다. 예를 들어, 이름에 대해 말할 때도 그랬다. "놀랍구나! 대단해! 사내아이 이름도 네 개, 여자아이 이름도 네 개! 이보다 더 마찰이 없고, 이보다 더 모두가 똑같을 수는 없지. 누구나 아들 이름을 그리스도, 마르크스, 우드, 웨이의 이름 중 하나로 지을 것 아니냐, 그렇지?"

"네." 칩이 말했다.

"그렇지! 그리고 유니가 사내아이 이름으로 네 개를 내놓았으니, 여자아이 이름도 네 개를 내놓아야 해, 그렇지? 그렇고말고! 잠깐." 파파 잰은 칩을 불러 세운 뒤, 쪼그리고 앉아서 그와 얼굴을 맞댔다. 튀어나올 것 같은 눈이 마구 춤추는 모습을 보니 파파 잰이 금방이라도 웃음을 터뜨릴 것 같았다. 둘은 휴일에 퍼레이드를 보러 가는 중이었다. 통합 기념일인지, 웨이의 탄신일인지, 하여튼 그런 날이었고, 칩은 일곱 살이었다. "잘 들어라, 리 RM35M26J449988WXYZ야. 잘 들어. 내가 아주 끝내주는 이야기를 할 거니까. 나 때는 말이다, 듣고 있니? 나 때는 사내아이 이름만 해도 스무 개가 넘었어! 믿어지니? 패밀리의 사랑을 걸고 진짜야. '잰'도 있고 '존'도 있고 '애뮤'도 있고, '레브'도 있었지. '히가'와 '마이크'도! '토니오'도! 우리 아버지 때는 이름이 더 많았단다. 아마 마흔 개나 쉰 개쯤! 말도 안 되지? 멤버들은 다 똑같아서 서로 자리를 바꿔도 아무 문제가 없는데 이름은 그렇게 많았다니. 그거야말로 세상에서 가장 멍청한 얘기 아니냐?"

칩은 고개를 끄덕였지만 혼란스러웠다. 파파 잰이 정반대의 뜻으로 말하는 것 같았다. 사내아이 이름만 마흔 개나 쉰 개쯤 되는 게 어쩐지 말도 안 되는 멍청한 일이 아니라고 말하는 것 같았다.

"저들을 봐라!" 파파 잰은 칩의 손을 잡고 함께 걸어가며 말했다. 둘은 웨이의 탄신일 기념 퍼레이드를 보려고 유니티 공원을 가로질러 걷는 중이었다. "전부 아주 똑같잖아! 굉장하지 않니? 머리색도 똑같고, 눈도 똑같고, 피부색도 똑같고, 생김새도 똑같고. 남자든 여자든 다 똑같아. 꼬투리 속의 완두콩처럼. 멋지지 않니? 최고 속도 아니야?"

칩은 얼굴을 붉히며(그의 초록색 눈은 다른 누구의 눈과도 똑같지 않았다) 말했다. "'꼬투리소게안두콩'이 무슨 뜻이에요?"

"나도 몰라." 파파 잰이 말했다. "토털케이크가 나오기 전에 멤버들이 먹던 것이라더라. 옛날에 샤리야가 하던 말이야."

파파 잰은 칩의 가족들이 사는 EUR55128에서 20킬로미터 떨어진 EUR55131의 건축 감독자였다. 일요일과 휴일이면 파파 잰은 차를 타고 칩의 가족을 만나러 왔다. 파파 잰의 아내 샤리야는 135년에 일어난 관광보트 재난으로 물에 빠져 죽었다. 칩이 태어난 바로 그

해였다. 그 뒤로 파파 잰은 재혼하지 않았다.

칩의 다른 조부모, 즉 아빠의 부모는 MEX10405에 살았다. 칩은 가족들 생일에 조부모가 전화할 때만 그들을 볼 수 있었다. 그들도 이상했지만, 파파 잰과는 비교도 되지 않았다.

학교도 기분 좋고 놀이도 기분 좋았다. 전前 통합 박물관도 기분 좋은 곳이었지만, 전시물 중에 무서운 것이 조금 있었다. 예를 들면 '창'과 '총' 같은 것. 그리고 줄무늬 죄수복 차림의 '기결수'가 침상에 앉아 머리를 부여잡고 괴로워하는 모습으로 몇 달이고 고정되어 있는 '감방'도. 칩은 항상 그 죄수를 보았다. 그를 보기 위해 필요하다면 학급 아이들의 대열에서 슬그머니 빠져나올 때도 있었다. 그렇게 그를 보고 나면 항상 재빨리 그 앞을 떠났다.

아이스크림과 장난감과 만화책도 기분 좋았다. 칩이 한번은 팔찌와 건설 세트 장난감의 라벨을 공급 센터 스캐너에 댄 적이 있는데, 화면에 'no'라는 단어가 빨갛게 깜박거려서 반납 통에 장난감을 내려놓을 수밖에 없었다. 유니가 왜 그의 요청을 거절했는지 이해가 가지 않았다. 날짜도 맞았고, 그 장난감도 올바른 카테고리에 속해 있었는데. "틀림없이 이유가 있겠지, 애야." 뒤에 있던 멤버가 말했다. "가서 조언자에게 전화해서 물어봐라."

그는 그 말을 따랐다. 그래서 그 장난감이 그저 며칠 동안 보류되었을 뿐 완전히 거부된 것은 아니라는 사실을 알게 되었다. 칩이 그이전에 어딘가에서 스캐너를 가지고 장난을 치면서 몇 번이고 팔찌를 갖다 댄 것이 문제였다. 그래서 그러면 안 된다는 교훈을 배우는 중이었다. 칩이 중요한 일에서 빨갛게 깜박이는 'no'라는 답변을 받은 것은 평생 처음 있는 일이었다. 이건 교실을 잘못 찾아가거나 엉뚱한 날 의료 센터에 와서 'no'라는 답변을 받은 것과는 달랐다. 그는 마음이 아프고 슬펐다.

생일은 기분 좋았다. 크리스마스와 마르크스마스와 통합 기념일과 우드의 생일과 웨이의 생일도 마찬가지였다. 이보다 훨씬 더 기분 좋은 날은 더 드물게 돌아오는 그의 연결의 날이었다. 새로 끼운 고리는 다른 것보다 더 반짝였다. 몇 날 며칠 동안 계속 그렇게 반짝이다가, 어느 날 문득 그가 그 고리를 기억해 내고 살펴보면 그냥 오래된 고리들만 보였다. 모든 고리가 똑같아져서 구분할 수 없었다. 꼬투리 소게안두콩처럼.

145년 봄, 칩이 열 살일 때, 그의 가족은 EUR00001로 유니콤프를 보러 가는 여행을 허락받았다. 자동차 승강장에서 승강장까지 1시간 남짓 걸리는, 칩이 기억하는 한 가장 긴 여행이었다. 하지만 부모님의 말에 따르면, 칩이 한 살 반일 때 비행기로 MEX에서 EUR까지 간 적이 있으며, 그로부터 몇 달 뒤에는 역시 비행기로 EUR20140에서 EUR55128로 여행했다고 했다. 칩의 가족은 4월의 어느 일요일에 유니콤프 여행에 나섰다. 50대 부부(누군가의 조부모이며 이상하게 생긴 그들은 모두 피부색이 정상보다 밝았고, 여자의 머리카락은 들쑥날쑥하게 잘려 있었다)와 또 다른 가족이 같은 차에 탔다. 칩과 피스보다 각각

한 살이 많은 아들과 딸이 있는 가족이었다. 그 아이들의 아버지가 EUR00001 분기점에서 유니콤프 근처의 자동차 승강장까지 차를 운전했다. 칩은 그가 자동차의 레버와 버튼을 조작하는 모습을 흥미롭게 지켜보았다. 공중을 휙휙 날아다니다가 다시 바퀴 달린 차를 타고 천천히 달리는 기분이 희한했다.

그들은 유니콤프의 하얀 대리석 돔 앞에서 사진을 찍었다. 돔은 사진이나 텔레비전에서 봤을 때보다 더 하얗고 더 아름다웠으며, 그 너머에서 눈 모자를 쓴 산들도 더 웅장했고, 유니버설 브라더후드 호수도 더 파랗고 넓었다. 사진을 찍은 뒤 그들은 입구 앞에서 줄을 섰다가 입장 스캐너를 통과해 파란색과 하얀색으로 장식된 둥근 로비로 들어갔다. 연한 파란색 작업복을 입은 멤버가 웃는 얼굴로 엘리베이터 타는 줄을 안내해 주었다. 그들이 그 줄 끄트머리에 섰을 때, 파파 잰이 다가왔다. 그들의 놀란 얼굴이 어지간히 좋은지 환히 웃고 있었다.

"여긴 어떻게 왔어요?" 칩의 엄마와 키스로 인사를 나누는 파파 잰에게 칩의 아빠가 물었다. 그들이 이 여행을 허락받았다는 말을 했을 때, 파파 잰은 자기도 여행을 신청할 것이라는 말을 전혀 하지 않았다.

파파 잰은 칩의 아빠에게 키스했다. "아, 그냥 너희들을 놀래주기로 했지. 그뿐이야. 그리고 여기 내 친구에게…" 파파 잰은 커다란 손을 칩의 어깨에 얹었다. "유니에 대해 이어폰으로 듣는 설명보다 좀 더 많은 걸 말해주고 싶었다. 안녕, 칩?" 그는 허리를 숙여 칩의 뺨에 입을 맞췄다. 칩은 파파 잰이 자기 때문에 여기에 왔다는 말에 놀란 가슴으로 그의 뺨에 마주 입을 맞추고 이렇게 말했다. "안녕하세요, 파파 잰?"

"안녕, 피스 KD37T5002?" 파파 잰은 엄숙한 얼굴로 이렇게 말하고 나서 피스에게 입을 맞췄다. 피스도 똑같이 인사했다.

"언제 여행 신청을 했어요?" 칩의 아빠가 물었다.

"너희보다 며칠 뒤에." 파파 잰은 계속 칩의 어깨에 한 손을 얹은 채로 말했다. 줄이 몇 미터쯤 움직이자 그들도 함께 움직였다.

칩의 엄마가 말했다. "아버지가 여기 다녀간 지 겨우 5~6년밖에 안 됐잖아요."

"유니가 자기를 만들어 준 이를 알거든." 파파 잰이 웃는 얼굴로 말했다. "그래서 우리는 특별한 대접을 받아."

"그렇지 않아요." 칩의 아빠가 말했다. "특별한 대접을 받는 이는 없습니다."

"그래도 내가 이렇게 여기 왔잖아." 파파 잰은 이렇게 말하고 나서 웃는 얼굴로 칩을 내려다보았다. "그렇지?"

"네." 칩은 파파 잰을 향해 마주 미소를 지었다.

파파 잰은 젊었을 때 유니콤프 제작에 손을 보탰다. 그가 가장 처음 배치된 일이 그거였다.

엘리베이터에는 약 30명의 멤버가 탈 수 있었다. 음악 대신 어떤 남자의 목소리가 흘러나왔다. "안녕하십니까, 형제자매 여러분. 유니콤프 현장에 오신 것을 환영합니다.” 칩이 텔레비전에서 들은 적이 있는 따뜻하고 상냥한 목소리였다. “아시다시피 이 엘리베이터는 이미 움직이고 있으며, 현재 초속 22미터의 속도로 내려가는 중입니다. 유니의 5킬로미터 깊이에 도달하는 데에는 3분 30초 남짓한 시간이 걸릴 겁니다. 현재 우리가 타고 있는 이 엘리베이터는….” 그 목소리는 유니콤프가 들어 있는 건물의 크기와 벽의 두께를 숫자로 말해주면서, 모든 자연현상과 인위적인 방해로부터 안전하다고 말했다. 칩은 학교와 텔레비전에서 이미 이 정보를 들은 적이 있는데도, 직접 그 건물에 들어와 그 두꺼운 벽 안에서 이동하며 유니콤프를 보기 직전에 다시 들으니 새삼 마음이 들떴다. 그는 주의 깊게 귀를 기울이면서 엘리베이터 문 위의 원반 모양 스피커를 지켜보았다. 파파 잰의 손은 마치 그가 날뛰지 못하게 하려는 것처럼 여전히 그의 어깨를 잡고 있었다. “이제 속도를 줄이고 있습니다.” 남자의 목소리가 말했다. “즐거운 시간 보내실 거죠?” 엘리베이터가 쿠션처럼 부드럽게 쑥 내려앉더니 문이 양쪽으로 갈라졌다.

1층 로비보다 작은 로비가 있고, 1층에서처럼 연한 파란색 작업복을 입고 미소 짓는 멤버가 있었다. 멤버들이 줄을 서 있는 것도 똑같았지만, 이번에는 희미한 조명이 켜진 복도로 이어지는 두 짝 문 앞에 두 명씩 늘어서 있었다.

“드디어 왔네요!” 칩이 소리치자, 파파 잰이 말했다. “우리가 전부 함께 모여 있지 않아도 돼.” 둘은 이미 다른 일행과 떨어져 있었다. 칩의 부모와 피스는 줄에서 한참 앞쪽에 서서 의아한 얼굴로 둘을 돌아보는 중이었다. 아니, 칩의 부모만 그랬다. 피스는 너무 작아서 보이지 않았다. 칩 앞에 선 멤버가 둘에게 앞으로 가도 좋다고 말했지만, 파파 잰은 이렇게 대답했다. "아니, 괜찮아. 고마워, 형제." 그는 칩의 부모에게 웃는 얼굴로 손을 흔들었다. 칩도 그렇게 했다. 칩의 부모는 마주 웃어 보인 뒤 돌아서서 앞으로 나아갔다.

파파 잰이 계속 웃는 얼굴로 퉁방울눈을 밝게 빛내며 주위를 둘러보았다. 그의 호흡에 맞춰 콧구멍이 벌름거렸다. "그래, 네가 마침내 유니콤프를 보는구나. 기대되니?"

"네, 아주 많이요." 칩이 말했다.

둘은 줄을 따라 앞으로 나아갔다.

"그럴 만도 하지." 파파 잰이 말했다. "대단해! 평생에 한 번 있는 경험이지. 앞으로 너를 분류하고 네게 일을 줄 기계를 보게 되다니. 네가 살 곳을 정하고, 네가 결혼하고 싶은 상대와 결혼할지 말지도 결정해 주는 기계잖아. 만약 결혼한다면 아이를 낳을지 말지, 아이를 낳는다면 이름을 뭐라고 지을지도 결정해 줄 테니 당연히 기대되겠지. 누군들 안 그럴까."

칩은 조금 불편한 기분이 되어 파파 잰을 바라보았다.

파파 잰은 여전히 웃는 얼굴로 칩의 등을 한 대 찰싹 때렸다. 마침 둘이 복도로 들어갈 차례였다. "가서 봐라!" 파파 잰이 말했다. "전시된 걸 봐. 유니를 보고, 전부 봐라! 전부 여기 있어. 가서 봐라!"

박물관과 똑같이 선반에 이어폰들이 놓여 있었다. 칩은 그중 하나를 집어 귀에 끼웠다. 파파 잰의 이상한 태도 때문에 불안했다. 부모와 피스와 함께 저 앞에 있을 걸 그랬다는 생각이 들었다. 파파 잰도 이어폰을 끼웠다. "여기서 어떤 흥미로운 사실들을 새로 알게 될지 궁금해!" 그는 이렇게 말하고서 혼자 웃음을 터뜨렸다. 칩은 그에게서 고개를 돌렸다.

수없이 반짝이는 작은 불빛들이 분주히 움직이는 벽 앞에 서자 불안감과 불편한 감정이 그냥 사라져 버렸다. 엘리베이터에서 들려온 그 목소리가 귓속에서 설명하는 동안, 불빛들은 유니콤프가 헤아릴 수 없이 많은 스캐너와 텔레콤프와 원격조종 장치의 마이크로파 신호를 전 세계의 중계 벨트로부터 어떻게 수신하는지, 그 신호들을 어떻게 평가해서 다시 중계 벨트로 응답 신호를 보내 처음 문의한 곳으로 전달하게 하는지를 보여주었다.

짜릿한 광경이었다. 유니보다 더 빠르고, 더 영리하고, 더 많이 퍼져 있는 것이 있을까?

그다음 벽은 메모리뱅크가 어떻게 작동하는지 보여주었다. 가로세로로 선이 잔뜩 그어진 금속 사각형 위에서 광선이 깜박거리면 일부는 환히 빛나고 다른 일부는 계속 어두웠다. 이어폰 속 목소리는 전자빔과 초전도 그리드에 대해, 어떤 영역에 전하가 흐르는지에 따라 다양한 정보에 대해 'yes'나 'no'라는 답이 만들어지는 과정에 대해 설명했다. 목소리의 설명에 따르면, 질문이 전달되었을 때 유니콤프는 관련된 정보 조각들을 스캔해서⋯.

칩은 이해할 수 없는 설명이었지만, 바로 그 때문에 더 대단하게 들렸다. 유니가 그렇게 마법 같은 방법으로, 그렇게 이해할 수 없는 방법으로 모든 지식을 알아내다니!

그다음 벽은 벽이 아니라 유리였다. 거기에 유니콤프가 있었다. 여러 색의 금속 덩어리들이 쌍둥이처럼 두 줄로 늘어서 있었다. 키와 크기가 더 작을 뿐 치료 유닛과 비슷했는데, 어떤 것은 분홍색, 어떤 것은 갈색, 어떤 것은 주황색이었다. 장밋빛 조명이 켜진 큰 방에서 연한 파란색 작업복 차림의 멤버 10여 명이 웃는 얼굴로 서로 수다를 떨면서 서른 개쯤 되는 유닛의 계기판과 다이얼을 읽어 연한 파란색의 멋진 플라스틱 클립보드에 기록했다. 맞은편 벽에는 황금색 십자가와 낫이 있고, 벽시계에는 'Y.U. 145, 4, 12, 일요일 11:08'이라는 표시가 떠 있었다. 칩의 귓속으로 슬그머니 들어온 음악 소리가 점점 커졌다. 대규모 오케스트라가 연주하는 〈밖으로, 밖으로〉였다. 어찌나 감동적이고 장엄한지 칩은 자랑스러움과 행복에 겨워 눈물을 글썽거렸다.

여기에 몇 시간이고 머무르면서 명랑한 얼굴로 분주히 일하는 멤버들과 인상적으로 반짝이는 메모리뱅크를 구경하고, 〈밖으로, 밖으로〉와 〈강력한 하나의 패밀리〉를 연달아 들으라고 해도 얼마든지 그럴 수 있을 것 같았다. 하지만 음악이 점점 잦아들더니(11:10이 11:11로 바뀔 때), 남자의 목소리가 그의 감정을 알아차린 듯 부드럽게 다른 멤버들이 기다리고 있음을 일깨워 주며 복도 저편의 다음 전시물로 이동해 달라고 부탁했다. 칩은 유니콤프의 유리벽에서 마지못해 몸을 돌렸다. 다른 멤버들도 눈가의 눈물을 훔치고 웃는 얼굴로 고개를 끄덕이며 함께 움직였다. 그가 그들을 향해 웃어 보이자 그들도 마주 웃이주었다.

파파 잰이 칩의 팔을 붙잡고 복도를 가로질러, 스캐너가 붙어 있는 문으로 갔다. "저게 좋던?"

칩은 고개를 끄덕였다.

"저건 유니가 아니야." 파파 잰이 말했다.

칩은 그를 바라보았다.

파파 잰은 칩의 귀에서 이어폰을 빼냈다. "저건 유니콤프가 아니야!" 그가 사납게 속삭였다. "저건 진짜가 아니야. 저 안에 있는 분홍색, 주황색 상자들 말이다! 저건 장난감이지. 패밀리가 와서 보고 아늑함과 온기를 느끼라고 놔둔 거야!" 파파 잰의 퉁방울눈이 칩의 눈을 향해 더 튀어나왔다. 침방울이 칩의 코와 뺨에 떨어졌다. "진짜는 이 아래에 있어!" 파파 잰이 말했다. "여기 밑으로 3층이 더 있는데, 거기 있다고! 보고 싶니? 진짜 유니콤프를 보고 싶어?"

칩은 파파 잰을 빤히 바라보기만 했다.

"보고 싶어, 칩?" 파파 잰이 말했다. "그걸 보고 싶어? 내가 보여줄 수 있어!"

칩은 고개를 끄덕였다.

파파 잰은 칩의 팔을 놓고 허리를 쭉 폈다. 그리고 주위를 둘러본 뒤 미소를 지었다. "좋아. 이쪽으로 가자." 그는 칩의 어깨를 잡고 왔던 길로 돌려세워, 멤버들이 잔뜩 늘어서서 안을 들여다보고 있는 유리벽을 지나갔다. 광선이 깜박거리는 메모리뱅크, 작은 불빛들이 바삐 움직이는 벽 앞을 지나가며("실례, 잠시만요.") 계속 줄지어 들어오는 멤버들 사이를 뚫고 복도 저편으로 나갔다. 아무도 없고 더 어두운 그 복도에는 벽의 디스플레이에서 떨어져 나온 커다란 텔레콤프 한 대가 늘어져 있고, 접은 담요와 베개가 놓인 파란색 들것 두 대가 나란히 펼쳐져 있었다.

구석에 스캐너가 붙은 문 하나가 있었다. 하지만 그 문이 가까워지자 파파 잰이 칩의 팔을 불쑥 아래로 내렸다.

"스캐너요." 칩이 말했다.

"안 돼." 파파 잰이 말했다.

"우리가 가려는 곳이 저기….."

"맞아."

칩은 파파 잰을 바라보았다. 파파 잰은 칩을 밀면서 스캐너 앞을 지나 문을 당겨서 열고 칩을 먼저 안으로 밀어 넣은 뒤 자신도 따라 들어와 문을 닫았다. 문이 서서히 닫히게 해 주는 장치가 쉭쉭 소리를 냈다.

칩은 가늘게 몸을 떨면서 파파 잰을 빤히 바라보았다.

"괜찮아." 파파 잰이 날카롭게 말했다. 그리고는 날카롭지 않게, 그러니까 상냥하게 칩의 머리를 양손으로 감싸고 이렇게 말을 이었다. "괜찮아, 칩. 너한테는 아무 일도 없을 거야. 내가 이미 몇 번이나 해본 일이야."

"우리는 허락을 구하지 않았어요." 칩의 몸이 계속 가늘게 떨렸다.

"괜찮다니까. 봐라. 유니콤프는 누구에게 속하지?"

"속해요?"

"누구 것이야? 누구 컴퓨터야?"

"그건… 그건 패밀리 전체의 것이에요."

"그리고 넌 패밀리의 멤버지, 응?"

"네….."

"그럼 부분적으로 네 컴퓨터이기도 해, 그렇지? 너에게 속한단 말이다. 그 반대가 아니라. 네가 유니콤프에 속하는 게 아니야."

"그래도 우리는 허락을 구해야 돼요!" 칩이 말했다.

"칩, 이러지 말고 나를 믿어. 우리가 뭘 가져가려고 온 것도 아니고, 심지어 뭘 만지지도 않을 거야. 그냥 가서 보기만 할 거라고. 내가 오늘 여기 온 이유가 바로 그거다. 너한테 진짜 유니콤프를 보여주려고 온 거야. 너도 보고 싶지?"

칩은 잠시 망설이다가 말했다. "네."

"그럼 걱정 마라. 괜찮아." 파파 잰은 안심하라는 듯 칩의 눈을 한 번 들여다보고는, 머리를 놓고 손을 잡았다.

둘은 아래로 내려가는 계단 위 층계참에 있었다. 네다섯 계단을 내려가자 주위가 서늘해졌다. 파파 잰은 거기서 걸음을 멈추고 칩도 멈춰 세웠다. "꼼짝 말고 여기 있어라. 내가 금방 올 테니. 움직이면 안 돼."

칩은 파파 잰이 다시 층계참으로 올라가 문을 열고 주위를 살핀 뒤 재빨리 밖으로 나가는 모습을 불안하게 지켜보았다. 문이 문설주를 향해 천천히 움직였다.

칩은 다시 몸을 떨기 시작했다. 스캐너에 팔찌를 대지도 않고 그냥 지나온 데다가 이제는 서늘하고 조용한 계단에 혼자 있었다. 그가 어디에 있는지 유니가 모른다는 뜻이었다!

문이 다시 열리더니 파파 잰이 팔에 파란색 담요를 걸친 모습으로 들어왔다. "저 아래가 아주 추워." 그가 말했다.

둘은 담요를 두르고, 딱 두 명이 지나갈 수 있는 통로를 함께 걸었다. 강철 벽 사이로 난 그 통로는 저 멀리 막다른 벽이 있는 곳까지 쭉 뻗어 있었다. 머리 위로는 하얗게 빛나는 천장에서 채 50센티미터가 안 되는 높이까지 벽이 이어졌다. 아니, 사실 벽이라기보다는 줄줄이 놓인 거대한 강철 블록들이었다. 추위에 김이 서린 그 블록들 전면에는 눈과 같은 높이에 검은색 글자들이 새겨져 있었다. 통로 한편에는 'H46', 'H48'이라는 글자가, 맞은편에는 'H49', 'H51'이라는 글자가 있었다. 이런 통로가 스무 개 넘게 있었다. 서로 등을 맞대고 줄지어 서 있는 강철 블록들 사이로 평행하게 난 좁은 크레바스였다. 일정한 간격을 두고 이보다 폭이 아주 조금 더 넓은 통로 네 개가 이 크레바스들을 직각으로 가로지르며 지나갔다.

둘이 이 통로에 다다랐을 때, 코에서는 하얀 김이 뿜어져 나오고, 발아래는 거의 그림자가 진 듯 흐릿하게 보였다. 둘이 내는 소리(옷이 바스락거리는 소리, 샌들이 찰싹찰싹 부딪히는 소리)와 희미한 메아리 외에는 아무 소리도 들리지 않았다.

"어떠냐?" 파파 잰이 칩을 보며 물었다.

칩은 담요를 더 단단히 여몄다. "저 위층만큼 좋지는 않아요."

“그렇지. 예쁘고 젊은 멤버가 펜과 클립보드를 들고 서 있지 않으니까. 따뜻한 불빛과 친절한 분홍색 기계도 없고. 여긴 1년이 가고 2년이 가도 이렇게 텅 비어 있어. 텅 비고 춥고 생기가 없지. 꼴사납게.”

둘은 두 통로의 교차점에 서 있었다. 강철 크레바스들이 네 방향으로 쭉 뻗어 있었다. 파파 잰이 고개를 저으며 인상을 찡그렸다. “이건 아니야. 어쩌다, 왜 이렇게 됐는지는 모르겠지만 이건 아니야. 죽은 멤버들의 죽은 계획. 죽은 아이디어, 죽은 결정.”

“왜 이렇게 추운 거예요?” 칩은 자신의 입에서 나오는 입김을 보면서 물었다.

“죽었으니까.” 파파 잰은 이렇게 말하고 나서 고개를 저었다. “아니, 나도 모르겠다. 이렇게 얼어붙을 듯이 춥지 않으면 얘들이 작동하지 않아. 나도 모르겠다. 내가 아는 거라고는 이것들을 부수지 않고 있어야 할 자리로 옮겨야 한다는 것뿐이었으니까.”

둘은 또 다른 통로를 나란히 걸었다. ‘R20’, ‘R22’, ‘R24’. “이런 게 몇 개나 있어요?” 칩이 물었다.

“이 층에 240개, 이 아래층에 240개. 지금 있는 숫자만 따지면 그래. 저기 동쪽 벽 뒤편에는 두 배나 넓은 공간이 마련되어 있으니까. 패밀리가 더 커질 때를 대비해서. 거기에 필요한 승강기, 환기 시스템도 이미 설치돼 있지….”

둘은 다음 층으로 내려갔다. 위층과 똑같았지만, 교차로 두 곳에 강철 기둥이 있고 메모리뱅크에 새겨진 글자가 검은색이 아니라 빨간색이라는 점이 달랐다. 둘은 'J65', 'J63', 'J61'을 지나갔다. 파파 잰이 말했다. "사상 최대의 굴착 공사, 사상 최대의 작업이었다. 과거에 쓰던 컴퓨터 다섯 대를 고물로 만들어 버릴 컴퓨터 한 대를 만드는 작업. 내가 네 나이 때는 매일 이것에 관한 뉴스가 나왔어. 내가 분류를 제대로 받기만 한다면, 스무 살이 돼서 합류해도 일을 돕는 데 너무 늦지는 않겠다 싶었지. 그래서 요청했다."

"요청했다고요?"

"그래." 파파 잰은 웃는 얼굴로 고개를 끄덕였다. "그때는 전대미문의 일이었지. 내가 유니한테, 아, 그때는 유니가 아니라 유로콤프였지만, 어쨌든 한번 물어봐 달라고 조언자에게 부탁했어. 그래서 조언자가 물어봤고. 그랬더니 그리스도, 마르크스, 우드, 웨이시여, 내가 그걸 받아냈다. 042C, 건설 노동자, 3급. 첫 번째로 배치된 곳이 여기." 파파 잰은 여전히 웃는 얼굴로 주위를 둘러보았다. 눈에 생기가 돌았다. "저 커다란 블록들을 한 번에 하나씩 승강기로 내릴 예정이더라." 그는 이렇게 말하고 나서 웃음을 터뜨렸다. "내가 어느 날 밤을 꼬박 새우며 계산했더니, 우리가 러브산의 반대편에서부터 터널을 파고 들어오면 그 일을 8개월 일찍 끝낼 수 있겠다는 결과가 나왔지." 그는 엄지로 어깨 너머를 가리켰다. "바퀴에 실어서 끌고 오면 되니까. 유로콤프는 그런 간단한 아이디어를 생각해 내지 못했다. 아니면 메모리를 그런 데에 쓸 만큼 일이 급하지 않았거나!" 그는 다시 웃음을 터뜨렸다.

그러다 웃음을 멈췄다. 칩은 그를 지켜보다가, 그의 머리가 이제 모두 하얗게 세었다는 사실을 처음으로 알아차렸다. 몇 년 전만 해도 있던 불그스름한 얼룩들이 이제는 하나도 보이지 않았다.

"그렇게 해서 이렇게 놓인 거다." 파파 잰이 말했다. "내가 생각해 낸 터널로 바퀴에 실려 와서 이렇게 제자리에 놓여, 원래 계획보다 8개월 먼저 일하기 시작했지." 그는 옆으로 지나가는 메모리뱅크들을 아주 싫어하는 듯 바라보았다.

칩이 말했다. "유니콤프를… 싫어해요?"

파파 잰은 잠시 아무 말이 없었다. "응, 싫어해." 그는 이렇게 말하고 나서 목을 가다듬었다. "이것과 논쟁을 할 수도 없고, 이것에게 뭘 설명해 줄 수도 없고…."

"유니는 모든 걸 알아요. 그러니까 설명할 일도, 논쟁할 일도 없잖아요."

둘은 양쪽으로 갈라져서 사각형 강철 기둥 옆을 통과한 뒤 다시 만났다. "모르겠다." 파파 잰이 말했다. "모르겠어." 그는 담요를 몸에 두르고 미간을 찌푸린 채 고개를 숙이고 계속 걸었다. "칩, 네가 꼭 받고 싶은 분류가 있니? 특별히 어떤 일에 배치되고 싶다고 생각하는 게 있어?"

칩은 무슨 소리인지 잘 모르겠다는 표정으로 파파 잰을 바라보다가 어깨를 으쓱했다. "없어요. 무슨 분류를 받든 좋아요. 저한테 딱 맞는 거니까. 어디에 배치되든, 패밀리한테 필요한 거잖아요. 어차피 하는 일은 하나뿐인걸요. 우주에…."

"우주에 패밀리를 퍼뜨리는 데 도움이 되는 일." 파파 잰이 말했다. "나도 알지. 통합된 유니콤프의 우주 전체에. 가자. 저 위로 다시 올라가야겠다. 형제 싸움꾼[※] 같은 이 추위를 더 이상 못 견디겠어."

칩은 당황했다. "한 층이 더 있다고 하지 않았어요? 아까…,"

"거긴 안 돼." 파파 잰이 말했다. "스캐너가 있거든. 우리가 그 스캐너에 팔찌를 대지 않으면 주위에 있던 멤버들이 그걸 보고 우리를 '도우러' 달려올 거다. 어차피 특별히 볼 것도 없어. 송수신 장비랑 냉각 설비뿐이니까."

둘은 계단으로 갔다. 칩은 기분이 가라앉았다. 이유는 모르겠지만 파파 잰이 그에게 실망하고 있었다. 하지만 그보다 더 심각한 건 파파 잰이 정상이 아니라는 점이었다. 유니와 논쟁하고 싶어 하고, 스캐너에 팔찌를 대지 않고, 나쁜 말을 쓰고…. "조언자한테 말해요." 계단을 올라가면서 칩이 말했다. "유니랑 논쟁하고 싶다는 거요."

"난 유니랑 논쟁하고 싶은 게 아니야." 파파 잰이 말했다. "내가 논쟁하고 싶을 때 논쟁할 수 있기를 원하는 거지."

칩은 이 말을 전혀 이해할 수 없었다. "어쨌든 조언자한테 말해요. 어쩌면 추가 치료를 받게 될지도 몰라요."

"그렇겠지." 파파 잰은 이렇고 말하고 나서, 잠시 뒤에 말을 이었다. "그래, 말해보마."

"유니는 모든 걸 알아요." 칩이 말했다.

둘은 두 번째 계단을 올라가, 디스플레이가 있는 복도로 이어진 층계참에서 걸음을 멈추고 담요를 접었다. 먼저 담요를 다 접은 파파

※ 이 작품에서 '싸움'과 '증오'는 욕설로 사용된다.

잰이, 담요를 접는 칩을 지켜보았다.

"다 됐어요." 칩은 파란색 담요를 가슴에 안고 톡톡 두드리며 말했다.

"내가 왜 너한테 '칩'이라는 이름을 지어줬는지 아니?" 파파 잰이 물었다.

"아뇨."

"옛말에 '오래된 덩어리에서 떨어져 나온 조각a chip off the old block' 이라는 게 있어. 아이가 부모나 조부모랑 닮았다는 뜻이지."

"아."

"그렇다고 네가 네 아빠를 닮았다는 뜻은 아니었다. 하물며 날 닮은 것도 아니고. 네가 내 할아버지를 닮았다는 뜻이었어. 네 눈이. 내 할아버지 눈도 한쪽이 초록색이었거든."

칩은 있어야 하는 자리로 돌아갈 수 있게 파파 잰이 빨리 말을 끝내기를 바라며 안달했다.

"네가 그 이야기를 안 좋아하는 건 안다." 파파 잰이 말했다. "하지만 그건 전혀 부끄러운 일이 아니야. 다른 이들과 조금 다른 건 그렇게 끔찍한 일이 아니라고. 옛날에는 멤버들이 서로 많이 달랐다. 넌 상상이 안 가겠지만. 네 고조부는 아주 용감하고 유능한 이였어. 이름이 해노 라이벡이었는데, 그때는 이름과 번호가 따로 있었거든. 최초의 화성 정착지 건설에 참여한 우주인이었다. 그러니 네 눈이 그분을 닮은 걸 부끄러워하면 안 돼. 요즘 유전자를 가지고 싸워댄다만, 내 말이 거칠어도 이해해라, 어쩌면 그 와중에 네 유전자 몇 개가 새어 나왔는지도 몰라. 네가 초록색 눈만 물려받은 게 아니라, 내 할아버지의 용기와 유능함도 조금 물려받았을지 모르지." 파파 잰은 문을 열려다가 돌아서서 다시 칩을 보았다. "뭔가를 원해봐라, 칩. 다음 치료를 받으러 가기 하루나 이틀 전에 한번 시도해 봐. 그때가 제일 쉽거든. 뭔가를 원하는 것, 걱정하는 것…."

둘이 엘리베이터를 타고 1층 로비로 나와 보니, 칩의 부모와 피스가 기다리고 있었다. "어디 있었어?" 칩의 아빠가 물었다. 피스는 주황색 미니 메모리뱅크(진짜는 아니었다)를 손에 들고 이렇게 말했다. "우리가 얼마나 기다렸는데!"

"유니를 보고 왔다." 파파 잰이 말했다.

칩의 아빠가 물었다. "지금까지 내내요?"

"그래."

"차례를 기다리는 다른 멤버들이 볼 수 있게 자리를 비켜줘야 하잖아요."

"자네는 그랬겠지, 마이크." 파파 잰이 웃는 얼굴로 말했다. "내 이어폰에서 나온 말은 달랐어. '옛 친구 잰, 만나서 반갑군! 손자와 함께 언제까지라도 계속 그 자리에서 봐도 되네!'"

칩의 아빠는 웃음기 없는 얼굴로 시선을 돌렸다.

그들은 매점으로 가서 케이크와 콜라를 신청해 받은 뒤(파파 잰은 배가 고프지 않다며 신청하지 않았다), 돔 뒤편의 소풍 구역으로 갔다. 파파 잰은 러브산을 손가락으로 가리키며, 거기에 터널을 뚫은 일에 대해 칩에게 더 이야기해 주었다. 칩의 아빠는 그 이야기를 듣고 깜짝 놀랐다. 별로 크지 않은 메모리뱅크 서른여섯 개를 그 터널로 운반해 들여놓았다니. 파파 잰은 아래층에 메모리뱅크가 더 있다고 말하면서도 정확한 개수나 크기에 대해서는 말하지 않았다. 그곳이 얼마나 춥고 생기 없는 곳인지에 대해서도 말하지 않았다. 칩도 입을 다물었다. 자신과 파파 잰이 알면서도 다른 이에게는 말하지 않는 것이 생겼다는 사실에 기분이 이상해졌다. 둘이 다른 이들과는 달라지고 자기들끼리는 적어도 조금이나마 똑같아진 것 같은….

음식을 다 먹은 뒤 그들은 자동차 승강장으로 걸어가 신청 줄에 섰다. 파파 잰은 스캐너 근처까지 함께 있다가, 친구들이 이따가 유니를 보러 '리버벤드'에서 오기로 했다며 그들을 기다려 함께 집으로 돌아가겠다고 가버렸다. 리버벤드는 그가 살고 있는 곳인 EUR55131을 부르는 그만의 이름이었다.

칩은 조언자인 봅 NE를 다음에 만났을 때 파파 잰에 대해 이야기했다. 할아버지가 유니를 별로 좋아하지 않았고, 유니와 논쟁을 하거나 뭔가를 설명해 주고 싶어 했다고.

봅은 웃는 얼굴로 말했다. "네 할아버지 나이의 멤버들이 가끔 그래, 리. 걱정할 필요 없어."

"그래도 유니한테 말해주면 안 돼요?" 칩이 말했다. "할아버지가 추가 치료를 받거나, 더 센 치료를 받을 수도 있잖아요."

"리." 봅이 책상 위로 몸을 기울였다. "우리가 치료를 받을 때 들어가는 다양한 화학약품들은 아주 귀하고, 만들기도 힘들어. 나이 든 멤버들이 가끔 필요해질 때마다 실컷 치료를 받는다면, 젊은 멤버들 몫이 부족해질지도 몰라. 패밀리에 더 중요한 건 젊은 멤버들인데 말이지. 모두를 충분히 만족시킬 만큼 화학약품을 많이 만들려면, 더 중요한 일들을 방치해야 하는 상황이 생길 수도 있어. 유니는 꼭 해야 하는 일이 무엇인지, 모든 물건이 지금 얼마나 있는지, 모두에게 필요한 모든 물건의 양이 얼마인지 다 알고 있단다. 네 할아버지는 사실 그렇게 불행한 게 아니야. 내 말을 믿어. 그냥 좀 별난 분이신 거지. 우리도 50대가 되면 그렇게 될 거야.”

“할아버지는 그 단어를 써요.” 칩이 말했다. “ㅆ ○ ○ ○ ㅁ.”

“그것도 나이 든 멤버들이 가끔 하는 일이야. 거기에 딱히 무슨 의미가 있는 것도 아니고. 단어 그 자체가 더럽지는 않아. 이른바 더러운 단어들이 대변하는 행동이 거슬리는 거지. 네 할아버지 같은 멤버들은 그런 단어를 사용할 뿐, 행동을 하지는 않아. 그리 좋은 일은 아니어도, 정말로 어디가 망가져서 그러는 건 아니란다. 넌 어떠니? 마찰은 없어? 네 할아버지는 할아버지의 조언자에게 한동안 맡겨두자.”

“마찰은 없어요.” 칩은 스캐너에 팔찌를 대지 않고 그냥 통과했던 일과 유니가 허락하지 않은 곳에 갔던 일을 떠올렸지만, 봅에게 그 일을 말하고 싶지 않다는 생각이 갑자기 들었다. “마찰은 전혀 없어요. 모든 게 최고 속도예요.”

“좋아. 팔찌 접촉. 다음 금요일에 보자, 알았지?”

일주일쯤 뒤에 파파 잰은 USA60607로 이동되었다. 칩과 부모와 피스는 EUR55130의 공항으로 차를 몰고 가서 그를 배웅했다.

대합실에서 칩의 부모와 피스가 유리창 너머로 멤버들이 비행기에 오르는 모습을 지켜보는 동안, 파파 잰이 칩을 한쪽 옆으로 데려가 다정하게 웃으며 바라보았다. "초록 눈 칩." 그가 말했다. 칩은 인상을 찌푸렸다가 다시 펴려고 애썼다. "나를 위한 추가 치료를 신청했더구나, 그렇지?"

"네. 어떻게 알았어요?"

"아, 짐작이지. 그뿐이야. 잘 지내라, 칩. 네가 어떤 덩어리에서 떨어져 나온 조각인지 잊지 말고. 뭔가를 원해보라는 내 말도 잊지 마."

"그럴게요."

"마지막 탑승이에요." 칩의 아빠가 말했다.

파파 잰은 식구들 모두에게 키스로 작별 인사를 하고, 밖으로 나가는 멤버들 대열에 합류했다. 칩은 유리창으로 가서 지켜보았다. 파파 잰이 점점 어두워지는 곳을 걸어 비행기로 향하는 모습이 보였다. 이례적으로 키가 큰 파파 잰의 홀쭉한 팔 끝에서 휴대 키트가 흔들거렸다. 에스컬레이터 앞에서 파파 잰은 뒤를 돌아보며 손을 흔들었다. 칩은 마주 손을 흔들면서, 자신의 모습이 파파 잰에게 보이기를 바랐다. 파파 잰은 다시 돌아서서 키트를 든 팔의 손목을 스캐너에 댔다. 멀리 어스름 속에서 초록색 불빛이 번쩍이자 파파 잰이 에스컬레이터를 타고 매끄럽게 위로 올라가 버렸다.

돌아가는 차 안에서 칩은 조용히 앉아, 일요일과 휴일에 찾아오던 파파 잰을 그리워하게 될 것 같다는 생각을 했다. 할아버지가 정말

남들과 다른 이상한 멤버였으니, 기묘한 일이었다. 하지만 바로 그 점 때문에 할아버지가 보고 싶어질 것임을 칩은 문득 깨달았다. 할아버지가 남들과 다른 이상한 이라서, 누구도 할아버지의 자리를 대신하지 못할 터였다.

"왜 그러니, 칩?" 엄마가 물었다.

"파파 잰이 보고 싶어질 것 같아요." 칩이 말했다.

"나도 그래." 엄마가 말했다. "그래도 가끔 영상통화로 볼 수 있으니까."

"장인이 떠나서 다행이야." 아빠가 말했다.

"나는 할아버지가 안 갔으면 좋겠어요." 칩이 말했다. "다시 이쪽으로 이동되면 좋겠어요."

"아마 그럴 일은 없을걸." 아빠가 말했다. "그래서 다행이지. 너한테 나쁜 영향을 미쳤으니."

"마이크." 엄마가 말했다.

"그런 천 같은 소리는 그만둬." 아빠가 말했다. "내 이름은 예수야. 저 애는 리고."

"그리고 내 이름은 피스예요." 피스가 말했다.

3

칩은 파파 잰의 말을 기억하고, 그 뒤로 몇 주, 몇 달 동안 파파 잰이 열 살 때 유니를 만드는 데 참여하고 싶다고 생각한 것처럼 자신도 뭔가를 원해보는 것에 대해, 하고 싶어 하는 것에 대해 생각했다. 며칠마다 한 번씩 밤에 1시간쯤 잠을 이루지 못하고 누워서 배치될 수 있는 모든 일과 자신이 아는 모든 분류를 곰곰이 생각해 보았다. 파파 잰 같은 건설 감독자, 아빠 같은 실험실 기술자, 엄마 같은 플라스마 물리학자, 친구의 아빠 같은 사진가, 의사, 조언자, 치과의사, 우주인, 배우, 음악가. 모두 비슷비슷해 보였지만, 뭔가를 진심으로 원하려면 뭘 원해야 할지 고르는 게 먼저였다. 그런 생각을 하다 보니 기분이 이상했다. 고르는 것, 선택하는 것, 결정하는 것. 자신이 작아진 기분이면서, 동시에 커진 기분이었다.

어느 날 밤, 커다란 건물을 설계하는 일이 재미있을 것 같다는 생각이 들었다. 아주 오래전 갖고 있던 건설 세트(유니가 빨갛게 'no'를 깜박였던 그것)로 작은 건물을 지었을 때처럼. 이 생각을 한 것은 치료 전날 밤이었다. 파파 잰이 뭔가를 원하기에 좋을 때라고 말했던 시간. 다음 날 밤에는 큰 건물 설계자가 다른 분류들과 별로 달라 보이지 않았다. 사실 어떤 특정 분류를 원한다는 생각 자체가 그날 밤에는 전 통합 시대의 어리석은 생각 같아서 곧바로 잠들었다.

그다음 치료를 받기 전날 밤, 칩은 또 건물 설계에 대해 생각했다. 평범한 세 종류의 건물이 아니라 온갖 다양한 형태의 건물들을 생각하며, 이에 대해 느끼던 흥미와 재미가 지난달에 왜 사라졌는지 궁금해졌다. 치료는 질병을 예방하고, 신경이 곤두선 멤버들을 편하게 만들어 주기 위한 것이었다. 여자들에게는 아기를 너무 많이 낳지 않게 해 주고, 남자들에게는 얼굴에 털이 나지 않게 해 주는 기능도 있었다. 그런데 왜 흥미로운 아이디어에 대한 흥미를 사라지게 만드는 걸까? 어쨌든 치료는 바로 그런 효과를 냈다. 이번 달에도, 다음 달에도, 그다음 달에도.

이런 생각을 하는 것이 어쩌면 일종의 이기심인지도 모른다는 생각이 들었다. 하지만 설사 이기심이라 해도, 아주 사소한 종류였다. 수면 시간 중 1, 2시간뿐, 학교 시간이나 텔레비전 시간은 전혀 상관없었으니까. 그래서 칩은 봅 NE에게 굳이 이 말을 하지 않았다. 순간적으로 지나간 불안감이나 가끔 꾸는 꿈에 대해 말하지 않는 것과 똑같았다. 매주 봅이 모든 일이 다 잘되고 있느냐고 물을 때마다 칩은 그렇다고 대답했다. 최고 속도예요, 마찰 없어요. 그는 '뭔가를 원하는 것에 대한 생각'을 너무 자주, 너무 오래 하지 않으려고 주의를 기울였다. 필요한 수면 시간을 모두 채워 잠을 자기 위해서였다. 아침에 세수하면서 그는 얼굴이 계속 멀쩡해 보이는지 거울로 확인했다. 얼굴에는 이상이 없었다. 물론 눈만 빼고.

146년에 칩과 가족들은 같은 건물에 살던 멤버들 대부분과 함께 AFR71680으로 이동되었다. 그들이 수용된 곳은 최신식 건물이라서, 복도에는 회색 카펫 대신 초록색 카펫이 깔렸고 텔레비전 화면도 예전 것보다 더 컸으며 가구도 비록 마음대로 바꿀 수는 없을망정 잘 비치되어 있었다.

AFR71680에는 새로 익숙해져야 하는 것이 많았다. 예전에 있던 곳보다 다소 기온이 높기 때문에 작업복의 무게와 색깔도 더 가볍고 밝았다. 모노레일은 낡아서 속도가 느리고, 자주 고장을 일으켰다.

살짝 초록색으로 물든 포일로 포장된 토털케이크는 짜기만 하고 맛이 입에 잘 맞지 않았다.

칩과 가족들에게 새로 배정된 조언자는 메리 CZ14L8584였다. 칩의 엄마보다 한 살 많은데도, 얼굴은 몇 살 더 젊어 보였다.

칩은 ’71680의 생활에 익숙해진 뒤(적어도 학교는 전혀 다르지 않았다), ‘뭔가를 원하는 것에 대해 생각’하며 시간을 보내는 일을 다시 시작했다. 여러 분류들 사이에 상당한 차이가 있다는 사실을 이제는 알고 있으므로, 때가 됐을 때 유니가 자신을 어떻게 분류할지 점점 궁금해졌다. 두 개 층을 채운 차가운 강철 블록들로 이루어진 유니, 소리가 울리던 그 공간…. 그때 파파 잰이 멤버들이 있다던 맨 아래층까지 자신을 데리고 갔으면 좋았을 거라는 생각이 들었다. 유니 혼자서 그를 분류하는 것이 아니라, 유니와 몇몇 멤버들이 함께 그를 분류할 것이라고 생각하면 더 기분이 좋을 것 같았다. 만약 자신에게 할당된 분류가 마음에 들지 않는데 거기에 멤버들이 관련되어 있다면, 그들에게 사정을 설명할 수 있을지도….

파파 잰은 1년에 두 번씩 전화를 걸었다. 그보다 더 신청했는데 허락받은 것이 두 번뿐이라고 했다. 예전보다 늙어 보였고, 미소에 피곤이 섞여 있었다. USA60607의 한 섹션이 다시 지어지는 중인데, 파파 잰이 그 일의 책임자였다. 칩은 자신이 뭔가를 원해보려고 노력 중이라는 말을 하고 싶었지만, 다른 이들이 함께 화면 앞에 서 있는 상황에서는 불가능했다. 한 번은 통화가 거의 끝나갈 무렵 칩이 “노력 중이에요”라고 말했다. 파파 잰은 옛날처럼 빙긋 웃으며 이렇게 말했다. "그래야 내 손자지!"

통화가 끝난 뒤 칩의 아빠가 말했다. "뭘 노력 중이라는 거야?"

"아무것도 아니에요." 칩이 말했다.

"그럴 리가 없잖아." 아빠가 말했다.

칩은 어깨를 으쓱했다.

메리 CZ도 그다음 칩을 만났을 때 같은 것을 물었다. "할아버지한테 노력 중이라고 말한 게 무슨 뜻이야?"

"아무것도 아니에요." 칩이 말했다.

"리." 메리는 나무라듯이 그를 바라보았다. "노력 중이라고 말했잖아. 뭘 노력 중이야?"

"할아버지를 그리워하지 않으려고 노력 중이에요. 할아버지가 USA로 이동되었을 때, 할아버지가 보고 싶어질 거라고 제가 말했거든요. 그랬더니 할아버지가 그러지 않게 노력하라고 했어요. 멤버들은 누구나 다 똑같고, 언제든 기회가 생기면 할아버지가 전화를 할 거라고요."

"아." 메리는 이제 긴가민가한 표정으로 칩을 계속 바라보았다. "그럼 처음부터 그렇게 말했어야지."

칩은 어깨를 으쓱했다.

"그래서 할아버지가 보고 싶어?"

"조금요. 그러지 않으려고 노력 중이에요."

섹스가 시작되었다. 그것은 뭔가를 원하는 일보다는 생각하기에 훨씬 더 좋은 주제였다. 오르가슴이 극도로 기분 좋은 것이라고 배웠는데도, 점점 강해지는 감각의 거의 참을 수 없는 달콤함, 절정에 도달했을 때의 황홀감, 그 뒤 잠시 동안 흐물흐물하고 탈진한 상태로 느끼는 만족감에 대해서는 전혀 짐작도 하지 못했다. 그건 누구나 마찬가지였다. 동급생들 누구나. 그들은 온통 섹스 이야기만 하면서, 기꺼이 섹스에만 자신을 모두 바쳤다. 칩은 수학과 전자공학과 천문학에 대해 잘 생각할 수 없었다. 여러 분류들의 차이에 대해서는 말할 것도 없었다.

하지만 몇 달이 흐르자 다들 차분해졌다. 새로운 쾌락에 익숙해진 그들은 일주일 중 토요일 밤 시간을 섹스에 배정했다. 그때가 적절했다.

칩은 열네 살 때 어느 토요일 저녁 친구들과 함께 자전거를 타고 AFR71680에서 북쪽으로 몇 킬로미터 떨어진 고운 백사장으로 갔다. 거기서 물에 뛰어들고 서로를 물에 밀어 넣고 물속으로 가라앉는 태양 때문에 분홍색 거품이 이는 파도 속에서 물장구를 치며 수영하다가, 모래밭으로 나와 모닥불을 피우고 담요 위에 둘러앉아 케이크와 콜라와 세게 때려서 깨부순 코코넛 안의 달콤하고 아삭한 과육을 먹었다. 한 소년이 리코더로 노래를 연주했다. 솜씨가 썩 좋지는 않았다. 모닥불이 점점 줄어들어 깜부기불만 남았을 때, 그들은 다섯 쌍으로 갈라져 각자 담요를 하나씩 차지했다.

칩의 짝이 된 소녀는 애나 VF였다. 오르가슴이 지나간 뒤(칩이 지금껏 경험한 것 중 최고였다. 아니, 그런 것 같았다), 소녀에 대한 애정이 가

슴에 가득해져서 그는 그 감정을 전해줄 뭔가를 그녀에게 주고 싶어
졌다. 이를테면 칼 GG가 인 AP에게 준 아름다운 조개껍데기나 리
OS가 리코더로 연주한 노래 같은 것. 리는 상대가 누구든 소녀와 담
요에 누울 때마다 부드럽고 정다운 그 노래를 연주했다. 칩에게는 아
무것도 없었다. 조개껍데기도 노래도 아무것도, 혹시, 어쩌면, 그의
생각을 줘도 될까.

"흥미로운 생각을 하고 싶어?" 그는 한 팔로 애나를 감싼 채 똑바
로 누워서 말했다.

"음." 애나는 이렇게 말하고서 그의 옆으로 더 바싹 다가왔다. 그
녀의 머리가 그의 어깨에 놓이고, 한 팔은 그의 가슴을 가로질러 놓
였다.

그는 그녀의 이마에 입을 맞췄다. "모든 분류를 생각해 봐…."

"음?"

"그리고 만약 네가 그중에서 하나를 골라야 한다면 뭘 고를지 결
정해 보는 거야."

"하나를 골라?"

"그래."

"그게 무슨 뜻이야?"

"하나를 고르는 거지. 갖는 것. 그 안으로 들어가는 것. 네가 가장
원하는 분류는 뭐야? 의사, 엔지니어, 조언자…."

애나는 손으로 머리를 받치고 그를 향해 눈을 가늘게 떴다. "그게
무슨 뜻이야?"

칩은 작게 한숨을 내쉬었다. "우리는 곧 분류될 거야, 그렇지?"

"그렇지."

"그런데 분류되지 않을 거라고 생각해 봐. 우리가 스스로를 분류해야 한다고 생각해 봐."

"멍청한 소리." 애나는 손가락으로 그의 가슴에 그림을 그리며 말했다.

"생각하기에 재미있는 주제야."

"다시 씹하자." 애나가 말했다.

"잠깐만. 그냥 온갖 분류에 대해 생각해 봐. 그걸 우리가 고르…."

"난 싫어." 애나는 그림 그리기를 멈췄다. "멍청한 소리야. 병든 소리고. 우리는 분류되는 거야. 거기에 생각할 게 뭐가 있어? 유니는 다 알고…."

"아, 유니랑 싸워." 칩이 말했다. "그냥 잠시 상상해 봐. 우리가 사는 곳이…."

애나는 몸을 휙 돌리며 그에게서 멀어져 배를 깔고 엎드렸다. 딱딱하게 굳어서 움직이지 않는 그녀의 뒤통수가 그를 향했다.

"미안해." 칩이 말했다.

"내가 미안하지. 너한테. 넌 병들었어."

"아냐, 그렇지 않아."

애나는 아무 말이 없었다.

칩은 일어나 앉아서 딱딱하게 굳은 애나의 등을 절망스럽게 바라보았다. "그냥 말이 헛나왔어. 미안해."

애나는 여전히 말이 없었다.

"그냥 말만 한 거야, 애나." 칩이 말했다.

"넌 병들었어."

"아, 증오 같으니."

"내 말이 무슨 뜻인지 알겠어?"

"애나, 그냥 잊어버려. 전부 잊어버려. 알았지? 다 잊어." 그는 애나의 허벅지 사이를 간질였지만, 애나가 다리를 딱 붙여 그의 손길을 막았다.

"아, 애나." 칩이 말했다. "이러지 마. 미안하다고 했잖아. 이러지 말고 다시 씹하자. 네가 원한다면 내가 먼저 빨아줄게."

얼마 뒤 애나는 허벅지의 힘을 풀고 그의 손길을 받아들였다.

그러다가 몸을 돌려 일어나 앉아서 칩을 바라보았다. "너 병들었어, 리?"

"아니." 칩은 애써 웃음을 터뜨렸다. "당연히 아니지."

"난 그런 소리 처음 들었어. 우리 스스로를 분류한다니. 그런 걸 어떻게 해? 어떻게 우리가 충분한 지식을 갖고 있겠어?"

"그냥 내가 가끔 생각해 보는 거야. 자주는 아니고. 사실 거의 안 해."

"그건 진짜 어… 어 웃기는 소리야. 그건 꼭… 뭐라고 해야 하지 … 전 통합 시대 같아."

"이제 그 생각 안 할게." 칩이 오른손을 들어 올리자 팔찌가 미끄러졌다. "패밀리의 사랑을 걸고. 자, 이제 누워봐. 내가 빨아줄게."

애나는 걱정스러운 표정으로 담요 위에 누웠다.

다음 날 10시 5분에 메리 CZ가 칩에게 전화를 걸어 자신을 만나러 오라고 했다.

"언제요?" 칩이 물었다.

"지금."

"알았어요. 바로 내려갈게요."

엄마가 말했다. "일요일에 왜 만나자는 거니?"

"몰라요." 칩이 말했다.

아니, 그는 알고 있었다. 애나 VF가 조언자에게 연락한 것이다.

칩은 에스컬레이터를 타고 계속 내려가면서, 애나가 어디까지 말했을지, 자신은 무슨 말을 해야 할지 생각했다. 자신은 병들었고 이기적인 거짓말쟁이라고 메리에게 소리를 지르고 싶다는 생각이 갑자기 들었다. 위층으로 올라가는 에스컬레이터의 멤버들은 느긋하고 만족스러운 얼굴로 웃고 있었다. 스피커에서 나오는 유쾌한 음악과 잘 어울렸다. 오로지 칩만이 죄인이고 불행했다.

조언자실은 이상하게 조용했다. 작은 상담실 몇 군데에서 멤버들과 조언자들이 이야기를 나누고 있을 뿐, 대부분의 상담실은 비어 있었다. 책상은 깨끗하고 의자는 멤버들을 기다렸다. 한 상담실에서는 초록색 작업복 차림의 멤버가 전화기를 향해 몸을 기울인 채 드라이버를 돌리고 있었다.

메리는 의자 위에 올라서서, 〈화학 치료사에게 연설하는 웨이〉 그림 위에 크리스마스 장식 천을 다는 중이었다. 책상 위에는 빨간색과 초록색 장식 천 두루마리가 한 개씩 놓여 있고, 뚜껑이 열린 메리의 텔레콤프 옆에는 차를 담은 그릇 하나가 있었다. "리?" 메리가 고개를 돌리지 않은 채 말했다. "빨리 왔구나. 앉아."

칩은 앉았다. 텔레콤프 화면에서 초록색 기호들이 줄지어 반짝거렸다. RUS81655에서 기념품으로 가져온 문진이 응답 버튼을 계속 누르고 있었다.

"이대로 있어." 메리는 장식 천을 향해 이렇게 말하고 나서, 시선을 계속 그곳에 고정한 채 뒷걸음으로 의자에서 내려왔다. 장식 천은 그대로 있었다.

메리는 의자를 획 돌려서 잡아당겨 앉으면서 칩에게 미소를 지었다. 그리고 텔레콤프 화면을 보면서 차 그릇을 들어 한 모금을 마셨다. 그녀는 그릇을 내려놓고 칩을 보며 빙긋 웃었다.

"너한테 도움이 필요하다고 어떤 멤버가 말하더구나." 메리가 말했다. "어젯밤 너랑 씹한 여자아이인데, 애나…." 그녀는 화면을 흘깃 보았다. "VF35H6143."

칩은 고개를 끄덕였다. "제가 더러운 단어를 말했어요."

"두 단어였지. 하지만 그건 별로 중요하지 않아. 적어도 상대적으로는. 중요한 건 네가 말한 다른 내용이란다. 우리를 분류해 주는 유니콤프가 없다면, 네가 어떤 분류를 고를지 결정할 거라는 이야기."

칩은 메리에게서 시선을 돌려, 빨간색과 초록색 크리스마스 장식 천 두루마리를 보았다.

“그런 생각을 자주 하니, 리?” 메리가 물었다.

“그냥 가끔 해요. 한가할 때나 밤에. 학교에 있을 때나 텔레비전 시간에는 절대 안 해요.”

“밤 시간도 중요해. 그때는 자야 하는 시간이야.”

칩은 그녀를 보며 아무 말도 하지 않았다.

“언제부터 그랬니?” 메리가 물었다.

“모르겠어요. 몇 년 전. EUR에 있을 때요.”

“네 할아버지구나.”

칩은 고개를 끄덕였다.

메리는 화면을 보다가 안타까운 표정으로 다시 칩을 보았다. “이런 생각은 안 해봤니? ‘결정’이나 ‘선택’은 이기심의 표현이라는 것. 이기적인 행동이라는 것.”

“아마 했을걸요.” 칩은 책상 가장자리를 보며 거기에 손끝을 문질렀다.

“아, 리. 내가 뭘 하는 멤버지? 조언자는 뭘 하는 이야? 우리를 돕는 이지, 안 그래?”

칩은 고개를 끄덕였다.

“그런데 왜 나한테 말하지 않았어? EUR의 조언자에게라도. 왜 머뭇거리면서 잠도 제대로 못 자고, 이 애나를 걱정시키는 거야?”

칩은 책상 가장자리를 문지르는 자신의 손가락을 지켜보며 어깨를 으쓱했다. 손톱이 검은색이었다. “그게… 좀 재미있었던 것 같아요.”

"재미있었던 것 같다? 우리가 정말로 스스로 분류를 선택하게 된다면 전 통합 시대의 혼돈이 벌어질 거라는 생각도 재미있었을 것 같은데. 그런 생각은 해봤니?"

"아뇨."

"그럼 해봐. 1억 명의 멤버들이 모조리 텔레비전 배우가 되기로 결정하고, 화장장을 선택하는 멤버는 단 한 명도 없다면 어떻게 될지."

칩은 시선을 들어 메리를 보았다. "제가 심하게 병들었나요?"

"아니. 하지만 애나의 도움이 없었다면 그렇게 됐을지도 몰라." 메리가 텔레콤프의 응답 버튼에서 문진을 떼어 내자 화면에서 초록색 기호들이 사라졌다. "접촉."

칩은 팔찌를 스캐너에 댔다. 메리는 입력 자판을 두드리기 시작했다. "너는 처음 학교에 간 날부터 수백 번이나 테스트를 거쳤어. 그 결과가 매번 유니콤프에 입력되었지." 그녀의 손가락이 자판에 있는 열두 개의 검은 버튼 위에서 날듯이 움직였다. "조언자랑 얘기를 나눈 것도 수백 번이야. 유니콤프는 그런 상담에 대해서도 전부 알고 있어. 수행해야 하는 일이 뭔지, 그걸 누가 할 수 있는지 유니콤프는 다 알아. 모든 걸 알고 있어. 그럼 누가 더 훌륭하고 더 효율적인 분류를 할 수 있을까? 너야 유니콤프야?"

"유니콤프예요, 메리." 칩이 말했다. "저도 알아요. 정말로 제가 직접 그걸 하고 싶은 건 아니었어요. 그냥… 그냥 만약의 경우를 생각해 본 것뿐이에요."

메리는 입력을 마치고 응답 버튼을 눌렀다. 화면에 초록색 기호들이 나타났다. 메리가 말했다. "치료실로 가."

칩은 벌떡 일어섰다. "고마워요."

"감사는 유니에게." 메리는 텔레콤프의 전원을 끄고 뚜껑을 닫은 뒤, 걸쇠를 딸깍 걸었다.

칩은 머뭇거리다 물었다. "제가 괜찮아질까요?"

"완벽해질 거야." 메리는 이렇게 말하고 나서 안심하라는 듯이 미소를 지었다.

"일요일에 나오게 해서 미안해요."

"괜찮아. 내 평생 처음으로 12월 24일 전에 크리스마스 장식을 걸게 됐으니까."

칩은 조언자실을 나와 치료실로 들어갔다. 작동 중인 유닛이 한 개뿐인데, 줄을 선 멤버는 세 명밖에 되지 않았다. 차례가 돌아오자 칩은 가장자리에 고무가 둘러진 구멍 속으로 최대한 깊숙이 팔을 집어넣고, 스캐너가 닿는 감촉과 주사 원반이 따뜻하게 파고드는 감촉을 감사히 받아들였다. 간질거리다가 윙 하는 소리가 나며 따끔해지는 순간이 오랫동안 지속되어 자신을 완전히 치료해 주었으면 싶었지만, 그 순간이 평소보다 오히려 더 짧아서 유닛과 유니 사이 소통에 문제가 있었거나 유닛 안의 화학약품이 부족한 것은 아닌지 걱정스러웠다. 사용자가 별로 없는 일요일 오전이라 관리가 소홀한 건가?

하지만 칩은 걱정을 그만두고 에스컬레이터에 올랐다. 모든 것이, 그러니까 자신, 유니, 패밀리, 세상, 우주가 훨씬 더 편하게 느껴졌다.

아파트로 돌아온 뒤 그는 가장 먼저 애나 VF에게 전화를 걸어 고 맙다고 인사했다.

열다섯 살 때 칩은 663D로 분류되었다. 유전자 분류학자 4급. 그리고 RUS41500의 유전과학 아카데미로 이동되었다. 그는 기초 유전학과 실험 기술과 조절법과 이식 이론을 배웠다. 스케이트를 타고 축구도 하고 전 통합 박물관과 패밀리 업적 박물관MFA도 구경하러 갔다. JAP에서 온 애나라는 여자 친구를 사귀다가, 그다음에는 AUS에서 온 피스라는 여자 친구를 사귀었다. 151년 10월 18일 목요일에 그를 포함해서 아카데미의 모든 이들은 새벽 4시까지 자지 않고 알타이라 발사를 지켜본 뒤 잠자리에 들어 반半휴일을 빈둥거리며 보냈다.

어느 날 밤 부모에게서 예상치 못한 전화가 걸려 왔다. "슬픈 소식이야." 엄마가 말했다. "오늘 아침에 파파 잰이 돌아가셨다."

그를 사로잡은 슬픔이 얼굴에도 드러난 모양이었다.

"할아버지는 예순두 살이었어, 칩." 엄마가 말했다. "살 만큼 산 거야."

"영원히 사는 이는 없지." 아빠가 말했다.

"네." 칩이 말했다. "할아버지 나이를 잊어버렸어요. 잘 지내요? 피스는 분류받았어요?"

이야기를 끝낸 뒤 칩은 산책을 나갔다. 비가 예정된 밤이고, 10시가 다 된 시각인데도. 그는 공원으로 들어갔다. 모두가 공원 밖으로 나오고 있었다. "6분 전." 어떤 멤버가 웃는 얼굴로 그에게 말했다.

그는 상관하지 않았다. 흠뻑 젖을 만큼 비를 맞고 싶었다. 이유는 모르겠지만 하여튼 그러고 싶었다.

그는 벤치에 앉아 기다렸다. 공원은 텅 비어 있었다. 멤버들이 모두 사라졌다. 파파 잰이 생각과는 정반대의 말을 하던 것, 유니 안에 들어갔을 때 파란 담요를 둘러쓰고 진심을 얘기하던 것을 생각했다.

산책로 맞은편 벤치 등받이에 누군가가 빨간 분필로 들쭉날쭉하게 '유니랑 싸워'라는 말을 써놓았다. 그리고 다른 누군가가, 아니 어쩌면 그 말을 쓴 병든 멤버가 수치심을 느꼈는지, 그 말에 하얀 분필로 가위표를 그려놓았다. 비가 내리기 시작하면서 그것을 모두 씻어내렸다. 하얀 분필, 빨간 분필이 분홍색으로 번져서 벤치 등받이를 타고 흘러내렸다.

칩은 하늘을 향해 얼굴을 들고 그대로 비를 맞으며, 너무 슬퍼서 우는 것 같은 기분을 느껴보려고 애썼다.

4

아카데미 졸업반인 3학년 때 칩은 모두가 각자 여자 친구나 남자 친구와 더 가까운 곳에서 지낼 수 있게 만들어진 복잡한 기숙사 방교환 프로그램에 참가했다. 그의 새로운 칸막이 방에서 두 칸 떨어진 곳에 인 DW가 있었다. 복도 맞은편에는 정상보다 키가 작은 칼 WL이라는 멤버가 있었는데, 그는 초록색 표지의 스케치 패드를 자주 들고 다녔고 남들이 하는 말에는 곧잘 대답하면서도 먼저 대화를 시작하는 경우는 별로 없었다.

칼 WL은 유난히 뭔가에 집중한 듯한 눈빛을 하고 있었다. 어려운 질문의 답에 거의 근접한 이 같았다. 한번은 첫 번째 텔레비전 시간이 시작된 후 그가 라운지에서 살짝 빠져나갔다가 두 번째 텔레비전 시간이 끝날 무렵에야 살짝 들어오는 모습이 칩의 눈에 띄었다. 또 어느 날 밤 기숙사 불이 꺼진 뒤에는 칼의 침대에서 담요 밑으로 희미한 불빛이 새어 나오는 것이 보였다.

어느 토요일 밤, 아니 사실은 일요일 새벽에 칩은 인 DW의 칸막이 방에서 자신의 방으로 조용히 돌아오다가 칼이 방에 앉아 있는 것을 보았다. 잠옷 차림으로 침대에 걸터앉아 책상 귀퉁이의 손전등을 향해 패드를 비스듬히 들고 손날로 힘차게 팍팍 치는 듯한 동작을 하고 있었다. 손전등 렌즈를 모종의 방식으로 가려놓았는지, 아주 가느다란 불빛만이 새어 나왔다.

칩은 가까이 다가가서 말했다. "이번 주에는 여자 없어?"

칼은 화들짝 놀라며 패드를 닫았다. 손에 목탄 조각을 쥐고 있었다.

"놀라게 해서 미안." 칩이 말했다.

"괜찮아." 칼이 말했다. 그의 턱과 광대뼈만이 흐릿하게 반짝였다. "일찍 끝냈어. 피스 KG랑. 넌 인이랑 밤새 같이 있는 거 아니었어?"

"개가 코를 골아."

칼은 재미있다는 듯이 소리를 냈다. "난 이만 자야겠다."

"뭘 하고 있었어?"

"그냥 유전자 다이어그램을 좀." 칼은 이렇게 말하고 나서, 스케치 패드 표지를 넘겨 첫 페이지를 보여주었다. 칩은 가까이 다가가 허리를 숙이고 들여다보았다. B3 위치의 유전자 단면도가 펜으로 명암 표시까지 세심하게 표현되어 있었다. "목탄으로 좀 그려보려고 했는데, 별로야." 칼은 이렇게 말하고서 패드를 닫은 뒤 목탄을 책상 위에 놓고 손전등을 껐다. "잘 자." 그가 말했다.

"고마워. 너도." 칩이 말했다.

그는 자기 방으로 가서 더듬더듬 침대를 찾아 들어가며, 칼이 정말로 유전자 다이어그램을 그리고 있었는지 의심했다. 그런 그림이라면 목탄은 아예 시험해 볼 가치도 없어 보였다. 아무래도 칼의 비밀스러운 행동과 가끔 보이는 멤버답지 않은 행동에 대해 자신의 조언자 리 YB에게 말해야 할 것 같았지만, 아직은 좀 더 기다려 보기로 했다. 칼에게 정말로 도움이 필요한지 확신할 수 있을 때까지. 리 YB와 칼과 자신의 시간을 낭비하지 않기 위해서였다. 공연한 걱정으로 호들갑을 떨 필요는 없었다.

몇 주 뒤 웨이의 탄신일이 왔다. 퍼레이드가 끝난 뒤 칩을 포함한 10여 명의 학생들은 기차를 타고 놀이 정원으로 가 오후를 보냈다. 한동안 노를 저으며 뱃놀이를 한 뒤 한가로이 걸으며 동물원을 구경했다. 모두 분수대 앞에 모였을 때, 칩은 칼 WL이 말 우리 앞의 난간에 앉아 패드를 무릎 위에 펼치고 그림을 그리고 있는 것을 보았다.

칩은 다른 학생들에게 양해를 구한 뒤 칼에게 다가갔다.

칼은 다가오는 그를 보고 미소를 지으며 패드를 닫았다. "퍼레이드 좋았지?"

"진짜 최고 속도였어." 칩이 말했다. "말을 그리는 중?"

"노력 중."

"봐도 돼?"

칼은 잠시 칩의 눈을 보다가 말했다. "물론, 당연하지." 그는 패드 뒤쪽에서부터 종이를 펄럭펄럭 넘겨 중간쯤을 펼치더니 나머지 부분을 뒤편으로 넘겨버렸다. 뒷다리로 선 말 한 마리가 종이를 가득 채우고 있었다. 검은 목탄으로 생생하게 그린 그림이었다. 번들거리는 가죽 밑에 근육이 불끈 부풀어 있고, 눈빛은 거칠고, 앞다리는 가늘게 떨렸다. 이 그림의 생생함과 힘에 칩은 깜짝 놀랐다. 지금까지 본 말 그림들은 이 그림과 상대가 되지 않았다. 그는 적당한 말을 찾아보았으나 생각나는 말은 이것뿐이었다. "이건… 굉장해, 칼! 최고 속도야!"

"정확하진 않아." 칼이 말했다.

"정확해."

"아니야. 만약 정확했다면, 난 지금 예술 아카데미에 있겠지."

칩은 우리 안의 진짜 말과 칼의 그림을 차례로 보았다. 다시 말을 보니, 다리가 그림보다 더 굵고 가슴의 폭이 더 좁은 걸 알 수 있었다.

"네 말이 맞아." 칩은 다시 그림을 보며 말했다. "정확하진 않아. 하지만 이건… 이건 정확한 것보다 더 좋은 것 같아."

"고맙다." 칼이 말했다. "내가 원하는 것도 그래. 아직 다 완성하진 못했어."

칩은 그를 바라보며 말했다. "끝낸 그림도 있어?"

칼은 앞 페이지를 내려, 앉아 있는 사자 그림을 보여주었다. 도도하게 경계하는 모습이었다. 종이 오른쪽 아래 구석에는 동그라미를 두른 A자가 있었다. "엄청나다!" 칩이 말했다. 칼은 다른 페이지들도 보여주었다. 사슴 둘, 원숭이 하나, 날아오르는 독수리 하나, 서로 냄새를 맡는 개 두 마리, 웅크린 표범 하나.

칩은 웃음을 터뜨렸다. "진짜 싸움, 동물원이 여기 다 들어 있네!"

"아냐, 그렇진 않아." 칼이 말했다.

모든 그림의 구석에 동그라미를 두른 A가 있었다. "이건 뭐야?" 칩이 물었다.

"옛날에는 화가들이 그림에 서명을 남겼어. 누구 작품인지 표시하려고."

"나도 알아. 하지만 왜 A인데?"

"아." 칼은 페이지를 한 장씩 넘겼다. "그건 애시Ashi를 뜻해. 내 누이가 날 그렇게 부르거든." 칼은 다시 말 그림을 펼쳐서 배에 목탄으로 선 하나를 덧그린 뒤, 우리 안의 말을 바라보았다. 뭔가에 열심히 집중하는 듯한 그의 표정에 이제는 대상과 이유가 있었다.

"나도 별도의 이름이 있어." 칩이 말했다. "칩이야. 할아버지가 지어줬어."

"칩?"

“‘오래된 덩어리에서 떨어져 나온 조각’이라는 뜻이야. 내가 할아버지의 할아버지를 닮았다나 봐.” 칩은 칼이 말의 뒷다리 선을 선명하게 다듬는 모습을 지켜보다가 그에게서 한 걸음을 떼었다. “난 이제 다른 애들한테 가봐야겠다. 네 그림은 최고 속도야. 네가 예술가로 분류되지 않은 게 안타깝네.”

칼은 그를 보았다. “그렇게 분류되지 못했지. 그래서 일요일이랑 휴일이랑 자유 시간에만 그림을 그려. 내 일이든 뭐든 꼭 해야 하는 일에 그림이 방해가 된 적은 없어.”

“그렇지.” 칩이 말했다. “기숙사에서 보자.”

그날 저녁 텔레비전 시간이 끝난 뒤 자기 칸막이 방으로 돌아온 칩은 책상 위에 그 말 그림이 놓여 있는 것을 보았다. 칼이 자신의 방에서 말했다. “가질래?”

“응.” 칩이 말했다. “고마워. 멋지다!” 그림은 낮에 보았을 때보다도 더 생생하고 강렬했다. 동그라미 안의 A가 구석에 있었다.

칩은 책상 뒤의 게시판에 그림을 붙였다. 그때 인 DW가 빌려 간 책『우주』를 돌려주려고 방으로 들어왔다. “그거 어디서 났어?” 그녀가 물었다.

“칼 WL이 그린 거야.” 칩이 말했다.

“좋아, 칼.” 인이 말했다. “그림 잘 그리네.”

칼은 잠옷으로 갈아입으며 말했다. “고마워. 마음에 든다니 기분 좋은걸.”

인은 칩에게 속삭였다. “비례가 엉망이야. 하지만 그냥 붙여둬.

그걸 붙이다니 너 마음씨가 착하다.”

자유 시간에 가끔 칩과 칼은 전 통합 박물관에 함께 갔다. 칼은 마스토돈과 들소, 동물 가죽을 걸친 원시인, 수없이 다양한 군복 차림의 군인과 수병을 스케치했다. 칩은 초창기 자동차와 구술 타자기, 금고와 수갑과 텔레비전 ‘수상기’ 사이를 돌아다녔다. 뾰족탑과 버팀벽이 있는 성당, 작은 탑이 있는 성, 단단히 고정된 문과 창문이 있는 크고 작은 주택 등 옛날 건물들의 모형과 사진을 유심히 살펴보기도 했다. 창문이 그 주택들의 좋은 점이었을 거라는 생각이 들었다. 자기 방이나 직장 안에서 세상을 내다보면 기분이 좋아지고 자기가 더 커진 느낌이 들었을 것이다. 그리고 밤에 밖에서 불빛이 줄줄이 켜진 창문을 보면 매력적이다 못해 아름답게 보였을 것이다.

어느 날 오후 칼이 칩의 칸막이 방으로 와서 양 옆구리에 주먹을 쥔 자세로 책상 옆에 섰다. 그를 올려다본 칩은 그가 열병이나 아니면 더 심한 병에 걸린 줄 알았다. 얼굴이 벌겋게 달아오른 그가 눈을 가늘게 뜬 기묘한 표정으로 칩을 노려보고 있었다. 그를 사로잡은 것은 바로 분노였다. 칩이 생전 처음 보는 강렬한 분노. 칼은 말을 하려고 했지만, 너무 심한 분노 때문에 입술도 마음대로 움직이지 않는 것 같았다.

칩이 불안하게 물었다. “무슨 일이야?”

“리, 저기, 내 부탁 하나 들어줄래?”

“그럼! 당연하지!”

칼은 그에게 몸을 가까이 기울이고 속삭였다. "내 대신 패드를 하나 신청해 줄래? 방금 내가 신청했는데 거절당했어. 패드가 500개나 이렇게 높이 쌓여 있는데, 싸움 같으니, 난 그걸 반납해야 했다고!"

칩은 그를 빤히 바라보았다.

"하나 신청해 줘, 응?" 칼이 말했다. "남는 시간에 스케치를 조금 할 수도 있는 거잖아, 안 그래? 가줄 거지?"

칩은 고통스럽게 입을 열었다. "칼…."

칼은 그를 보았다. 분노가 뒤로 물러나고, 그가 허리를 똑바로 세웠다. "아냐." 그가 말했다. "아냐, 내가… 내가 잠시 화가 나서, 그뿐이야. 미안해. 미안해, 형제. 잊어버려." 그는 칩의 어깨를 찰싹 쳤다. "이제 난 괜찮아. 일주일쯤 뒤에 내가 다시 신청할게. 어차피 그동안 그림을 너무 많이 그린 것 같아. 유니가 제일 잘 알겠지." 그는 통로를 걸어 화장실로 향했다.

칩은 책상으로 몸을 돌려 팔꿈치를 책상에 괴고 머리를 받쳤다. 몸이 떨렸다.

그것이 화요일의 일이었다. 칩이 매주 한 번씩 조언자와 만나는 시각은 우즈데이[※] 오전 10시 40분이었다. 이번에는 리 YB에게 칼이 병들었다고 말할 생각이었다. 이제는 공연한 일로 호들갑을 떠는 꼴이 될까 봐 걱정할 필요가 없었다. 사실 지금까지 두고 본 것도 책임을 도외시한 일이었다. 처음에 분명한 징후가 나타났을 때, 그러니까 칼이 텔레비전 시간에 살짝 빠져나갔을 때(물론 그림을 그리러 갔을 것

<hr>

※ 수요일을 뜻하는 wednesday 앞부분을 woods로 바꾼 것.

이다), 아니 칼의 남다른 눈빛을 알아차렸을 때라도 뭔가 말을 했어야 했다. 도대체 왜 머뭇거렸을까? 리 YB가 부드럽게 나무라는 소리가 들리는 듯했다. "넌 네 형제를 잘 지키지 못했어, 리."

하지만 우즈데이 아침 일찍 그는 작업복과 《유전학자》 최신 호를 챙겨 오기로 하고, 공급 센터로 가서 진열대 통로를 걸었다. 《유전학자》 한 권과 작업복 한 팩을 꺼낸 뒤 조금 더 걸어가니 미술용품 공급 섹션이 나왔다. 초록색 표지의 스케치 패드가 쌓여 있는 것이 보였다. 500개까지는 아니고 70~80개쯤 되는 것 같았는데, 그걸 서둘러 신청하려는 이는 없는 듯했다.

칩은 그 자리를 떠나면서 아무래도 자신이 미친 것 같다고 생각했다. 하지만 칼이 그림을 그리면 안 되는 시간에 절대 그리지 않겠다고 약속한다면….

그는 되돌아갔다("남는 시간에 스케치를 조금 할 수도 있는 거잖아, 안 그래?"). 그리고 패드 하나와 목탄 한 통을 꺼냈다. 줄이 가장 짧은 반출대로 가서 서는 동안 심장이 두근거리고 팔이 덜덜 떨렸다. 그는 최대한 깊숙이 심호흡을 했다. 한 번, 두 번, 세 번.

그는 스캐너에 팔찌를 댄 다음, 작업복, 《유전학자》, 패드, 목탄의 스티커를 차례로 댔다. 모두 'yes'였다. 그는 다음 멤버에게 자리를 내주었다.

기숙사로 올라가 보니 칼의 칸막이 방은 비어 있고, 침대는 흐트러진 상태였다. 칩은 자신의 칸막이 방으로 들어가 작업복을 선반에, 《유전학자》를 책상에 놓았다. 그리고 패드 맨 앞장에 여전히 떨리는 손으로 이렇게 썼다. '자유 시간에만. 나한테 약속해.' 그러고 나서 패드와 목탄을 침대 위에 두고 책상에 앉아 《유전학자》를 보았다.

칼이 나타나 자기 방으로 들어가 침대를 정리하기 시작했다. "이거 네 거야?" 칩이 물었다.

칼은 칩의 침대에 놓인 패드와 목탄을 보았다. 칩이 말했다. "내 건 아닌데."

"아, 맞아. 고마워." 칼은 이렇게 말하고서 칩의 칸막이 방으로 건너와 물건을 가져갔다. "진짜 고마워."

"첫 장에 네 이름번호를 써둬." 칩이 말했다. "그렇게 아무 데나 두고 다닐 거면."

칼은 자신의 칸막이 방으로 가서 패드를 열고 첫 페이지를 보았다. 그리고 칩을 보며 고개를 끄덕이고는, 오른손을 들어 올리며 입술로만 말했다. "패밀리의 사랑을 걸고."

둘은 함께 교실로 향했다. "왜 그렇게 한 페이지를 낭비한 거야?" 칼이 말했다.

칩은 빙긋 웃었다.

"농담 아냐." 칼이 말했다. "쪽지에 메모를 쓰는 거 몰라?"

"그리스도, 마르크스, 우드, 웨이시여." 칩이 말했다.

그해, 즉 152년 12월에 경악스러운 소식이 들려왔다. '회색 죽음'이 화성에서 한 곳을 제외한 모든 정착지를 휩쓰는 바람에 고작 아흐레 만에 모두가 깡그리 몰살당했다는 소식이었다. 패밀리의 모든 기관과 마찬가지로 유전과학 아카데미에서도 무력한 침묵이 흐르다가 애도의 분위기가 시작되더니 이내 이 엄청난 재난을 패밀리가 극복하는 데 도움이 되고 싶다는 강력한 결의가 일었다. 모두가 더 오랜 시간, 더 열심히 일했다. 자유 시간은 절반이 되었고, 일요일에도 수업이 있었으며, 반半공휴일밖에 안 되는 크리스마스에도 마찬가지였다. 유전학만이 다가오는 세대에 새로운 강점들을 배양해 줄 수 있었다. 모두들 공부를 빨리 마치고 진짜 임무에 배치되려고 서둘렀다. 모든 벽에는 검은 바탕에 하얀 글씨로 '다시 화성!'이라고 적힌 포스터가 붙었다.

이 새로운 분위기는 여러 달 동안 지속되었다. 마르크스마스까지 하루를 온전히 쉬는 휴일이 단 한 번도 없었고, 마르크스마스에는 다들 무엇을 해야 할지 몰랐다. 칩과 칼은 여자 친구들과 함께 놀이 정원 호수에 있는 여러 섬 중 한 곳으로 배를 저어 가서 크고 평평한 바위 위에서 일광욕을 했다. 칼은 여자친구를 그림으로 그렸다. 칩이 아는 한, 그는 그날까지 살아 있는 인간을 그린 적이 없었다.

6월에 칩은 칼을 위해 또 패드를 신청했다.

그들의 공부가 예정보다 5주 일찍 끝나, 배치가 결정되었다. 칩은 USA90058에 있는 바이러스 유전학 연구소로, 칼은 JAP50319에 있는 효소학 연구소로.

아카데미를 떠나기 전날 저녁에 그들은 휴대 키트를 꾸렸다. 칼은 책상 서랍에서 초록색 표지의 패드들을 꺼냈다. 한 서랍에서 열두 개, 다른 서랍에서 여섯 개, 그리고 또 다른 서랍들에서 여러 개. 그는 그것들을 침대 위에 쌓았다. "설마 이걸 전부 휴대 키트에 넣으려고?" 칩이 말했다.

"그럴 생각 없어." 칼이 말했다. "다 쓴 패드니까 나한테는 필요 없어." 그는 침대에 앉아 패드 하나를 들고 한 장씩 넘기며 차례로 그림을 찢어 냈다.

"내가 몇 장 가져도 돼?" 칩이 물었다.

"당연하지." 칼이 패드 하나를 그에게 던져주었다.

주로 전 통합 박물관 스케치가 담겨 있었다. 칩은 사슬 갑옷을 입고 어깨에 석궁을 멘 남자의 그림 한 장과 제 몸을 긁는 원숭이 그림 한 장을 선택했다.

칼은 대부분의 패드를 모아 들고 쓰레기 투입구를 향해 통로를 걸어갔다. 칩은 자신이 보던 패드를 칼의 침대에 놓고 다른 패드를 집어 들었다.

무미건조한 슬래브로 지어진 도시 밖의 공원에 알몸으로 서 있는 남녀의 그림이 있었다. 정상보다 키가 크고, 아름답고, 묘하게 품위가 있어 보였다. 여자는 남자와 상당히 달랐다. 성기뿐 아니라, 긴 머리, 튀어나온 가슴, 전체적으로 부드러운 굴곡 등. 훌륭한 그림이었지만, 뭔가가 거슬렸다. 칩은 정확히 무엇이 거슬리는지 알 수 없었다.

다른 페이지들에도 다른 남자들과 여자들이 그려져 있었다. 선이 더 굵어지면서 선의 개수가 줄어들고, 그림은 더 자신 있고 강렬해졌다. 칼이 그린 최고의 그림들이었다. 하지만 모든 그림에 거슬리는 부분이 있었다. 칩이 뭐라고 콕 집어 말할 수 없는 불균형, 뭔가의 부재.

무엇이 부재한지 깨닫는 순간 칩은 오싹해졌다.

그들에게는 팔찌가 없었다.

끝까지 페이지를 넘기며 확인하는 동안, 속이 단단히 뭉치는 것 같았다. 팔찌가 없었다. 누구도 팔찌를 차고 있지 않았다. 그렇다고 그림이 미완성처럼 보이지도 않았다. 모든 그림의 한 귀퉁이에 동그라미를 두른 A자가 있었다.

칩은 패드를 내려놓고 자신의 침대로 가 앉았다. 칼이 돌아와 나머지 패드를 모아 들고 빙긋 웃으며 가져가는 모습을 지켜보았다.

라운지에서 춤추는 시간이 마련되었지만, 화성의 일 때문에 가라앉은 분위기에서 금방 끝났다. 그 시간이 끝난 뒤 칩은 여자 친구와 함께 그녀의 칸막이 방으로 갔다. "무슨 일이야?" 그녀가 물었다.

"아무것도 아니야." 칩이 말했다.

칼도 같은 것을 물었다. 아침에 담요를 접으면서. "무슨 일이야, 리?"

"아무것도 아니야."

"떠나는 게 아쉬워?"

"조금."

"나도 그래. 자, 네 침대보 이리 내. 내가 투입구에 넣을게."

"그의 이름번호가 뭐지?" 리 YB가 물었다.

"칼 WL35S7497." 칩이 말했다.

리 YB가 그것을 받아 적었다. "정확히 뭐가 문제인 것 같다고?"

칩은 허벅지에 손바닥을 닦았다. "멤버들의 그림을 그렸어요."

"공격적인 행동을 하는 모습?"

"아뇨, 아뇨. 그냥 서 있거나 앉아 있는 모습, 씹하는 모습, 애들이랑 노는 모습."

"그런데?"

칩은 책상 상판을 보았다. "팔찌가 없어요."

리 YB는 아무 말도 하지 않았다. 칩이 그를 보았다. 그는 칩을 보고 있었다. 잠시 뒤 리 YB가 말했다. "그림 여러 장?"

"스케치 패드 하나 가득이요."

"팔찌가 전혀 없단 말이지."

"네."

리 YB는 숨을 들이쉬더니, 잇새로 빠르게 쉭쉭 소리를 내며 여러 차례 걸쳐 숨을 내쉬었다. 그리고 자신의 메모 패드를 보았다. "KWL35S7497."

칩은 고개를 끄덕였다.

그는 석궁을 멘 남자의 그림을 찢었다. 공격적인 그림이니까. 원숭이 그림도 찢었다. 그리고 그 찢어진 조각들을 쓰레기 투입구로 가져가 아래로 떨어뜨렸다.

마지막으로 남은 물건 몇 가지를 휴대 키트에 넣었다. 다용도 깎기와 마우스피스와 부모와 파파 잰의 사진을 넣은 액자. 그리고 키트를 눌러 닫았다.

칼의 여자 친구가 키트를 어깨에 메고 찾아왔다. "칼 어디 있어?"

"의료 센터에."

"아. 내가 작별 인사를 하더라고 전해줄래?"

"그래."

둘은 서로 뺨에 입을 맞췄다. "잘 가."

"잘 가."

그녀는 통로를 걸어갔다. 이제는 학생이 아닌 다른 학생 몇 명이 앞을 지나갔다. 그들은 칩에게 미소를 지으면서 작별 인사를 했다.

그는 황량한 칸막이 방을 둘러보았다. 말 그림이 여전히 게시판에 붙어 있었다. 그는 그쪽으로 다가가 그림을 보았다. 뒷발로 선 말을 다시 보았다. 너무나 생생하고 거칠었다. 칼은 왜 동물원의 동물들로만 만족하지 않았을까? 왜 살아 있는 인간을 그리기 시작했을까?

칩의 마음속에서 어떤 느낌이 생겨나 점점 커졌다. 칼의 그림에 대해 리 YB에게 말한 게 잘못이었다는 느낌. 그게 옳은 일이었음을 분명히 알고 있는데도. 병든 형제를 돕는 일이 어떻게 잘못일 수 있는가? 말하지 않는 것이 잘못이었다. 예전에 그랬듯이 입을 다물고, 칼이 팔찌 없는 멤버들을 계속 그리며 점점 심하게 병들어 가게 방치하는 것이. 그러다 나중에는 칼이 공격적인 행동을 하는 멤버들을 그리게 되었을 수도 있었다. 싸우는 멤버들을.

칩의 행동은 당연히 옳은 것이었다.

하지만 잘못을 저질렀다는 느낌이 계속 남아 커졌다. 커져서 죄책감이 되었다. 비합리적이게도.

누군가가 가까이 다가왔다. 칩은 칼이 고맙다고 말하러 온 줄 알고 홱 돌아섰다. 아니었다. 아카데미를 떠나며 칸막이 방 앞을 지나가던 누군가였다.

어쨌든 그가 예상하던 일은 일어날 것이다. 칼이 의료 센터에서 돌아와 그에게 이렇게 말할 것이다. "날 도와줘서 고마워, 리. 난 정말로 병이 깊었지만 지금은 한결 나아졌어." 그러면 칩은 이렇게 말할 것이다. "나한테 고마워하지 마, 형제. 감사는 유니에게." 그러면 칼은 이렇게 말할 것이다. "아냐, 아냐." 그리고 기어이 그의 손을 잡고 악수할 것이다.

갑자기 이곳에 있기가 싫어졌다. 칼에게서 도와줘서 고맙다는 인사를 듣기 싫었다. 칩은 키트를 들고 서둘러 통로를 걷다가, 우뚝 서더니 바삐 되돌아왔다. 그리고 게시판에서 말 그림을 떼어 내, 책상 위에서 키트를 열고 공책 책장 사이에 그림을 밀어 넣은 뒤 키트를 닫고 자리를 떴다.

그는 다른 멤버들에게 양해를 구하며 하행 에스컬레이터를 뛰어 내려갔다. 칼이 뒤를 쫓아올까 봐 무서웠다. 가장 아래층까지 줄곧 뛰어 내려가 기차역에 이른 그는 긴 공항선 열차에 올랐다. 그리고 선 채로 고개를 전혀 움직이지 않았다. 뒤를 돌아보지 않았다.

마침내 스캐너가 나타났다. 그는 잠시 스캐너를 보다가 팔찌를 댔다. 'yes', 스캐너가 초록색으로 윙크했다.

그는 서둘러 게이트를 통과했다.

2부

살아나다

1

153년 7월부터 162년 마르크스 달 사이에 칩은 네 곳에 배치되었다. USA에 있는 연구소에 두 번, IND에 있는 유전공학연구소에 짧게 한 번(여기서는 변이 유도 분야에서 나온 최근의 성과에 관한 일련의 강의를 들었다), 그리고 CHI에 있는 화학합성 공장의 5년짜리 임무. 그동안 그의 분류가 두 번 상향 조정 되어, 162년에 그의 분류는 유전자 분류학자 2급이었다.

그 기간 동안 겉으로 보기에 그는 정상적이고 행복한 패밀리의 멤버였다. 일도 잘하고, 사내 운동 프로그램과 여가 프로그램에도 참가하고, 매주 성적인 활동도 하고, 매달 부모에게 전화를 걸고, 1년에 두 번씩 부모를 만나러 가고, 텔레비전 시간과 치료 시간과 조언자 상담 시간도 항상 정확히 지켰다. 신체적으로든 정신적으로든 조언자에게 보고할 만큼 불편한 부분이 전혀 없었다.

하지만 그의 내면은 정상과는 거리가 멀었다. 아카데미를 떠날 때 함께 가져온 죄책감 때문에 그는 후임 조언자 앞에서 자신을 숨기게 되었다. 비록 불쾌하기는 해도 자신이 느껴본 가장 강렬한 감정이

자, 묘하게도 자신의 존재를 더 강렬히 느끼게 해 주는 그 감정을 그대로 보존하고 싶어서였다. 조언자에게 자신을 숨긴 채 불편한 점이 전혀 없다고 보고하며 느긋하고 행복한 멤버 연기를 오랫동안 하다 보니, 그는 주위의 모든 이에게도 자신을 숨기며 대체로 신중하게 경계하는 태도를 취하게 되었다. 모든 것이 수상쩍게 보였다. 토털케이크, 작업복, 다른 점이 전혀 없는 멤버들의 방과 생각. 특히 자신이 하고 있는 일은 온 세상의 획일성을 더욱 강화하는 일만이 목적인 것 같아서 의문이 생겼다. 물론 그에게 대안은 없었다. 어떤 대안도 상상할 수 없었다. 그래도 그는 여전히 자신을 숨긴 채 의문을 품었다. 그가 겉으로 연기하는 모습과 내면이 일치하는 때는 치료를 받은 뒤 며칠 동안뿐이었다.

이 세상에 반박의 여지 없이 옳은 것은 딱 하나뿐이었다. 칼의 말 그림. 그는 그것을 액자에 끼웠다. 공급 센터에서 주는 액자가 아니라, 그가 서랍 뒤쪽에서 길쭉한 나무판자를 여러 조각 떼어 내 부드럽게 문질러서 직접 만든 액자였다. 그는 그것을 USA에서도, IND에서도, CHI에서도 자기 방에 걸었다. 〈화학 치료사에게 연설하는 웨이〉나 〈글 쓰는 마르크스〉나 〈환전업자들을 내쫓는 그리스도〉를 보는 것보다는 훨씬 나았다.

CHI에 있을 때 그는 결혼을 생각했지만, 번식이 허락되지 않았다는 말을 듣고 나니 결혼에 별로 의미가 없는 것 같았다.

162년 마르크스 달 중순, 스물일곱 번째 생일 얼마 전에 그는

IND26110에 있는 유전공학 연구소로 다시 이동되어, 새로 설립된 유전자 하위분류 센터에 배치되었다. 똑같아 보이던 유전자들에서 신형 현미경이 차이점을 발견한 뒤였는데, 그는 하위분류를 명확히 규정하는 일에 투입된 40명의 663B와 C 중 한 명이었다. 그의 방과 센터 사이에는 건물 네 동이 있었으므로, 그는 하루에 두 번씩 그 거리를 걸어 다녔다. 그리고 얼마 뒤에는 자기 방 아래층에 사는 여자와 사귀는 사이가 되었다. 그의 조언자는 그보다 한 살 아래인 봅 RO였다. 예전과 똑같은 삶이 계속 이어질 것 같았다.

하지만 4월의 어느 날 밤, 그는 잠자리에 들기 전에 이를 닦을 준비를 하다가 마우스피스에 뭔가 작고 하얀 것이 끼어 있는 것을 발견했다. 당황해서 그것을 빼고 보니, 단단하게 말아서 세 겹으로 접은 종이였다. 그는 마우스피스를 내려놓고, 타자로 친 글자가 가득한 그 얇은 직사각형 종이를 폈다. "넌 상당히 이례적인 멤버인 것 같다." 거기에는 이런 말이 적혀 있었다. "예를 들어, 자신이 어떤 분류를 선택할지 궁금해하는 것. 다른 이례적인 멤버들을 만날 생각이 있는가? 생각해 보시길. 너는 지금 부분적으로만 살아 있을 뿐이다. 우리는 네가 상상하는 이상으로 너를 도울 수 있다."

그는 이 쪽지에 자신의 과거가 담겨 있다는 점에서 놀라고, 비밀스러운 분위기와 "너는 지금 부분적으로만 살아 있을 뿐"이라는 말에 마음이 불편해졌다. 이게 무슨 뜻일까? 이 이상한 문장과 이상한 쪽지 전체. 다른 곳도 아니고 그의 마우스피스에 이 쪽지를 넣은 이는 또 누구일까? 하기야 오로지 그 혼자서만 찾아낼 수 있게 하려면 마우스피스보다 더 좋은 곳이 없다는 생각이 문득 들었다. 그렇다면 이렇게 머리를 써서 쪽지를 여기에 넣은 이가 누구일까? 초저녁이나 낮에는 누구라도 방에 들어올 수 있었다. 실제로 들어온 멤버가 적어도 두 명은 되었다. 여자 친구인 피스 SK와 사내 사진 클럽 총무의 메모가 책상 위에 놓여 있었기 때문이다.

그는 이를 닦고 침대에 누워 쪽지를 다시 읽었다. 쪽지의 작성자 또는 '이례적인 멤버들' 중 한 명이 그가 어렸을 때 자가 분류에 대해 생각했던 일이 담긴 유니콤프의 메모리에 접근할 수 있음이 분명했다. 그가 자기들에게 공감할지 모른다고 그들이 생각하는 데에는 그 정보만으로도 충분했을 것이다. 그 생각이 옳은가? 그들은 비정상이었다. 그건 확실했다. 그러면 그는? 그도 비정상이지 않나? "우리는 네가 상상하는 이상으로 너를 도울 수 있다." 이건 무슨 뜻이지? 어떻게 돕는다는 거야? 뭘 돕는다는 거지? 만약 그가 그들을 만나보기로 한다면, 그렇다면 무엇을 해야 할까? 아마도 다음 쪽지나 모종의 접촉을 기다려야 할 것이다. "생각해 보시길." 쪽지에는 이렇게 적혀 있었다.

마지막 종소리가 울리자, 그는 쪽지를 다시 돌돌 말아 협탁에 놓인 『웨이의 살아 있는 지혜』 책등에 끼워 넣었다. 그리고 스위치를 두드려 불을 끄고 누워 생각에 잠겼다. 신경에 거슬리는 쪽지였지만, 색다르고 흥미롭기도 했다. "다른 이례적인 멤버들을 만날 생각이 있는가?"

그는 봅 RO에게 이 쪽지에 대해 한마디도 하지 않았다. 방으로 돌아올 때마다 마우스피스에 또 쪽지가 있는지 찾아보았지만, 쪽지는 없었다. 걸어서 출퇴근할 때, 라운지에 앉아 텔레비전을 볼 때, 식당이나 공급 센터에서 줄을 설 때, 그는 주위에 있는 멤버들의 눈빛을 살피며 의미심장한 말 한마디가 들려오지 않는지, 혹시 고갯짓이나 눈빛만으로 따라오라는 뜻을 전달하는 이가 없는지 신경을 곤두세웠다. 그런 낌새는 전혀 없었다.

나흘이 지나자 그는 그 쪽지가 병든 멤버의 장난이었던 것 같다는 생각이 들었다. 만약 모종의 시험이었다면 더 심각했다. 봅 RO가 직접 쓴 쪽지일까? 자신이 그 쪽지를 언급하는지 보려고? 아니, 이건 터무니없는 생각이었다. 자신이 정말로 병들어 가는 것 같았다.

그는 쪽지에 흥미가 일었다. 심지어 마음이 들뜨고 희망이 느껴지기까지 했다. 비록 무슨 희망인지는 알지 못했지만. 그런데 쪽지도 연락도 없이 여러 날이 흐르자 실망해서 짜증이 났다.

하지만 처음 쪽지를 받은 날로부터 일주일 뒤, 또 쪽지가 있었다. 첫 쪽지처럼 돌돌 말아서 세 겹으로 접은 쪽지가 마우스피스 안에 있었다. 그것을 꺼내는데, 흥분과 희망이 순식간에 되살아났다. 그는 쪽지를 펼쳐서 읽었다. "우리를 만나서 우리가 너를 어떻게 도울 수 있는지 듣고 싶다면, 내일 밤 11:15에 로워 그리스도 광장의 J16 건물과 J18 건물 사이에 있을 것. 가는 길에 어떤 스캐너에도 접촉하면 안 됨. 스캐너가 보이는 곳에 멤버들이 있다면, 다른 길을 택하라. 나는 11:30까지 기다릴 것이다." 맨 아래에는 서명을 대신해서 타자로 친 이름이 있었다. '스노플레이크.'

*

길에는 멤버들이 거의 없었다. 서둘러 침실로 돌아가는 멤버들은 똑바로 앞만 바라보았다. 그는 딱 한 번 가려던 길을 바꿔 걸음을 빨리해서 정확히 11:15에 로워 그리스도 광장에 도착했다. 달빛을 받은 하얀 광장에서는 전원이 꺼진 분수대에 달이 비치고 있었다. 그 광장을 가로지른 그는 J16 건물과 J18 건물을 분리해 주는 어두운 통로를 찾아냈다.

아무도 없었다. 하지만 어둠 속으로 몇 미터 안쪽에 의료 센터의 빨간 십자가처럼 생긴 표시가 새겨진 하얀 작업복이 보였다. 그는 어둠 속으로 들어가 그 멤버에게 접근했다. 그 멤버는 J16의 벽 옆에 서서 아무 말도 하지 않았다.

"스노플레이크?" 그가 말했다.

"맞아." 여자의 목소리였다. "스캐너에 접촉했어?"

"아니."

"기분이 이상하지?" 여자는 연한 색의 마스크 같은 것을 쓰고 있었다. 얼굴에 꼭 맞는 얇은 마스크였다.

"전에도 해본 적 있어." 그가 말했다.

"잘했네."

"딱 한 번이야. 누가 시켜서." 그가 말했다. 그녀는 그보다 나이가 많은 것 같은데, 몇 살이나 많은지는 알 수 없었다.

"여기서 걸어서 5분 거리인 어떤 장소로 갈 거야." 그녀가 말했다.

"우리가 정기적으로 모이는 곳인데, 모두 여섯 명이야. 여자 넷, 남
자 둘. 성비가 형편없어서 네가 그걸 개선해 줄 거라고 믿고 있어. 우
리가 너한테 한 가지 제안을 할 건데, 네가 그 제안에 따르기로 한다
면 궁극적으로 우리의 일원이 될 수도 있겠지. 따르지 않기로 한다면
안 되는 거고. 그러면 오늘 밤이 우리의 마지막 접촉이 될 거야. 그런
경우를 대비해서 우리 얼굴이나 만남 장소를 너한테 알려줄 수가 없
어." 주머니에서 나온 그녀의 손에 하얀 것이 들려 있었다. "네 눈을
붕대로 가려야 해. 그래서 내가 이렇게 의료 센터 옷을 입고 나온 거
야. 내가 널 안내하며 데려가도 이상해 보이지 않게."

"이런 시각에?"

"전에도 해본 적 있는데, 아무 문제 없었어. 괜찮지?"

그는 어깨를 으쓱했다. "그럴걸."

"이걸 눈에 대고 있어." 그녀가 솜뭉치 두 개를 그에게 주었다. 그
는 눈을 감고 솜뭉치를 눈에 댔다. 양쪽에 각각 손가락 하나씩. 그녀
가 솜뭉치 위로 붕대를 빙 둘러 감기 시작했다. 그는 손가락을 떼고,
그녀가 편히 붕대를 감을 수 있게 고개를 숙였다. 그녀는 붕대를 감
고 또 감아 위로는 이마까지, 아래로는 뺨까지 가렸다.

"의료 센터에서 일하지 않는 거 맞아?" 그가 말했다.

그녀는 쿡쿡 웃으며 말했다. "맞아." 그녀는 붕대 끝을 누르며 단
단히 붙이고는, 붕대 전체와 눈 위를 꾹꾹 눌렀다. 그러고 나서 그의
팔을 잡고 방향을 돌렸다. 그가 알기로 광장 쪽이었다. 둘은 걷기 시
작했다.

"마스크 잊지 마." 그가 말했다.

그녀가 우뚝 걸음을 멈췄다. "말해줘서 고마워." 그녀가 이렇게 말하고 나서, 그의 팔을 잡은 손이 사라졌다가 잠시 뒤 되돌아왔다. 둘은 계속 걸었다.

발소리가 변했다. 넓은 공간 덕분에 발소리가 조용해지고, 산들바람이 붕대 아래의 얼굴을 식혀주었다. 광장에 들어왔다는 뜻이었다. '스노플레이크'의 손이 그의 팔을 잡고 왼쪽 대각선 방향으로 이끌었다. 연구소에서 멀어지는 방향이었다.

그녀가 말했다. "우리가 지금 가려는 그 장소에 도착하면, 내가 네 팔찌에 테이프를 하나 붙일 거야. 내 것에도 붙일 거고. 우리는 서로의 이름번호를 최대한 알아내지 않으려고 하거든. 난 네 이름번호를 알지만. 널 찾아낸 게 나니까. 하지만 다른 멤버들은 몰라. 그들이 아는 건 내가 유망한 멤버를 한 명 데려온다는 사실뿐이야. 나중에는 한두 명 정도에게 네 이름번호를 알려야 할 거야."

"여기에 배치되는 멤버의 과거를 전부 확인하는 거야?"

"아니. 왜?"

"날 그렇게 찾아낸 것 아니야? 내가 옛날에 나 자신을 분류하는 것에 대해 생각한 적이 있다는 걸 알아내서?"

"여기서 계단 세 개를 내려가." 그녀가 말했다. "아니, 그건 확인하려고 알아본 것에 불과해. 둘, 셋. 내가 찾아낸 건 네 표정이야. 패밀리의 품에 100퍼센트 안기지 않은 멤버의 표정. 너도 그걸 알아보는 법을 배울 거야. 우리에게 합류한다면. 나는 네가 누구인지 알아낸 다음, 네 방으로 가서 벽에 걸린 그림을 봤어."

"말 그림?"

"아니, 〈글 쓰는 마르크스〉. 물론 말도 봤지. 정상적인 멤버라면 생각도 못 할 방식으로 그림을 그리더라. 그다음에 네 과거를 확인해 본 거야. 그 그림을 본 다음에."

둘은 이제 광장이 아니라 광장 서쪽의 길에 있었다. K인지 L인지 는 알 수 없었다.

"너 잘못 생각했어." 그가 말했다. "그 그림을 그린 건 다른 멤버 야."

"네가 그렸어. 네가 목탄과 스케치 패드를 신청했잖아."

"그걸 그린 멤버를 대신해서 신청한 거야. 아카데미 때 친구였어."

"음, 흥미로운 이야기인걸. 거짓 신청은 무엇보다 좋은 징조지. 어 쨌든, 넌 그 그림이 좋아서 액자에 끼워 보관한 거잖아. 아니면 그 액 자도 네 친구가 만든 거야?"

그는 빙긋 웃었다. "아니, 내가 만들었어. 넌 놓치는 게 없구나."

"여기서 오른쪽으로."

"넌 조언자야?"

"나? 증오냐? 아냐."

"그런데도 과거를 꺼낼 수 있어?"

"가끔은."

"연구소에 있어?"

"너무 많은 걸 묻지 마. 우리가 널 뭐라고 부르면 좋겠어? 리 RM

말고.”

“아.” 그가 말했다. “칩.”

“칩? 안 돼. 그냥 생각나는 대로 아무거나 말하면 안 돼. ‘해적’이
니 ‘타이거’니 그런 이름이어야 해. 다른 멤버들은 킹, 라일락, 레오파
드, 허시, 스패로야.”

“칩은 내가 어렸을 때 이름이야. 그래서 익숙해.”

“좋아. 하지만 나라면 그 이름을 선택하지 않았을걸. 여기가 어딘
지 알겠어?”

“아니.”

“좋아. 여기서 왼쪽.”

둘은 어떤 문을 통과해 계단을 오르고, 또 문을 통과해 소리가 울
리는 홀 같은 곳으로 들어갔다. 그다음에도 걷다가 방향을 틀고, 걷
다가 방향을 틀었다. 마치 불규칙하게 놓인 물체들을 우회해서 걷는
것 같았다. 둘은 움직이지 않는 에스컬레이터를 걸어서 올라가, 오른
쪽으로 휘어진 복도를 걸었다.

그녀가 그를 멈춰 세우고 팔찌를 내놓으라고 말했다. 그가 손목
을 들어 올리자, 누군가가 그의 팔찌를 단단히 누르고 문질렀다. 그
는 팔찌를 만져보았다. 이름번호가 있던 자리가 매끈했다. 게다가 눈
까지 보이지 않으니, 그는 갑자기 자신이 몸과 분리된 것 같은 기분이
들었다. 당장이라도 바닥에서 둥둥 떠올라 주위에 있는 벽이란 벽을
모두 통과해 우주로 올라가서 그대로 용해되듯 무無로 사라질 것 같

았다.

그녀가 다시 그의 팔을 잡았다. 둘은 더 걷다가 걸음을 멈췄다. 노크 소리가 한 번 들리고, 두 번 더 들리더니 문이 열렸다. 목소리들이 조용해졌다. "안녕." 그녀가 그를 앞으로 이끌면서 말했다. "이쪽은 칩이야. 그 이름이 좋대."

의자가 바닥을 긁는 소리, 인사하는 목소리들. 누군가의 손이 그의 손을 잡고 악수했다. "난 킹이야." 어떤 멤버가 말했다. 남자였다. "이렇게 와줘서 반가워."

"고마워." 그가 말했다.

또 다른 손이 그의 손을 꽉 쥐었다. "스노플레이크 말로는 네가 상당한 예술가라던데." 킹보다 나이가 많은 남자였다. "난 레오파드야."

다른 손들이 재빨리 다가왔다. 여자였다. "안녕, 칩. 난 라일락이야." "난 스패로야. 네가 정식 회원이 되면 좋겠다." "난 허시야. 레오파드의 아내지. 안녕." 마지막 여자의 손과 목소리는 늙었고, 다른 두 여자는 젊었다.

그는 손에 이끌려 어떤 의자로 가서 앉았다. 손으로 더듬어 보니 앞에 아무것도 없는 매끈한 탁자가 있었다. 가장자리가 살짝 곡선을 그렸다. 타원형이거나 아주 커다란 원형 탁자인 듯했다. 다른 이들도 자리에 앉았다. 스노플레이크는 그의 오른편에서 이야기를 하고 있었고, 왼편에도 다른 누군가가 있었다. 뭔가 타는 냄새가 나는 것 같아서 그는 코를 킁킁거렸다. 다른 이들은 그 냄새를 전혀 알아차리지 못하는 것 같았다. "뭐가 타고 있어." 그가 말했다.

"담배야." 나이 든 여자 허시가 왼쪽에서 말했다.

"담배?" 그가 말했다.

"우린 담배를 피워." 스노플레이크가 말했다. "너도 피워볼래?"

"아니." 그가 말했다.

몇 명이 웃음을 터뜨렸다. "그렇게 위험한 건 아니야." 킹이 왼편으로 멀리 떨어진 자리에서 말했다. "사실 오히려 좋은 효과가 좀 있는 것 같은데."

"기분을 아주 좋게 해 줘." 젊은 여자 한 명이 그의 맞은편에서 말했다.

"아냐, 사양할게." 그가 말했다.

그들은 다시 웃음을 터뜨리며 서로 이러쿵저러쿵 이야기를 하다가 점점 조용해졌다. 그가 탁자 위에 올려놓은 오른손을 스노플레이크의 손이 덮었다. 그는 손을 빼내고 싶었지만 참았다. 여기 온 게 멍청한 짓이었다. 가짜 이름을 대는 이 병든 멤버들 사이에 눈을 가린 채로 앉아 있다니, 이게 무슨 짓인가. 그의 비정상적인 면은 이들에 비하면 아무것도 아니었다. 담배라니! 그건 이미 100년 전에 완전히 사라졌는데. 도대체 어디서 구한 거지?

"붕대로 눈을 가린 건 미안해, 칩." 킹이 말했다. "스노플레이크가 왜 그렇게 해야 하는지 설명해 줬지?"

"응." 칩이 말했다. 곧이어 스노플레이크도 말했다. "설명했어." 그녀의 손이 칩의 손에서 떨어져 나갔다. 그는 탁자 위에서 손을 내려 무릎 위에 있던 반대편 손을 잡았다.

"우린 비정상적인 멤버들이야. 그건 누가 봐도 뻔하지." 킹이 말했다. "우린 일반적으로 병든 행위로 여겨지는 일들을 아주 많이 해. 우리 생각에는 병든 행위가 아니거든. 틀림없이 병든 행위가 아니야." 그의 목소리는 힘 있고 묵직하고 권위가 있었다. 칩은 그가 큰 덩치에 힘이 세고, 나이는 마흔 살쯤일 거라고 상상했다. "지금 너무 자세한 이야기를 하지는 않을 거야." 그가 말했다. "지금 너의 상태로는 충격을 받아서 어쩔 줄을 모를 테니. 우리가 담배를 피운다는 사실에 이미 충격을 받아서 동요한 게 눈에 보이니까 말이야. 앞으로 네가 직접 자세한 사항들을 알게 되겠지. 너와 우리에게 미래라는 게 있다면."

"무슨 뜻이야?" 칩이 말했다. "지금 내 상태라니?"

잠시 침묵이 흘렀다. 어떤 여자가 콜록콜록 기침 소리를 냈다. "최근에 받은 치료로 네가 정상화돼서 둔해진 상태라는 뜻이야." 킹이 말했다.

칩은 앉은 채 킹 쪽을 바라보며 꼼짝도 하지 않았다. 방금 그가 한 말이 너무나 비합리적이라 움직일 수가 없었다. 그는 킹의 말을 한 번 더 생각해 보고 대답했다. "난 정상화돼서 둔해진 상태가 아니야."

"그런 상태야." 킹이 말했다.

"패밀리 전체가 그래." 스노플레이크가 말했다. 그리고 그녀의 뒤편에서 "너만이 아니라 모두가 그래"라는 말이 들려왔다. 나이 든 남자 레오파드의 목소리였다.

"치료제가 무엇으로 구성된 것 같아?" 킹이 물었다.

칩이 대답했다. "백신, 효소, 피임약, 가끔은 진정제…."

"진정제가 항상 들어가." 킹이 말했다. "그리고 LPK※도. 공격성을 최소화하면서 동시에 기쁨과 인식능력과 뇌가 수행할 수 있는 모든 호전적인 일도 최소화하지."

"성 억제제도 있어." 스노플레이크가 말했다.

"그래, 그것도." 킹이 말했다. "일주일에 한 번, 10분 동안 기계적인 섹스를 하는 건 우리에게 가능한 일의 극히 일부에 불과해."

"믿을 수 없어." 칩이 말했다. "전부."

그들은 모두 사실이라고 말했다. "사실이야, 칩." "진짜야, 사실이야." "사실이야!"

"넌 유전학을 하지." 킹이 말했다. "유전공학이 지향하는 게 그것 아닌가? 공격성 제거, 성 충동 통제, 도움이 되려는 마음과 유순함과 감사의 마음 심어 넣기. 당분간은 치료가 그 일을 하고 있지. 유전공학이 체구와 피부색 같은 문제들을 다루는 동안."

"치료는 우리에게 도움이 돼." 칩이 말했다.

"유니에게 도움이 되지." 맞은편 여자가 말했다.

"유니를 프로그램한 웨이 숭배자들에게도." 킹이 말했다. "하지만 우리에게는 도움이 안 돼. 적어도 우리를 해치는 면이 더 크지. 우리를 기계로 만드니까."

칩은 고개를 한 번, 두 번 저었다.

※ 아편유사작용제의 일종.

"스노플레이크한테서 들었어." 허시가 이름에 걸맞게 조용하고 건조한 목소리로 말했다. "너한테 비정상적인 성향이 있다고. 치료 전에는 그런 성향이 강하고, 치료 직후에는 약해지는 거 알아차린 적 없어?"

스노플레이크가 말했다. "내가 장담하는데, 네가 그 액자를 만든 건 치료받기 하루이틀 전이었을 거야. 치료받고 하루나 이틀 뒤가 아니라."

그는 잠시 생각해 보았다. "기억 안 나. 하지만 어렸을 때 나 자신을 분류하는 것에 대해 생각했는데, 치료를 받고 나니 멍청한 전 통합 시대 생각 같았어. 치료 전에는 그게… 짜릿했고."

"그것 봐." 킹이 말했다.

"하지만 짜릿한 게 병든 거였어!"

"건강한 거였지." 킹이 말했다. 탁자 맞은편 여자가 그 뒤를 이었다. "넌 생생하게 살아서 뭔가를 느낀 거야. 어떤 느낌이든 느낌이 전혀 없는 것보다 건강해."

그는 아카데미에서 칼의 그 일이 있은 뒤로 조언자들에게 숨겨왔던 자신의 죄책감을 생각했다. 그리고 고개를 끄덕였다. "그래. 그래, 그럴 수 있겠어." 그는 킹 쪽으로, 맞은편 여자 쪽으로, 레오파드와 스노플레이크 쪽으로 고개를 돌렸다. 눈을 뜨고 그들을 볼 수 있다면 좋을 텐데. "그래도 이해가 안 돼. 당신들도 치료를 받을 거 아냐. 그럼 당신들은…."

"약화된 치료를 받아." 스노플레이크가 말했다.

"그래, 우리도 치료를 받긴 해." 킹이 말했다. "하지만 효과를 줄이는 데 성공했어. 일부 성분을 약화해서, 우리는 유니가 생각하는 기계 같은 존재보다 조금 나아졌어."

"너한테 제안하는 것도 그거야." 스노플레이크가 말했다. "더 많은 것을 보고, 더 많은 것을 느끼고, 더 많은 것을 하고, 더 많은 것을 즐기는 방법."

"그리고 더 불행해지는 방법이지. 그것도 말해줘." 새로운 목소리였다. 조용하지만 또렷한 그 목소리는 지금껏 조용하던 젊은 여자의 것이었다. 그녀는 탁자 맞은편, 왼쪽에 앉아 있었다. 킹과 가까운 자리였다.

"그렇지 않아." 스노플레이크가 말했다.

"그래." 그 또렷한 목소리가 말했다. 거의 소녀라고 해도 될 목소리였다. 칩은 기껏해야 스무 살 정도라고 추측했다. "네가 그리스도, 마르크스, 우드, 웨이를 증오하게 되는 날이 올 거야." 그녀가 말했다. "유니에 불을 붙이고 싶어질걸. 팔찌를 뜯어버리고 옛날 불치자들처럼 산꼭대기로 도망치고 싶어지는 날이 올 거야. 그냥 하고 싶은 일을 하고, 여러 선택지 중 하나를 스스로 고르고, 자신의 삶을 살고 싶어서."

"라일락." 스노플레이크가 말했다.

"네가 우리를 증오하게 되는 날이 올 거야." 그녀가 말했다. "널 깨워서 기계가 아니게 만들어 줬다는 이유로. 기계는 이 우주에서 고향에 온 듯 편안하지만, 사람들은 이방인이야."

“라일락.” 스노플레이크가 말했다. “우린 칩을 우리 편으로 만들려는 거지, 겁을 줘서 쫓아버리려는 게 아니야.” 그리고 칩을 향해 말을 이었다. “라일락은 진짜 비정상이야.”

“라일락의 말에 진실이 있어.” 킹이 말했다. “우리 모두 달리 갈 수 있는 곳이 있으면 좋겠다고 생각하는 순간이 있을 거야. 어떤 정착지 같은 데서 우리가 스스로 주인이 되어 살 수 있는….”

“난 아냐.” 스노플레이크가 말했다.

“뭐, 그런 곳은 존재하지 않으니까.” 킹이 말했다. “그래서 우리가 가끔 불행한 건 맞아. 넌 아니지, 스노플레이크. 그건 나도 알아. 스노플레이크는 희귀한 예외에 속하고, 우리는 행복을 느낄 수 있게 된다는 것이 곧 불행 또한 느낄 수 있게 된다는 뜻인 것 같아. 하지만 스패로가 말한 것처럼, 어떤 느낌이든 아무런 느낌이 없는 것보다는 더 건강하지. 게다가 불행한 순간이 그렇게 자주 오는 것도 아니고.”

“자주 와.” 라일락이 말했다.

“아, 천 같은 소리.” 스노플레이크가 말했다. “불행에 대한 이야기는 그만두자.”

“걱정 마, 스노플레이크.” 탁자 맞은편에서 스패로가 말했다. “그가 일어서서 도망치면 네가 발을 걸면 되잖아.”

“하하, 증오, 증오.” 스노플레이크가 말했다.

“스노플레이크, 스패로.” 킹이 말했다. “자, 칩, 네 대답은 뭐지? 약화된 치료를 받을 텐가? 그건 단계적으로 이루어져. 첫 단계는 쉬우니까, 앞으로 한 달 뒤에 네 상태가 마음에 들지 않으면 조언자한테 가서 심하게 병든 멤버 무리 때문에 감염되었는데 불행히도 그들의 신원을 알 수 없다고 말해도 좋아.”

잠시 뒤 칩이 말했다. “좋아. 내가 뭘 하면 돼?” 스노플레이크가 그의 팔을 꼭 쥐었다. “잘했어.” 허시가 속삭였다.

“잠깐, 내 파이프에 불 좀 붙이고.” 킹이 말했다.

“모두 담배를 피우는 거야?” 칩이 물었다. 타는 냄새가 아주 강렬해져서 그의 콧구멍을 찔러대는 바람에 콧속이 바짝 마르는 것 같았다.

“지금은 아니야.” 허시가 말했다. “킹, 라일락, 레오파드만 피워.”

“하지만 우리 모두 담배를 피우고 있었어.” 스노플레이크가 말했다. “지속적으로 하는 일이 아니거든. 한동안 피우다가, 또 한동안 안 피우는 식이지.”

“담배를 어디서 구해?”

“우리가 길러.” 레오파드가 흡족한 목소리로 말했다. “허시랑 내가. 풍치 지구에서.”

“풍치 지구?”

“맞아.” 레오파드가 말했다.

“우리한테 밭이 두 개 있어.” 허시가 말했다. “지난 일요일에 세 번째 밭을 만들 땅을 발견했고.”

“칩?” 킹의 목소리에 칩은 그를 향해 고개를 돌리고 귀를 기울였다. “기본적으로 1단계는 그냥 네가 과잉치료를 받은 것처럼 행동하는 거야." 킹이 말했다. "일할 때, 게임할 때, 모든 일에서 굼뜨게 구는 거지. 아주 조금만, 눈에 확 띄게는 말고. 직장에서 사소한 실수를 하나 저지르고, 며칠 뒤에 또 실수를 저질러. 섹스도 잘하지 마. 여자 친구를 만나기 전에 자위를 하면 돼. 그러면 아주 그럴듯하게 실패할 수 있을 거야."

"자위?"

"아, 완전한 치료로 완전히 만족한 멤버로군." 스노플레이크가 말했다.

"네 손으로 직접 오르가슴에 도달하는 거야." 킹이 말했다. "그리고 나중에 오르가슴에 이르지 못하더라도 너무 걱정하는 모습을 보이지 마. 네 여자 친구가 자기 조언자한테 말하게 둬. 네가 네 조언자한테 말하면 안 돼. 무슨 일에든 너무 걱정하는 모습을 보이지 마. 실수를 저질러도, 약속에 늦어도. 다른 이들이 알아차리고 보고하게 해."

"텔레비전 시간에 꾸벅꾸벅 조는 시늉도 해." 스패로가 말했다.

"네 다음 치료까지 열흘이 남았지." 킹이 말했다. "다음 주 조언자 상담 때까지 내가 시킨 대로 네가 행동한다면, 조언자가 전체적으로 둔해진 네 상태에 대해 떠볼 거야. 그때도 네가 걱정하는 모습을 보이면 안 돼. 무심해야 돼. 이걸 모두 잘해내면, 네 치료에 들어가는 각종 억제제가 살짝 줄어들 거야. 앞으로 한 달 뒤에는 네가 2단계에 대해 듣고 싶어 안달이 날 만큼."

"아주 쉬운 일 같은데." 칩이 말했다.

"쉬워." 스노플레이크가 말했다. 곧이어 레오파드의 목소리가 들렸다. "우리도 전부 그렇게 했어. 너도 할 수 있을 거야."

"한 가지 위험이 있어." 킹이 말했다. "네 치료가 평소보다 아주 조금 약화될 뿐이니, 처음 며칠 동안은 효과가 강할 거야. 네가 저지른 짓에 반감이 일면서, 조언자에게 고백하고 어느 때보다 강력한 치료를 받아야겠다는 충동이 생기겠지. 네가 그 충동에 저항할 수 있을지 어떨지는 누구도 알 수 없어. 우리는 저항했지만, 저항하지 못한 이들도 있으니까. 지난해에 우리는 멤버 두 명과 이런 이야기를 나눴는데, 그 둘은 약화된 치료를 받은 지 하루이틀 안에 조언자에게 고백했어."

"그럼 내가 굼뜨게 굴 때 내 조언자가 의심하지 않을까? 그 둘의 이야기를 조언자도 틀림없이 들었을 텐데."

"그렇지." 킹이 말했다. "하지만 정당한 이유로 굼떠질 때도 있잖아. 그 멤버에게 필요한 억제제의 양이 줄어드는 때. 그러니까 네가 설득력 있게 잘해낸다면 무사히 지나갈 거야. 그보다는 자백하고 싶다는 충동 쪽을 걱정해야지."

"계속 속으로 말해." 라일락의 목소리였다. "네가 병들어서 치료가 필요하다고 생각하는 건 순전히 화학약품 때문이라고. 네게 동의도 구하지 않고 네 몸속에 주입된 화학약품 때문이라고."

"내 동의?" 칩이 말했다.

"응." 라일락이 말했다. "네 몸은 네 거야. 유니 것이 아니야."

"네가 고백할지 아니면 참아낼지는 네 정신이 화학적 변화에 얼마나 강하게 저항하는지에 달렸어.” 킹이 말했다. “네가 어떻게 할 수 있는 일은 아니야. 우리가 너에 대해 아는 것을 바탕으로 말한다면, 넌 가능성이 있어 보여.”

그들은 굼뜨게 행동하는 기법에 대해 몇 가지 조언을 더 해주었다. 한낮의 케이크를 한두 번 건너뛰어라, 마지막 종이 울리기 전에 잠자리에 들어라…. 그러고 나서 킹이 스노플레이크에게 처음 만난 곳으로 그를 데려다주는 게 좋겠다고 말했다. “널 다시 볼 수 있으면 좋겠어, 칩.” 킹이 말했다. “붕대로 얼굴을 가리지 않고.”

“나도 그러고 싶어.” 칩은 이렇게 말하고 나서, 의자를 뒤로 밀며 일어섰다. “행운을 빌어줄게.” 허시가 말했다. 스패로와 레오파드도 같은 말을 했다. 가장 마지막은 라일락이었다. “행운을 빌어줄게, 칩.”

“만약 내가 고백하고 싶다는 충동에 저항하면 어떻게 되지?” 그가 물었다.

“우리가 그 사실을 알아낼 수 있어.” 킹이 말했다. “그러면 우리들 중 한 명이 치료 열흘쯤 뒤에 너한테 연락할 거야.”

“어떻게 알아내는데?”

“어쨌든 알아.”

스노플레이크의 손이 그의 팔을 잡았다. “알았어.” 그가 말했다. “모두 고마워.”

그들은 “신경 쓰지 마”라거나 “천만에, 칩”이라거나 “널 도울 수 있어서 좋아”라고 말했다. 뭔가 이상한 느낌이 들었다. 그는 스노플레이크의 손에 이끌려 방을 나서면서 비로소 그것이 뭔지 깨달았다. 누구도 "감사는 유니에게"라고 말하지 않았다.

둘은 천천히 걸었다. 스노플레이크는 간호사가 아니라, 처음 사귄 남자 친구와 함께 걷는 여자처럼 그의 팔을 붙들고 있었다.

"믿기가 어려워." 그가 말했다. "지금 내가 느끼고 보는 것이… 전부가 아니라는 게."

"전부가 아니야." 그녀가 말했다. "절반도 안 돼. 너도 직접 알게 될 거야."

"그러면 좋겠네."

"그렇게 될 거야. 틀림없이."

그는 미소를 지으며 말했다. "시도했지만 끝까지 해내지 못한 그 둘에 대해서도 그렇게 확신했어?"

"아니." 그녀는 이렇게 말하고 나서 곧 말을 이었다. "그래, 한 명에 대해서는 확신했는데, 다른 하나는 아니었어."

"2단계는 뭐야?" 그가 물었다.

"먼저 1단계부터 통과해."

"2단계 위에도 더 있어?"

"아니. 잘만 되면 2단계에서 약이 확 줄어들어. 그때 네가 정말로 생생해질 거야. 그리고 단계라는 말이 나왔으니 말인데, 지금 우리 바로 앞에 올라가는 계단이 세 개 있어."

둘은 계단을 오른 뒤 계속 걸었다. 다시 돌아온 광장은 완전히 적

막했다. 심지어 산들바람조차 이제는 불지 않았다.

"썹이 제일 좋은 부분이야." 스노플레이크가 말했다. "훨씬 좋아지거든. 훨씬 강렬하고 짜릿해. 거의 매일 밤 할 수 있게 될 거야."

"믿을 수가 없는걸."

"이걸 잊지 마." 그녀가 말했다. "널 찾아낸 이가 나라는 것. 네가 스패로한테 눈길이라도 주다가 나한테 들키면, 널 죽여버릴 거야."

칩은 화들짝 놀랐지만, 바보처럼 굴지 말라고 속으로 자신을 타일렀다.

"미안한데…" 그녀가 말했다. "난 너한테 적극적으로 굴 거야. 최고로 적극적으로."

"괜찮아." 그가 말했다. "난 충격받지 않았어."

"심하진 않은 것 같네."

"라일락은 어때? 내가 봐도 돼?"

"얼마든지. 라일락은 킹을 사랑하니까."

"응?"

"전 통합 시대의 열정으로. 이 그룹을 처음 만든 멤버가 바로 킹이야. 가장 먼저 합류한 게 라일락, 그다음이 레오파드와 허시, 그다음이 나, 그다음이 스패로."

둘의 발소리가 점점 커지면서 메아리쳤다. 그녀가 그를 멈춰 세웠다. "다 왔어." 그녀가 말했다. 그녀의 손가락이 붕대 한 부분을 뜯어내는 것이 느껴졌다. 그는 고개를 숙였다. 그녀가 붕대를 둘둘 말면서 벗겨 내자, 피부가 즉시 시원해졌다. 눈을 가린 솜이 마침내 떨어져 나갔다. 그는 눈을 깜박거리다가 최대한 크게 떴다.

그녀는 달빛을 받으며 아주 가까이 붙어 서서 마치 도전하는 듯한 시선으로 그를 보고 있었다. 그러면서 의료 센터 작업복에 붕대를 쑤셔 넣었다. 그녀는 이미 연한 색 마스크를 다시 쓰고 있었다. 아니, 그것은 마스크가 아니었다. 그는 그 사실을 깨닫고 충격을 받았다. 그것은 그녀의 얼굴이었다. 그녀의 피부색이 밝았다. 그가 지금껏 만난 멤버들 중 예순 살 가까운 몇 명만 빼면 가장 밝은색이었다. 거의 하얀색, 거의 눈처럼 하얀색이었다.

"마스크가 아주 잘 맞지?" 그녀가 말했다.

"미안." 그가 말했다.

"괜찮아." 그녀는 이렇게 말하고 나서 빙긋 웃었다. "누구나 이상한 점이 하나씩은 있지. 네 눈도 그렇잖아." 그녀는 서른다섯 살쯤 된 것 같았고, 이목구비가 또렷했으며, 똑똑해 보였다. 머리카락은 바로 얼마 전에 짧게 자른 모양이었다.

"미안." 그가 다시 말했다.

"괜찮다고 했어."

"네 얼굴을 나한테 보여도 되는 거야?"

"잘 들어둬. 네가 끝까지 해내지 못해서 우리 모두가 정상화되더라도 나는 까짓것 상관없어. 사실 그편이 더 나을 것 같기도 해." 그녀는 양손으로 그의 머리를 잡고 그에게 입을 맞췄다. 그녀의 혀가 그의 입술을 비집어 열고 미끄러지듯 들어와 팔랑팔랑 움직였다. 그녀는 그의 머리를 단단히 붙들고, 사타구니를 그에게 밀어붙여 둥글게

원을 그리듯 문질러 댔다. 거기에 반응해서 그것이 단단해지는 것을 느낀 그는 양손을 그녀의 등에 댔다. 그리고 그녀의 혀에 자신의 혀를 대고 조심스레 움직였다.

그녀가 입을 뗐다. "지금이 한 주의 중간이라고 생각하니, 의욕이 생기네."

"그리스도, 마르크스, 우드, 웨이시여." 그가 말했다. "너희들 모두 이렇게 키스해?"

"나만 그래, 형제. 나만."

둘은 다시 키스했다.

"이제 집으로 가. 스캐너는 건드리지 말고." 그녀가 말했다.

그는 뒷걸음으로 그녀에게서 멀어졌다. "다음 달에 봐."

"그렇게 안 되기만 해봐. 행운을 빌어."

그는 광장으로 나가 연구소로 향했다. 한 번 뒤를 돌아보았더니, 하얗게 달빛을 받고 있는 건물들 사이 통로에는 아무도 없었다.

2

책상에 앉은 봅 RO가 고개를 들어 빙긋 웃었다. "늦었어요."

"미안해요." 칩은 이렇게 말하면서 자리에 앉았다.

봅은 빨간색 탭이 달린 하얀 폴더를 덮었다. "잘 지내요?" 그가 물었다.

"잘 지내요." 칩이 말했다.

"이번 주 잘 지내고 있어요?"

"음….."

봅은 의자 팔걸이에 팔꿈치를 걸치고 손가락으로 콧대 옆 부분을 문지르며 잠시 그를 유심히 살펴보았다. "특별히 이야기하고 싶은 거라도 있어요?"

칩은 말이 없다가 고개를 저었다. "없어요."

"어제 남의 일을 해주느라 오후 절반을 보냈다고 들었어요."

칩은 고개를 끄덕였다. "내가 IC 상자의 엉뚱한 곳에서 샘플을 꺼냈거든요."

"그렇군요I see." 봅은 이렇게 말하고 나서 빙긋 웃으며 불만스러운 소리를 냈다.

칩은 의아한 얼굴로 그를 보았다.

"농담한 거예요. IC랑 I see."

"아." 칩은 미소를 지었다.

봅이 손으로 턱을 받쳤다. 손가락 하나가 입술에 비스듬히 닿았다. "금요일에는 어떻게 된 거예요?" 그가 물었다.

"금요일?"

"현미경을 잘못 사용했다는 것 같던데….."

칩은 잠시 어리둥절한 표정을 지었다. "아, 그렇지. 사실 내가 현미경을 사용한 건 아니고, 그냥 그 방에 들어갔을 뿐이에요. 세팅은 전혀 바꾸지 않았어요."

봅이 말했다. "지난 한 주가 그렇게 좋지는 않았던 것 같네요."

"네, 그랬던 것 같아요."

"피스 SK 말로는 토요일 밤에도 문제가 있었다던데요."

"문제요?"

"성적으로."

칩은 고개를 저었다. "아무 문제 없었어요. 그냥 그럴 기분이 아니었을 뿐이에요."

"당신이 시도는 했는데, 발기가 안 됐다면서요."

"음, 내가 그녀를 위해 그걸 꼭 *해야겠다*는 느낌이 들긴 했는데, 그냥 그럴 기분이 아니었어요."

봅은 아무 말 없이 그를 지켜보았다.

"피곤했어요." 칩이 말했다.

"요즘 아주 많이 피곤한 것 같네요. 금요일 밤 사진 클럽 모임에도 그래서 안 나온 건가요?"

"네. 일찍 들어갔어요."

"지금은 어때요? 지금도 피곤해요?"

"아뇨. 지금은 좋아요."

봅은 그를 바라보다가 의자에 앉은 채 허리를 똑바로 세우며 미소를 지었다. "좋아요, 형제. 접촉하고 가세요."

칩은 봅의 텔레콤프 스캐너에 팔찌를 댄 뒤 일어섰다.

"다음 주에 봐요." 봅이 말했다.

"네."

"시간 지키고요."

이미 돌아서 있던 칩은 다시 방향을 돌려 물었다. "뭐라고 했어요?"

"다음 주 시간 지키라고요."

"아." 칩이 말했다. "그래요." 그는 돌아서서 칸막이 밖으로 나갔다.

자신이 잘해낸 것 같았지만 확인할 방법이 없었다. 치료가 가까워지자 그는 점점 불안해졌다. 감각이 현저히 상승할 것이라는 생각에 시시각각 흥미가 일었고, 스노플레이크, 킹, 라일락 등이 더욱 매력적이고 훌륭해 보였다. 그래, 그들이 담배를 피우는 게 뭐 어때서? 그들은 행복하고 건강한 멤버들, 아니 멤버가 아니라 *사람*들이었다! 불모의 삶과 획일성과 널리 퍼진 기계적 효율성에서 도망칠 방법을 찾아낸 사람들. 그는 그들을 다시 만나 일원이 되고 싶었다. 유난히 색이 밝은 스노플레이크에게 입을 맞추고 그 몸을 끌어안고 싶었다. 킹과 동등한 친구 대 친구로 이야기하고 싶었다. 이상하지만 도발적인 라일락의 생각을 더 듣고 싶었다. "네 몸은 네 거야. 유니 것이 아니야." 이렇게 속을 들쑤시는 전 통합 시대적 말이라니! 만약 이 말에 근거가 있다면, 그것이 계기가 되어 그를⋯ 어디로 이끌 수 있을지 짐작이 가지 않았다. 모든 것을 대하는 그의 태도에 정신이 번쩍 드는 변화가 일어나지 않을까!

이것이 치료 전날 밤의 생각이었다. 그는 몇 시간 동안 잠을 못 이루고 누워 있다가, 붕대를 감은 손으로 눈 덮인 산을 올라가 정상에서 다정하게 미소 짓는 킹의 지도로 기분 좋게 담배를 피우고, 스노 플레이크의 작업복을 열어 눈처럼 하얀 피부 위에 목에서부터 사타구니까지 빨간 십자가가 그려진 모습을 보고, 운전대로 조종하는 초창기 자동차를 몰아 거대한 유전자 질식 센터의 복도를 달리고, 칩이라는 이름이 새겨진 새 팔찌를 얻고, 자기 방에 새로 생긴 창문을 통해 어떤 예쁜 여자가 알몸으로 라일락 덤불에 물을 주는 광경을 지켜보았다. 그녀가 조급하게 손짓하는 것을 보고 그녀에게 다가갔는데 … 기운 넘치고 쾌활하고 산뜻한 기분으로 깨어났다. 과거에 대여섯 번 꿈을 꾼 경험에 비해 훨씬 더 생생하고 진짜 같은 그런 꿈을 꿨는데도.

그날, 금요일 오전에 그는 치료를 받았다. 간질간질-윙-따끔 순서로 진행되는 치료가 평소에 비해 몇분의 1초만큼 짧아진 것 같았다. 걸어 올렸던 소매를 다시 내리며 유닛을 나설 때에도 그는 여전히 자아를 유지한 채 기분이 좋았다. 생생한 꿈을 꾸는 사람, 이례적인 사람들의 동료, 패밀리와 유니의 의표를 찌른 사람. 그는 일부러 느릿느릿 걸어 센터로 향했다. 지금이야말로 굼뜬 행동을 계속해야 할 때라는 생각이 새삼 뇌리를 때렸다. 2단계가 무엇인지, 언제 그렇게 될지는 모르겠지만, 2단계가 지향하는 대로 화학약품의 양을 지금보다 훨씬 더 줄여야 한다는 핑계를 만들기 위해서였다. 이 사실을 깨달은 자신이 흡족하고, 킹을 비롯한 그쪽 사람들이 왜 이 말을 해주지 않았는지 의아했다. 혹시 그들은 그가 치료받은 뒤에는 아무것도 할 수 없으리라 생각했을까. 실패했다는 그 두 멤버는 완전히 무너진 모양이었다. 불운한 형제들 같으니.

그날 오후 그는 작은 실수를 훌륭하게 저질렀고, 타자기로 보고서를 작성하는 동안 마이크를 엉뚱한 쪽으로 고정해 놓았다. 다른 663B 한 명이 그를 지켜보고 있었다. 그는 그런 행동을 하며 조금 죄책감을 느꼈지만, 그래도 해냈다.

그날 저녁 놀랍게도 그는 텔레비전 시간에 정말로 깜빡 졸았다. ISR에 새로 설치된 전파망원경을 돌아보는, 상당히 재미있는 프로그램이었는데도. 그 시간이 끝난 뒤 사진 클럽 모임에서 그는 도저히 눈을 뜨고 있을 수 없었다. 그래서 일찍 양해를 구하고 방으로 갔다. 그날 입었던 작업복을 벗었지만 투입구에 넣지도 않고 잠옷도 입지 않은 채 침대에 누운 그는 불을 껐다. 오늘은 무슨 꿈을 꿀지 궁금했다.

그는 겁에 질려 깨어났다. 병이 들어서 도움을 청해야 하는 게 아닌가 싶었다. 뭐가 문제지? 내가 하면 안 되는 짓을 했나?

서서히 사실을 기억해 낸 그는 도저히 믿을 수가 없어서 고개를 흔들었다. 이거 진짜야? 이게 가능하다고? 내가 불쌍할 정도로 병이 깊은 멤버 집단에 그토록 심하게 오염되어서 일부러 실수를 저지르고, 봅 RO를 기만하려 하고(게다가 성공한 것 같아!), 사랑하는 패밀리 전체에 대해 적대감을 품었다고? 아, 그리스도, 마르크스, 우드, 웨이시여!

그는 젊은 여자 라일락이 자신에게 한 말을 생각해 냈다. 자신이 병들었다고 느끼는 것은 화학약품 때문이며, 그 화학약품은 그의 동의 없이 몸속에 주입되었다는 말이 기억났다. 그의 동의라니! 건강과 안녕을 지켜주려고 실시되는 치료가 동의와 무슨 상관이 있다고! 치료는 패밀리 전체의 건강과 안녕에 없어서는 안 되는 부분인데? 통합 이전에도, 20세기의 혼돈과 광기 속에서도, 티푸스인지 티포스인지 하여튼 그것을 치료하기 전에 멤버의 동의를 구한 적은 없었다. 동의라니! 그런데 내가 이런 말을 반박하지도 않고 열심히 들었다니!

첫 번째 종이 울렸을 때 그는 자신이 저지른 상상할 수 없는 잘못을 빨리 보상하고 싶어서 침대에서 벌떡 일어났다. 전날 입었던 작업복을 투입구에 넣고, 오줌을 싸고, 세수와 양치질을 하고, 머리카락을 매끄럽게 빗고, 새 작업복을 입고, 침대를 정리했다. 그리고 식당으로 가서 케이크와 차를 신청한 뒤 다른 멤버들 사이에 앉았다. 그들을 돕고, 그들에게 뭔가를 주고 싶었다. 자신이 전날의 병든 범죄자가 아니라 충성과 애정이 넘치는 멤버임을 증명하고 싶었다. 왼편의 멤버가 케이크의 마지막 조각을 먹었다. "내 것 좀 먹을래?" 칩이 물었다.

그 멤버는 당황한 표정을 지었다. "아니, 그럴 리가 없잖아. 그래도 고마워. 친절하네."

"아냐, 친절하지 않아." 칩은 이렇게 말했지만, 멤버가 그 말을 해준 것이 기뻤다.

그는 센터까지 걸음을 서둘러 8분 일찍 도착했다. 그리고 IC 상자의 남의 섹션이 아니라 자기 섹션에서 샘플을 뽑아 자신의 현미경에 얹은 뒤, 안경을 똑바로 쓰고 OMP를 곧이곧대로 따랐다. 그는 유니에서 공손하게 데이터를 뽑아내고(내 잘못을 용서해 줘, 모든 것을 아는 유니), 겸허하게 새 데이터를 넣었다(이게 유전자 샘플 NF5019의 정확한 진짜 정보야).

섹션장이 들여다보며 물었다. "잘돼가?"

"아주 좋아요, 봅."

"다행이군."

하지만 한낮이 되자 기분이 더 나빠졌다. 그것들은 뭐지? 그 병든 자들? 병든 그들을 그냥 내버려둬야 할까? 담배며, 줄어든 치료 약이며, 전 통합 시대적 사고를? 그에게는 선택의 여지가 없었다. 그들이 그의 눈을 붕대로 가렸기 때문에, 그들을 찾아낼 길이 없었다.

아니, 그렇지 않았다. 방법이 하나 있었다. 스노플레이크가 그에게 얼굴을 보여주었으니까. 그녀 또래의 여자들 중 거의 흰색인 피부를 지닌 멤버가 이 도시에 몇 명이나 되겠는가? 세 명? 네 명? 다섯 명? 봅 RO가 물어본다면, 유니가 순식간에 그들의 이름번호를 내놓을 수 있을 터였다. 그렇게 그녀를 찾아내서 적절히 치료하면, 그녀가 다른 멤버 몇 명의 이름번호를 내놓을 것이고, 그들이 또 나머지 멤버들의 이름번호를 내놓을 것이다. 하루나 이틀 안에 그 무리 전체를 찾아내 도와줄 수 있다는 얘기였다.

그가 전에 칼을 도운 것처럼.

이 생각이 그를 멈춰 세웠다. 그는 칼을 도운 뒤 죄책감을 느꼈다. 몇 해가 지나도록 그는 그 죄책감에 매달렸고, 이제는 그 감정이 끈질기게 남아서 그의 일부가 되었다. 아, 예수 그리스도와 웨이리춘, 내 병이 상상도 못 할 만큼 깊습니다!

"괜찮아, 형제?"

탁자 맞은편의 멤버였다. 나이가 지긋한 여자. "응, 괜찮아." 그는 이렇게 말하고 나서 케이크를 입술로 가져갔다.

"1초 동안 아주 고민이 있는 것 같았어." 여자가 말했다.

"나는 괜찮아." 그가 말했다. "깜박 잊은 일이 생각나서."

"아."

그들을 도울 것인가 말 것인가? 어느 쪽이 맞고 어느 쪽이 틀린가? 어느 쪽이 틀린지 그는 알고 있었다. 그들을 돕지 않는 쪽, 형제들을 지키지 않고 저버리는 쪽.

하지만 그들을 돕는 게 옳은지에 대해서도 확신이 없었다. 어떻게 양쪽이 다 틀릴 수 있지?

오후에 그는 오전만큼 열성적으로 일하지 않았지만, 실수 없이 모든 일을 제대로 해냈다. 하루가 끝난 뒤 방으로 돌아가 침대에 똑바로 누워 손목으로 이어지는 손바닥 끝으로 감은 눈을 꾹꾹 눌렀다. 그러자 눈에 일정한 박자로 오로라가 생겨나는 듯했다. 병든 자들의 목소리가 들리고, 자신이 상자의 엉뚱한 섹션에서 샘플을 꺼내 시간과 에너지와 장비로 패밀리를 속이는 모습이 보였다. 저녁 식사 종이 울렸지만 그는 그대로 누워 있었다. 머릿속이 너무 복잡해서 식욕이 없었다.

나중에 피스 SK가 전화를 걸어왔다. "지금 라운지에 있어. 8시 10분 전이야. 20분째 기다리고 있어."

"미안. 바로 내려갈게."

둘은 콘서트를 본 뒤 그녀의 방으로 갔다.

"왜 그래?" 그녀가 말했다.

"나도 모르겠어. 지난 며칠 동안… 혼란스러웠어."

그녀는 고개를 젓고는 그의 늘어진 음경을 더 기운차게 움직였다. "그건 말이 안 돼. 조언자한테 말하지 않았어? 난 말했는데."

"응, 말했어. 저기…." 그는 그녀의 손을 떼어 냈다. "며칠 전에 새로운 멤버들이 16으로 들어왔잖아. 라운지로 가서 다른 이를 찾아보지 그래?"

그녀는 불만스러운 표정이었다. "그래, 그래야 할 것 같네."

"나도 같은 생각이야. 얼른 가 봐."

"이건 진짜 말이 안 돼." 그녀는 이렇게 말하면서 침대에서 일어났다.

그는 옷을 입고 자기 방으로 가서 다시 옷을 벗었다. 쉽게 잠들지 못할 것 같았는데, 그렇지 않았다.

일요일에는 상태가 더욱 나빠졌다. 차라리 봅이 전화해서 그의 안 좋은 상태를 보고 진실을 캐물어 알아내 주면 좋겠다는 생각이 들 정도였다. 그러면 죄책감이나 책임감 없이 안도감만 느낄 수 있을 것이다. 그는 계속 방에 머무르며 전화기 화면만 보았다. 축구팀의 누군가가 전화했을 때 그는 몸이 좋지 않다고 말했다.

정오에 식당으로 가서 재빨리 케이크를 먹고 방으로 돌아왔다. 센터의 누군가가 전화해 다른 누군가의 이름번호를 아느냐고 물었다.

그의 행동이 정상적이지 않다는 사실을 지금쯤이면 봅이 전해 듣지 않았을까? 피스가 아무 말도 안 했나? 아니면 아까 전화한 축구팀의 그 멤버라도? 어제 점심때 맞은편에 앉았던 그 멤버, 그녀도 그의 말이 변명임을 꿰뚫어 보고 그의 이름번호를 알아낼 정도의 머리는 있지 않았을까? (저 남자를 봐요, 다른 이들이 *자기*를 도와줄 거라고 기대하는 것 같은데. 저 남자는 남을 돕고 있는 걸까요?) 봅은 어디 있지? 무슨 조언자가 이 모양이야?

전화는 더 이상 걸려오지 않았다. 오후에도, 저녁에도. 음악이 한 번 멈추고, 우주선 소식이 나왔다.

월요일 아침 식사 후에 그는 의료 센터로 내려갔다. 스캐너에는 'no'라는 답이 떴지만, 그는 직원에게 조언자를 만나고 싶다고 말했다. 직원이 텔레콤프를 조작한 뒤, 조언자실 안으로 들어갈 때까지 모든 스캐너에 'yes' 'yes' 'yes'라는 답이 떴다. 조언자실 안은 반쯤 비어 있었다. 시각은 고작 7:50이었다.

그는 봅의 빈 칸막이 방으로 들어가 의자에 앉아서 무릎에 양손을 놓고 기다렸다. 그리고 머릿속으로 봅에게 할 말을 순서대로 점검했다. 가장 먼저 의도적으로 굼뜨게 행동했다는 이야기, 그다음에는 그 집단에 대해, 그들이 무슨 말을 하고 어떤 행동을 했는지, 그리고 스노플레이크의 밝은 피부색을 이용해 그들을 모두 찾아낼 수 있다는 것까지, 마지막으로는 자신이 칼을 도운 뒤 몇 년 동안 내내 감추고 있던 병적이고 비합리적인 죄책감에 대해. 하나, 둘, 셋. 그는 아마도 금요일에 줄어들었을 분량을 메우기 위해 추가 치료를 받을 것이다. 그리고 마음과 몸이 모두 건강하고 행복한 멤버가 되어 의료 센터를 나설 것이다.

‘네 몸은 네 거야. 유니 것이 아니야.’

병든 전 통합 시대의 생각. 유니는 패밀리 전체의 의지이자 지혜였다. 유니가 그를 만들었다. 그에게 먹을 것, 입을 것, 살 집, 교육을 허락해 주었다. 심지어 그가 잉태된 것도 유니의 허락 덕분이었다. 그래, 유니가 그를 만들었으니 이제부터 그는….

뵵이 텔레콤프를 흔들며 들어오다가 걸음을 멈췄다. “리, 안녕하세요. 무슨 일 있어요?”

그는 뵵을 보았다. 이름이 틀렸다. 그는 칩이었다. 리가 아니라. 자신의 팔찌를 내려다보았다. 리 RM35M4419. 거기에 ‘칩’이라는 이름이 적혀 있을 줄 알았는데. ‘칩’이라고 새겨진 팔찌를 갖고 있을 때가 언제였더라? 꿈속에서, 기묘하고 이상한 꿈속에서 어떤 여자가 손짓하며….

“리?” 뵵이 텔레콤프를 바닥에 내려놓으며 말했다.

유니가 그를 ‘리’로 만들었다. 웨이의 이름을 따서. 하지만 그는 칩이었다. 오래된 덩어리에서 떨어져 나온 조각. 그는 누구인가? 리? 칩? 리?

“무슨 일이에요, 형제?” 뵵이 몸을 가까이 기울여 그의 어깨를 잡으며 물었다.

“당신을 만나고 싶었어요.” 그가 말했다.

“무슨 일로요?”

그는 뭐라고 해야 할지 알 수 없었다. “전에 나더러 늦지 말라고 했잖아요.” 그는 불안한 눈으로 뵵을 바라보았다. “내가 시간을 지켰나요?"

"시간을 지켰냐고요?" 봅은 뒤로 물러나 눈을 가늘게 뜨고 그를 바라보았다. "형제, 당신은 하루 일찍 왔어요. 당신 약속은 화요일이에요. 월요일이 아니라."

그는 일어섰다. "미안해요. 센터로 가보는 게 낫겠어요." 그는 걸음을 옮겼다.

봅이 그의 팔을 잡으며 말했다. "잠깐만요." 봅의 텔레콤프가 큰 소리를 내며 바닥으로 떨어져 모로 누웠다.

"난 괜찮아요." 칩이 말했다. "좀 헷갈렸어요. 내일 올게요." 그는 봅의 손에서 벗어나 칸막이 방 밖으로 나갔다.

"리." 봅이 불렀다.

그는 계속 걸었다.

그날 저녁, 주의 깊게 텔레비전을 보았다. ARG에서 열린 육상경기, 금성에서 중계된 화면, 뉴스, 댄스 프로그램, 그리고 〈웨이의 살아 있는 지혜〉. 텔레비전 시간이 끝난 뒤에는 자기 방으로 갔다. 전등 버튼을 두드렸지만, 뭔가가 버튼을 덮고 있어서 전등이 켜지지 않았다. 문이 날카로운 소리를 내며 닫혔다. 어둠 속에서 가까이 있던 누군가가 문을 닫은 것이었다. 숨소리가 들렸다. "누구야?" 그가 물었다.

"킹과 라일락." 킹이 말했다.

"오늘 아침에 어떻게 된 거야?" 라일락이 물었다. 책상 옆 어딘가에 있는 것 같았다. "왜 조언자를 만나러 갔어?"

"말하려고." 그가 말했다.

"하지만 말하지 않았군."

"말할 걸 그랬어. 여기서 나가줘."

"이제 알겠지?" 킹이 말했다.

"그래도 우리가 노력해 봐야 해." 라일락이 말했다.

"제발 가줘." 칩이 말했다. "다시는 당신들과 엮이고 싶지 않아. 당신들 중 누구와도. 이젠 뭐가 옳고 뭐가 그른지 모르겠어. 내가 누군지도 모르겠어."

"그 답을 찾아낼 시간이 10시간쯤 남았어." 킹이 말했다. "네 조언자가 널 중앙 의료 센터로 데려가려고 아침에 여기로 올 거야. 거기서 검사를 받겠지. 원래 네가 지금보다 더 굼뜨게 행동하다가 앞으로 3주쯤 뒤에나 일어나야 하는 일인데. 그때는 2단계에 돌입했을 텐데. 그런데 내일 검사를 받게 됐어. 십중팔구 마이너스 1단계가 될 거야."

"하지만 꼭 그렇게 될 필요는 없어." 라일락이 말했다. "우리가 말한 대로 한다면 네가 2단계까지 갈 가능성이 아직 있어."

"듣고 싶지 않아." 그가 말했다. "그냥 가줘."

그들은 아무 말도 하지 않았다. 킹이 움직이는 소리가 들렸다.

"무슨 말인지 모르겠어?" 라일락이 말했다. "우리가 말한 대로 하면, 네 치료 약도 우리 것처럼 줄어들 거라니까. 우리 말대로 안 하면 약이 다시 예전 수준으로 돌아갈 거야. 사실 그보다 더 늘어날 가능성이 높아. 안 그래, 킹?"

"맞아." 킹이 말했다.

"널 '보호'하겠다는 거지." 라일락이 말했다. "그래야 네가 거기서 벗어날 시도조차 두 번 다시 안 할 테니까. 모르겠어, 칩?" 그녀의 목소리가 가까이 다가왔다. "이건 너한테 유일한 기회야. 앞으로 남은 평생 동안 넌 기계가 될 거야."

"아냐. 기계가 아니라 멤버가 되는 거야." 그가 말했다. "자신에게 맡겨진 일을 하는 건강한 멤버. 패밀리를 속이는 게 아니라 돕는 멤버."

"괜히 기운 빼지 마, 라일락." 킹이 말했다. "며칠 뒤였다면 네 말이 닿을 수 있었을지도 모르지만, 지금은 너무 일러."

"오늘 아침에 왜 말하지 않았어?" 라일락이 칩에게 물었다. "조언자를 만나러 갔잖아. 왜 말하지 않았어? 다른 이들은 했는데."

"말할 작정이었어." 그가 말했다.

"왜 말 안 했어?"

그는 그녀의 목소리를 외면하며 돌아섰다. "그가 날 리라고 불렀어. 그런데 나는 칩이라는 생각이 들었어. 모든 게… 어지러워졌어."

"넌 칩 맞아." 그녀가 더 가까이 다가오며 말했다. "유니가 네게 준 이름번호와는 다른 이름을 지닌 사람. 유니에게 분류를 맡기기보다 스스로 분류를 선택할 생각을 했던 사람."

그는 혼란스러워져서 그 목소리에서 멀어졌다가 고개를 돌려, 작업복을 입은 흐릿한 형체들을 대면했다. 몸집이 작은 라일락은 그의 맞은편에서 2미터쯤 떨어진 곳에 있었고, 킹은 오른쪽에서 윤곽을 따라 빛이 들어오는 문을 등지고 있었다. "어떻게 유니에 대항하는 말을 할 수 있어?" 그가 물었다. "유니가 우리에게 모든 것을 허락해 주었는데!"

"유니는 우리에게서 받은 걸 우리에게 허락할 뿐이야." 라일락이 말했다. "유니가 허락해 주지 않은 게 100배는 돼."

"우리가 태어나게 해 줬어!"

"그럼 태어나게 해 주지 않은 건 몇 명이나 될까?" 그녀가 말했다. "네 자식들처럼. 내 자식들처럼."

"그게 무슨 소리야?" 그가 말했다. "누구든 자식을 원하기만 하면… 전부 허락해 줘야 한다는 뜻이야?"

"그래." 그녀가 말했다. "바로 그 뜻이야."

칩은 고개를 저으며 침대로 뒷걸음쳐 앉았다. 그녀가 그에게 다가와 쪼그리고 앉아서 그의 무릎에 양손을 올렸다. "부탁이야, 칩." 그녀가 말했다. "네가 아직 이런 상태일 때는 이런 말을 하면 안 되지만, 제발, 제발, 내 말을 믿어줘. 우리를 믿어줘. 우린 병들지 않았어. 우린 건강해. 병든 건 이 세상이야. 화학이니 효율이니 겸손이니 도움이 되는 삶이니. 우리 말대로 해. 건강해져. 부탁이야, 칩."

그녀의 진실한 태도가 그의 마음을 붙잡았다. 그는 그녀의 얼굴을 보려고 했다. "왜 이렇게까지 해?" 그가 물었다. 그의 무릎에 닿은 그녀의 손은 작고 따스했다. 그는 그 손을 잡아보고 싶은 충동을 느꼈다. 자신의 손으로 그 손을 덮고 싶었다. 그녀의 눈이 희미하게 보였다. 정상보다 눈꼬리가 덜 솟은 그 커다란 눈은 평범하지 않았지만 아름다웠다.

"우리 같은 사람이 너무 적어." 그녀가 말했다. "만약 우리 같은 이가 더 많아진다면 혹시 우리가 뭔가를 할 수 있지 않을까, 어떻게든 도망쳐서 우리 스스로 살 곳을 만들 수 있지 않을까 싶어."

"불치자들처럼." 그가 말했다.

"우리는 그들을 그렇게 불러야 한다고 배웠지." 그녀가 말했다. "어쩌면 그들이야말로 약으로 어떻게 할 수 없는 무적의 존재인지도 몰라."

그는 그녀를 바라보며 얼굴을 더 보려고 애썼다.

"우리한테 캡슐이 있어." 그녀가 말했다. "그걸 먹으면 네 반사 속도가 느려지고 혈압이 내려갈 거야. 네 치료 약이 너무 강한 것처럼 보이게 해 주는 것들이 네 혈액 속에 생겨날 거고. 내일 아침에 조언자가 오기 전에 그걸 먹으면, 그리고 의료 센터에서 우리가 말한 대로 행동하면서 몇 가지 질문에 우리가 말한 대로 대답한다면, 그러면 내일부터 2단계가 될 거야. 그걸 먹고 건강해져."

"그리고 불행해지겠지." 그가 말했다.

"맞아." 그녀가 말했다. 목소리에 웃음이 조금씩 섞이기 시작했다. "불행해질 거야. 하지만 내가 말한 만큼 심하진 않을걸. 나도 가끔 거기에 휩쓸릴 뿐이야."

"대략 5분마다 한 번씩." 킹이 말했다.

그녀는 칩의 무릎에서 손을 떼고 일어섰다. "그렇게 할래?" 그녀가 물었다.

그는 그렇게 하겠다고 말하고 싶었지만, 동시에 싫다고 말하고 싶기도 했다. "캡슐을 보여줘."

킹이 앞으로 나서며 말했다. "우리가 나간 다음에 봐. 이 안에 있어." 그가 칩의 손에 작고 매끈한 상자 하나를 올려놓았다. "빨간 건 오늘 밤에 먹고, 나머지 두 알은 내일 일어나자마자 먹어야 해."

"어디서 구했어?"

"우리 그룹에 의료 센터에서 일하는 이가 하나 있어."

"결정해." 라일락이 말했다. "내일 무슨 말을 하고 어떤 행동을 해야 하는지 듣고 싶어?"

상자를 흔들어 보았지만 아무 소리도 나지 않았다. 그는 앞에서 기다리는 흐릿한 두 형체를 보았다. "좋아."

둘은 자리에 앉아 말을 시작했다. 라일락은 침대에 그와 나란히 앉았고, 킹은 책상 의자를 가져와 앉았다. 그들은 신진대사 검사 전에 근육을 긴장시키는 요령, 깊이 인식 검사 때 대상보다 위를 보는 요령을 알려주었다. 담당 의사와 상급 조언자에게 무슨 말을 해야 하는지도 알려주었다. 센터에서 그에게 부릴 가능성이 있는 술수에 대해서도 알려주었다. 등 뒤에서 갑자기 들려오는 소리, 혼자 남겨두는 것. 하지만 바로 옆에는 의사가 작성할 보고서가 일부러 보란 듯이 놓여 있을 터였다. 주로 이야기한 것은 라일락이었다. 그녀는 그에게 두 번 손을 댔다. 한 번은 다리, 또 한 번은 팔. 그녀의 손이 옆에 놓여 있을 때, 그의 손이 그 손을 스친 적도 한 번 있었다. 그때 그녀의 손이 멀어지는 것을 보니, 그와 손이 닿기 전에 이미 움직이기 시작한 것 같다는 생각이 들었다.

"그게 무진장 중요해." 킹이 말했다.

"미안한데, 그게 뭐야?"

"그걸 완전히 무시하지 마." 킹이 말했다. "보고서 말이야."

"그걸 눈치채야 해." 라일락이 말했다. "그걸 흘깃 보고는 굳이 손으로 들어서 읽어볼 필요가 없는 서류인 것처럼 굴어. 별로 신경 쓰지 않는 것처럼."

둘의 이야기는 늦게야 끝났다. 마지막 종이 울린 것이 이미 30분 전이었다. "우린 따로 가는 게 낫겠어." 킹이 말했다. "네가 먼저 가서 건물 옆에서 기다려."

라일락이 일어서자 칩도 일어섰다. 그녀의 손이 그의 손을 잡았다. "넌 틀림없이 해낼 수 있을 거야, 칩."

"노력해 볼게." 그가 말했다. "와줘서 고마워."

"천만에." 그녀는 이렇게 말하고 나서 문으로 갔다. 복도 불빛에 그녀의 모습을 볼 수 있을 줄 알았지만, 킹이 일어서서 시야를 가린 사이에 문이 닫혔다.

둘은 잠시 가만히 서 있었다. 그와 킹, 서로를 마주 보는 자세로.

"잊지 마." 킹이 말했다. "빨간 캡슐은 지금, 나머지 두 개는 아침에 일어났을 때."

"그래." 칩은 주머니 속 상자를 만지며 말했다.

"곤란한 일은 없을 거야."

"글쎄. 기억할 게 너무 많아서."

둘은 다시 조용해졌다.

"정말 고마워, 킹." 칩은 어둠 속에서 손을 내밀었다.

"넌 행운아야." 킹이 말했다. "스노플레이크는 아주 정열적인 여자거든. 너와 그녀는 앞으로 함께 좋은 시간을 많이 보내게 될 거야."

칩은 그가 이런 말을 하는 이유를 알 수 없었다. "그러면 좋지. 일주일에 한 번 이상 오르가슴을 느끼는 게 가능하다는 말을 믿기가 힘들어."

"이제는 스패로의 남자를 찾아줘야지." 킹이 말했다. "그러면 모두에게 짝이 생겨. 그편이 나아. 네 커플. 불화가 없지."

칩은 손을 아래로 내렸다. 킹이 라일락에게 접근하지 말라는 말을 하는 것 같다는 느낌이 문득 들었다. 그는 누가 누구의 짝인지 규정하면서, 자신의 규정에 복종하라고 말하고 있는 것 같았다. 내가 라일락의 손을 건드리는 걸 킹이 봤나?

"이제 가볼게." 킹이 말했다. "돌아서 주겠어?"

칩은 돌아선 채로, 킹이 멀어지는 소리를 들었다. 문이 열리자 방내부가 희미하게 모습을 드러냈다. 그림자 하나가 열린 문을 가로지르더니, 문이 닫히면서 사라졌다.

칩은 돌아섰다. 특정한 멤버 한 명을 사랑한 나머지 다른 멤버는 그녀에게 손도 대지 못하게 하는 멤버가 있다니 이상했다. 치료 약이 줄어들면 자신도 그렇게 될까? 다른 많은 일들과 마찬가지로, 이것도 믿기 힘들었다.

그는 전등 버튼으로 가서 무엇이 그 위를 덮고 있는지 손으로 만져보았다. 테이프가 붙어 있고, 그 아래에 납작한 사각형 물체가 있었다. 그는 테이프를 떼어 내고 버튼을 두드렸다. 천장의 강렬한 빛 때문에 눈을 꾹 감았다.

눈이 빛에 적응한 뒤 테이프를 보았다. 피부와 같은 색 테이프에 파란색 사각형 마분지가 붙어 있었다. 그는 그것을 투입구에 집어넣은 후, 주머니에서 상자를 꺼냈다. 뚜껑에 경첩이 달린 하얀 플라스틱 상자였다. 그는 그것을 열었다. 빨간색 캡슐 하나, 하얀색 캡슐 하나, 그리고 반은 하얗고 반은 노란 캡슐 하나가 솜 위에 파묻히듯 놓여 있었다.

그는 상자를 들고 화장실로 들어가서 불을 켰다. 열린 상자를 세면대 가장자리에 놓은 뒤, 물을 틀고 슬롯에서 컵을 하나 꺼내 물을 채웠다. 그리고 물을 잠갔다.

머릿속에 이런저런 생각이 떠오르기 시작했지만, 생각이 너무 많아지기 전에 빨간 캡슐을 들어 혀 안쪽에 깊숙이 넣은 뒤 물을 마셨다.

의사 한 명이 아니라 두 명이 그를 담당했다. 그들은 연한 파란색 검사복을 입은 그를 데리고 여러 검사실에 들러 그곳의 의사들과 의견을 나누고 자기들끼리도 의견을 나눴다. 그러고는 클립보드의 보고서를 서로 주고받으며 확인 표시도 하고 메모도 했다. 둘 중 한 명은 40대 여자였고, 다른 한 명은 30대 남자였다. 여자는 때로 칩의 어깨를 한 팔로 감싸고 걸으면서 웃는 얼굴로 그를 '젊은 형제'라고 불렀다. 남자는 정상보다 더 작고 서로 가까이 붙은 눈으로 무심하게 그를 지켜보았다. 그의 관자놀이에서 입꼬리까지 뺨에 생긴 지 얼마

되지 않은 흉터가 있고, 뺨과 이마에는 멍도 있었다. 그는 보고서를 볼 때를 빼면 단 한시도 칩에게서 시선을 떼지 않았다. 의사들과 의논할 때도 계속 칩을 지켜보았다. 셋이서 함께 다음 검사실로 이동할 때 대개 웃는 얼굴의 여자 의사와 칩 뒤로 처졌다. 칩은 그가 갑자기 무슨 소리라도 낼 줄 알았는데 그런 일은 없었다.

상급 조언자인 젊은 여자와의 면담은 잘 진행된 것 같았지만, 다른 것은 모두 그렇지 않았다. 칩은 계속 지켜보는 의사 때문에 신진대사 검사 전에 근육을 긴장시키기가 무서웠고, 깊이 인식 검사 때는 너무 늦은 뒤에야 대상의 위를 바라보아야 한다는 것을 기억해 냈다.

"하루 일을 못 하게 돼서 안 됐네요." 지켜보는 남자 의사가 말했다.

"보충해야죠." 그는 이렇게 말하면서 곧바로 실수했음을 깨달았다. '이게 최선인데요'라든가 '여기 하루 종일 있게 되나요'라든가 과잉 치료를 받은 사람처럼 둔한 목소리로 간단히 '네'라고 대답하든가 했어야 하는데.

정오경에 토털케이크 대신 쓴맛이 나는 하얀 액체 한 잔이 나왔다. 그걸 먹은 뒤에는 더 많은 검사가 있었다. 여자 의사는 30분 동안 다른 곳에 가 있었지만, 남자 의사는 아니었다.

3시쯤 검사가 모두 끝났는지 그들은 함께 작은 사무실로 들어갔다. 남자 의사가 책상에 앉고 칩은 그 맞은편에 앉았다. 여자 의사가 말했다. "미안한데, 2초 뒤에 돌아올게요." 그녀는 칩에게 웃어 보이고는 밖으로 나갔다.

남자 의사는 손끝으로 자신의 흉터를 문지르며 1~2분 동안 보고서를 살펴보다가, 시계를 보더니 보고서를 내려놓았다. "내가 가서 그 의사를 데려오지요." 그는 이렇게 말하고 나서 의자에서 일어나 밖으로 나가며 문을 조금만 닫았다.

칩은 가만히 앉아서 코를 킁킁거리며 클립보드의 보고서를 보았다. 허리를 숙이고 고개를 비틀어, 보고서에서 '콜리네스테라아제 흡수 인자, 증폭되지 않음'이라는 구절을 읽은 뒤 다시 의자에 똑바로 앉았다. 서류를 너무 오래 봤을까? 확신할 수 없었다. 그는 엄지손가락을 문지른 뒤 자세히 살피다가, 방에 걸린 그림들을 보았다. 〈집필 중인 마르크스〉와 〈통합조약을 발표하는 우드〉였다.

의사들이 돌아왔다. 여자 의사가 책상에 앉고, 남자 의사는 그녀 옆에 앉았다. 여자 의사가 칩을 보았다. 웃는 얼굴이 아니었다. 걱정스러운 표정이었다.

"젊은 형제." 그녀가 말했다. "걱정스럽네요. 당신이 그동안 우리를 속이려 했던 것 같아요."

칩은 그녀를 보았다. "속여요?"

"이 도시에 병든 멤버들이 있어요." 그녀가 말했다. "알고 있어요?"

그는 고개를 저었다.

"그래요." 그녀가 말했다. "많이 병든 멤버들이죠. 그들은 멤버들의 눈을 가리고 어딘가로 데려가서, 굼뜨게 행동하면서 일부러 실수를 저지르고 섹스에 흥미를 잃은 척하라고 말해요. 다른 멤버들도 자기들만큼 병들게 만들려는 거예요. 그런 멤버를 알아요?”

“아뇨.” 칩이 말했다.

“애나.” 남자 의사가 말했다. “내가 계속 지켜봤어. 검사 결과 외에 문제가 또 있다고 생각할 이유는 없어.” 그는 칩에게 시선을 돌렸다. “아주 쉽게 교정할 수 있어요. 당신은 생각할 필요 없어요.”

여자 의사가 고개를 저었다. “아니에요. 느낌이 좋지 않아요. 부탁이에요, 젊은 형제, 우리한테서 도움을 얻고 싶죠?”

“나한테 일부러 실수를 저지르라고 말한 이는 없어요.” 칩이 말했다. “왜요? 내가 왜 그래야 해요?”

남자가 보고서를 톡톡 두드렸다. “효소가 감소한 걸 봐.” 그가 여자 의사에게 말했다.

“나도 봤어. 나도 봤어.”

“여기, 여기, 여기, 여기서 심한 OT가 나타나. 이 데이터를 유니에게 줘서 치료하게 해.”

“난 예수 HL에게 이 멤버를 보이고 싶어.”

“왜?”

“걱정스러우니까.”

“나는 병든 멤버를 한 명도 몰라요.” 칩이 말했다. “안다면 조언자한테 말했을 거예요.”

“그래요.” 여자 의사가 말했다. “그럼 어제 오전에는 왜 조언자를 만나려고 했어요?”

“어제요?” 칩이 말했다. “어제가 약속 날인 줄 알았어요. 헷갈린 거예요.”

“자, 갑시다.” 여자 의사가 클립보드를 들고 일어서며 말했다.

셋은 사무실을 나와 복도를 걸었다. 여자 의사가 칩의 어깨에 팔을 둘렀지만, 미소를 짓지는 않았다. 남자 의사는 뒤로 처졌다.

복도가 끝나는 곳에 600A라고 표시된 문이 있었다. 갈색 판에는 하얀 글자로 ‘화학 치료 부장’이라고 적혀 있었다. 안으로 들어가니, 멤버 한 명이 책상에 앉아 있는 대기실이 나왔다. 여자 의사가 진단 문제와 관련해서 예수 HL과 의논하고 싶다고 그 여성 멤버에게 말하자, 그녀는 자리에서 일어나 다른 문을 통해 사라졌다.

“전부 시간 낭비야.” 남자 의사가 말했다.

“정말이지, 나도 그러면 좋겠어.” 여자 의사가 말했다.

대기실에는 의자 둘, 아무 장식 없는 나지막한 탁자 하나, 그리고 〈화학 치료사에게 연설하는 웨이〉가 있었다. 칩은 만약 저들로 인해 사정을 말하게 된다면, 스노플레이크의 밝은색 피부와 정상보다 덜 솟은 라일락의 눈을 가급적 언급하지 말아야겠다고 다짐했다.

여성 멤버가 돌아와 문을 열어주었다.

그들은 커다란 사무실로 들어갔다. 수척하고 머리가 희끗희끗한 50대 멤버, 예수 HL이 어질러진 커다란 책상 뒤에 앉아 있었다. 그는 가까이 다가오는 두 의사에게 고갯짓으로 인사를 건네고 멍하니 칩을 바라보았다. 그리고 책상 앞의 의자를 손짓으로 가리켰다. 칩은 그 의자에 앉았다.

여자 의사가 예수 HL에게 클립보드를 건넸다. “느낌이 좋지 않

아. 이 멤버가 꾀병을 부리는 것 같아.”

“효소 검사 결과는 다른데도 말이지.” 남자 의사가 말했다.

예수 HL은 의자 등받이에 몸을 기대고 보고서를 유심히 살펴보았다. 두 의사는 책상 옆에 서서 그를 지켜보았다. 칩은 호기심은 있지만 걱정스럽지는 않은 표정을 지으려고 애썼다. 잠시 예수 HL을 지켜보다가 책상으로 시선을 돌렸다. 온갖 문서들이 흩어져 있거나 쌓여 있거나 긁히고 닳은 케이스 안의 구식 텔레콤프 위로 흘러가 얹혀 있었다. 펜과 자가 가득한 잔 하나가 유니의 둥근 지붕 앞에서 웃고 있는 젊은 시절 예수 HL의 사진과 나란히 놓여 있고, 기념품 문진 두 개가 있었다. CHI61332에서 가져온 이례적인 사각형 문진과 ARG20400에서 가져온 둥근 문진. 둘 다 종이 위에 놓여 있지는 않았다.

예수 HL은 클립보드를 세로로 180도 돌려 거꾸로 놓은 뒤 보고서 끝부분을 아래로 접어 그 뒷면을 읽었다.

“내가 하고 싶은 게 뭐냐면, 예수.” 여자 의사가 말했다. “이 멤버가 여기서 밤을 보낸 뒤 내일 일부 검사를 다시 받아보게 하는 거야.”

“시간과….” 남자 의사가 말했다.

“아니면….” 여자 의사는 목소리를 높였다. “지금 TP 상태로 이 멤버에게 질문을 던지는 편이 더 좋고.”

“시간과 물자 낭비야.” 남자 의사가 말했다.

“우리 직업이 뭐지? 의사야, 아니면 효율 분석가야?” 여자 의사가 날카로운 목소리로 남자 의사에게 물었다.

예수 HL은 클립보드를 내려놓고 칩을 보았다. 그러고는 그가 의자에서 일어나 책상 옆으로 돌아 나오자 두 의사가 그를 위해 재빨리 뒤로 물러나 길을 터줬다. 그는 칩의 의자 바로 앞에 와서 섰다. 키가 크고 마른 몸. 빨간 십자가가 그려진 작업복에는 노란 얼룩들이 묻어 있었다.

그는 의자 팔걸이에 놓여 있던 칩의 양손을 잡고 반 바퀴 돌려서 손바닥을 보았다. 손바닥이 땀으로 번들거렸다.

그는 한 손을 놓은 뒤, 다른 손의 손목을 잡고 손가락으로 맥박을 쟀다. 칩은 걱정하지 않는 척 억지로 시선을 들었다. 예수 HL은 기묘한 표정으로 잠시 그를 보다가 짐작이 가는지, 아니 확신이 들었는지 그를 깔보는 듯한 미소를 지었다. 칩은 껍데기만 남은 패배자가 된 것 같았다.

예수 HL이 칩의 턱을 잡고 허리를 숙여 그의 눈을 자세히 들여다보았다. "눈을 최대한 크게 떠봐요." 그가 말했다. 킹의 목소리였다. 칩은 그를 빤히 바라보았다.

"그래요." 그가 말했다. "내가 무슨 충격적인 말을 한 것처럼 나를 빤히 봐요." 킹의 목소리였다. 틀림없었다. 칩의 입이 벌어졌다. "말은 하지 말고." 킹-예수 HL이 칩의 턱을 아플 정도로 꽉 쥐면서 말했다. 그는 칩의 눈을 들여다보고, 그의 고개를 이쪽저쪽으로 돌려본 다음 손을 놓고 뒤로 물러났다. 그리고 다시 책상 옆을 돌아 들어가 의자에 앉았다. 클립보드를 들고 흘깃 보더니, 미소를 지으며 여자 의사에게 돌려주었다. "당신이 잘못 생각했어, 애나." 그가 말했다. "안

심해도 돼. 난 꾀병을 부리는 멤버들을 많이 봤지만, 이 멤버는 아니야. 그래도 당신이 그런 걱정을 한 건 좋은 일이야." 그는 남자 의사를 향해 말을 이었다. "애나가 옳아, 당신도 알잖아, 예수. 우리는 절대 효율 분석가가 되면 안 돼. 멤버의 건강이 걸린 일이라면, 패밀리는 약간의 낭비를 감당할 수 있지. 패밀리가 멤버들의 총합이 아니라면, 대체 뭐겠어?"

"고마워, 예수." 여자 의사가 웃는 얼굴로 말했다. "내가 틀렸다니 다행이네."

"그 데이터를 유니한테 줘." 킹은 이렇게 말하면서 시선을 돌려 칩을 보았다. "이제부터 여기 이 형제가 적절한 치료를 받을 수 있게."

"응, 당장 할게." 여자 의사가 칩에게 손짓했다. 칩은 의자에서 일어섰다.

그들은 사무실을 나섰다. 칩은 문간에서 뒤를 돌아보며 말했다. "고마워요."

킹은 어지러운 책상 뒤에서 그를 보았다. 보기만 했다. 미소도, 우정의 흔적도 없었다. "감사는 유니에게." 그가 말했다.

그가 방으로 돌아오고 1분도 지나기 전에 봅에게서 전화가 걸려왔다. "방금 중앙 의료 센터에서 보고서를 받았어요. 당신의 치료가 그동안 살짝 어긋나 있었는데, 이제부터는 정확해질 거예요."

"좋네요." 칩이 말했다.

"그동안 당신이 느끼던 혼란과 피로가 앞으로 약 일주일 동안 서서히 사라질 겁니다. 그러면 다시 예전 모습이 될 거예요."

"그러면 좋겠네요."

"그렇게 될 거예요. 저기, 힘들지만 내일 예약을 잡아줄까요, 리? 아니면 다음 화요일까지 그냥 기다릴까요?"

"다음 화요일이 좋겠어요."

"좋아요." 봅은 이렇게 말하고 나서 환히 웃었다. "그거 아세요? 벌써 당신 안색이 좋아졌어요."

"상태도 조금 좋아졌어요." 칩이 말했다.

3

매일 조금씩 상태가 좋아졌다. 머리가 조금씩 깨어나 기민해지고, 과거의 자신이 병든 것이었으며 지금은 점차 건강을 향해 나아가고 있다는 확신이 조금씩 커졌다. 검사를 받은 지 사흘 뒤인 금요일이 되자 그는 평소 치료 전날과 같은 상태가 되었다. 하지만 그가 치료를 받은 지 이제 겨우 일주일이었다. 다음 치료까지 남은 3주 이상의 기간은 광활한 미지의 영역이었다. 굼뜨게 행동하는 방식이 먹혔다. 봅이 거기에 속아 넘어가 치료 약이 줄어들었으니까. 지난번 검사 결과를 바탕으로 다음 치료 때는 치료 약이 더욱 줄어들 터였다. 앞으로 5주, 6주 뒤에 그는 어떤 경이를 경험하게 될까?

그 금요일 밤, 마지막 종이 울리고 몇 분 뒤에 스노플레이크가 그의 방으로 왔다. "난 신경 쓰지 마." 그녀가 작업복을 벗으며 말했다. "네 마우스피스에 쪽지를 넣으려고 왔을 뿐이니까."

그녀는 그와 함께 침대에 누워서, 그를 도와 그의 잠옷을 벗겼다. 그의 손과 입술에 닿은 그녀의 몸은 매끈하고 나긋했으며, 피스 SK나 다른 누구보다 더 욕망을 자극했다. 그녀가 쓰다듬고 입 맞추고 핥는 그의 몸도 그 어느 때보다 강하게 부르르 떨면서 반응했고, 욕망으로 더욱 긴장했다. 그는 천천히, 깊고 아늑하게 그녀의 몸 안으로 들어갔다. 곧바로 그녀와 함께 오르가슴으로 질주할 뻔했지만, 그녀가 그를 진정시켜 몸을 물렀다가 다시 들어오게 했다. 그리고 자신은 기묘하지만 효과적인 자세를 차례로 취했다. 20여 분 동안 둘은 벽 너머와 아래층의 멤버들 때문에 최대한 소리를 죽인 채, 함께 몸을 움직여 여러 시도를 했다.

그 일이 끝나 서로에게서 떨어진 뒤, 그녀가 말했다. "어때?"

"최고 속도였지, 당연히. 하지만 솔직히 네 말을 듣고 난 더 굉장한 걸 기대했어."

"인내심을 가져, 형제." 그녀가 말했다. "넌 아직 병자야. 오늘 밤을 되돌아보며, 이건 악수 정도였다고 생각하게 되는 날이 올 거야."

그는 소리 내어 웃었다.

"쉬."

그는 그녀를 안고 키스했다. "뭐라고 썼어?" 그가 물었다. "내 마우스피스에 넣은 쪽지."

"일요일 밤 11시, 지난번과 같은 장소."

"하지만 붕대 없이."

"붕대 없이."

그는 그들을 모두 보게 될 것이다. 라일락과 다른 이들 모두. "다음 모임이 언제일지 궁금했어." 그가 말했다.

"듣자니 2단계까지 로켓처럼 슝 올라갔다며."

"비틀비틀 통과했다는 뜻이겠지. 해내지 못했을지도 몰라. 그것만 아니었으면…." 킹의 정체를 스노플레이크도 알까? 지금 말하는 게 옳은 일인가?

"그것이라니 뭔데?"

"킹과 라일락이 아니었으면." 그가 말했다. "그 둘이 전날 밤 여기에 와서 준비를 시켜줬거든."

"그야 당연하지. 그 캡슐이랑 준비가 아니었으면 우리 모두 해내지 못했을 거야."

"그걸 어디서 구했는지 몰라."

"아마 누군가가 의료 센터에서 일하는 것 같아."

"음, 그러면 말이 되지." 그가 말했다. 스노플레이크는 모르고 있었다. 아니면, 알기는 하는데 그가 안다는 사실을 그녀가 모르거나. 둘이 있으면서 이렇게 조심해야 한다는 사실에 갑자기 짜증이 났다.

그녀가 일어나 앉았다. "저기. 나도 이런 말을 하기는 싫지만, 네 여자 친구랑 평소처럼 계속 지내는 걸 잊지 마. 내일 밤에 말이야."

"그녀한테는 다른 이가 생겼어. 이제 네가 내 여자 친구야."

"아니야. 어쨌든 토요일 밤에는 안 돼. 우리가 왜 다른 건물 멤버를 사귀는지 우리 조언자들이 의아해할 거야. 나랑 같은 복도에 사는 착하고 정상적인 봅이 내 남자 친구야. 너도 착하고 정상적인 인이나 메리를 찾아봐. 하지만 그 여자랑 그걸 짧게 끝내지 않으면, 내가 네 목을 부러뜨릴 거야.”

“내일 밤에는 내가 짧게도 할 수 없을걸.”

“그건 맞아. 넌 아직 회복 중인 걸로 돼 있으니까.” 그녀는 엄격한 얼굴로 그를 보았다. “나랑 있을 때만 빼고, 절대 너무 정열적으로 굴면 안 된다는 걸 꼭 기억해. 첫 종이 울릴 때부터 마지막 종까지 만족스러운 미소를 지어야 한다는 것도. 배치된 일을 열심히 하되 너무 열심히 하면 안 된다는 것도. 치료 약을 줄이는 것만큼이나 그 상태를 유지하는 일도 아주 까다로워.” 그녀는 그의 옆에 누워 그의 팔을 끌어다 자신의 몸을 감게 했다. “증오. 지금 담배 한 대만 피울 수 있다면 원이 없겠네.”

“그게 그렇게 좋아?”

“음음. 특히 이럴 때는.”

“나도 한번 해봐야겠네.”

둘은 한동안 그렇게 누워서 서로를 어루만지며 이야기를 나눴다. 그러다 스노플레이크가 그를 다시 흥분시키려고 시도했다. “모험하지 않으면, 얻는 것도 없어.” 그녀가 말했다. 그러나 그녀가 무슨 짓을 해도 소용없었다. 그녀는 12시쯤 방을 나섰다. “일요일 11시야.” 그녀가 문 옆에서 말했다. “축하해.”

토요일 저녁 라운지에서 칩은 메리 KK라는 멤버를 만났다. 그녀의 남자 친구가 그 주 초에 CAN으로 이동되었다고 했다. 그녀의 이름번호에 태어난 해가 38로 되어 있으니, 나이는 스물네 살이었다.

둘은 이퀄리티 공원에서 열린 전前 마르크스마스 노래회에 갔다. 원형극장이 가득 차기를 기다리면서, 칩은 메리를 자세히 살펴보았다. 턱선이 날카로운 점만 빼면, 모두가 정상적이었다. 황갈색 피부, 눈꼬리가 위로 올라간 갈색 눈, 짧게 자른 검은 머리, 홀쭉한 몸에 걸친 노란 작업복. 샌들 끈에 반쯤 가려진 발톱 하나가 보라색으로 변색되어 있었다. 그녀는 미소를 지으며 앉아서, 원형극장 객석의 맞은편을 구경하고 있었다.

"어디서 왔어?" 그가 물었다.

"RUS." 그녀가 말했다.

"분류가 뭐야?"

"140B."

"그게 뭔데?"

"안과 기사."

"무슨 일을 해?"

그녀는 그에게 시선을 돌렸다. "렌즈를 붙여. 아동 섹션에서."

"일이 재미있어?"

"물론이지." 그녀는 불안한 표정으로 그를 보았다. "왜 이렇게 질문이 많아? 나를 왜 그렇게… 멤버를 처음 보는 이처럼 보는 거야?"

"난 너를 처음 만났잖아." 그가 말했다. "널 알고 싶어서 그러지."

"난 다른 멤버랑 똑같아. 나한테는 이례적인 부분이 전혀 없어."

"네 턱이 정상보다 조금 날카로워."

그녀는 상처받고 혼란스러운 표정으로 몸을 뒤로 물렸다.

"상처주려고 한 말은 아니야." 그가 말했다. "너한테 이례적인 부분이 정말로 존재한다고 지적했을 뿐이야. 별로 중요한 건 아니라 해도."

그녀는 탐색하듯 그를 보다가 시선을 돌려 다시 원형극장 객석 맞은편을 바라보았다. 그리고 고개를 저으며 말했다. "널 이해하지 못하겠어."

"미안해. 내가 지난 화요일까지 병들어 있었거든. 하지만 조언자가 날 중앙 의료 센터로 데려가서 병을 고치게 해 줬어. 지금은 좋아지는 중이야. 걱정 마."

"음, 그거 다행이네." 그녀는 이렇게 말하고 나서 곧 그에게 고개를 돌려 쾌활한 미소를 지었다. "용서해 줄게."

"고마워." 이렇게 말하면서 그는 문득 그녀 때문에 슬퍼졌다.

그녀가 다시 시선을 돌렸다. "우리가 〈대중의 해방〉을 부르면 좋겠다."

"부를 거야." 그가 말했다.

"난 그 노래가 좋아." 그녀는 미소를 지으며 콧노래를 부르기 시작했다.

그는 계속 그녀를 바라보며, 정상적인 모습을 보이려고 애썼다. 그녀의 말은 진실이었다. 그녀는 다른 멤버들과 똑같았다. 날카로운 턱선이나 변색된 발톱에 무슨 의미가 있을까? 그녀는 지금껏 그의 여자 친구였던 모든 메리와 애나와 피스와 인과 정확히 똑같았다. 겸손하고 착했으며, 남을 도우려 하고 근면했다. 그래도 그는 그녀 때문에 슬퍼졌다. 왜지? 만약 그가 지금 그녀를 보듯이 다른 이들을 자세히 살펴보고 그들의 말에 자세히 귀를 기울였다면, 항상 지금처럼 슬퍼졌을까?

그는 맞은편의 멤버들, 그 아래층의 수십 명, 그 위층의 수십 명을 보았다. 그들은 모두 메리 KK와 똑같이 웃는 얼굴로 자기가 가장 좋아하는 마르크스마스 노래를 부를 준비를 하고 있었다. 그들 모두가 그를 슬프게 했다. 원형극장 안의 모든 멤버들, 수백 명, 수천 명, 수만 명. 거대한 경기장을 줄줄이 채운 그들의 얼굴은 측정할 수 없을 만큼 빽빽하게 다닥다닥 줄에 꿰어진 황갈색 구슬들 같았다.

스포트라이트가 경기장 중앙의 황금 십자가와 빨간 낫을 때렸다. 익숙한 트럼펫 곡조가 쾅쾅 울려 퍼지고, 모두들 노래를 시작했다.

하나의 강력한 패밀리,

하나의 완벽한 종족,

모든 이기심,

공격성, 탐욕에서 자유롭네

　모든 멤버가 내놓을 수 있는 것을 모두 내놓고

　사는 데 필요한 모든 것을 얻지!

하지만 그들은 강력한 패밀리가 아니었다. 그는 이런 생각이 들었다. 그들은 약한 패밀리, 슬프고 가여운 패밀리였다. 화학약품으로 무뎌지고, 팔찌로 비인간화된 패밀리. 강력한 것은 유니였다.

하나의 강력한 패밀리,

하나의 고귀한 종족,

아들들과 딸들을

용감히 우주로 보내네….

그는 자동적으로 가사를 따라 부르며, 머릿속으로는 라일락이 옳았다고 생각했다. 치료 약이 줄어들면서 새로운 불행이 찾아왔다.

일요일 밤 11시에 그는 로워 그리스도 광장의 건물들 사이에서 스노플레이크를 만났다. 그녀를 안고 감사한 마음으로 키스했다. 그녀의 성적인 활기와 유머와 창백한 피부와 쓸쓸한 담배 맛이 기꺼웠다. 이 모든 건 오로지 그녀만의 것이었다. "그리스도와 웨이시여, 당신을 만나서 정말 좋아." 그가 말했다.

그녀는 그를 더 꼭 안으며 행복한 미소를 지었다. "정상적인 멤버들을 못 견디게 되지?"

"오늘 아침에도 축구공 대신 축구팀을 얼마나 차버리고 싶었는지." 그가 말했다.

그녀는 웃음을 터뜨렸다.

그는 노래회 이후로 우울했지만, 지금은 마음이 풀려서 행복했다. 키도 더 커진 것 같았다. "여자 친구를 구했어." 그가 말했다. "그런데 어떻게 됐는지 알아? 그녀랑 씹하는 데 전혀 문제가 없었어."

"증오 같으니."

"우리가 했을 때처럼 다양하거나 만족스럽지는 않았지만, 문제가 전혀 없었어. 24시간이 아직 안 지난 때였는데."

"자세한 이야기는 굳이 안 들어도 될 것 같아."

그는 씩 웃으며 양손으로 그녀의 옆구리를 쓸어내려 엉덩이뼈를 꽉 쥐었다. "어쩌면 오늘 밤 다시 해낼 수 있을 것 같기도 한데." 그는 엄지손가락으로 그녀를 지분거리며 말했다.

"네 자만심이 아주 쑥쑥 자라고 있는데."

"내 모든 것이 똑같아."

"정신 차려, 형제." 그녀는 그의 양손을 억지로 떼어 내고, 한 손을 꼭 쥐며 말했다. "네가 노래를 시작하기 전에 일단 실내로 데리고 들어가야겠어."

둘은 광장으로 들어가 대각선 방향으로 걸었다. 힘없이 늘어진 마르크스마스 장식과 깃발이 허공에 걸린 채 미동도 하지 않았다. 저 멀리 통행로의 불빛을 받아 그것들이 희미하게 보였다. "그런데 우리 어디로 가는 거야?" 그가 기쁘게 걸으며 물었다. "젊고 건강한 멤버를 타락시키는 병든 자들의 비밀 회합 장소가 어디지?"

"전 통합."

"박물관?"

"맞아. 유니를 속이는 병든 무리한테 그보다 더 좋은 장소가 있겠어? 우리한테 아주 딱 맞는 곳이야. 진정해." 그녀가 그의 손을 잡아당겼다. "너무 기운차게 걷지 마."

그들이 향하고 있는 통행로에서 어떤 멤버가 광장으로 들어왔다. 서류 가방 또는 텔레콤프처럼 보이는 물건을 손에 들고 있었다.

칩은 스노플레이크 옆에서 좀 더 정상적으로 걸었다. 그 멤버가 점점 가까이 다가오면서(그가 손에 든 것은 텔레콤프였다) 미소와 함께 고갯짓으로 인사를 건넸다. 칩과 스노플레이크도 그를 지나치며 미소와 고갯짓으로 마주 인사했다.

둘은 계단을 내려가 광장을 벗어났다.

"게다가," 스노플레이크가 말했다. "거긴 8시부터 8시까지 비어 있고, 파이프와 웃기는 의상과 이례적인 침대가 한없이 많아."

"거기 물건도 가져와?"

"침대는 놔둬. 하지만 가끔 사용하기는 하지. 직원 회의실에서 엄숙하게 회의를 여는 건 순전히 널 위해서야."

"거기서 또 뭘 하는데?"

"아, 둘러앉아서 불평을 좀 늘어놓지. 주로 라일락과 레오파드가 그래. 나한테는 섹스와 담배만으로 충분하고. 킹은 텔레비전 프로그램을 웃기게 흉내 내. 네가 얼마나 많이 웃을 수 있는지 두고 보면 알 거야."

"침대를 사용하는 것 말이야," 칩이 말했다. "그거 집단적으로 하는 거야?"

"둘씩 하는 거지. 우리가 그렇게까지 전 통합적이진 않아."

"넌 누구랑 침대를 이용했어?"

"그야 스패로지. 필요는 어쩌고저쩌고의 어머니라잖아. 가엾기도 하지. 이젠 걔가 좀 안쓰러워."

"당연히 그렇겠지."

"진짜야! 하긴, 19세기 공예품 중에 인공 음경이 있으니 걔도 살아남을 거야."

"킹은 우리가 스패로한테 남자를 찾아줘야 한다던데."

"그래야지. 그러면 상황이 훨씬 더 좋아질 거야. 커플이 넷이 되면."

"킹도 그렇게 말했어."

스노플레이크가 꺼낸 손전등으로 이상한 모양을 한 어둠을 밝히며 박물관 1층을 지나던 중에 또 다른 불빛 하나가 옆에서 둘을 비추더니, 가까이에서 누군가가 말했다. "어이, 안녕!" 둘은 깜짝 놀랐다. "미안. 나야, 레오파드." 그 목소리가 말했다.

스노플레이크가 손전등을 휙 돌리자 20세기 자동차가 나타나더니, 그 안에 있던 손전등 불빛이 꺼졌다. 둘은 반짝이는 금속 교통수단으로 다가갔다. 운전석에 앉은 레오파드는 얼굴이 둥글고 나이가 지긋한 멤버였으며, 주황색 깃털이 달린 모자를 쓰고 있었다. 코와 뺨에는 어두운 갈색 점이 여러 개 있었다. 그는 얼굴과 마찬가지로 점이 있는 손을 자동차 창문 밖으로 내밀었다. "축하해, 칩." 그가 말했다.

“잘 통과해서 기쁘군.”

칩은 고개를 저으며 그에게 고맙다고 인사했다.

“드라이브라도 하려고?” 스노플레이크가 물었다.

“이미 했어.” 그가 말했다. “JAP에 갔다 왔지. 이제 볼보에 연료가 없어. 그러고 보니 속까지 전부 젖기도 했네.”

칩과 스노플레이크는 그를 향해 웃어준 다음, 서로를 향해 미소를 지었다.

“환상적이지?” 그는 운전대를 돌리고, 수직 막대에 붙은 어떤 레버를 조작하면서 말했다. “운전자는 양손과 양발을 사용해서 처음부터 끝까지 완전히 차를 통제했어.”

“지독하게 덜컹거렸을걸.” 칩이 말하자 스노플레이크가 말을 이었다. “위험한 건 말할 필요도 없지.”

“하지만 재미있잖아.” 레오파드가 말했다. “진짜 모험이었을 거야. 스스로 목적지를 고르고, 어떤 도로로 갈 건지 연구하고, 다른 자동차들의 움직임을 보면서 자신의 움직임을 가늠하고….”

“잘못 가늠하면 죽어.” 스노플레이크가 말했다.

“우리가 들은 것만큼 그런 일이 자주 있었을 것 같지 않아.” 레오파드가 말했다. “그렇게 잦았다면, 자동차 앞부분을 훨씬 더 두툼하게 만들었겠지.”

칩이 말했다. “그러면 차가 무거워져서 속도가 더 느려졌을 거야.”

“허시는 어디 있어?” 스노플레이크가 물었다.

"스패로랑 위층에." 레오파드가 말했다. 그는 자동차 문을 열고, 손전등을 손에 쥔 채 밖으로 나오면서 말을 이었다. "물건들을 정리하는 중이야. 방에 더 많은 물건이 놓였거든." 그는 손잡이를 돌려 자동차 창문을 반쯤 올린 뒤 문을 단단히 닫았다. 금속 징으로 장식된 널찍한 갈색 허리띠가 그의 작업복 위에 매여 있었다.

"킹이랑 라일락은?" 스노플레이크가 물었다.

"어디 있겠지."

칩은 속으로 생각했다. '여기 침대를 사용하고 있나 보네.' 그들은 박물관 안에서 함께 이동했다.

그는 킹을 만나 그의 나이가 쉰둘이나 쉰셋, 어쩌면 그보다 더 많을 수도 있다는 것을 알고 난 뒤 킹과 라일락을 아주 많이 생각하게 되었다. 둘의 나이 차이가 최소한 서른 살은 된다는 것을 생각하고, 킹이 라일락에게 접근하지 말라고 말하던 것을 생각했다. 눈꼬리가 정상보다 덜 솟은 라일락의 큰 눈과 그녀가 그의 앞에 쪼그리고 앉아 더 위대한 삶과 각성에 대해 이야기할 때 그의 무릎에 작고 따뜻하게 놓여 있던 손을 생각했다.

그들은 움직이지 않는 중앙 에스컬레이터를 걸어 올라가 2층을 가로질렀다. 스노플레이크와 레오파드가 들고 있는 손전등 두 개의 불빛이 총과 단검, 전구와 전선이 있는 램프, 피 흘리는 권투선수, 가장자리가 모피로 장식된 로브를 입고 보석을 걸친 왕과 여왕, 더러운 몰골로 컵을 불쑥 내민 채 흉한 불구의 몸을 전시하듯 내보이는 거지 세 명을 춤추듯 지나쳤다. 거지들 뒤편의 칸막이가 옆으로 밀쳐져 드러난 좁은 통로는 건물 안으로 더 깊숙이 이어졌다. 통로 입구의 왼쪽 벽에 걸린 불빛이 처음 몇 미터를 비춰주었다. 어떤 여자의 목소리가 부드럽게 들려왔다. 레오파드가 앞서 통로 안으로 들어갔고, 스노플레이크는 거지들 옆에 서서 응급 카트리지에 들어 있던 테이프 몇 개를 꺼냈다. "스노플레이크가 칩이랑 같이 와 있어." 레오파드가 방 안에서 말했다. 칩은 팔찌에 테이프 하나를 붙이고 단단히 문질렀다.

그들은 통로를 통해 담배 냄새가 퀴퀴하게 나는 방으로 들어갔다. 나이가 많은 여자와 젊은 여자가 전 통합 시대의 의자에 가까이 붙어 앉아 있고, 그 앞의 탁자에는 칼 두 개와 갈색 이파리 더미가 있었다. 허시와 스패로였다. 그들은 칩과 악수하며 축하 인사를 했다. 허시는 눈가에 잔주름을 잡으며 미소를 지었다. 팔다리가 큰 스패로는 당황한 표정이었다. 손이 뜨겁고 축축했다. 레오파드는 허시 옆에 서서 휘어진 검은 파이프의 대통에 열 코일을 대고, 설대 옆으로 연기를 내뿜었다.

상당히 큼직한 그 방은 창고였다. 가장 안쪽에는 전 통합 시대의 유물들이 후기의 것이나 초창기 것이나 할 것 없이 천장까지 쌓여 있었다. 기계와 가구와 그림과 옷가지. 손잡이가 나무로 된 도구들과 검. 날개 달린 멤버, 즉 '천사'의 조각상. 상자 여섯 개가 열려 있거나 닫혀 있었는데, 'IND26110'이라는 글자가 찍혀 있고 모퉁이에는 노란색 사각형 스티커가 붙어 있었다. 칩이 주위를 둘러보며 말했다. "여기 있는 물건만으로도 박물관 하나를 또 차릴 수 있겠네."

"전부 진품이기도 하지." 레오파드가 말했다. "그런데 전시된 물건 중에는 아닌 것도 있어.”

“난 몰랐는데.”

다양한 의자와 벤치가 방 앞쪽에 놓여 있었다. 벽에는 그림들이 세워져 있고, 작은 유물이 담긴 상자와 썩어가는 책 더미도 보였다. 거대한 바위를 그린 그림이 칩의 시선을 붙잡았다. 그는 그 그림 전체를 볼 수 있게 의자의 위치를 옮겼다. 거의 산에 가까운 그 바위는 땅 위의 파란 하늘에 떠 있었다. 꼼꼼하게 그려진 그림이 신경에 거슬렸다. “진짜 이상한 그림인걸.” 그가 말했다.

“여긴 이상한 물건이 많아.” 레오파드가 말했다.

“그리스도의 그림을 보면 머리 주위에 빛이 있어.” 허시가 말했다. “그리스도가 전혀 인간처럼 보이지 않아.”

“나도 그런 그림을 봤어.” 칩이 바위 그림을 보며 말했다. “하지만 이런 그림은 처음이야. 눈을 뗄 수가 없네. 사실적이면서 동시에 비현실적이야.”

“그걸 가져가면 안 돼.” 스노플레이크가 말했다. “누가 알아차릴 만한 물건은 가져갈 수 없어.”

칩이 말했다. “어차피 저걸 걸어둘 데도 없어.”

“치료 약이 줄어든 기분이 어때?” 스패로가 물었다.

칩이 그녀에게 시선을 돌리자, 스패로는 둘둘 말린 이파리와 칼을 쥔 자신의 손으로 시선을 피했다. 허시도 그녀와 똑같이 둘둘 말린 이파리를 칼로 빠르게 쳐서 가늘게 잘라 쌓아두었다. 스노플레이크는 입에 파이프를 물고 앉아 있었고, 레오파드는 그 파이프 대통 안에 열

코일을 대고 있었다. "대단해." 칩이 말했다. "문자 그대로. 놀라운 일이 가득해. 매일 놀라운 일이 늘어나고 있어. 당신들 모두에게 고마워."

"우리는 배운 대로 했을 뿐이야." 레오파드가 미소를 지으며 말했다. "형제를 도운 거지."

"딱히 승인받은 방법은 아니지만." 칩이 말했다.

스노플레이크가 그에게 자신의 파이프를 내밀었다. "한 모금 해 볼 준비가 됐어?"

그는 그녀에게 다가가 파이프를 받았다. 대통은 따뜻하고, 그 안의 회색 담배에서는 연기가 피어올랐다. 그는 잠시 머뭇거리다가 자신을 지켜보는 이들을 향해 빙긋 웃은 뒤 설대를 입술에 댔다. 그리고 짧게 빨아들인 뒤 연기를 내뿜었다. 강하지만 기분 좋은 맛이었다. 놀라울 정도로. "나쁘지 않은데." 그는 이렇게 말하고 나서, 더 자신 있는 태도로 한 번 더 담배를 빨았다. 연기가 일부 목구멍 안쪽으로 들어가는 바람에 그는 기침을 터뜨렸다.

레오파드가 웃는 얼굴로 입구를 향해 걸어가며 말했다. "내가 네 것을 구해 올게." 그리고는 밖으로 나가버렸다.

칩은 스노플레이크에게 파이프를 돌려주고, 목을 가다듬으며 어두운색의 낡은 나무 벤치에 앉았다. 그리고 담뱃잎을 자르는 허시와 스패로를 지켜보았다. 허시가 그를 향해 미소를 지었다. 그는 말했다. "그거 씨앗을 어디서 구해?"

"이 식물에서 직접 구하지." 그녀가 말했다.

"처음 재배할 때는 씨앗을 어디서 구했는데?"

"킹이 갖고 있었어."

"내가 뭘 갖고 있었다고?" 킹이 안으로 들어오며 물었다. 키가 크고 날씬한 몸에 눈빛이 밝은 그의 작업복 가슴에 동그란 금색 목걸이가 걸려 있었다. 그의 뒤에는 그와 손을 잡은 라일락이 있었다. 칩은 의자에서 일어섰다. 그녀가 그를 보았다. 그녀는 이례적이고, 가무잡잡하고, 아름답고, 젊었다.

"담배 씨앗 말이야." 허시가 말했다.

킹은 따뜻한 미소를 지으며 칩에게 손을 내밀었다. "여기서 만나니 반갑네." 그가 말했다. 칩은 그의 손을 잡고 악수했다. 단단하고 따뜻한 손이었다. "여기서 새 얼굴을 보니 정말 좋아." 킹이 말했다. "남자라서 특히 더. 이 전 통합 시대 여자들이 함부로 굴지 못하게 하는 데 도움이 될 테니!"

"허." 스노플레이크가 말했다.

"나도 여기 올 수 있어서 좋아." 칩이 말했다. 킹의 다정한 태도가 반가웠다. 칩이 그의 사무실을 나설 때 그가 보여준 차가운 태도는 틀림없이 옆에서 지켜보는 두 의사를 위한 가장에 불과했던 것 같았다. "고마워." 칩이 말했다. "전부. 둘 다."

라일락이 말했다. "나도 정말 반가워, 칩." 그녀의 손은 여전히 킹의 손에 붙잡혀 있었다. 그녀는 정상보다 더 가무잡잡해서, 장밋빛이 살짝 감도는 갈색에 가까운 아름다운 색이었다. 눈은 크고 거의 수평이었으며, 분홍색 입술은 부드러워 보였다. 그녀가 시선을 돌리며 말했다. "안녕, 스노플레이크." 그녀는 킹의 손에서 자신의 손을 빼내고 스노플레이크에게 다가가서 그녀의 뺨에 입을 맞췄다.

기껏해야 스무 살이나 스물한 살쯤이었다. 작업복의 위쪽 주머니에 뭔가가 들어 있어서, 칼의 그림 속 여자들처럼 가슴이 나와 보였다. 낯설고, 신비로울 정도로 매혹적인 모습이었다.

"점차 달라지는 게 느껴져, 칩?" 킹이 물었다. 그는 탁자 앞에서 파이프 대통에 담배를 담는 중이었다.

"응, 엄청나게." 칩이 말했다. "당신이 말한 그대로야."

레오파드가 안으로 들어왔다. "자, 받아, 칩." 그는 두툼한 노란색 대통에 호박색 설대가 달린 파이프를 칩에게 건넸다. 칩은 고맙다고 인사하며 파이프를 쥐고 느낌을 가늠했다. 손에 쥔 느낌도 편안하고, 입술에 닿는 느낌도 편안했다. 그는 그것을 들고 탁자로 갔다. 황금색 목걸이를 대롱대롱 늘어뜨린 킹이 대통을 채우는 올바른 방법을 가르쳐 주었다.

레오파드가 그를 데리고 박물관의 직원 전용 구역을 지나가며 여러 창고, 회의실, 다양한 사무실과 작업실을 보여주었다. 그가 말했다. "이런 모임 때 각자가 어디에 가는지 누군가가 대략 알고 있다가 나중에 주변을 확인하면서 눈에 띄게 달라진 부분이 없는지 살펴보는 게 좋아. 여자들이 지금보다 좀 더 조심스럽게 굴면 좋을 텐데. 보통 내가 확인 작업을 하는데, 내가 없어지면 네가 그 일을 맡아도 좋을 거야. 정상적인 자들이 좀 허술하면 좋은데."

"다른 데로 이동되는 거야?" 칩이 물었다.

"아니." 레오파드가 말했다. "난 곧 죽을 거야. 예순두 살이 넘었거든. 거의 석 달 정도 넘겼어. 허시도 마찬가지고."

"그거 유감이네." 칩이 말했다.

"우리도 유감이야. 하지만 누구도 영원히 살지는 않으니까. 담뱃재는 당연히 위험물이지만, 다들 잘 처리할 줄 알아. 냄새는 걱정할 필요 없어. 에어컨이 7시 40분에 들어와서 곧바로 냄새를 없애버리거든. 내가 어느 날 아침까지 남아서 확인했어. 담배 재배는 스패로가 이어받을 거야. 우리는 여기, 온수 탱크 뒤편에서 담뱃잎을 말려. 내가 보여줄게."

둘이 창고로 돌아와 보니, 킹과 스노플레이크가 벤치의 양쪽 끝에 말을 타듯이 걸터앉아서 가운데에 놓인 기계식 게임기로 열심히 게임을 하고 있었다. 허시는 의자에 앉아 졸고 있고, 라일락은 유물 더미 옆에 쪼그리고 앉아 어떤 상자에서 책을 한 권씩 차례로 꺼내 살펴본 뒤 바닥에 쌓고 있었다. 스패로는 보이지 않았다.

"그게 뭐야?" 레오파드가 물었다.

"새 게임이 들어왔어." 스노플레이크가 시선을 들지 않고 말했다.

게임을 하는 이가 양손에 하나씩 레버를 잡고 눌렀다가 놓으면, 작은 라켓이 금속판 위에서 녹슨 구슬을 쳐서 앞뒤로 움직였다. 라켓 중에는 부러진 것도 몇 개 있었는데, 움직일 때마다 끽끽 소리를 냈다. 구슬은 이리저리 튀다가 킹 쪽의 우묵한 곳에 들어가 멈췄다. "5점!" 스노플레이크가 외쳤다. "어때, 형제!"

허시가 눈을 뜨고 둘을 보고는 다시 눈을 감았다.

"지는 것도 이기는 거랑 똑같아." 킹이 금속 라이터로 파이프에 불을 붙이며 말했다.

"어련히 그러시겠지." 스노플레이크가 말했다. "칩? 이리 와. 네가 다음 차례야."

"아냐. 난 구경할래." 그는 웃는 얼굴로 말했다.

레오파드도 게임을 거절했다. 킹과 스노플레이크는 새로운 대결을 시작했다. 킹이 스노플레이크를 상대로 1점을 얻고 잠시 쉬는 동안 칩이 말했다. "내가 그 라이터 좀 봐도 돼?" 킹은 라이터를 그에게 주었다. 날고 있는 새 한 마리가 거기에 그려져 있었다. 칩은 오리인 것 같다고 생각했다. 예전에 박물관에서 라이터를 본 적은 있지만 작동해 본 적은 한 번도 없었다. 그는 경첩이 달린 뚜껑을 열고, 울퉁불퉁한 휠을 엄지손가락으로 밀었다. 두 번째 시도 때 불이 붙었다. 그는 라이터 뚜껑을 닫고 이리저리 돌리며 살펴본 뒤, 킹이 또 잠시 휴식을 취할 때 라이터를 돌려주었다.

그는 둘의 게임을 잠시 더 지켜보다가 자리를 떴다. 유물 더미 쪽으로 다가가 바라보다가 라일락 근처로 이동했다. 그녀가 그를 올려다보며 빙긋 웃었다. 그리고 자기 옆의 여러 책 더미 중 한 곳에 책을 한 권 얹었다. "지금 언어로 된 책을 찾을 수 있으려나 계속 희망을 품고 있는데, 다 옛날 언어 책뿐이야." 그녀가 말했다.

그는 쪼그리고 앉아 그녀가 방금 내려놓은 책을 들었다. 책등에 작은 글자가 찍혀 있었다. 'Bädda för död.' "흠." 그는 고개를 절레 절레 젓고 나서, 오래된 갈색 책장을 넘겼다. 낯선 단어들과 구절들이 언뜻언뜻 보였다. 'allvarlig, lögnerska, dök ner på brickorna.' 위에 두 개의 점이나 작은 동그라미가 찍힌 글자가 많았다.

"어떤 건 지금 언어랑 상당히 비슷해서 단어 한두 개를 알아볼 수 있을 정도야." 라일락이 말했다. "하지만 어떤 건…. 여기 이걸 봐." 그녀가 그에게 보여준 책에는 좌우가 뒤바뀐 'N'과 아래쪽이 열린 직사각형 형태의 글자들이 평범한 'P', 'E', 'O'와 섞여 있었다. "이건 도대체 무슨 뜻일까?" 그녀가 책을 내려놓으며 말했다.

"우리가 읽을 수 있는 책을 찾으면 재미있겠네." 그는 장밋빛이 감도는 갈색을 띤 그녀의 매끄러운 뺨을 보며 이렇게 말했다.

"그래, 그렇겠지. 하지만 여기로 책을 보내기 전에 미리 걸러 냈을 것 같아. 그래서 우리가 못 찾는 거겠지."

"미리 걸러진 것 같다고?"

"지금 언어로 된 책이 틀림없이 아주 많았을 거야. 가장 널리 사용된 언어가 아니라면 어떻게 그게 유일한 언어가 됐겠어?"

"그러게, 맞는 말이네."

"그래도 계속 희망을 품고 있어. 책을 걸러 내는 과정에서 빠져나온 것이 하나쯤 있을 거라고." 그녀는 한 책을 보고 미간을 찌푸리더니 책 더미에 얹었다.

속이 가득 찬 그녀의 주머니들이 그녀의 움직임과 함께 살짝 움직였다. 그런데 칩의 눈에 그것들이 갑자기 둥근 젖가슴을 덮은 빈 주머니처럼 보였다. 칼이 그린 것과 같은 젖가슴. 거의 전 통합 시대 여자의 것 같은 젖가슴. 그녀의 피부가 비정상적으로 가무잡잡한 색이고, 그런 이들에게 다양한 신체적 이상이 발생한다는 점을 감안하면, 그런 젖가슴도 가능했다. 그는 그녀의 얼굴을 다시 보았다. 그녀에게 정말로 그런 젖가슴이 있다면, 그녀가 당황할 것 같아서였다.

"내가 이 상자를 두 번째로 확인하는 건 줄 알았는데," 그녀가 말했다. "이상하게 꼭 세 번째 같네."

"책들을 왜 꼭 걸러 냈을까?" 그가 그녀에게 물었다.

그녀는 아무것도 없는 검은 손을 허공에 들고 팔꿈치를 무릎에 괸 채로 잠시 동작을 멈추고, 그 크고 끝이 솟지 않은 눈으로 진지하게 그를 바라보았다. "우리가 배운 것 중에 사실이 아닌 게 있는 것 같아." 그녀가 말했다. "통합 이전의 삶에 대해서 말이야. 그러니까 전 통합 시대 초기 말고, 후기."

"사실이 아닌 것?"

"폭력, 공격성, 탐욕, 적대감. 그런 게 조금은 있었겠지만, 오로지 그런 것만 있었다고는 믿기 힘들어. 그런데 우리는 그렇게 배웠잖아, 진짜로. '사장들'이 '노동자들'을 벌한다느니, 온갖 질병과 음주와 굶주림과 자멸이 있었다느니. 당신은 그걸 믿어?"

그는 그녀를 보았다. "모르겠어. 그런 생각은 많이 해보질 않아서."

"내가 믿을 수 없는 게 뭔지 말해줄까?" 스노플레이크가 말했다. 킹과 하던 게임이 끝났는지 그녀는 벤치에서 일어서 있었다. "갓 태어난 사내아이의 포피를 잘랐다는 걸 안 믿어. 전 통합 시대 초기, 초기

중의 초기에는 그랬을지도 모르지만 후기에는 아니야. 도저히 믿을 수가 없어. 그때 인간들에게도 일종의 지능이 있었을 거 아니야, 안 그래?”

“맞아, 믿을 수 없어.” 킹이 파이프로 손바닥을 때리면서 말했다. “하지만 난 사진을 봤어. 뭐, 사진이라고 주장하는 거였지만.”

칩은 방향을 돌려 바닥에 앉았다. “무슨 뜻이야? 사진이… 진짜가 아닐 수도 있어?”

“당연하지.” 라일락이 말했다. “이 안에 있는 사진들을 자세히 봐. 그림으로 그려 넣은 부분도 있고, 지운 부분도 있어.” 그녀는 책들을 다시 상자에 넣기 시작했다.

“그런 일이 가능한 줄은 전혀 몰랐어.” 칩이 말했다.

“평면 사진에는 가능해.” 킹이 말했다.

“우리가 배운 건,” 레오파드가 말했다. 그는 금박 의자에 앉아 자신이 쓰고 있던 모자의 주황색 깃털로 장난을 치고 있었다. “십중팔구 진실과 비非진실의 혼합일 거야. 어느 부분이 진실인지, 진실과 비진실의 비중이 각각 얼마나 되는지는 각자가 짐작해 보는 수밖에.”

“우리가 여기 책들을 공부해서 여러 언어를 배울 수는 없을까?” 칩이 물었다. “언어를 하나만 배워도 충분할 것 같은데.”

“배워서 뭘 하게?” 스노플레이크가 물었다.

“알아내는 거지.” 그가 말했다. “뭐가 진실이고 뭐가 아닌지.”

“내가 시도해 봤어.” 라일락이 말했다.

“맞아, 틀림없지.” 킹이 미소를 지으며 칩에게 말했다. “얼마 전에 라일락은 저 의미를 알 수 없는 뒤죽박죽 글자들에 그 예쁜 머리를 들이박았어. 그렇게 허비한 밤이 얼마나 되는지 기억하고 싶지도 않아. 넌 하지 마, 칩. 제발 부탁이니."

"왜?" 칩이 물었다. "난 운이 좋을 수도 있잖아."

"그렇게 운이 좋다면, 뭐?" 킹이 말했다. "네가 어떤 언어를 해독해서 저 상자 안의 책 몇 권을 읽고 우리가 배운 것이 모두 진실은 아님을 알아낸다면? 어쩌면 모든 게 진실이 아닐 수도 있어. 서기 2000년에는 인간들이 오르가슴이 한없이 이어지는 삶을 살았을지도 몰라. 모두가 자신에게 딱 맞는 분류를 선택하고, 형제들을 돕고, 사랑과 건강과 삶의 필수품을 한가득 갖고 있었을지 모르지. 그러면 뭐? 그래봤자 너는 여기 Y.U. 162년에 살고 있을 거야. 팔찌와 조언자와 월례 치료가 있는 세상에서. 그냥 지금보다 더 불행해지기만 할걸. 우리 모두 더 불행해질 거야."

칩은 인상을 찌푸리며 라일락을 보았다. 그녀는 그를 보지 않은 채, 책을 상자에 다시 넣고 있었다. 그는 다시 킹을 보며 말을 골랐다. "그래도 알아둘 가치가 있을 거야. 행복이니 불행이니… 그게 정말로 가장 중요한 거야? 진실을 아는 건 다른 종류의 행복일 거야. 더 만족스러운 행복일 것 같아. 설사 좀 슬픈 행복이 되더라도."

"슬픈 행복?" 킹이 웃는 얼굴로 말했다. "난 전혀 모르겠는걸." 레오파드는 생각에 잠긴 표정이었다.

스노플레이크가 칩에게 일어나라고 손짓하며 말했다. "가자, 내가 보여주고 싶은 게 있어."

그는 자리에서 일어섰다. "하지만 우리는 기껏해야 상황이 실제보다 과장되었을 뿐이라는 걸 알게 될 가능성이 높아." 그가 말했다. "굶주림은 있었지만 그렇게까지 심하진 않았고, 공격성이 있었지만 역시 그렇게까지 심하진 않았다는 정도. 사소한 일들 중에는 가짜로 지어낸 것도 몇 가지 있겠지. 포피 자르기나 깃발 숭배 같은 것."

"네 생각이 그렇다면, 확실히 귀찮게 신경 쓸 필요 없겠네." 킹이 말했다. "그게 얼마나 힘든 작업이 될지 알아? 어마어마할걸."

칩은 어깨를 으쓱했다. "그냥 알아두면 좋을 것 같아. 그뿐이야." 그는 이렇게 말하고 나서 라일락을 보았다. 그녀는 마지막으로 남은 책 몇 권을 상자에 넣는 중이었다.

"가자." 스노플레이크가 이렇게 말하면서 그의 팔을 잡았다. "우리 몫으로 담배 좀 남겨둬, 우리 '멤들'."

둘은 전시관의 어둠 속으로 나갔다. 스노플레이크의 손전등이 앞을 밝혔다. "뭔데 그래?" 칩이 물었다. "나한테 보여주고 싶다는 게 뭐야?"

"뭐겠어? 침대지. 설마 책을 또 보러 가겠어?"

그들은 보통 일주일에 두 번, 밤에 만났다. 일요일과 우즈데이나 목요일에. 만나면 담배를 피우고, 이야기를 하고, 유물과 전시물을 갖고 놀았다. 때로는 스패로가 직접 만든 노래를 부르며, 무릎에 놓는 악기로 스스로 반주를 했다. 그녀의 손가락이 악기의 현에 닿으면 듣기 좋고 고풍스러운 음악이 만들어졌다. 짧고 슬픈 노래들은 우주선에서 살다가 죽는 아이들, 다른 곳으로 이동된 연인들, 영원한 바다를 이야기했다. 킹이 저녁의 텔레비전 프로그램을 재현할 때도 있었다. 그는 기후 조절에 대한 강연이나 〈내 팔찌〉를 부르는 50인 합창단을 우스꽝스럽게 흉내 냈다. 칩과 스노플레이크는 17세기 침대와 19세기 소파, 전 통합 시대 초기의 농장 수레와 전 통합 시대 후기의 비닐 깔개를 이용했다. 모임이 없는 밤에는 가끔 서로의 방으로 찾아갔다. 스노플레이크의 문에 붙은 이름번호는 애나 PY24A9155였다. 칩은 '24'라는 숫자를 보고 계산하지 않을 수 없었다. 그녀의 나이가 서른여덟 살이라는 것. 생각보다 나이가 많았다.

날이 갈수록 그의 감각이 예리해지고 그의 정신은 기민한 동시에 불안해졌다. 치료를 받고 오면 다시 둔해졌지만 고작 일주일 정도뿐이었다. 그 뒤에는 다시 생생하게 깨어났다. 그는 라일락이 해독하려 했다던 언어를 붙들고 씨름하기 시작했다. 그녀는 자신이 언어를 배우려고 사용했던 책들과 스스로 만든 목록을 그에게 보여주었다. 'momento'는 '순간', 'silenzio'는 '침묵'. 이렇게 쉽게 알아볼 수 있는 목록이 몇 페이지나 되었다. 그러나 책 속의 모든 문장에는 뜻을 몰라서 짐작해 볼 수밖에 없는 단어들이 있었다. 'allora'는 '그때'인가, '이미'인가? 'quale'과 'sporse'와 'rimanesse'는 뭐지? 그는 모임이 있을 때마다 책을 붙들고 약 1시간 동안 씨름했다. 가끔 라일락이 그의 어깨너머로 작업을 보고는 "아, 그렇지!"라거나 "그거 혹시 요일 이름이 아닐까?"라고 말하곤 했으나, 대개는 킹 근처에 머무르며 그의 파이프에 담배를 채워주고 그의 말에 귀를 기울였다. 킹은 칩의 작업을 지켜보았다. 그가 다른 이들을 향해 빙긋 웃으며 눈썹을 치뜨는 모습이 전 통합 시대 가구의 유리창에 비쳤다.

칩은 토요일 밤과 일요일 오후에 메리 KK를 만났다. 그녀와 있을 때는 정상적으로 행동하면서, 놀이 정원에 있는 동안 내내 미소를 짓고 열정 없이 단순한 썹을 했다. 배치된 일터에서도 정상적으로 행동하며, 이미 확립되어 있는 절차들을 느릿느릿 따랐다. 정상적으로 행동하는 것이 점차 신경을 긁어대더니, 한 주 한 주 지날 때마다 더욱 심해졌다.

7월에 허시가 죽었다. 스패로가 허시에 관한 노래를 하나 만들었다. 그녀가 그 노래를 부른 날 모임이 끝나고 칩이 방으로 돌아왔을 때, 그녀와 칼이 갑자기 머릿속에 함께 떠올랐다(왜 더 일찍 칼을 생각하지 못했을까?). 스패로는 덩치가 크고 서툴렀지만, 노래를 부를 때는 사랑스러웠고, 나이는 스물다섯 살쯤이며, 외로웠다. 칼은 칩이 그를 '도왔을' 때 아마 '치료'되었겠지만, 치료에 저항하는 힘이든 유전적 능력이든, 그런 것을 갖고 있지 않았을까? 적어도 어느 정도까지는? 칩처럼 칼도 663이었으니 그가 여기 연구소 어딘가에 있을 가능성이 있었다. 그렇다면 그를 모임으로 끌어들이기에는 이상적인 상황이고, 그는 스패로의 이상적인 짝이었다. 확실히 시도해 볼 가치가 있었다. 칼을 정말로 돕게 된다면 얼마나 기쁠까! 치료 약이 줄어들면 그는 누구도 상상하지 못한 그림을 그릴 것이다! 그가 그리지 못할 것이 어디 있을까? 다음 날 아침 그는 일어나자마자 휴대 키트에서 최신 이름번호부를 꺼낸 뒤 전화기에 접촉해서 칼의 이름번호를 불러줬다. 하지만 화면에는 아무것도 떠오르지 않았고, 전화기는 음성으로 사과했다. 그가 전화를 건 멤버에게 통신이 닿지 않는다는 말이었다.

며칠 뒤 봅 RO가 그에게 이 일에 대해 물었다. 마침 그가 의자에서 일어설 때였다. "아, 그러고 보니 물어볼 것이 있어요. 이 칼 WL한테 왜 전화하려 한 거예요?"

"아." 칩은 의자 옆에 서서 말했다. "잘 지내는지 알아보고 싶어서요. 난 잘 지내고 있으니, 다른 이들도 다 잘 지내는지 제가 확인하고 싶었던 모양이에요."

"당연히 잘 지내죠." 봅이 말했다. "좀 이상한 일이긴 하네요. 그동안 세월이 많이 흘렀는데."

"그냥 우연히 생각났어요."

칩은 첫 종이 울릴 때부터 마지막 종까지 정상적으로 행동하면서 일주일에 두 번씩 모임에 나갔다. 언어 해독도 계속 시도했다. '이탈리아노'라는 언어라고 했다. 하지만 킹이 말한 대로 소용없는 짓을 하는 것 같다는 생각이 들었다. 그래도 할 일이 생겼으니, 기계식 장난감을 갖고 노는 일보다는 더 가치 있었다. 게다가 그 일 덕분에 가끔 한 번씩 라일락이 그에게 다가와 작업을 구경하려고 몸을 기울였다. 그가 책을 놓고 작업 중인 가죽 상판 탁자를 한 손으로 짚고, 다른 한 손은 그가 앉은 의자 등받이를 짚은 자세로. 그녀의 체취가 느껴졌다. 그의 상상이 아니었다. 그녀에게서는 정말로 꽃 냄새가 났다. 그녀의 가무잡잡한 뺨과 목과 둥글고 움직이는 것 두 개가 팽팽하게 튀어나와 있는 작업복 가슴 부위도 볼 수 있었다. 그건 젖가슴이었다. 틀림없이 젖가슴이었다.

4

8월 말의 어느 날 밤, 이탈리아노로 된 책이 더 있는지 찾던 그는 다른 언어로 된 책을 발견했다. 제목인 'Vers l'avenir'가 이탈리아노 단어 'verso', 'avvenire'와 비슷해서, 아무래도 '미래를 향하여'라는 뜻인 것 같았다. 그는 그 책을 펼쳐 책장을 넘기다가 20쪽 내지 30쪽 맨 위에 인쇄된 '웨이리춘'이라는 글자에 시선을 빼앗겼다. 다른 페이지들에도 각각의 무리마다 다른 이름이 맨 위에 찍혀 있었다. '마리오 소픽', 'A. F. 리브만'. 그는 이것이 여러 작가들의 짧은 글을 모은 책임을 깨달았다. 실제로 웨이가 쓴 글이 두 편 실려 있었다. 그중 한 편의 제목인 'Le pas prochain en avant'을 보고 그는 '앞을 향한 다음 걸음'이라는 뜻임을 알아차렸다(pas는 passo일 것이고, avant은 avanti일 것이다). 바로 『웨이의 살아 있는 지혜』 1부에도 실려 있는 글이었다.

자신이 발견한 사실의 가치를 점점 깨닫게 된 그는 꼼짝도 할 수 없었다. 갈색으로 변한 이 작은 책, 표지가 나달나달한 이 책 속에 전통합 시대의 언어로 실린 12~15쪽 분량의 글을 정확하게 번역한 글이 그의 협탁 서랍 속에서 그를 기다리고 있었다. 수천 개의 단어, 기가 꺾일 만큼 변화형이 다양한 동사들. 그가 지금껏 더듬더듬 의미를 추측해 가며 이탈리아노에 대해 거의 쓸모없는 토막 지식을 얻은 것과는 달리, 이제는 이 새로운 언어의 단단한 기반을 겨우 몇 시간 만에 얻을 수 있었다!

그는 다른 이들에게 이 사실을 전혀 말하지 않고, 책을 슬그머니 주머니에 넣은 뒤 그들과 합류했다. 그리고 아무 일도 없는 것처럼 파이프에 담배를 채웠다. 'Le pas 어쩌고 avant'이 사실은 '앞을 향한 다음 걸음'이 아닐 수도 있었다. 아니, 그건 그 뜻이 맞았다. 틀림없었다.

실제로도 그랬다. 맨 앞의 문장 몇 개를 비교해 보는 순간 바로 알 수 있었다. 그날 밤 그는 방에서 한숨도 자지 않고 꼼꼼히 책을 읽으며 비교해 보았다. 한 손가락은 그 전 통합 시대의 책을 한 줄 한 줄 짚고, 다른 손가락은 번역본을 한 줄 한 줄 짚었다. 그는 14쪽 분량인 그 에세이를 그렇게 두 번 읽은 뒤, 알파벳 순서로 단어 목록을 작성하기 시작했다.

다음 날 밤에는 피곤해서 잠들었으나, 그다음 날 밤에는 스노플레이크가 다녀간 뒤 또 밤을 새워 작업했다.

그는 모임이 없는 날에도 밤에 박물관을 드나들기 시작했다. 거기서는 작업을 하면서 담배도 피울 수 있고, 다른 '프란카이스' 책을 찾아볼 수도 있었다. 그 새로운 언어의 이름이 바로 프란카이스Français였다. 'C' 아래에 왜 갈고리가 있는지는 수수께끼였다. 어쨌든 박물관에서는 손전등을 들고 전시관들을 돌아다닐 수도 있었다. 3층에서 그는 1951년에 작성된 지도를 발견했다. 여러 곳이 예술적으로 때워진 이 지도에서 EUR은 '유럽'이었으며, 그 안에 속한 '프랑스'라는 곳은 프란카이스가 사용되던 지역이었다. 거기에는 낯설고 매력적인

이름의 도시들이 많았다. ‘패리스,’ ‘낸티스,’ ‘리용,’ ‘마세일르’.[※]

다른 이들에게는 여전히 아무 말도 하지 않았다. 그는 한 언어를 완전히 익혀 킹에게는 당황을, 라일락에게는 기쁨을 안겨주고 싶었다. 모임 때 그는 이제 이탈리아노를 가지고 씨름하지 않았다. 어느 날 밤 라일락이 이탈리아노에 대해 묻자, 그는 사실대로 대답했다. 그 언어를 해독하려는 노력을 그만뒀다고. 그녀는 실망한 표정으로 시선을 돌렸으나, 그는 자신이 그녀를 위해 준비하고 있는 깜짝 놀랄 일을 생각하며 즐거워했다.

토요일 밤은 메리 KK와 침대에 들어야 하기 때문에 허비되는 시간이었다. 모임이 있는 밤도 마찬가지였다. 허시가 죽은 뒤로 레오파드가 가끔 모임에 불참했는데, 그런 날이면 칩은 박물관에 남아 모임 뒷정리를 한 뒤 아주 늦게까지 작업했다.

3주 만에 그는 프란카이스를 빨리 읽을 수 있게 되었다. 그가 해독할 수 없는 단어는 여기저기에 한두 개씩 있을 뿐이었다. 그는 프란카이스 책을 여러 권 찾아냈다. 그는 번역한 제목이 ‘자주색 낮 살인 사건’인 책과 ‘적도 숲의 피그미족’인 책과 ‘고리오 영감’인 책을 읽었다.

※ 칩이 프랑스어를 책으로만 공부하기 때문에 발음을 전혀 모른다는 가정하에, 알파벳을 영어식 발음으로 읽는 것으로 표기했다. 네 개의 도시 이름은 각각 ‘파리’, ‘낭트’, ‘리옹’, ‘마르세유’. 이 뒤에 나오는 과거의 여러 지명이나 고유명사 또한 칩이 정확한 발음을 모른다는 가정하에 같은 원칙을 적용하고, 필요한 경우 올바른 이름을 옮긴이 주로 처리했다. 일반명사는 원어로 표기하고 뜻을 옮긴이 주로 설명했다.

그는 레오파드가 모임에 불참할 때를 기다렸다가 다른 이들에게 사실을 밝혔다. 킹은 마치 나쁜 소식을 들은 사람 같은 표정이었다. 그는 눈으로 칩을 평가하듯 바라보며, 표정을 엄격히 통제했다. 갑자기 늙어서 수척해진 듯했다. 라일락은 마치 소원하던 선물을 받은 사람 같았다. "그 언어로 된 책들을 읽었다고?" 그녀가 말했다. 휘둥그레진 눈이 반짝였고, 입술은 살짝 벌어져 있었다. 하지만 칩은 둘의 반응에서 고대하던 기쁨을 느끼지 못했다. 그는 새로이 알게 된 사실의 무게로 심각했다.

"세 권을 읽었어." 그가 라일락에게 말했다. "또 한 권을 절반쯤 읽었고."

"굉장하다, 칩!" 스노플레이크가 말했다. "그걸 왜 비밀로 한 거야?" 이어서 스패로가 말했다. "그런 일이 가능할 줄은 몰랐는데."

"축하해, 칩." 킹이 파이프를 꺼내며 말했다. "대단한 일을 해냈어. 그 에세이의 도움이 있었다 해도 말이야. 정말 내 주제를 알게 해 주는군." 그는 파이프를 보며 설대를 똑바로 펴려고 만지작거렸다. "지금까지 거기서 뭘 알아냈지? 흥미로운 거라도 있어?" 그가 물었다.

칩은 그를 바라보며 말했다. "있어. 우리가 배운 것 중 많은 것이 사실이야. 범죄와 폭력과 어리석음과 굶주림이 실제로 있었어. 모든 문에 잠금장치가 있었고. 깃발이 중요했지. 영토의 경계선도 중요했고. 자식들은 부모가 죽기를 기다렸어. 그래야 부모의 돈을 상속받을 수 있으니까. 노동력과 물자의 낭비가 엄청났어."

그는 라일락을 보며 위로하듯이 미소를 지었다. 그녀가 소원하던 선물이 부서지고 있었다. 그가 말했다. "하지만 그런 문제를 안고도 멤버들은 우리보다 더 강하고 행복했던 것 같아. 가고 싶은 곳에 가고, 하고 싶은 일을 하고, '노력'으로 원하는 것을 얻고, 물건을 '소유'하고, 선택하고. 항상 선택했어. 그래서 지금의 멤버들보다 더 생생히 살아 있었던 것 같아."

킹은 담배를 향해 손을 뻗었다. "뭐, 기대하던 것과 별로 다르지 않은데, 안 그래?"

"맞아, 별로 다르지 않아." 칩이 말했다. "하지만 한 가지가 더 있어."

"그게 뭔데?" 스노플레이크가 물었다.

칩은 킹을 보면서 말했다. "허시는 죽을 필요가 없었어."

킹은 그를 보았다. 다른 이들도 그를 보았다. "그게 무슨 소리야?" 킹이 말했다. 파이프에 담배를 채우던 손이 그대로 멈춘 상태였다.

"모르겠어?" 칩이 그에게 물었다.

"몰라. 이해가 안 가." 그가 말했다.

"그게 무슨 뜻이야?" 라일락이 물었다.

"모르겠어, 킹?" 칩이 말했다.

"모른다고." 킹이 말했다. "도대체… 네가 뭘 말하려는 건지 난 짐작도 못 하겠어. 전 통합 시대의 책에서 어떻게 허시에 대해 알 수 있다는 거야? 게다가 설사 거기서 뭘 알 수 있다 해도 그걸 내가 어떻게 알아?"

"예순두 살까지 사는 건…," 칩이 말했다. "화학과 교배와 토털케이크의 경이가 아니야. 적도의 숲에 살던 피그미족은 전 통합 시대의 기준으로도 힘든 생활을 했는데, 쉰다섯 살이나 예순 살까지 살았어. 고리오라는 멤버는 일흔세 살까지 살았는데, 누구도 그걸 엄청나게 이례적이라고 생각하지 않았어. 19세기 초의 이야기야. 멤버들은 80대까지 살았어. 심지어 90대까지도!"

"그건 불가능해." 킹이 말했다. "몸이 그렇게 오랫동안 버티지 못할 거야. 심장이며 폐며…."

"내가 지금 읽고 있는 책은 1991년에 살았던 멤버들에 관한 거야. 그중 한 명은 인공 심장을 달고 있어. 의사들한테 돈을 줬더니, 의사들이 그의 심장 대신 인공 심장을 넣어준 거야."

"그게 무슨…." 킹이 말했다. "너 그 프란다제를 진짜로 읽을 수 있는 거 맞아?"

"프란카이스야." 칩이 말했다. "분명히 읽을 수 있어. 예순두 살까지 사는 건 장수가 아니야. 비교적 수명이 짧은 거야."

"하지만 우린 그 나이에 죽어." 스패로가 말했다. "꼭 죽어야 하는 게 아니라면 우린 왜 죽는 거야?"

"우린 죽는 게 아니야…." 라일락이 이렇게 말하고는 칩과 킹을 차례로 바라보았다.

"맞아." 칩이 말했다. "우리를 죽게 만드는 거야. 유니가. 유니는 효율을 추구하게 프로그램되어 있어. 첫째도 둘째도 맨 마지막도 언제나 효율이야. 유니는 메모리뱅크에 있는 모든 데이터를 스캔하지.

메모리뱅크는 우리가 관람할 때 보는 그 예쁜 분홍색 장난감이 아니야. 사실은 못생긴 강철 괴물이야. 예순두 살이 최적의 사망 시기라는 걸 그게 결정한 거야. 예순한 살이나 예순세 살보다 그때가 더 낫고, 귀찮게 인공 심장을 다는 것보다 그 편이 더 낫다고. 만약 예순두 살이 우리가 운 좋게 경신한 최고 수명 기록이 아니라면, 실제로도 아니야, 확실히 아니야, 그런 거라면 지금 상황을 설명하는 방법은 그것뿐이야. 우리를 대체할 존재들이 훈련을 받고 기다리고 있으니 우리는 사라지는 거야. 저마다 몇 달 정도 차이가 나는 건 모든 게 너무 깔끔하면 수상쩍을 테니까. 혹시 누가 병들어서 의심을 품을 수 있게 될지도 모르니까.”

“그리스도, 마르스크, 우드, 웨이시여.” 스노플레이크가 말했다.

“맞아.” 칩이 말했다. “특히 우드와 웨이.”

“킹?” 라일락이 말했다.

“나도 정신이 없어.” 킹이 말했다. “이제 알겠군, 칩. 내가 알 거라고 왜 네가 생각했는지.” 그는 스노플레이크와 스패로에게 말했다. “내가 화학 치료 일을 하는 걸 칩이 알고 있어.”

“그래서 정말 몰라?” 칩이 말했다.

“몰라.”

“치료 유닛에 독이 있어, 없어?” 칩이 물었다. “당신은 그걸 분명히 알 것 아냐.”

“살살 해, 형제, 난 나이가 많아.” 킹이 말했다. “독 그 자체는 없어, 확실히. 하지만 배합에 들어가는 거의 모든 화합물이 너무 많이 주입되면 죽음을 야기할 수 있어.”

“멤버의 나이가 예순두 살이 됐을 때 그 화합물들이 얼마나 주입되는지 당신은 모른다고?”

“몰라.” 킹이 말했다. “치료 약은 유니가 유닛으로 직접 전달하는 임펄스로 배합돼. 그걸 모니터할 방법은 없어. 물론 내가 유니한테 물어볼 수는 있지. 특정 치료 약이 무엇으로 구성되었는지, 또는 무엇으로 구성될 예정인지. 하지만 네 말이 사실이라면….” 그는 빙긋 웃었다. “유니는 나한테 거짓말을 할 거야, 안 그래?”

칩은 숨을 들이쉬었다가 내쉬었다. “맞아.”

라일락이 말했다. “멤버가 죽을 때 나타나는 증상은 노화 증상이야?”

“노화 증상이라고 내가 배운 것들이야.” 킹이 말했다. “어쩌면 완전히 다른 증상일 수도 있지.” 그는 칩을 보았다. “그 언어로 된 의학책은 없었어?”

“없어.” 칩이 말했다.

킹은 라이터를 꺼내 엄지로 뚜껑을 열었다. “가능한 일이야. 아주 가능한 일이야. 난 한 번도 생각해 본 적이 없지만. 멤버들은 예순두 살까지 산다. 옛날에는 그보다 수명이 짧았고, 언젠가 수명이 늘어날 것이다. 우리에게는 눈 두 개, 귀 두 개, 코 한 개가 있다. 이미 확립된 사실이다.” 그는 라이터를 켜서 파이프에 불을 붙였다.

“그게 틀림없이 사실일 거야.” 라일락이 말했다. “우드와 웨이의 사상이 마지막으로 도착한 논리적 종착지잖아. 모두의 삶을 통제하면 궁극적으로 모두의 죽음도 통제하게 된다."

"끔찍해." 스패로가 말했다. "레오파드가 여기 없어서 다행이야. 레오파드가 이걸 들으면 기분이 어떻겠어? 허시뿐만 아니라 레오파드도 이제는 언제 죽을지 몰라. 레오파드한테는 아무 말도 하지 말아야 돼. 죽음이 자연스러운 거라고 생각하게 해야 돼."

스노플레이크가 황폐한 표정으로 칩을 보았다. "왜 굳이 우리한테 그런 이야기를 한 거야?"

킹이 말했다. "행복한 슬픔을 경험하게 하려고. 아니면 슬픈 행복이라고 해야 하나, 칩?"

"당신들이 알고 싶어 할 거라고 생각했어." 칩이 말했다.

"왜?" 스노플레이크가 말했다. "우리가 뭘 어쩔 수 있는데? 우리 조언자들한테 불평이라도 할까?"

"우리가 할 수 있는 일이 하나 있어." 칩이 말했다. "이 모임에 더 많은 멤버들을 데려오는 거야."

"맞아!" 라일락이 말했다.

"그런 멤버를 어디서 찾는데?" 킹이 말했다. "그냥 길에서 아무 칼이나 메리를 붙들 수는 없어, 알잖아."

칩이 말했다. "당신이 배치된 곳에서 비정상적인 성향을 지닌 이 지역 멤버들의 자료를 프린트로 뽑을 수 없다는 뜻이야?"

"유니한테 그럴듯한 이유를 제시하지 않으면 불가능해." 킹이 말했다. "한 번만 모호한 행동을 해도 의사한테 검사를 받게 될 거야. 그렇다면 부수적으로 *너* 역시 다시 검사받게 되겠지."

"비정상적인 이들이 주위에 있기는 해." 스패로가 말했다. "건물들 뒤편에 누군가가 '유니랑 싸워'를 쓰고 있으니까."

"그런 이들이 우리를 찾을 수 있게 방법을 생각해 내야 해." 칩이 말했다. "일종의 신호 같은 것."

"그다음에는?" 킹이 말했다. "우리가 스무 명이나 서른 명 규모가 되면 뭘 할 건데? 단체 관람을 신청해서 유니를 날려버릴까?"

"나도 그런 생각을 하기는 했어." 칩이 말했다.

"칩!" 스노플레이크가 말했다. 라일락은 그를 빤히 바라보았다.

"우선…," 킹이 웃는 얼굴로 말했다. "거긴 난공불락이야. 둘째, 우리는 대부분 이미 거기 다녀왔기 때문에 재관람이 허락되지 않을 거야. 아니면 여기서 EUR까지 걸어갈까? 게다가 모든 게 통제에서 벗어난 다음에는 우리가 세상을 어떻게 할 건데? 공장은 정체되고 자동차는 서로 충돌하고 종도 울리지 않고…. 진짜 전 통합 시대로 돌아가서 기도나 해?"

"컴퓨터와 마이크로파 이론을 아는 멤버를 찾을 수 있다면…." 칩이 말했다. "유니를 아는 멤버를 찾는다면, 프로그래밍을 바꿀 방법을 알아낼 수 있을지도 몰라."

"그런 멤버들을 찾을 수만 있다면 말이지." 킹이 말했다. "그리고 그들을 우리 편으로 끌어들여야 하고, 우리가 EUR의 그 지역으로 갈 수 있어야 하지. 네가 지금 무슨 소리를 하는 건지 모르겠어? 불가능한 일이야. 간단해. 이래서 내가 너더러 그 책들을 붙들고 시간 낭비하지 말라고 한 거야. 우리가 할 수 있는 일은 하나도 없어. 여기는 유니의 세계야. 이젠 이걸 좀 네 머리에 박아두지? 50년 전에 세상이 유니 손에 들어갔고, 유니는 맡겨진 일을 계속할 거야. 싸움 같은 패밀리를 싸움 같은 우주 전체에 퍼뜨리는 일. 그리고 우리는 각자 맡겨진 일을 계속하겠지. 예순두 살에 죽는 것과 텔레비전 시간을 빠뜨리지 않는 것도 포함해서. 그게 전부야, 형제. 우리가 바랄 수 있는 자유는 담배와 농담 몇 마디와 추가 섹스 조금뿐이라고. 이미 가진 걸 잃을 수는 없잖아, 안 그래?”

“하지만 우리가 다른….”

“노래나 하나 불러봐, 스패로.” 킹이 말했다.

“부르기 싫어.” 스패로가 말했다.

“노래 불러!”

“그래, 알았어.”

칩은 킹을 노려보다가 일어서서 성큼성큼 밖으로 나가버렸다. 어두운 전시관으로 들어온 그는 딱딱한 어딘가에 엉덩이를 쿵 부딪히고 거친 말을 중얼거리며 계속 걸었다. 통로와 창고에서 멀리 떨어진 뒤 걸음을 멈추고 반짝이는 보석을 걸친 왕들과 왕비들 앞에서 이마를 문지르며 몸을 앞뒤로 살살 흔들었다. 그들은 어둠보다 더 어둡고 말이 없는 구경꾼들이었다. “킹이라.” 그가 말했다. “자기가 진짜 왕인 줄 알아. 형제 싸움꾼이….”

스패로의 노랫소리가 희미하게 들려왔다. 그녀가 연주하는 전 통합 시대 현악기 소리도 들려왔다. 그리고 누군가의 발소리가 가까워졌다. “칩?” 스노플레이크였다. 그는 돌아서지 않았다. 그의 팔에 그녀의 손이 닿았다. "돌아가자." 그녀가 말했다.

"날 좀 내버려둬." 그가 말했다. "몇 분 동안만 날 건드리지 마."

"가자. 아이처럼 굴지 말고."

"이봐." 그는 그녀를 향해 돌아섰다. "가서 스패로의 노래나 듣지 그래? 담배나 피우든지."

스노플레이크는 잠시 말이 없다가 입을 열었다. "알았어." 그러고는 가버렸다.

그는 심호흡을 하며 다시 왕들과 왕비들을 향해 돌아섰다. 엉덩이가 아파서 손으로 문질렀다. 킹이 그의 아이디어를 모두 꺾어버리는 게 화가 났다. 모두를 자기 뜻대로 좌지우지….

그녀가 돌아오고 있었다. 그는 그녀에게 그냥 가버리라고 말하려다가 참았다. 이를 악물고 숨을 들이쉬며 돌아섰다.

킹이 그에게 다가오고 있었다. 그의 흰머리와 작업복에 통로의 희미한 불빛이 비쳤다. 그가 가까이 다가와서 걸음을 멈췄다. 둘의 시선이 마주쳤다. "그렇게 날카롭게 말할 생각은 없었어." 킹이 말했다.

"왜 여기 있는 왕관을 꺼내 쓰지 않았어?" 칩이 물었다. "로브도 입지 그래? 그 목걸이만…. 증오 같으니, 전 통합 시대 진짜 왕한테 그것만으로는 충분하지 않잖아."

킹은 잠시 침묵하다가 입을 열었다. "사과할게."

칩은 숨을 들이쉬고 참았다가 내쉬었다. "우리가 멤버 한 명을 합류시킬 때마다 새로운 아이디어, 새로운 정보, 우리가 미처 생각해 보지 못한 가능성이 생길 거야."

"새로운 위험도 생기지." 킹이 말했다. "내 관점에서 보려고 해봐."

"못 해. 그냥 여기서 만족하느니 차라리 다시 온전한 치료를 받을 거야."

"'그냥 여기'도 내 나이의 멤버한테는 아주 좋게 보여."

"당신은 예순두 살에 나보다 20년이나 30년쯤 더 가깝지. 그러니 당신이야말로 변화를 원해야 마땅해."

"변화가 가능했다면 나도 원했을지 몰라. 하지만 화학 치료에 전산화를 더하면 변화는 불가능해."

"꼭 그렇지는 않아."

"그래." 킹이 말했다. "난 '그냥 여기'가 하수구로 쓸려 나가는 꼴을 보고 싶지 않아. 네가 모임이 없는 날 밤에 여기에 오는 것조차도 추가 위험이야. 기분 나쁘게 듣지는 마." 그가 한 손을 들어 올렸다. "여기 오지 말라는 뜻이 아니니까."

"난 계속 올 거야." 칩은 이렇게 말하고 나서 잠시 뒤에 말을 덧붙였다. "걱정 마. 조심하고 있으니까."

"다행이네. 우리도 비정상적인 이를 계속 조심스레 찾을 거야. 신호 없이." 그가 한 손을 내밀었다.

잠시 뒤 칩이 그 손을 잡고 악수했다.

"이제 돌아가자." 킹이 말했다. "여자들이 불안해해."

칩은 그와 함께 통로로 향했다.

"전에 네가 말한 그거 뭐지? 메모리뱅크가 '강철 괴물'이라고?"

킹이 물었다.

"진짜로 그래. 거대한 덩어리들이 수천 개나 돼. 어렸을 때 우리 할아버지가 나한테 보여줬어. 유니를 만들 때 할아버지도 거들었거든."

"세상에."

"아니, 할아버지는 유감스러워했어. 만들지 말 걸 그랬다고. 그리스도와 웨이시여, 지금 살아 있었다면 우리 모임의 훌륭한 멤버가 되었을 거야."

다음 날 밤 칩이 창고에 앉아 담배를 피우며 책을 읽고 있을 때, "안녕, 칩"이라고 말하는 소리가 들렸다. 라일락이 손전등을 들고 입구에 서 있었다.

칩은 그녀에게 시선을 고정한 채 일어섰다.

"내가 방해해도 돼?" 그녀가 물었다.

"물론이지. 네가 와서 반가운데." 그가 물었다. "킹도 왔어?"

"아니."

"어서 들어와."

그녀는 입구에서 움직이지 않았다. "너한테서 그 언어를 배우고 싶어."

"나도 바라는 바야. 안 그래도 너한테 단어 목록을 갖고 싶으냐고 물어보려고 했어. 어서 들어와."

그는 그녀가 안으로 들어오는 모습을 지켜보다가 손에 파이프를 들고 있음을 깨닫고 내려놓은 다음 유물 더미 쪽으로 움직였다. 모임 때 사용하는 의자 하나의 다리를 붙잡아 등받이가 위로 가게 들어 올린 그는 탁자 옆으로 의자를 가져왔다. 그녀는 손전등을 주머니에 넣고 그가 읽던 페이지를 보고 있었다. 그는 의자를 내려놓고, 자신의 의자를 옆으로 민 뒤, 새로 가져온 의자를 그 옆에 놓았다.

그녀가 책을 앞으로 넘겨 표지를 보았다.

"그건 '열정의 동기'라는 뜻이야." 그가 말했다. "보면 금방 알 수 있지. 대개는 안 그런데."

그녀는 그가 보던 페이지를 다시 보았다. "이탈리아노랑 비슷한 게 좀 있네."

"나도 그렇게 시작했어." 그는 그녀를 위해 가져온 의자의 등받이를 붙잡고 있었다.

"오늘 내내 앉아 있었어." 그녀가 말했다. "네가 앉아. 난 신경 쓰지 말고."

그는 의자에 앉아, 프란카이스 책 더미 아래에서 단어 목록을 꺼냈다. "네가 계속 갖고 있어도 돼." 그는 접힌 종이를 펼쳐 탁자 위에 놓으면서 말했다. "난 이미 전부 외웠거든."

그는 시제와 주어에 따른 활용형을 기준으로 동사를 분류하는 법, 수식하는 명사에 따라 형용사의 형태가 변하는 방식을 그녀에게 가르쳐 주었다. "복잡해." 그가 말했다. "하지만 일단 감을 잡고 나면, 번역하기가 상당히 쉬워." 그는 그녀를 위해 『열정의 동기』 한 페이지를 번역해 주었다. 다양한 기업의 주식을 다루는 거래인인 빅토르는 바로 인공 심장을 가슴에 넣은 멤버였는데, 왜 영향력 있는 국회의원에게 불친절하게 굴었느냐고 그가 아내 카롤린을 비난하는 장면이었다.

"눈을 못 떼겠어." 라일락이 말했다.

"내가 놀란 건, 여기에 비생산적인 멤버가 엄청 많다는 점이야. 여기 주식 거래인과 국회의원도 그렇고, 군인과 경찰도 그렇고, 은행가, 세금 징수인…."

"그들은 비생산적이지 않았어." 라일락이 말했다. "물건을 생산하지는 않지만, 멤버들이 삶을 계속 영위하게 해 줬어. 그들이 *자유를* 생산한 거야. 아니면 적어도 자유를 유지했거나."

"그래. 네 말이 맞는 것 같다."

"내가 맞아." 그녀는 이렇게 말하고 나서 불안한 듯 탁자에서 멀어졌다.

그는 잠시 생각하다가 입을 열었다. "전 통합 시대 멤버들은 효율을 포기하고, 대신 자유를 얻었어. 우리는 그 반대로 움직였고."

"우리가 움직인 게 아니야." 라일락이 말했다. "그냥 이루어진 거지." 그녀는 고개를 돌려 그를 마주 보며 말을 이었다. "혹시 불치자들이 아직 살아 있을까?"

그는 그녀를 바라보았다.

그녀가 말했다. "그들의 후손이 어떻게든 살아남아서 어딘가에 사, 사회를 갖고 있을까? 패밀리가 사용하지 않는 섬 같은 데에?"

"와." 그는 이마를 문질렀다. "그래, 그럴 수도 있겠지. 통합 이전에 멤버들은 섬에서 살아남았어. 통합 이후라고 안 될 것 없잖아.”

“내가 생각하는 게 그거야.” 그녀가 다시 그에게 다가오며 말했다. “마지막 불치자 이후로 다섯 세대가 흘렀으니….”

“질병과 고난에 난타당했을 거야….”

“하지만 마음대로 번식할 수 있어!”

“사회까지는 잘 모르겠지만, 어쩌면 정착지가 있을….”

“도시일 거야.” 그녀가 말했다. “똑똑한 이들, 강한 이들이 있었어.”

“굉장한 생각인데.”

“가능한 거지, 그렇지?” 그녀는 양손으로 탁자를 짚고 그를 향해 몸을 기울이고 있었다. 커다란 두 눈이 그에게 질문을 던지고, 가무잡잡한 양 뺨은 장밋빛으로 상기되었다.

그는 그녀를 보았다. “킹의 생각은 어때?” 그가 묻자 그녀는 살짝 뒤로 물러났다. 그가 말을 이었다. “나도 뻔히 짐작하는 걸 물었네.”

그녀는 갑자기 화가 나서 사나운 눈빛을 했다. “너 어젯밤 킹에게 못되게 굴었어!”

“못되게? 내가? 킹에게?”

“그래!” 그녀는 탁자에서 휙 돌아섰다. “킹에게 질문을 던지는 태도가 마치…. 유니가 우리를 죽인다는 걸 킹이 알면서도 우리에게 말하지 않을 거라고 생각하다니, 어떻게 그래?”

“난 지금도 킹이 알았을 거라고 생각해.”

그녀가 성난 얼굴로 그를 마주 보았다. “킹은 몰랐어! 킹은 나한테 비밀이 없어!"

"네가 뭔데? 킹의 조언자야?"

"그래! 바로 맞혔어. 네가 궁금해할까 봐 말해주는 거야."

"설마, 그럴 리가."

"조언자 맞아."

"그리스도와 웨이시여." 그가 말했다. "정말이라고? 네가 조언자야? 그런 분류일 줄은 짐작도 못 했는데. 너 몇 살이야?"

"스물넷."

"그런데 네가 킹의?"

그녀는 고개를 끄덕였다.

그는 웃음을 터뜨렸다. "난 네가 정원에서 일하는 줄 알았어. 너한테서 꽃 냄새가 나거든. 넌 알고 있어? 정말 꽃 냄새가 나."

"향수perfume를 뿌려서 그래."

"향수를 뿌려?"

"꽃 향수야. 액체 형태. 킹이 날 위해서 만들어 줬어."

그는 그녀를 빤히 보았다. "Parfum!" 그는 앞에 펼쳐져 있던 책을 탁 치며 말했다. "난 무슨 살균제인 줄 알았어. '그녀는 그것을 욕조에 넣었다.' 그렇지!" 그는 단어 목록을 손으로 더듬으며 펜을 들고 뭔가를 지운 뒤 새로 써넣었다. "멍청했네. Parfum은 향수야. 액체에 넣은 꽃. 킹은 그걸 어떻게 만든 거지?"

"우리를 속였다고 킹을 비난하지 마."

"그래, 안 할게." 그는 펜을 내려놓았다.

"우리가 가진 모든 건 킹 덕분이야." 그녀가 말했다.

"그게 무슨 의미가 있어? 아무 의미도 없지. 우리가 그걸 사용해서 더 많은 시도를 하지 않는 한. 그런데 킹은 그런 시도를 원치 않는 것 같던데."

"킹은 우리보다 더 현명해."

그는 자신에게서 몇 미터쯤 떨어진 유물 더미 앞에 서 있는 그녀를 보았다. "만약 우리가 불치자들의 도시가 정말로 있다는 걸 알게 된다면 넌 어떻게 할 거야?"

그녀는 그와 오래 시선을 마주쳤다. "거기로 가야지."

"거기서 식물과 동물을 먹으며 살려고?"

"필요하다면." 그녀는 책을 흘깃 보고는 고개를 그쪽으로 움직였다. "빅토르와 카롤린은 자기네 식사를 즐긴 것 같아."

그는 빙긋 웃으며 말했다. "너 정말로 전 통합 시대 여자구나, 그렇지?"

그녀는 아무 말도 하지 않았다.

"나한테 네 젖가슴을 보여줄래?" 그가 물었다.

"왜?"

"그냥 궁금해서."

그녀는 작업복 윗부분을 열어 양쪽으로 벌렸다. 그녀의 젖가슴은 장밋빛이 도는 갈색으로 부드럽게 보이는 원뿔 모양이었다. 그녀가 숨을 쉴 때마다 살짝 움직이는 젖가슴의 위쪽 표면은 팽팽하고 아래쪽은 둥글었다. 뭉툭하고 분홍색인 끝부분이 그의 시선 앞에서 움츠

러들며 더 짙은 색으로 변하는 것 같았다. 그는 묘한 성적 흥분을 느꼈다. 마치 누가 그를 어루만지는 것 같았다.

"멋지네." 그가 말했다.

"나도 알아." 그녀는 작업복 앞섶을 닫아 여미면서 말했다. "이것도 킹 덕분이야. 옛날에는 내가 패밀리를 통틀어 가장 못생긴 멤버라고 생각했거든."

"네가?"

"킹이 그렇지 않다고 날 설득했어."

"그래. 네가 킹한테 감사할 것이 많네. 우리 모두 그렇지. 오늘은 왜 날 만나러 왔어?"

"말했잖아. 그 언어를 배우겠다고."

"헛 같은 소리." 그는 자리에서 일어섰다. "넌 패밀리가 사용하지 않는 장소들을 내가 찾아 나서길 바라는 거지? 네가 말하는 '도시'가 존재하는 징후를 찾으라는 거야. 난 하겠지만 킹은 안 할 테니까. 난 '현명'하지도 않고, 늙지도 않았고, 텔레비전을 조롱하는 걸로 만족하지도 않으니까."

그녀는 문을 향해 걸음을 뗐지만 그가 그녀의 어깨를 잡고 세게 돌려세웠다. "여기 있어!" 그가 말했다. 그는 겁먹은 얼굴로 자신을 바라보는 그녀의 턱을 붙들고 입술에 키스했다. 양손으로 그녀의 머리를 꽉 쥐고 그녀의 닫힌 치아에 혀를 밀어붙였다. 그녀는 그의 가슴을 밀어내며 고개를 비틀었다. 그는 그녀가 저항을 멈추고 굴복해서 키스를 받아들일 줄 알았지만 그녀는 그러지 않았다. 점점 더 저항이

거세져서 결국 그가 손을 놓자, 그녀는 그를 밀듯이 거리를 벌렸다.

"그건… 그건 끔찍한 짓이야!" 그녀가 말했다. "날 강제로! 그건… 누구도 날 그런 식으로 붙들지 않았어!"

"널 사랑해." 그가 말했다.

"날 봐. 떨고 있잖아. 웨이리춘, 이런 게 네 사랑이야? 동물이 되는 게? 끔찍해!"

"인간이야." 그가 말했다. "너처럼."

"아냐. 난 누구도 해치지 않아. 그런 식으로 남을 붙잡지 않아!" 그녀는 자신의 턱을 잡고 움직여 보았다.

"불치자들은 어떻게 키스할 것 같아?" 그가 말했다.

"인간처럼 하겠지. 동물처럼이 아니라."

"미안해. 널 사랑해."

"그래. 나도 널 사랑해. 레오파드와 스노플레이크와 스패로를 사랑하듯이 사랑해."

"내 말은 그런 뜻이 아니야."

"난 그런 뜻이야." 그녀가 그를 바라보며 말했다. 그러고는 게걸음으로 문을 향해 움직였다. "다시는 그런 짓 하지 마. 그건 끔찍해!"

"단어 목록을 원해?" 그가 물었다.

그녀는 거절할 것 같은 표정으로 머뭇거리다가 입을 열었다. "응. 그것 때문에 온 거야."

그는 몸을 돌려 탁자 위의 단어 목록 종이들을 모아서 한데 접은 뒤, 책 더미에서 『고리오 영감』을 꺼냈다. 그녀가 다가오자 그는 그것들을 그녀에게 주었다.

"널 해칠 생각은 없었어." 그가 말했다.

"알았어. 다시는 그런 짓 하지 마."

"패밀리가 사용하지 않는 장소들을 내가 찾아볼게. MFA에서 지도들을 보면서 혹시…."

"그건 내가 이미 했어."

"꼼꼼하게?"

"최대한 꼼꼼하게."

"내가 다시 해볼게. 시작할 수 있는 데가 거기뿐이야. 밀리미터 단위로 볼게."

"그래."

"잠깐만 기다려, 나도 같이 가."

그가 담배와 파이프 등을 치우고 방을 원래 모습으로 돌려놓는 동안 그녀는 기다렸다. 둘은 함께 밖으로 나와서 전시관을 통과해 에스컬레이터를 내려갔다.

"불치자들의 도시라." 그가 말했다.

"가능한 일이야."

"어쨌든 찾아볼 가치는 있어."

둘은 통행로로 나갔다.

"어느 쪽으로 가?" 그가 물었다.

"서쪽."

"너랑 몇 블록 같이 가줄게."

"아니. 네가 밖에 오래 나와 있을수록, 스캐너랑 접촉하지 않는 걸 누가 볼 가능성이 커져."

"난 스캐너 가장자리에 접촉하면서 몸으로 가려. 아주 교묘하지."

"안 돼. 그냥 네 길로 가."

"알았어. 잘 가."

"잘 가."

그는 그녀의 어깨에 한 손을 올리고 뺨에 입을 맞췄다.

그녀는 피하지 않았다. 그의 손길 아래에서 몸을 굳힌 채 기다리고 있었다.

그는 그녀의 입술에 키스했다. 따스하고 부드러운 입술이 살짝 벌어져 있었다. 그녀가 몸을 돌려 멀어졌다.

"라일락." 그는 그녀를 쫓아갔다.

그녀가 뒤를 돌아보며 말했다. "안 돼. 제발, 칩, 그냥 가." 그러고는 다시 돌아서서 가버렸다.

그는 어떻게 해야 할지 몰라서 그냥 서 있었다. 저 멀리서 어떤 멤버가 둘을 향해 걸어오고 있었다.

그는 멀어지는 그녀를 지켜보며 그녀를 미워했다. 그녀를 사랑했다.

5

매일 저녁 그는 재빨리(하지만 너무 빠르지는 않게) 식사를 하고

MFA로 가서 텔레비전 시간이 끝나기 10분 전까지 환히 조명이 밝혀진 천장 높이 지도들의 미로를 연구했다. 그런데 어느 날 밤 마지막 종이 울린 뒤 그 박물관으로 갔더니(걸어서 1시간 반), 손전등으로는 지도를 읽을 수 없었다. 손전등의 환한 불빛 속으로 지도의 표시들이 사라져 버렸다. 지도에 설치된 조명을 선뜻 켤 수는 없었다. 전시관 전체의 조명과 연계되어 있는 것 같아서, 유니에게까지 신호가 갈 만큼 전력 소모가 일어날 수 있기 때문이었다. 일요일에 그는 메리 KK를 그 박물관으로 데려가서 내일의 우주 전시관을 구경하라고 보내 버린 뒤, 3시간 동안 줄곧 지도들을 연구했다.

하지만 아무것도 찾아내지 못했다. 도시나 산업 시설이 없는 섬은 하나도 없었다. 우주감시대나 기후수리학 센터가 없는 산꼭대기도 없었다. 패밀리의 80억 인구가 채굴 또는 추수를 하거나 공장 용지나 주택 용지나 공항이나 공원으로 이용하지 않는 땅은 단 1제곱킬로미터도 없었다(따지자면 바다 밑바닥도 마찬가지였다). 지도 전시 구역 입구에 매달려 있는 황금색 글자의 범례('지구는 우리의 유산이다. 우리는 지구를 허비하지 않고 현명하게 이용한다')가 사실인 듯했다. 아주 작은 비非패밀리 공동체조차 들어설 공간이 없을 만큼 사실이었다.

레오파드가 죽자 스패로가 노래를 불렀다. 킹은 조용히 앉아서 전 통합 시대의 어떤 장치를 만지작거렸다. 스노플레이크는 더 많은 섹스를 원했다.

칩은 라일락에게 말했다. "없어. 전혀 없어."

"처음에는 틀림없이 작은 정착지가 수백 개나 있었을 거야." 그녀가 말했다. "그중에서 하나쯤은 분명히 살아남았을 거야."

"그럼 어딘가의 동굴에 대여섯 명쯤 되는 멤버가 사나 보네." 그가 말했다.

"부탁이야, 계속 찾아봐. 설마 네가 섬이란 섬을 모조리 확인한 건 아니잖아."

그는 20세기 자동차의 어둠 속에 앉아 운전대를 손에 쥐고 여러 손잡이와 레버를 움직이며 생각에 잠겼다. 생각하면 할수록 불치자들의 도시는커녕 정착지조차 불가능할 것 같았다. 설사 그가 지도에서 패밀리가 사용하지 않는 지역을 미처 못 보고 지나쳤다 해도, 유니가 모르는 공동체가 존재할 수 있을까? 인간들은 주변 환경에 흔적을 남겼다. 1,000명이라면, 아니 100명뿐이라 해도, 그 지역의 기온이 올라가고, 그들이 배출하는 오물로 개울이 더러워지고, 그들이 피우는 원시적인 불로 아마 공기도 오염될 것이다. 그 주위 몇 킬로미터 이내의 땅이나 바다 또한 그들의 존재에 영향을 받아 10여 가지의 흔적을 드러낼 것이다.

따라서 그런 도시가 존재했다면 유니가 이미 오래전에 알아차렸을 것이고, 그렇게 알아차렸다면… 뭘 했을까? 의사와 조언자와 휴대용 치료 유닛을 보냈을 것이다. 불치자들을 '치료'해서 '건강한' 멤버로 만들었을 것이다.

물론 그들이 방어에 나섰다면 혹시… 그들의 조상은 아직 치료가 선택의 대상이던 통합 직후 패밀리를 피해 도망쳤다. 아니면 그보다 뒤에 치료가 의무화되었지만 아직 지금처럼 효과적이지는 않던 시기였을 수도 있다. 그러니 그 불치자들 중에는 무시무시한 무기를 들고 무력으로 자신의 은신처를 지킨 자가 있었을 것이다. 그들이 그런 관습과 무기를 후세에 물려주지 않았을까? 162년인 지금, 무기를 들고 방어에 나선 공동체와 무기가 없고 공격적이지 않은 패밀리가 마주쳤을 때 유니는 어떻게 할까? 5년 전, 25년 전에는 그런 공동체의 존재를 감지했을 때 어떻게 했을까? 그냥 내버려뒀을까? 그곳 주민들이 계속 '병'을 앓으면서 그 몇 제곱킬로미터의 작은 땅에서 살아가게 두었을까? 그 도시에 LPK를 뿌렸을까? 하지만 그 도시가 무기로 비행기를 격추할 수 있었다면? 그 차가운 강철 덩어리 속의 유니는 '치료' 비용이 그들의 유용함을 넘어선다는 결론을 내렸을까?

치료 이틀 전이었으므로 그의 머리는 그 어느 때보다 활발히 돌아갔다. 그래도 이보다 더 활발히 돌아갈 수 있으면 좋겠다는 생각이 들었다. 의식 바로 너머에 자신이 미처 생각하지 못하는 뭔가가 있는 것 같았다.

만약 유니가 그 도시를 '돕기' 위해 멤버들과 시간과 기술을 낭비하느니 차라리 그냥 내버려두기로 했다면, 그러면 어떻게 되지? 분명히 뭔가 다른 것이 있었다. 여기서 그가 포착해서 파고들어야 하는 어떤 것이.

그는 치료 전날인 목요일에 의료 센터에 전화해서 치통을 호소했다. 그러자 센터에서는 금요일 오전 예약을 제의했지만, 그는 토요일 오전에 치료를 받으러 가니 그물 하나로 새 두 마리를 잡는 효과를 노리면 안 되겠느냐고 말했다. 치통이 살짝 욱신거리는 정도라서 그리 심하지 않다는 말도 덧붙였다.

토요일 아침 8:15로 예약이 잡혔다.

그는 봅 RO에게 전화를 걸어 토요일 8:15에 치과 예약이 있다고 말했다. 그날 치료를 함께 받는 것이 좋을까요? 그물 하나로 새 두 마리를 잡는 거잖아요.

"그래도 될 것 같은데요." 봅이 말했다. "잠깐만요." 그는 자신의 텔레콤프를 켰다. "당신은 리 RM⋯."

"35M4419."

"그렇죠." 봅이 자판을 두드리며 말했다.

칩은 태평하게 앉아서 지켜보았다.

"토요일 아침 8:05." 봅이 말했다.

"좋습니다. 고마워요." 칩이 말했다.

"감사는 유니에게."

이렇게 치료와 치료 사이의 기간이 평소보다 하루 더 늘어났다.

그날, 목요일 밤에는 비가 예정되어 있었다. 그는 자신의 방에서 책상에 앉아 두 주먹에 이마를 묻고 생각에 잠겼다. 박물관에 가서 담배를 피울 수 있다면 좋을 텐데.

불치자들의 도시가 존재하고 유니가 그 존재를 알면서도 무장한 이들이 그 도시를 지키게 내버려두었다면⋯ 그렇다면⋯ 그렇다면⋯.

그렇다면 유니는 패밀리에게 그 사실을 알리지 않을 것이다. 패밀리가 알면 고민하거나 때로 유혹을 느낄 테니⋯ *지도 제작 장비에 사*

실을 감추는 데이터를 보낼 것이다.

그렇지! 패밀리의 아름다운 지도에 사용하지 않는 구역을 어떻게 표시할 수 있겠어? "저길 좀 봐요, 아빠!" MFA에 관람하러 온 아이가 소리친다. "우리가 우리의 유산을 허비하지 않고 현명하게 이용한다고 했잖아요." 그러자 아빠가 대답한다. "그러게, 이상하네…." 그러면 그 도시에는 IND99999나 거대 탁상 램프 공장이라는 표시가 붙고, 그 주위 5킬로미터 이내로 누구도 지나가지 않게 될 것이다. 만약 그곳이 섬이라면 아예 지도에 표시하지 않을 것이다. 파란 바다가 섬이 있는 자리를 채우는 식으로.

따라서 지도는 보는 것은 쓸모없는 일이었다. 불치자들의 도시는 어디에든 있을 수 있었다. 아니면 하나도 없을지도 모르고. 지도는 그 무엇도 증명하지 못했다.

이것이 그동안 그가 머리를 싸매고 찾아 헤매던 큰 깨달음인가? 지도 조사가 처음부터 멍청한 짓이었다는 깨달음? 지구를 구석구석 걸어 다니지 않는 한 그런 도시를 찾을 길이 없다는 깨달음?

아, 싸움 같으니, 라일락, 왜 이런 미친 생각을 한 거야!

아니, 꼭 그렇지는 않았다.

유니랑 싸워라.

그는 30분 동안 자신의 머리를 몰아붙였다. 일일이 여행할 수 없는 세상에서 가상의 도시를 어떻게 찾아낼까? 그러다 결국 포기하고 잠자리에 들었다.

그때 라일락이 생각났다. 그녀가 저항했던 키스와 허락한 키스,

그녀가 부드러워 보이는 원뿔형 젖가슴을 보여줬을 때 그가 느낀 기묘한 흥분….

금요일에 그는 잔뜩 날이 서 있었다. 정상적으로 행동해야 하는 걸 참을 수 없었다. 그는 센터에서, 저녁 식사 때, 텔레비전 시간에, 사진 클럽에서 내내 숨을 죽였다. 마지막 종이 울린 뒤 스노플레이크의 건물까지 걸어갔다가("와, 내일 내 몸이 아예 움직이지도 않겠네!" 그녀는 이렇게 말했다), 전 통합 박물관으로 갔다. 머리에 떠오른 생각을 내려놓지 못하고 손전등 불빛에 의지해 전시관들을 돌았다. 그 도시가 존재할지도 모른다. 심지어 가까운 곳에 있을지도 모른다. 그는 전시된 화폐와 감방 안 죄수('우리 둘은 같아, 형제')와 잠금장치와 평면 사진 카메라를 보았다.

그가 생각해 낸 해답이 하나 있었지만, 그것을 위해서는 수십 명의 멤버들을 그들 무리로 끌어들여야 했다. 그러면 그 멤버들이 각자 자신의 제한된 지식을 바탕으로 지도를 확인할 것이다. 예를 들어 칩 자신은 유전학 실험실과 연구센터의 위치, 자신이 보거나 다른 멤버들에게서 들은 도시의 위치를 확인할 수 있었다. 라일락은 조언 시설과 다른 도시들을 확인할 수 있을 것이고… 하지만 이런 작업이 언제 끝날지 모르고, 치료 약을 줄인 공범들 한 군단이 필요했다. 킹이 펄펄 뛰며 화를 내는 소리가 들리는 듯했다.

그는 1951년 지도를 보며 항상 그렇듯이 이상한 이름과 복잡하게 그려진 국경선에 놀라움을 금치 못했다. 하지만 당시 멤버들은 대체로 자신이 원하는 곳으로 갈 수 있었다! 지도의 격자 선에 정확히 맞춰 깔끔하게 이어 붙인 조각들 가장자리에서 그의 불빛이 만들어 낸 그림자들이 움직였다. 움직이는 손전등 불빛만 아니라면, 저 파란색 직사각형들은….

파란색 직사각형….

만약 그곳이 섬이라면 아예 지도에 표시하지 않을 것이다. 파란 바다가 섬이 있는 자리를 채우는 식으로.

그리고 전 통합 시대 지도에서도 그렇게 지워졌을 것이다.

그는 흥분하지 않으려고 마음을 다잡으며, 유리로 덮인 지도 위에서 손전등을 천천히 앞뒤로 움직여 그림자가 움직이는 조각들의 수를 헤아렸다. 여덟 개였다. 온통 파란색. 모두 바다에 있고, 간격이 일정했다. 그중 다섯 개는 격자선으로 그려낸 직사각형을 각각 하나씩 덮었고, 세 개는 직사각형 두 개를 덮었다. 직사각형 하나짜리 조각 중 하나는 바로 IND 앞바다의 '벵골만', 즉 안정성만에 있었다.

그는 전시대 위에 손전등을 내려놓고, 널찍한 지도의 액자 양쪽을 붙잡아 고리에서 들어 올린 다음 바닥에 내려놓았다. 그리고 유리로 덮인 지도 표면을 자신의 무릎에 기댄 뒤 다시 손전등을 들었다.

지도 액자는 오래된 것이었지만, 지도 뒤편에 덧댄 회색 종이는 비교적 새것 같았다. 맨 아래에 'EV'라는 글자가 찍혀 있었다.

그는 액자에 달린 줄을 붙잡고 전시관을 가로질러 에스컬레이터를 내려가서 2층 전시관을 또 가로질러 창고로 들어갔다. 먼저 불을 켠 뒤 지도를 탁자로 가져가서 앞면이 아래로 가게 조심스레 내려놓았다.

그는 뒷면에 팽팽하게 붙여진 종이를 손톱으로 아래쪽부터 가장자리를 따라 떼어 낸 다음 줄 밑으로 빼내서, 움직이지 않게 눌러놓았다. 액자 안에 하얀 마분지가 구부러진 못 여러 개로 고정되어 있었다.

그는 소형 유물들이 들어 있는 상자를 뒤져서 한쪽 손잡이에 노란색 스티커가 붙은 녹슨 펜치를 찾아냈다. 그것으로 액자에서 굽은 못을 뽑은 뒤 마분지를 들어내자 그 아래에 또 마분지가 있었다.

지도 뒤편에는 누런 얼룩이 있었지만, 찢어진 곳은 없었다. 종이를 덧대야 할 만큼 구멍 난 곳도 없었다. 갈색 글자 한 줄이 희미하게 보였다. '윈덤, MU 7-2161.' 일종의 옛날 이름번호인 것 같았다.

그는 지도 가장자리를 손톱 끝으로 뜯어 유리와 분리한 뒤 뒤집어서 머리 위로 들어 올려 천장의 하얀 불빛에 비춰보았다. 덧대어진 조각들 뒤로 섬이 비쳐 보였다. 여기에 있는 큰 섬은 '마다가스카'※, 저기에 있는 작은 섬들의 군집은 '아조레스제도.' 안정성만에 덧대어진 조각 뒤편에는 한 줄로 늘어선 작은 섬 네 개가 있었다. '안다만제도.' 그는 여기 이렇게 조각들을 덧대 가려버린 섬들을 MFA의 지도에서 한 번도 본 기억이 없었다.

그는 지도를 앞면이 위로 오게 액자 안에 내려놓고 양손으로 탁자를 짚은 채 들여다보았다. 전 통합 시대의 기묘한 모습에 웃음이 났다. 거의 보이지 않는 여덟 개의 파란색 직사각형. *라일락!* 그는 속으로 생각했다. *기다려 봐, 놀라운 이야기가 있으니!*

그는 액자 윗부분을 책 더미 위에 올리고 유리 아래쪽에 손전등을

※ 마다가스카르.

세운 뒤, 지도에 종이를 대고 네 개의 작은 섬이 있는 '안다만제도'의 윤곽선과 '벵골만'의 해안선을 베꼈다. 다른 섬들의 이름과 위치, 킬로미터가 아니라 '마일'로 되어 있는 지도의 척도도 옮겨 적었다.

중간 크기의 섬 두 개가 모여 있는 '포클랜드제도'는 ARG('아젠티나'[※]) 근해에 있었다. 그 맞은편의 '산타크루스'는 ARG20400인 것 같았다. 뭔가가 그의 기억을 건드렸지만, 정확히 무엇인지 생각나지 않았다.

그는 안다만제도를 측정했다. 가장 가까이 몰려 있는 세 섬의 전체 길이는 약 120'마일'이었다. 그의 기억이 옳다면, 약 200킬로미터에 해당했다. 도시가 여러 개 들어설 수 있을 만큼 큰 곳! 그와 라일락이(킹도? 스노플레이크도? 스패로도?) 그곳에 간다면 안정성만의 반대편, SEA77122에서 출발하는 길이 가장 가까웠다. 만약 그곳에 간다면? 당연히 갈 것이다. 그가 이렇게 섬들을 찾아냈으니. 어떻게든 갈 것이다. 반드시 *가야 했다.*

그는 지도 앞면이 아래로 가게 뒤집어 액자 안에 놓은 다음, 마분지를 다시 덮고 펜치의 손잡이로 굽은 못들을 원래 구멍에 다시 밀어 넣었다. 그러면서 왜 ARG20400과 '포클랜드제도'가 계속 기억을 건드리는지 고민했다.

그는 액자의 뒤쪽 덮개를 줄 아래로 밀어 넣었다. 일요일 밤에 테이프를 가져와서 더 제대로 붙여야 할 것 같았다. 그는 지도를 들고 3층으로 돌아가 고리에 건 다음, 뒤쪽의 헐거운 덮개가 양쪽 옆에서

※　아르헨티나.

보이지 않게 정돈했다.

ARG20400… 그곳 지하에서 새로 채굴되고 있는 아연 광산이 최근 텔레비전에 나온 적이 있었다. 그래서 그곳이 의미 있게 보이는 건가? 확실히 그는 그곳에 가본 적이 한 번도….

그는 지하로 내려가 온수 탱크 뒤편에서 담뱃잎 세 장을 꺼냈다. 그걸 가지고 창고로 다시 올라와서 상자에 넣어두었던 담배 도구들을 꺼내, 탁자에 앉아 담뱃잎을 썰기 시작했다.

그 섬들을 지도에서 가려버린 데에 다른 이유가 있을까? 가리는 작업을 누가 했을까?

이제 그만. 더 이상 생각하기가 싫었다. 그는 아무 생각 없이 반짝이는 칼날을 보며, 자신이 허시와 스패로를 본 첫날 그들이 담배를 썰고 있던 모습을 떠올렸다. 그때 그는 허시에게 그 씨앗들이 어디서 났느냐고 물었고, 그녀는 킹이 갖고 있었다고 말했다.

그제야 자신이 어디서 *ARG20400*을 보았는지 기억났다. 그가 본 것은 이 도시가 아니라 ARG20400이라는 번호였다.

*

찢어진 작업복 차림의 여자가 빨간 십자가가 그려진 작업복 차림의 멤버들에게 양팔을 붙잡힌 채 비명을 지르며 중앙 의료 센터로 끌려가고 있었다. 빨간 십자가의 멤버들이 그녀에게 뭐라고 말하는 것 같았지만 그녀는 계속 비명을 질렀다. 매번 똑같이 짧고 날카로운 비명. 건물의 벽 안에서도, 밤의 깊은 어둠 속에서도 비명이 들렸다. 여자는 계속 비명을 지르고, 벽과 밤도 그녀와 함께 계속 비명을 질렀다.

그는 그녀가 멤버들에게 끌려 건물 안으로 들어갈 때까지 기다렸다. 멀어지던 비명이 점차 가라앉아 조용해질 때까지 좀 더 기다렸다. 그러고는 천천히 길을 건너 안으로 들어갔다. 그는 마치 균형을 잃은 이처럼 입구 스캐너를 향해 비틀거리며 접촉판 아래의 금속에 팔찌를 댄 뒤 아무렇지 않은 듯 천천히 상행 에스컬레이터로 향했다. 에스컬레이터에 오른 뒤에는 한 손으로 난간을 잡았다. 건물 안 어딘가에서 그 여자가 계속 비명을 지르는 것 같더니 소리가 그쳤다.

2층에는 불이 켜져 있었다. 유리잔이 놓인 쟁반을 들고 복도를 지나던 멤버가 그에게 고갯짓으로 인사했다. 그도 고갯짓으로 마주 인사했다.

3층과 4층에도 불이 켜져 있었지만, 5층으로 올라가는 에스컬레이터는 멈춰 있고, 그 위쪽은 어두웠다. 그는 5층과 6층을 향해 계단을 올라갔다.

손전등 불빛에 의지해서 6층 복도를 걸었다. 지금은 느린 걸음이 아니라 빠른 걸음으로, 전에 두 의사와 함께 통과했던 문들을 지나갔다. 그날 여자 의사는 그를 '젊은 형제'라고 불렀고, 뺨에 흉터가 있던 남자 의사는 그를 감시하듯 보았다. 그는 복도 끝까지 걸어가서 '600A'라는 번호와 '화학 치료 부장'이라는 글귀가 붙어 있는 문을 손전등 불빛으로 비췄다.

그는 대기실을 지나 킹의 사무실로 들어갔다. 커다란 책상은 전에 왔을 때보다 깔끔했다. 낡은 텔레콤프, 쌓여 있는 폴더들, 펜꽂이… 그리고 문진 두 개. 이례적인 사각형 문진 하나와 평범한 원형 문진 하나. 그는 둥근 문진을 들었다. 거기에 'ARG20400'이라는 글자가 새겨져 있었다. 그는 금속판을 붙여서 만든 그 서늘한 문진의 무게를 손바닥으로 잠시 느껴보다가 유니의 돔 앞에서 웃는 얼굴로 찍은 킹의 젊은 시절 사진 옆에 내려놓았다.

그리고 책상 뒤로 들어가 가운데 서랍을 열고 안을 뒤진 끝에 플라스틱으로 코팅한 부서 직원 명부를 찾아냈다. '예수'라는 이름만 모아 놓은 줄들을 반쯤 내려가니 예수 HL09E6290이 있었다. 분류는 080A, 거처는 G35, 방 번호는 1744.

그는 문 앞에서 잠시 망설였다. 라일락이 그 방 안에서 킹이 소유를 주장하듯 내뻗은 팔을 베고 설핏 잠들어 있을지도 모른다는 생각이 갑자기 든 탓이었다. '오히려 좋아! 그녀가 직접 들을 수 있잖아!' 그는 문을 열고 안으로 들어가 등 뒤로 부드럽게 문을 닫았다. 그리고 손전등으로 침대 쪽을 겨냥하며 스위치를 올렸다.

킹은 양팔로 하얗게 센 머리를 둥글게 감싼 채 혼자 누워 있었다.

그는 기쁘면서도 아쉬웠다. 하지만 기쁜 마음이 더 컸다. 그녀에게는 나중에 말해도 될 것이다. 의기양양하게 그녀에게 다가가 자신이 무엇을 찾아냈는지 모조리 말해줘야지.

그는 방의 전등을 켜고 손전등을 끈 다음 주머니에 넣었다. "킹."

그가 말했다.

잠옷을 입은 킹의 팔과 머리가 전혀 움직이지 않았다.

"킹." 그는 이렇게 말하면서 침대 옆으로 다가가 섰다. "일어나, 예수 HL."

킹은 몸을 움직여 똑바로 누운 뒤 한 손으로 눈을 덮었다. 그리고 벌어진 손가락 틈새로 한쪽 눈을 가늘게 떴다.

"당신이랑 할 얘기가 있어." 칩이 말했다.

"여긴 왜 왔어?" 킹이 물었다. "지금 몇 시야?"

칩은 시계를 흘깃 보았다. "4시 50분."

킹은 손바닥으로 눈을 누르며 일어나 앉았다. "도대체 무슨 일이야? 여긴 왜 왔어?"

칩은 책상 의자를 가져와 침대 발치 근처에 놓고 앉았다. 작업복이 투입구로 들어가다 말고 걸려 있고, 바닥에는 차를 흘린 얼룩이 있어서 방이 지저분했다.

킹은 주먹 쥔 손의 옆면에 입을 대고 한 번, 두 번 기침을 했다. 그리고 주먹을 계속 입에 댄 채 빨갛게 충혈된 눈으로 칩을 보았다. 머리카락이 군데군데 두피에 찰싹 달라붙어 있었다.

칩이 말했다. "포클랜드제도가 어떤 곳인지 알고 싶어."

킹은 손을 내렸다. "무슨 제도?"

"포클랜드. 당신이 담배 씨앗을 구한 곳 말이야. 당신이 라일락한테 준 향수도 구한 곳."

"향수는 내가 만들었어." 킹이 말했다.

"그럼 담배 씨앗은? 그것도 당신이 만들었어?"

"누구한테서 받았어."

"ARG20400에서?"

잠시 뒤 킹이 고개를 끄덕였다.

"그 사람은 어디서 구했는데?"

"몰라."

"안 물어봤어?"

"응. 안 물어봤어. 이제 그만 네 자리로 돌아가지 그래? 이 얘기는 내일 밤에 해도 되잖아."

"난 여기 있을 거야." 칩이 말했다. "진실을 들을 때까지 여기 있을 거야. 8:05에 치료가 예정되어 있는데, 내가 그 시각에 치료를 받지 않으면 모든 게 끝장나겠지. 나, 당신, 그 모임. 당신은 그 어떤 왕도 될 수 없을 거야."

"이 형제 싸움꾼 같으니." 킹이 말했다. "당장 나가."

"여기 있을 거야."

"난 이미 진실을 말했어."

"난 안 믿어."

"그럼 너 혼자 싸우든지 말든지 해." 킹은 이렇게 말하고 나서 다시 누워 몸을 돌려서 엎드렸다.

칩은 그대로 가만히 앉아 킹을 바라보며 기다렸다.

몇 분 뒤 킹이 다시 몸을 돌려 일어나 앉았다. 그리고 담요를 옆으로 휙 젖히고 다리를 아래로 내려 맨발을 바닥에 댄 채로 침대에 앉았다. 그가 양손으로 잠옷에 가려진 허벅지를 긁었다. "'아메리카누에바'야." 그가 말했다. "포클랜드가 아니야. 그들이 해안으로 와서 교역을 해. 천과 가죽을 입고, 얼굴에 털이 난 종족이야." 그는 칩을 보았다. "병들고 역겨운 야만인들. 놈들이 하는 말은 거의 알아듣기 힘들어."

"그들이 존재하는구나. 살아남았어."

"살아남기만 했지. 일을 많이 해서 손이 나무토막 같아. 서로 물건을 훔치고, 항상 굶주린다고."

"그래도 패밀리로 돌아오지 않았잖아."

"돌아왔으면 더 편하게 살았겠지." 킹이 말했다. "그들은 아직도 종교를 갖고 있어. 알코올도 마시고."

"수명은 얼마나 돼?"

킹은 아무 말도 하지 않았다.

"예순두 살보다 많아?" 칩이 물었다.

킹은 차갑게 눈을 좁혔다. "사는 게 뭐가 그리 대단하다고 그래? 무한히 살기라도 하려고? 여기 삶이나 거기 삶이 뭐 그렇게 환상적이고 아름답다고, 예순두 살이 부족하다는 거야? 그 대신 엄청 싸워야 하는데. 그래, 그들은 예순두 살보다 더 오래 살아. 여든 살이라고 주장한 자도 하나 있었는데, 그자의 몰골을 보고 나는 그 말을 믿었어. 하지만 젊은 나이에 죽는 자도 있어. 30대에, 심지어 20대에도. 노동과 불결함 때문에, 그리고 자기들의 '돈'을 지키느라고."

"하지만 그건 그 섬 한 곳의 이야기잖아." 칩이 말했다. "다른 곳이 일곱 군데나 있어.”

“다 똑같을 거야.” 킹이 말했다. “다 똑같을 거야.”

“당신이 어떻게 알아?”

“어떻게 다를 수가 있겠어? 그리스도와 웨이시여, 만약 내가 반쪽짜리 인간다운 삶이라도 가능하다고 생각했다면 말을 했겠지!”

“어쨌든 우리한테 말했어야 해. 여기 안정성만에도 섬이 있어. 레오파드와 허시가 그 섬에 갔다면 지금 살아 있을지도 몰라.”

“죽었을 거야.”

“그 둘이 어디서 죽을지 스스로 결정하게 해 줬어야지. 당신은 유니가 아니잖아.”

칩은 자리에서 일어나 의자를 다시 책상 옆에 돌려놓았다. 그리고 전화기 화면을 본 뒤 책상 너머로 손을 뻗어 책상 가장자리 아래에서 조언자의 이름번호 카드를 꺼냈다. ‘애나 SG38P2823.’

“그녀의 이름번호를 아직 몰라?” 킹이 말했다. “어둠 속에서만 만나기라도 하나? 아니면 아직 그녀한테 손도 못 대본 거야?”

칩은 카드를 주머니에 넣었다. “우린 전혀 안 만나.”

“아, 왜 이래. 상황을 나도 아는데. 내가 무슨 죽은 시체인 줄 알아?”

“상황 같은 건 없어.” 칩이 말했다. “그녀가 한 번 박물관에 왔을 때 내가 프랑카이스 단어 목록을 줬을 뿐이야.”

“그래, 꼭 그랬을 것 같네.” 킹이 말했다. “이제 그만 가주겠어? 난 자야 돼.” 그는 침대에 누워 다리를 담요 밑으로 밀어 넣고 담요를 가슴까지 끌어 올려 덮었다.

"상황 같은 건 없어." 칩이 말했다. "그녀는 당신한테 너무 많은 신세를 졌다고 생각해."

킹이 눈을 감은 채 말했다. "하지만 우리가 곧 그 문제를 해결해야겠지, 안 그래?"

칩은 잠시 가만히 있다가 입을 열었다. "당신이 우리한테 말해줘야 했어. 아메리카노바에 대해."

"아메리카누에바야." 킹은 이 말을 끝으로 입을 다물었다. 눈을 감고 누워 있는 그의 가슴에서 담요가 빠르게 오르락내리락했다.

칩은 문으로 가서 전등을 껐다. "내일 밤에 봐."

"너희가 거기 갈 수 있으면 좋을 거야." 킹이 말했다. "너희 둘이. 아메리카누에바로. 너희는 그럴 자격이 있어."

칩은 문을 열고 밖으로 나갔다.

괴로워하는 킹의 모습에 우울해졌지만, 그는 15분 정도 걷고 난 뒤 밝고 낙관적인 기분이 들기 시작했다. 사실을 더 명확히 확인하기 위해 하룻밤 수고한 결과에 마음이 들떴다. 오른쪽 주머니에서 안정 성만과 안다만제도의 지도, 불치자들의 거점이 있는 다른 곳들의 이름과 위치를 적은 종이, 그리고 빨간 글씨로 라일락의 이름번호가 인쇄된 카드가 바스락거렸다. 그리스도, 마르크스, 우드, 웨이시여, 치료를 전혀 받지 않는다면 그가 할 수 있는 일이 얼마나 늘어날까?

그는 카드를 꺼내 걸으면서 글자를 읽었다. 애나 SG38P2823. 첫 번째 종이 울린 뒤 그녀에게 전화해서 만날 약속을 잡을 생각이었다. 그날 저녁 자유 시간에 만나는 걸로. 애나 SG. 아니, 그녀는 '애나'가 아니었다. 라일락이었다. 향기롭고, 섬세하고, 아름다운 라일락. (누가 이 이름을 골랐을까? 그녀일까, 킹일까? 굉장한 일이었다. 그 자식은 그와 그녀가 만나서 씹한다고 생각하고 있었다. 그럴 수만 있다면!) 38 P, 28 23. 그는 한동안 이름번호를 흔들며 걷다가 자신이 너무 기운차게 걷고 있음을 깨닫고 속도를 늦추며 카드를 다시 주머니에 넣었다.

첫 번째 종이 울리기 전에 자신의 건물로 돌아가 샤워를 하고, 옷을 갈아입고, 라일락에게 전화하고, 식사하고(배가 고파 죽을 지경이었다), 8:05에 치료를 받고, 8:15에 예약된 치과 치료를 받을("오늘은 상태가 훨씬 더 좋아요, 자매. 욱신거리던 게 거의 다 사라졌어요") 예정이었다. 치료 때문에 그가 둔해지겠지만, 싸움 같으니, 안다만제도에 대해 라일락에게 말해주고 함께 계획을 짜는 데에는 지장이 없을 것이다. 만약 스노플레이크와 스패로도 관심을 보인다면 함께 그곳에 가는 방법에 대해 계획을 짤 것이다. 스노플레이크는 십중팔구 여기 남겠다고 할 듯했다. 그의 희망사항이기도 했다. 그러면 문제가 훨씬 더 간단해질 것이다. 그래, 스노플레이크는 킹과 함께 여기에 남아 웃고 담배 피우고 씹하며 그 기계식 게임을 할 것이다. 자신과 라일락은 떠날 것이고.

애나 SG, 38 P, 28 23….

그는 6:22에 자기 건물에 도착했다. 일찍 일어난 멤버 두 명이 그의 방이 있는 복도를 걸어오고 있었다. 한 명은 알몸이고, 한 명은 옷을 입었다. 그는 미소를 지으며 말했다. "좋은 아침, 자매들."

"좋은 아침." 그들도 마주 웃으며 말했다.

그는 방으로 들어가 불을 켰다. 봅이 침대에 있다가 팔꿈치로 몸을 일으키며 그를 향해 눈을 깜박거렸다. 바닥에 열린 채 놓여 있는 그의 텔레콤프에서 파란 불빛과 노란 불빛이 반짝였다.

6

그는 등 뒤로 문을 닫았다.

봅이 침대 아래로 다리를 내리고 앉아서 불안한 표정으로 그를 보았다. 그의 작업복이 반쯤 열려 있었다. "어디 있었어요, 리?" 그가 물었다.

"라운지에요." 칩이 말했다. "사진 클럽이 끝난 뒤 다시 그곳으로 갔어요… 펜을 거기 두고 와서…. 그러다 갑자기 너무 피곤해지더라고요. 아마 치료가 늦은 탓이겠죠. 조금 쉬려고 앉았는데…." 그는 빙긋 웃었다. "갑자기 아침이 된 거예요."

봅은 여전히 불안한 표정으로 그를 보다가 곧 고개를 저었다. "내가 라운지를 확인했어요. 메리 KK의 방도, 체육관도, 수영장 바닥도."

"날 많이 보고 싶었나 보네요. 나는 거기 구석에서…."

"내가 라운지를 확인했다니까요, 리." 봅은 작업복 앞섶을 눌러 닫은 뒤 절망스러운 표정으로 고개를 저었다.

칩은 문에서 멀어져 봅을 피해서 천천히 곡선을 그리며 욕실로 향했다. "소변을 봐야겠어요."

그는 욕실로 들어가서 작업복을 열고 소변을 보면서, 조금 전처럼 유난히 또렷한 정신 상태를 회복하려고 애썼다. 봅을 만족시키거나, 최악의 경우라도 고작 하룻밤의 일탈처럼 보일 만한 변명을 생각해 내려고 애썼다. 그런데 봅이 왜 온 거지? 여기 얼마나 있었던 거야?

"내가 11시30분에 전화했어요." 봅이 말했다. "그런데 대답이 없었죠. 그때부터 지금까지 어디 있었어요?"

그는 작업복을 닫았다. "여기저기 걸어 다녔어요." 그는 방 안의 봅에게 들리게 큰 소리로 말했다.

"스캐너에 접촉하지 않고요?" 봅이 말했다.

'그리스도와 웨이시여.'

"잊어버렸나 봐요." 그는 수도를 틀고 손가락을 씻었다. "치통 때문이에요. 더 심해졌거든요. 머리 한쪽이 전부 아파요." 그는 손가락을 닦으며, 침대에 앉아 자신을 보는 봅을 거울로 보았다. "잠도 잘 수 없어서 밖으로 나가 걸어 다닌 거예요. 아까 라운지에 있었다고 말한 건 내가 그렇게 걸어 다니면 안 된다는 걸 알기…."

"나도 잠을 못 잤어요." 봅이 말했다. "당신의 그 '치통' 때문에. 텔레비전 시간에 당신을 봤는데, 긴장해서 비정상적인 행동을 하는 것 같더라고요. 그래서 결국 치과 예약 사무원의 이름번호를 꺼냈어요. 금요일 예약을 제안했는데, 당신이 토요일에 치료가 있다고 말했다면서요?"

칩은 수건을 내려놓고 돌아서서 문간의 봅을 마주 보았다.

첫 번째 종이 울리고, 〈하나의 강력한 패밀리〉 노래가 시작되었다.

봅이 말했다. "전부 연기였죠, 리? 지난봄에 굼뜨게 행동한 것, 지나친 치료를 받은 멤버처럼 자꾸 꾸벅꾸벅 존 것."

칩은 곧 고개를 끄덕였다.

"아, 형제." 봅이 말했다. "무슨 짓을 한 거예요?"

칩은 아무 말도 하지 않았다.

"아, 형제." 봅은 이렇게 말하고 나서 허리를 숙여 자신의 텔레콤프를 껐다. 그리고 뚜껑을 닫아 딸깍 걸쇠를 잠갔다. "날 용서해 줄래요?" 그가 물었다. 그는 텔레콤프의 한쪽 끝이 아래로 가게 세운 뒤 양손 손가락으로 손잡이를 잡고 쓰러지지 않게 하려고 애썼다. "재미있는 이야기를 하나 할게요. 나한테는 허영기가 조금 있어요. 정말이에요. 교정했죠. 옛날에 나는 사내 최고의 조언자 두세 명 중에 내가 들어간다고 생각했어요. 사내라니, 증오, *시내*였죠. *기민하고, 관찰력좋고, 감수성이 있고…* '그러다 거친 깨달음이 왔어요.'" 그는 세워놓았던 손잡이를 탁 쳐서 눕히고 칩을 향해 건조한 미소를 지었다. "그러니까 당신만 병든 건 아니에요. 이게 위안이 될지는 모르겠지만."

"난 병들지 않았어요, 봅." 칩이 말했다. "내 평생 지금만큼 건강했던 적이 없어요."

봅은 계속 미소 띤 얼굴로 말했다. "그건 증거와 반대되는 것 같은데요, 그렇죠?" 그는 텔레콤프를 들고 일어섰다.

"당신은 증거를 보지 못해요." 칩이 말했다. "치료로 무뎌졌으니까.”

봅은 고갯짓으로 그를 부르며 문으로 향했다. “가요. 가서 병을 고칩시다.”

칩은 움직이지 않았다. 봅이 문을 열고 멈춰 서서 뒤를 돌아보았다.

칩이 말했다. “난 지극히 건강해요.”

봅이 안쓰럽다는 듯이 한 손을 내밀었다. “어서 와요, 리.”

잠시 뒤 칩은 그에게 다가갔다. 봅이 그의 팔을 잡고 복도로 나갔다. 문들이 열려 있고 멤버들이 조용히 이야기하며 걸어 다녔다. 게시판 앞에는 대여섯 명이 모여 그날의 공고를 읽고 있었다.

“봅.” 칩이 말했다. “이제부터 내가 하는 말을 잘 들어줘요.”

“난 항상 귀를 기울이잖아요.” 봅이 말했다.

“당신이 마음을 열어주면 좋겠어요. 당신은 멍청한 멤버가 아니니까요. 똑똑하고 선량하고 날 돕고 싶어 하죠.”

메리 KK가 에스컬레이터에서 둘 쪽으로 다가왔다. 작업복 한 묶음 위에 비누를 얹어 들고 있었다. 그녀가 미소를 지으며 말했다. “안녕하세요.” 그리고 칩에게 말했다. “어디 갔었어?”

“라운지에 있었어요.” 봅이 말했다.

“한밤중에요?” 메리가 말했다.

칩은 고개를 끄덕였다. 봅이 말했다. “네.” 그러고 나서 둘은 에스컬레이터로 향했다. 봅이 계속 칩의 팔을 가볍게 잡고 있었다.

둘은 에스컬레이터를 타고 내려갔다.

“당신은 이미 마음이 열려 있다고 생각할 거예요.” 칩이 말했다.

"그래도 더 열어보려고 노력해 줄래요? 내가 내 주장만큼 건강하다는 가정하에 몇 분만이라도 내 말을 잘 듣고 생각해 줄래요?"

"좋아요, 리, 그럴게요." 봅이 말했다.

"봅, 우리는 자유롭지 않아요. 누구도 자유롭지 않아요. 패밀리의 멤버 모두가 그래요."

"내가 어떻게 건강한 멤버의 말을 듣듯이 당신 말을 들을 수 있겠어요? 당신이 이런 말을 하는데. 우린 자유로워요. 전쟁과 궁핍과 굶주림에서 자유롭고, 범죄, 폭력, 공격성에서 자유롭고, 이기…."

"그래요, 그래요, 그런 것들로부터 자유롭죠." 칩이 말했다. "하지만 어떤 행동을 할 자유는 없어요. 모르겠어요, 봅? '어떤 것으로부터 자유롭다'는 건 자유와 전혀 관계가 없어요."

봅은 미간을 찌푸렸다. "무슨 행동을 할 자유를 말하는 거예요?"

둘은 에스컬레이터에서 내려 다음 에스컬레이터로 향했다. "자신의 분류를 스스로 선택할 자유." 칩이 말했다. "자신이 원할 때 아이를 낳을 자유, 자신이 원하는 곳에 가고 원하는 행동을 할 자유, 원한다면 치료를 거부할 자유…."

봅은 아무 말도 하지 않았다.

둘은 다음 에스컬레이터에 올랐다. "치료는 정말로 우리를 둔하게 만들어요, 봅." 칩이 말했다. "내가 직접 경험해서 알아요. 치료 약에는 '우리를 겸손하게 만들고, 착하게 만드는' 것들이 들어 있어요. 그런 시가 있잖아요, 알죠? 나는 양을 줄인 치료를 받은 지 이제 반년이 됐어요." 두 번째 종이 울렸다. "그래서 그 어느 *때*보다 머리가 맑고 활발해요. 생각이 더 또렷해지고 느낌이 더 깊어졌어요. 썹도 일주일에 네댓 번씩 해요. 믿어져요?”

“아뇨.” 봅은 난간에 올려둔 텔레콤프를 보며 말했다.

“사실이에요.” 칩이 말했다. “당신은 지금 내가 병들었다고 그 어느 때보다 더 확신하고 있죠? 패밀리의 사랑을 걸고, 난 병들지 않았어요. 나 같은 이들이 많아요. 수천 명, 어쩌면 수백만 명. 전 세계에 섬들이 있고, 어쩌면 본토에 도시가 있을지도 몰라요.” 둘은 다음 에스컬레이터를 향해 걸어가고 있었다. “사람들이 진정한 자유를 누리며 사는 곳. 여기 내 주머니에 섬들의 목록이 있어요. 이 섬들이 지도에 없는 건 우리가 그들에 대해 아는 걸 유니가 원하지 않기 때문이에요. 거기 사람들이 패밀리에 맞서서 그 섬을 지키고, 치료에 굴복하려 하지 않기 때문이에요. 당신은 지금 날 돕고 싶죠? 정말로 돕고 싶죠?”

둘은 다음 에스컬레이터에 올랐다. 봅이 슬픈 표정으로 그를 보았다. “그리스도와 웨이시여, 그거야 당연하잖아요, 형제.”

“좋아요. 그럼 날 위해서 이렇게 해줘요. 우리가 치료실에 도착했을 때 유니에게 내가 괜찮다고 말하는 거예요. 아까 내가 말한 것처럼 라운지에서 잠들었을 뿐이라고. 내가 스캐너에 접촉하지 않은 거나 거짓으로 치통을 꾸며낸 것도 입력하지 말아요. 그냥 내가 어제 받았어야 하는 그대로 치료를 받게 해 줘요, 알겠죠?”

“그게 당신을 돕는 일이라고요?”

“네, 맞아요. 당신 생각은 다른 걸 알지만, 내 형제이자 친구로서

내 생각과 느낌을 존중해 주면 좋겠어요. 난 어떻게든 그 섬들 중 한 곳으로 도망쳐서 어떤 식으로든 패밀리에 피해를 입히지 않을 거예요. 패밀리가 내게 준 것을 나는 지금까지 일하면서 갚았어요. 애당초 내가 패밀리에 그런 것을 요청하지도 않았고, 그것을 받아들일지 말지 선택할 수도 없었죠."

둘은 다음 에스컬레이터로 걸어갔다.

"좋아요." 하행 에스컬레이터에 오른 뒤 봅이 말했다. "내가 당신 말에 귀를 기울였으니, 이제 *당신이 내* 말에 귀를 기울여요, 리." 칩의 팔꿈치 위쪽을 붙잡은 그의 손에 살짝 더 힘이 들어갔다. "당신은 병이 아주 많이 깊어요." 그가 말했다. "그게 전적으로 내 잘못이라서 지금 내 기분이 비참해요. 지도에 없는 섬은 존재하지 않아요. 치료는 우리를 둔하게 만들지 않고요. 만약 당신이 생각하는 종류의 '자유'가 우리에게 있었다면, 우리는 무질서와 인구과잉과 결핍과 범죄와 전쟁을 겪었을 거예요. 그래요, 난 당신을 도울 거예요, 형제. 유니에게 모든 것을 말하고 나면 당신은 치료되어서 내게 감사할 거예요."

둘은 다음 에스컬레이터로 걸어가 올라탔다. '3층―의료 센터'라는 말이 바닥에 적혀 있었다. 빨간색 십자가가 그려진 작업복 차림의 멤버가 상행 에스컬레이터를 타고 오다가 둘에게 미소를 지으며 말했다. "좋은 아침이에요, 봅."

봅은 그에게 고갯짓으로 인사했다.

칩이 말했다. "난 치료받고 *싶지 않아요.*"

"그게 바로 당신에게 치료가 필요하다는 증거예요." 봅이 말했다.

"마음 놓고 날 믿어요, 리. 아니, 그럴 이유가 없겠네요. 유니를 믿어요, 응? 유니를 프로그램한 멤버들을 믿어요."

잠시 뒤 칩이 말했다. "그래요, 그럴게요."

"기분이 끔찍해요." 봅이 말했다. 칩은 그에게 시선을 돌리고 그의 손을 쳐 냈다. 봅은 화들짝 놀라 그를 보았다. 칩은 양손을 봅의 등에 대고 앞으로 훅 밀었다. 그와 동시에 돌아서면서 난간을 붙들었다. 봅이 굴러떨어지는 소리, 그의 텔레콤프가 시끄럽게 떨어지는 소리가 들렸다. 칩은 에스컬레이터를 벗어나 위로 움직이던 중앙 경사면으로 올라갔다. 그가 타자마자 경사면의 움직임이 멈췄다. 그는 손가락과 무릎으로 튀어나온 부분에 매달려 게걸음으로 기어갔다. 그렇게 상행 에스컬레이터까지 기어가 난간을 붙잡고 휙 몸을 날려 작게 윙윙거리며 올라가는 가파른 계단에 올라탔다. 그리고 재빨리 벌떡 일어섰다. "그를 막아요!" 아래에서 봅이 소리쳤다. 칩은 위로 올라가는 계단들을 한꺼번에 두 칸씩 뛰어 올라갔다. 빨간 십자가 작업복의 멤버가 맨 위에 도착해서 에스컬레이터에서 내리더니 뒤를 돌아보았다. "이게 무슨⋯." 칩은 나이가 지긋하고 눈을 휘둥그렇게 뜬 그 멤버의 어깨를 잡고 옆으로 휙 밀었다.

그리고 복도를 달려갔다. "그를 막아요!" 누군가가 소리치자 다른 멤버들도 외쳤다. "그 멤버를 잡아요!" "병자예요. 그를 막아요!"

앞의 식당에서 줄을 서 있던 멤버들이 뒤를 돌아보았다. 칩은 "그 멤버를 막아요!"라고 소리치며 그들을 향해 손가락질을 했다. "그를 막아요!" 그러고는 그들 옆을 지나쳐 계속 뛰었다. "저 안에 병든 멤버가 있어요!" 그는 문간에 있던 멤버들을 밀어버리고 스캐너를 지나쳐 뛰어가며 말했다. "저 안에 도움이 필요해요! 빨리!"

식당 안에 들어온 그는 주위를 살핀 뒤 한쪽 옆으로 뛰어가 반 회전문을 통해 각종 물품 비치대 뒤편으로 갔다. 거기서부터는 속도를 늦춰 빠르게 걸으며 숨을 골랐다. 수직 적재함들 사이에서 케이크를 쌓고 있는 멤버들이 보이고, 강철 드럼통에 차 분말을 쏟던 멤버들이 그를 내려다보았다. '냅킨'이라고 적힌 상자가 가득 쌓인 수레 하나. 그는 그 수레의 손잡이를 잡고 방향을 휙 돌려서 앞으로 밀었다. 그렇게 선 채로 식사하던 멤버 두 명과 부서진 상자에서 케이크를 수습하던 멤버 두 명을 지나쳤다.

앞에 '출구'라고 적힌 문이 있었다. 구석 계단으로 통하는 문이었다. 그 문을 향해 수레를 미는데 뒤에서 언성을 높인 목소리들이 들렸다. 그는 수레로 문을 쾅 밀어서 열고 수레와 함께 층계참으로 나가서 문을 닫은 뒤 수레 손잡이를 당겨 문을 막아버렸다. 그리고 뒷걸음으로 계단 두 개를 내려가 수레를 옆으로 눕히면서 잡아당겨 문과 계단 난간 사이에 쐐기처럼 단단히 끼웠다. 검은 바퀴 하나가 허공으로 들렸다.

그는 서둘러 계단을 내려갔다.

나가야 했다. 건물에서 빠져나가 통행로와 광장으로 가야 했다. 박물관까지 걸어가서(아직은 문을 열 시간이 아니었다) 창고나 온수 탱크 뒤에 내일 밤까지 숨어 있을 것이다. 라일락과 다른 이들이 올 때까지. 조금 전 케이크를 몇 개 가져오는 건데. 왜 그 생각을 못 했지?

증오 같으니!

그는 1층까지 계단으로 내려가서 재빨리 복도를 걸으며 자신에게 다가오는 멤버에게 고갯짓으로 인사했다. 그녀는 그의 다리를 보고 걱정스러운 표정으로 입술을 깨물었다. 그는 아래를 보고 걸음을 멈췄다. 작업복 무릎이 찢어져 있고, 오른쪽 무릎에는 멍이 든 데다가 핏방울이 작은 구슬처럼 맺혀 있었다.

"도와줄까?" 그 멤버가 물었다.

"지금 의료 센터로 가는 중이야." 그가 말했다. "고마워, 자매." 그는 계속 걸었다. 지금은 어쩔 도리가 없었다. 모험을 하는 수밖에. 건물을 벗어나 밖으로 나가면 무릎을 티슈로 동여매고 작업복을 최대한 정리할 것이다. 무릎이 다친 것을 알고 나니 차츰 쑤시기 시작했다. 그는 걸음을 빨리했다.

방향을 꺾어 로비 뒤편으로 나간 뒤, 그는 걸음을 멈추고 양편에서 움직이는 에스컬레이터를 보았다. 저 앞에는 스캐너가 설치된 유리문 네 개가 있고, 그 뒤에 햇빛 밝은 통행로가 있었다. 멤버들이 서로 이야기를 나누며 밖으로 나가거나 안으로 들어왔다. 모두 평범해 보였다. 평온한 목소리로 낮게 이야기를 나눴다.

그는 똑바로 앞을 바라보며 문을 향해 평범하게 걸었다. 평소처럼 스캐너 앞에서 술수를 부릴 작정이었다. 누가 알아차린다면 다친 무릎 때문에 휘청거렸다고 핑계를 대면 될 것이다. 그렇게 밖으로 나가기만 하면… 음악이 멈추고 스피커에서 어떤 여자의 목소리가 흘러나왔다. "양해 바랍니다. 모두 지금 있는 자리에 그대로 있어주시겠습니까? 모두 움직임을 멈춰주세요.”

그는 걸음을 멈췄다. 로비 한가운데에서.

모두가 동작을 멈추고 의아한 얼굴로 두리번거리며 기다렸다. 에스컬레이터에 타고 있던 멤버들만 계속 움직이나 싶더니 에스컬레이터가 멈추자 그들은 자신의 발을 내려다보았다. 한 멤버가 계단을 내려왔다. “움직이지 마!” 여러 멤버가 그녀에게 소리치자 그녀는 얼굴을 붉히며 걸음을 멈췄다.

그는 꼼짝 않고 서서 문 위에 스테인드글라스로 거대하게 새겨놓은 얼굴들을 보았다. 수염을 기른 그리스도와 마르크스, 털이 없는 우드, 눈을 가늘게 뜨고 미소를 지은 웨이. 뭔가가 그의 정강이를 타고 미끄러졌다. 피 한 방울.

“형제들, 자매들.” 여자의 목소리가 말했다. “비상 상황이 발생했습니다. 이 건물 안에 병든 멤버가 있습니다. 병이 아주 깊어요. 그는 공격적인 행동을 하고 조언자에게서 도망쳤습니다.” 멤버들이 놀라서 숨을 삼켰다. “우리 모두 그를 찾아 최대한 빨리 치료실로 데려가는 일을 도와야 합니다.”

“맞아요!” 칩의 뒤에서 어떤 멤버가 말했다. 곧 다른 멤버도 입을 열었다. “어떻게 하면 되죠?”

“그는 4층 아래 어딘가에 있을 것으로 짐작됩니다.” 여자의 목소리가 말했다. “나이는 스물일곱 살⋯.” 또 다른 목소리가 그녀에게 말을 걸었다. 빨라서 알아듣기 힘든 남자의 목소리였다. 가장 가까운 에스컬레이터에 막 올라타려던 멤버가 칩의 무릎을 보았다. 칩은 우드의 사진을 보았다. "그는 십중팔구 건물에서 나가려 할 겁니다." 여자의 목소리가 말했다. "그러니 각 출구에서 가장 가까이 있는 멤버두 명이 출구로 이동해 차단해 주기 바랍니다. 다른 멤버들은 움직이면 안 됩니다. 각 출구에서 가장 가까운 멤버 두 명만 움직이세요."

문 근처의 멤버들이 서로를 보다가 두 명이 각각 문으로 가서 불편한 기색으로 스캐너 옆에 나란히 섰다. "끔찍해!" 누군가가 말했다. 칩의 무릎을 보던 멤버는 이제 그의 얼굴을 보고 있었다. 칩은 그를 마주 보았다. 마흔 살쯤 된 남자였다. 그가 시선을 피했다.

"우리가 찾는 멤버는…." 스피커에서 남자의 목소리가 들려왔다. "스물일곱 살 남성, 이름번호 리 RM35M4419. 리, RM, 35M, 4419입니다. 먼저 우리가 있는 방을 확인해 보고, 그다음에는 우리가 있는 층을 수색할 겁니다. 1분만, 1분만요. 유니콤프 말로는 그 멤버가 이건물 안의 유일한 리 RM이라고 합니다. 그러니 그의 이름번호 중 그뒷부분은 잊어버려도 됩니다. 리 RM만 찾으면 됩니다. 리 RM. 주위에 있는 멤버들의 팔찌를 보세요. 우리는 리 RM을 찾고 있습니다. 시야 안에 있는 모든 멤버를 적어도 한 명이 반드시 확인해야 합니다. 방에 있는 멤버들은 지금 복도로 나오세요. 리 RM입니다. 우리는 리RM을 찾고 있습니다."

칩은 근처의 멤버에게 몸을 돌려 그의 손을 잡고 팔찌를 보았다. "당신 것도 보여줘." 그 멤버가 말했다. 칩은 손목을 들어 올린 뒤 방향을 돌려 다른 멤버에게 향했다. "아직 못 봤어." 조금 전의 멤버가 말했다. 칩은 다른 멤버의 손을 잡았다. 조금 전의 멤버가 그의 팔을 건드리며 말했다. "형제, 아직 못 봤어."

그는 문으로 달렸다. 그러나 팔을 붙잡혀서 끌려갔다. 그를 보던 멤버에 의해. 그가 주먹을 쥐고 멤버의 얼굴을 때리자, 그 멤버가 쓰러졌다.

멤버들이 소리를 질렀다. "저 놈이야!" "저기 있어!" "그를 도와!" "그를 막아!"

그는 문으로 달려가 그곳에 있던 멤버들 중 한 명을 주먹으로 때렸다. 다른 멤버가 그의 팔을 움켜쥐며 귀에 대고 말했다. "형제, 형제!" 다른 멤버들이 그의 다른 팔을 붙잡았다. 뒤에서 누가 팔을 뻗어 그의 가슴을 꽉 붙잡았다.

"우리는 리 RM을 찾고 있습니다." 스피커에서 남자의 목소리가 말했다. "발견되었을 때 그가 공격적인 행동을 할 수도 있지만, 두려워하면 안 됩니다. 우리의 도움과 이해가 그에게 꼭 필요합니다."

"이거 놔!" 그는 자신을 단단히 붙잡은 이들에게서 빠져나오려고 애쓰며 소리쳤다.

"그를 도와!" 멤버들이 소리쳤다. "치료실로 데려가!" "그를 도와!"

"날 건드리지 마!" 그가 소리쳤다. "난 도움받기 싫어! *날 건드리지 마, 이 형제랑 싸우는 증오꾼들아!*"

멤버들이 숨을 몰아쉬고 움찔거리며 그를 끌고 에스컬레이터 계단을 올라갔다. 한 명은 눈물을 글썽거리기도 했다. "진정해요." 그들이 말했다. "우리가 당신을 돕는 거예요. 당신은 괜찮아질 거예요. 우리가 돕고 있으니까." 그가 발길질을 하자 누군가가 그의 다리를 붙잡고 놓아주지 않았다.

"난 도움받기 싫어!" 그는 소리쳤다. "날 내버려둬! 난 건강해! 건강하다고! 병들지 않았어!"

그가 끌려가는 길에 귀를 손으로 막은 멤버들, 입을 손으로 막고 빤히 그를 바라보는 멤버들이 서 있었다.

"병든 건 당신이야." 그는 아까 자신이 얼굴을 쳤던 멤버에게 말했다. 그의 콧구멍에서 피가 흘러나오고, 코와 뺨이 부어 있었다. 그는 칩의 팔 한 짝을 겨드랑이에 단단히 끼고 있었다. "당신은 약 때문에 둔해졌어." 칩이 그에게 말했다. "당신은 죽었어. 죽었다고. 당신은 죽었어!"

"쉬, 우리는 당신을 사랑해. 우리가 당신을 돕는 거야." 그 멤버가 말했다.

"그리스도와 웨이시여, 이것 봐!"

그는 멤버들에게 끌려 계단을 또 올라갔다.

"그를 찾았습니다." 스피커에서 남자의 목소리가 말했다. "리 RM을 찾았습니다, 멤버들. 지금 의료 센터로 데려오는 중입니다. 다시 말씀드립니다. 리 RM을 찾아서 의료 센터로 데려오는 중입니다. 비상 상황을 종료합니다, 형제자매들. 이제 하던 일로 돌아가셔도 됩니다. 감사합니다. 여러분의 도움과 협조에 감사드립니다. 패밀리를 대신해서, 리 RM을 대신해서 감사드립니다."

그는 멤버들에게 끌려 의료 센터 복도를 지나갔다.

음악이 중간부터 시작되었다.

"당신들은 모두 죽었어." 그가 말했다. "패밀리 전체가 죽었어. 유니만 살아 있지. 유니만. 하지만 *사람들*이 살고 있는 섬이 있어! 지도를 봐! 전 통합 박물관의 지도를 보라고!"

그는 멤버들에게 끌려 치료실로 들어갔다. 창백한 얼굴로 식은땀을 흘리는 봅이 거기 있었다. 눈썹 위가 찢어져 피가 흐르는 상태로 그는 텔레콤프의 자판을 두드렸다. 파란 작업용 겉옷을 입은 여자가 그를 위해 텔레콤프를 붙잡아 주었다.

"봅." 그가 말했다. "봅, 부탁 하나 들어줄래요? 전 통합 박물관에 가서 지도를 봐요. 1951년 지도를 봐요."

그는 파란색 불이 켜진 유닛 쪽으로 끌려갔다. 입구 가장자리를 움켜쥐었지만, 누군가가 그의 엄지손가락을 억지로 들어 올리고 강제로 손을 집어넣었다. 소매가 찢어지고, 팔이 어깨까지 안으로 밀어 넣어졌다.

누가 그의 뺨을 달래듯이 만졌다. 덜덜 떨고 있는 봅이었다. "괜찮아질 거예요, 리." 그가 말했다. "유니를 믿어요." 찢어진 상처에서 흐른 세 개의 핏줄기가 눈썹 안으로 이어졌다.

스캐너가 그의 팔찌를 붙잡고, 주사 원반이 그의 팔을 건드렸다. 그는 눈을 꾹 감았다. '난 다시 죽지 않을 거야!' 그는 속으로 생각했다. '난 다시 죽지 않을 거야! 난 섬들을 기억하고, 라일락을 기억할 거야! 난 다시 죽지 않을 거야! 난 다시 죽지 않을 거야!' 그는 눈을 떴다. 봅이 그를 향해 미소를 지었다. 눈썹 위에 피부와 같은 색의 반창고가 붙어 있었다. "그들이 *3시*라더니 정말로 *3시*였네요." 그가 말했다.

"무슨 소리예요?" 칩이 물었다. 그는 침대에 누워 있고, 봅은 그 옆에 앉아 있었다.

"당신이 그때 깨어날 거라고 의사들이 말했어요." 봅이 말했다. "3시에. 그런데 정말이네요. 2:59도 아니고, 3:01도 아니에요. 딱 3시. 이 멤들은 너무 똑똑해서 무서울 정도라니까요."

"여긴 어디예요?"

"중앙 의료 센터예요."

그때 기억이 났다. 자신이 생각한 것, 말한 것. 그리고 자신이 했던 최악의 행동들. "오, 그리스도시여." 칩이 말했다. "오, 마르크스시여. 오, 그리스도와 웨이시여."

"진정해요, 리." 봅이 그의 손을 살짝 건드리며 말했다.

"봅. 오, 그리스도와 웨이시여, 봅, 내가… 내가 당신을 밀어서…."

"에스컬레이터에서 그랬죠." 봅이 말했다. "정말로 그랬어요, 형제. 내 평생 그렇게 놀란 적이 없어요. 지금은 괜찮지만." 그는 눈썹 위의 반창고를 툭툭 쳤다. "다 아물어서 새것처럼 생생해요. 하루나 이틀 뒤에 그렇게 될 거예요."

"내가 멤버를 *때렸어요! 내 손으로!*"

"그 멤버도 괜찮아요. 저 중에서 두 송이는 그 멤버가 보낸 거예요." 그는 침대 맞은편 탁자 위 화병에 꽂힌 빨간 장미들을 고갯짓으로 가리켰다. "메리 KK도 두 송이, 당신 부서의 멤버들도 두 송이 보냈고요."

그는 자신이 때리거나 속이거나 배신한 멤버들이 보내준 장미를 보았다. 눈물이 고이면서 몸이 떨리기 시작했다.

"진정해요, 괜찮아요." 봅이 말했다.

하지만 그리스도와 웨이시여, 그는 오로지 자신만 생각하고 있었다! "봅, 잘 들어줘요." 칩은 그를 향해 몸을 돌려 팔꿈치를 괴고 일어나며 손등으로 눈을 닦았다.

"진정해요." 봅이 말했다.

"봅, 다른 이들이 있어요. 조금 전의 나만큼 병든 멤버들! 그들을 찾아서 도와야 해요!"

"알아요."

"'라일락'이라는 멤버가 있는데, 애나 SG38P2823이에요. 그리고 다른 멤버는…."

"알아요, 알아요." 봅이 말했다. "그들도 이미 도움을 받았어요. 모두 도움을 받았어요."

"그래요?"

봅은 고개를 끄덕였다. "정신을 잃은 동안 당신에게 질문을 던졌거든요. 오늘은 월요일이에요. 월요일 오후. 우린 이미 그들을 찾아서 도와줬어요. 애나 SG도 그리고 당신이 '스노플레이크'라고 부른 애나 PY도, '스패로'라고 부른 인 GU도."

"킹도 있어요. 예수 HL. 바로 여기 이 건물 안에 있어요. 그는…."

"아뇨." 봅이 고개를 저으며 말했다. "아뇨, 우리가 너무 늦었어요. 그자는… 그자는 죽었어요."

"죽어요?"

봅이 고개를 끄덕였다. "스스로 목을 맸어요."

칩은 그를 빤히 바라보았다.

"샤워기에, 길게 찢은 이불로." 봅이 말했다.

"아, 그리스도와 웨이시여." 칩은 이렇게 말하고 나서 다시 누웠다. 질병, 질병, 질병. 그가 그들의 일부였다니.

"다른 이들은 모두 괜찮아요." 봅이 그의 손을 톡톡 두드리며 말했다. "당신도 괜찮을 거예요. 이제부터 재활 센터로 갈 거거든요, 형제. 일주일 동안 휴가를 얻을 거예요. 어쩌면 더 길어질 수도 있고."

"너무 부끄러워요, 봅. 나 자신이 너무 부끄러워서…."

"괜찮아요. 미끄러져서 발목이 부러진 일로 부끄러워하지는 않겠죠? 그거랑 같아요. 부끄러워해야 할 이가 있다면 그건 *나죠*."

"*내가 당신에게 거짓말을 했잖아요!*"

"내가 그걸 알아차리지 못했어요. 이건 누구의 책임도 아니에요. 당신도 곧 알게 될 거예요." 봅이 손을 아래로 뻗어 휴대 키트를 들어서 그의 무릎에 펼쳐놓았다. "이건 당신 거예요. 혹시 내가 빠뜨린 게 있나 잘 봐요. 마우스피스, 다용도 깎기, 사진, 이름번호 수첩, 말 그림, 당신의…."

"그건 병들었어요." 그가 말했다. "갖고 있지 않을래요. 투입구에 넣어요."

"이 그림?"

"네."

봅은 키트에서 그것을 빼내 살펴보았다. "잘 그린 그림인데요. 정확하지는 않지만… 나름대로 좋아요."

"병들었어요. 병든 멤버가 그린 거예요. 투입구에 넣어요."

"그러죠, 뭐." 봅은 키트를 침대 위에 놓고 일어서서 방 맞은편으로 갔다. 그리고 투입구를 열어 그림을 아래로 떨어뜨렸다.

"병든 멤버들이 가득한 섬이 있어요." 칩이 말했다. "전 세계에."

"알아요. 당신이 말해줬어요."

"왜 우리가 그들을 돕지 못하는 거죠?"

"그건 나도 모르겠네요." 봅이 말했다. "하지만 유니는 알아요. 내가 전에 말했잖아요, 리. 유니를 믿으라고."

"믿을게요." 그가 말했다. "믿을게요." 눈에 눈물이 또 글썽해졌다.

빨간 십자가 작업복 차림의 멤버 한 명이 방으로 들어왔다. "기분이 어때요?" 그가 물었다.

칩은 그를 보았다.

"상당히 처져 있어요." 봅이 말했다.

"당연히 그럴 거예요." 그 멤버가 말했다. "걱정 마요. 우리가 그를 정상으로 끌어올릴 테니까요." 그가 다가와서 칩의 손목을 잡았다.

"리, 난 이제 가봐야겠어요." 봅이 말했다.

"그래요." 칩이 말했다.

봅이 다가와서 그의 뺨에 입을 맞췄다. "당신이 여기로 다시 돌려 보내지지 않을 수도 있으니까, 미리 작별 인사를 할게요, 형제."

"잘 가요, 봅." 칩이 말했다. "고마워요. 전부."

"감사는 유니에게." 봅은 이렇게 말하고 나서 그의 손을 꼭 쥐며 미소를 지었다. 그리고 빨간 십자가 멤버에게 고갯짓으로 인사한 뒤 밖으로 나갔다.

빨간 십자가 멤버가 주머니에서 주사기를 꺼내 뚜껑을 휙 벗겼다. "금방 완전히 정상적인 상태가 될 거예요." 그가 말했다.

칩은 가만히 누워 눈을 감고 한 손으로 눈물을 훔쳤다. 그동안 빨간 십자가 멤버가 그의 다른 팔소매를 걷었다. "난 병이 아주 깊었어요." 그가 말했다. "난 병이 아주 깊었어요."

"쉬, 그 생각은 하지 마세요." 빨간 십자가 멤버가 부드럽게 주사를 놓으며 말했다. "그런 건 생각할 일이 못 돼요. 금방 괜찮아질 거예요."

3부

도망

1

옛 도시들이 파괴되고 새 도시들이 건설되었다. 새 도시에는 옛날 보다 더 높은 건물, 더 넓은 광장, 더 큰 공원이 들어서고, 모노레일을 달리는 자동차도 비록 빈도는 줄어들었지만 더 빠르게 날아다녔다.

우주선 두 대가 또 발사되었다. 시리우스 B와 백조자리 61을 향 해서. 다시 주민이 이주해서 살고 있는 화성 정착지는 152년에 발생 했던 것과 같은 재난을 막을 안전장치를 갖추고 날이 갈수록 확장되 고 있었다. 금성과 달 정착지, 타이탄과 수성의 전초기지도 마찬가지 였다.

자유 시간이 5분 늘어났다. 음성 입력 텔레콤프가 자판 입력 텔레 콤프를 밀어내기 시작했고, 토털케이크에 기분 좋은 맛이 새로 생겼 다. 기대 수명은 62.4세로 늘어났다.

멤버들은 일하고 식사하고, 텔레비전을 보고 잠들었다. 노래하고 박물관에 가고 놀이 정원을 돌아다녔다.

웨이 탄생 200주년 때 어느 신도시에서 벌어진 퍼레이드에 웃고 있는 웨이의 거대한 사진이 등장했다. 그 사진을 들고 있는 멤버는 서

225

른 살 안팎인 것 같았는데, 오른쪽 눈이 갈색이 아니라 초록색이라는 점만 빼면 모든 면에서 평범했다. 오래전 이 멤버는 병든 적이 있지만 지금은 건강했다. 그에게는 배치된 일과 방이 있었으며, 여자 친구와 조언자도 있었다. 그의 인생은 느긋하고 만족스러웠다.

퍼레이드 중에 이상한 일이 일어났다. 사진을 든 멤버가 웃는 얼굴로 행렬을 따라 행진하고 있는데 머릿속에서 어떤 이름번호가 자꾸만 반복되기 시작한 것이다. 애나 SG, 38P, 28 23. 애나 SG, 38P, 28 23. 이것이 그가 행진하는 박자에 맞춰서 저절로 되풀이되었다. 이 이름번호가 누구 것인지, 왜 머릿속에서 이렇게 저절로 되풀이되는지 궁금했다.

그러다 갑자기 기억이 났다. 병에 걸렸을 때 일이구나! 그것은 다른 병자의 이름번호였다. '러블리,' 아니 '라일락'이라고 불리던 이. 그동안 많은 시간이 흘렀는데 왜 그 이름번호가 생각났을까? 그는 발을 쿵쿵 더 세게 딛으면서 그 이름번호를 듣지 않으려고 했다. 그래서 노래하라는 신호가 떨어졌을 때 반가웠다.

그가 조언자에게 이 일을 말했더니 조언자는 이렇게 대답했다. "그런 건 생각할 필요 없어요. 아마 그 여자를 생각나게 하는 뭔가를 봤겠죠. 어쩌면 그 여자를 직접 봤을 수도 있고요. 기억을 두려워할 이유는 없어요. 물론 그게 귀찮아진다면 또 몰라도. 다시 그런 일이 생기거든 알려주세요."

그런 일은 다시 일어나지 않았다. 그는 건강했다. 유니 덕분에.

어느 해 크리스마스 날, 다른 곳에 배치되어 다른 도시에 살던 그는 여자 친구를 포함한 다른 멤버 다섯 명과 함께 자전거를 타고 외곽의 풍치 지구로 나갔다. 그들은 작은 숲 근처의 땅바닥에서 가져온 케이크와 콜라로 점심 식사를 했다.

그는 콜라 용기를 거의 평평한 바위 위에 놓아두었다. 그런데 이야기를 하면서 콜라를 향해 손을 뻗다가 용기를 쓰러뜨리고 말았다. 다른 멤버들이 자신의 콜라를 그의 용기에 따라주었다.

몇 분 뒤 케이크 포장지를 접다가 그는 젖은 바위 위에 납작한 이파리 하나가 놓여 있는 것을 보았다. 이파리 뒤편에 콜라가 묻어 반짝이고, 줄기가 손잡이처럼 위를 향해 둥글게 구부러져 있었다. 그는 줄기를 잡고 이파리를 들어 올렸다. 그 아래의 바위에 이파리의 타원형 모양 그대로 젖지 않은 부분이 드러났다. 바위의 다른 부분은 젖어서 검게 보였지만, 이파리가 있던 자리는 회색이었다. 그 순간이 왠지 의미심장하게 보여서 그는 말없이 앉아 한 손에 든 이파리와 다른 손에 접어서 들고 있는 케이크 포장지와 바위에 남은 이파리 형태를 보았다. 여자 친구가 뭐라고 말을 거는 바람에 그는 그 순간에서 벗어나 이파리와 포장지를 한데 모아, 쓰레기봉투를 들고 있는 멤버에게 주었다.

바위에 이파리 형태 그대로 젖지 않은 부분이 남아 있던 광경이 그날 여러 번 머릿속에 떠올랐다. 그다음 날도 마찬가지였다. 그러나 치료를 받은 뒤에는 그 일을 잊었다. 몇 주 뒤 그 일이 다시 생각났다. 이유가 궁금했다. 내가 전에도 그런 식으로 젖은 바위에서 이파리를 들어 올린 적이 있나? 그런 일이 있었다 해도 기억나지 않는데….

공원에서 걸을 때나 하필 치료를 받으려고 줄을 서 있을 때 가끔 그 마른 이파리 형태가 생각나서 그는 미간을 찌푸렸다.

지진이 있었다. (의자가 그를 휙 내던지고, 현미경 유리가 깨지고, 생전 처음 듣는 큰 소리가 실험실 깊숙한 곳에서 포효처럼 들려왔다.) 대륙을 절반쯤 가로지른 곳에 있는 지진 밸브가 고장 난 채로 감지되지 않았다는 것이 며칠 뒤 밤에 텔레비전이 설명해 준 사정이었다. 전에는 한 번도 없던 일이고, 앞으로도 두 번 다시 일어나지 않을 것이라고 했다. 물론 멤버들은 슬퍼하는 것이 당연했지만, 앞으로 생각할 필요는 없는 일이었다.

수십 채의 건물이 무너지고, 수백 명의 멤버들이 죽었다. 시내의 모든 의료 센터에는 부상자가 흘러넘쳤다. 치료 유닛도 절반이 넘게 손상되었다. 치료가 최대 열흘까지 늦춰졌다.

원래 치료를 받아야 하는 날짜에서 며칠이 지났을 때 그는 라일락을 생각해 냈다. 자신이 다른 이를 사랑할 때와는 다르게, 그들보다 더(더 들뜬 마음으로) 그녀를 사랑했던 것도 생각났다. 그녀에게 뭔가 말하고 싶은 게 있었는데. 그게 뭐지? 아, 그래, 섬에 대한 이야기. 그가 전 통합 시대의 지도에 숨겨져 있던 섬들을 발견했었다. 불치자들의 섬….

조언자가 그를 불렀다. "괜찮아요?"

"아닌 것 같아요, 칼." 그가 말했다. "치료가 필요해요."

"잠깐만요." 조언자는 이렇게 말하고 나서 고개를 돌려 텔레콤프를 향해 뭐라고 부드럽게 말했다. 그러고는 다시 그에게 시선을 돌렸다. "오늘 저녁 7시 30분에 받을 수 있는데, T24에 있는 의료 센터까지 가야 해요."

그는 7시 30분에 길게 이어진 줄에 합류해 기다리면서 라일락을 생각했다. 그녀가 정확히 어떻게 생겼는지 기억해 내려고 했다. 치료 유닛에 가까이 다가갔을 때, 바위에 남아 있던 이파리 자국이 생각났다.

라일락이 그에게 전화를 걸었다. (그녀는 그와 같은 건물에 있었다.) 그가 그녀의 방으로 갔더니 전 통합 박물관의 그 창고였다. 그녀의 귓불에 매달린 초록색 보석이 장밋빛이 감도는 갈색 목 주위에서 반짝였다. 그녀는 반짝이는 초록색 천으로 만든 드레스 차림이었는데, 끝부분이 분홍색인 부드러운 원뿔형 젖가슴이 노출되어 있었다. "Bon soir※, 칩." 그녀가 웃으면서 말했다. "Comment vastu? Je m'ennuyais tellement de toi."※※ 그는 그녀에게 다가가 품에 안고 입을 맞췄다. 그녀의 입술은 따뜻하고 부드러웠다. 그녀의 입술이 열리는 순간 어둠 속에서 깨어난 그는 실망감을 느꼈다. 그건 꿈이야. 그냥 꿈일 뿐이야.

하지만 이상하게도, 무섭게도 모든 것이 그의 머릿속에 있었다.

※　프랑스어 저녁 인사.
※※　잘 지냈어? 정말 보고 싶었어.

그녀가 쓰던 향수parfum 냄새, 담배 맛, 스패로의 노랫소리, 라일락을 향한 욕망과 킹에 대한 분노와 유니에게 분개하는 마음과 패밀리를 향한 슬픔과 생생하게 깨어서 감정을 느끼는 행복.

아침에 치료를 받으면 이 모든 것이 사라질 것이다. 8시에. 그는 스위치를 톡 두드려 불을 켜고 눈을 가늘게 뜨며 시계를 보았다. 4:54. 앞으로 3시간 남짓 지나면….

그는 다시 불을 끄고 어둠 속에서 뜬눈으로 누워 있었다. 그걸 잃어버리고 싶지 않았다. 병이든 아니든, 그 기억을 지키고 싶었다. 기억을 탐구하고 즐길 수 있는 능력도 지키고 싶었다. 섬에 대해서는 생각하고 싶지 않았다. 절대로. 그건 *진짜* 병든 생각이니까. 하지만 라일락에 대해서는 생각하고 싶었다. 유물이 가득한 창고에서 모이던 그 집단에 대해서도. 가끔 또 꿈을 꾸고 싶다는 마음도 있었다.

하지만 3시간 뒤에 치료를 받으면 모든 것이 사라질 것이다. 그가 어떻게 할 수 있는 일이 아니었다. 지진이 또 일어나기를 바라는 수밖에 없는데, 그럴 가능성이 얼마나 될까? 지진 밸브는 지난 몇 년 동안 완벽하게 작동했고, 앞으로도 몇 년 동안 완벽히 작동할 터였다. 지진이 아니라면 무엇이 치료를 뒤로 미룰 수 있을까? 없었다. 그런 건 전혀 없었다. 그가 전에 치료를 미루려고 거짓말을 한 적이 있다는 사실을 유니가 아는 상황에서는 방법이 없었다.

바위에 남아 있던 마른 이파리 자국이 생각났지만, 그는 그것을 쫓아버리고 라일락을 생각했다. 꿈에서 만났을 때처럼 그녀를 보고 싶었다. 이렇게 생생히 살아 있을 수 있는 짧은 3시간을 허비하고 싶지 않았다. 그녀의 눈이 얼마나 큰지, 그녀의 미소와 장밋빛이 감도는 갈색 피부가 얼마나 사랑스러운지, 그 진지한 태도가 얼마나 감동적인지 그동안 잊고 있었다. 너무 많은 것을 잊고 있었다, 싸움 같으니. 담배의 즐거움, 프란카이스를 해독할 때의 흥분….

마른 이파리 자국이 다시 생각났다. 짜증을 내며 그는 생각에 잠겼다. 그것이 왜 끈질기게 머릿속에 남아 있는지 알아내서 완전히 그 이미지를 없애버리기 위해서였다. 그는 어이가 없을 정도로 무의미한 그 순간으로 돌아가, 콜라 몇 방울이 떨어져 반짝이던 그 이파리를 다시 보았다. 자신의 손가락이 줄기를 잡고 이파리를 들어 올리는 모습, 다른 손으로는 케이크를 포장했던 포일을 접어서 들고 있는 모습, 콜라에 젖어서 검게 변한 바위에 회색으로 남아 있던 마른 자국을 보았다. 그가 콜라를 엎질렀고, 이파리는 그 자리에 놓여 있었고, 그 아래 바위는….

그는 침대에서 일어나 앉아 잠옷을 입은 오른팔을 손으로 꽉 잡았다. "그리스도와 웨이시여." 그는 겁에 질렸다.

첫 번째 종이 울리기 전에 그는 일어나 옷을 갈아입고 침대를 정리했다.

식당에 1등으로 들어가 먹고 마신 뒤 대충 접은 케이크 포장지를 주머니에 넣고 방으로 돌아왔다.

그는 포장지를 펼쳐 책상 위에 놓고 손으로 매끈하게 폈다. 그리고 정사각형 포일을 정확히 반으로, 그다음에는 세 겹으로 접었다. 그것을 납작하게 누르니, 여섯 겹이나 되는데도 아주 얇아졌다. 너무 얇은가? 그는 그것을 다시 내려놓았다.

화장실로 가서 수납장의 응급 키트에서 솜과 반창고 통을 꺼내 책상으로 돌아왔다.

접은 포일 위에 솜을 한 겹 놓았다. 포일보다 솜의 크기가 조금 작았다. 그다음에는 피부와 같은 색 반창고를 길게 여러 개로 잘라 솜과 포일을 덮기 시작했다. 긴 반창고 끝은 책상 위에 가볍게 붙여 두었다.

문이 열리자, 그는 몸을 돌리면서 하던 일을 숨기기 위해 반창고 통을 주머니에 넣었다. 옆방에 사는 칼 TK였다. "식사할 준비 됐어?"

"이미 먹었어."

"아, 그럼 나중에 봐."

"그래." 그는 이렇게 말하고 나서 빙긋 웃었다.

칼이 문을 닫았다.

반창고를 다 붙인 뒤 책상에 붙여둔 끝부분들을 떼어 내 욕실로 갔다. 포일이 위로 오게 세면대 가장자리에 놓고, 소매를 걷어 올렸다.

그는 팔 안쪽에 포일이 닿게 이 임시 포일 밴드를 놓았다. 주사 원반이 닿을 자리였다. 포일을 꽉 잡고 양끝의 테이프를 피부에 단단히 붙였다.

포일 한 장이 방패 역할을 할까?

뜻대로 된다면 그는 라일락만 생각할 것이다. 섬은 생각하지 않을 것이다. 만약 자기도 모르게 섬을 생각하게 된다면 조언자에게 말할 것이다.

그는 소매를 내렸다.

8시에 그는 치료실에서 줄을 선 이들의 대열에 합류했다. 팔짱을 끼고, 포일 밴드를 붙인 부위를 소매 위에서 손으로 덮었다. 주사 원반이 체온을 감지할지도 모르니까 따뜻하게 데워놓기 위해서였다.

'난 병들었어.' 그는 속으로 생각했다. '온갖 병에 걸릴 거야. 암, 천연두, 콜레라, 온갖 병에. 얼굴에 털이 자랄 거야!'

이런 짓은 이번 한 번뿐이었다. 뭔가가 조금만 잘못돼도 조언자에게 말할 작정이었다.

어쩌면 이 방법이 효과가 없을 수도 있었다.

그의 차례가 되었다. 그는 소매를 팔꿈치까지 걷고 가장자리가 고무로 마감되어 있는 치료 유닛 구멍에 손목까지 손을 넣었다. 그러고는 소매를 어깨까지 밀어 올리면서 동시에 팔을 쑥 안으로 넣었다.

스캐너가 팔찌를 찾아내고, 솜을 붙인 포일 밴드에 주사 원반이 살짝 닿는 것이 느껴졌다… 아무 일도 일어나지 않았다.

"끝났어." 어떤 멤버가 뒤에서 말했다.

유닛에 파란색 불이 들어와 있었다.

"아." 그는 팔을 빼내면서 소매를 내렸다.

곧바로 배치된 곳에 가서 일을 해야 했다.

점심 식사 뒤 그는 방으로 돌아가 욕실에서 소매를 걷고 포일 밴드를 떼어 냈다. 포일에는 아무 자국도 없었다. 하기야 평소 치료를 받은 뒤 피부에도 아무 자국이 없기는 마찬가지였다. 그는 포일 밴드에서 반창고를 떼어 냈다.

솜이 회색으로 변해서 뭉쳐 있었다. 세면대 위에서 솜을 짰더니 물 같은 액체가 똑똑 떨어졌다.

각성이 찾아왔다. 날이 갈수록 더욱더. 기억도 찾아왔다. 더 선명하고 더 고통스러울 정도로 자세하게.

감정도 찾아왔다. 유니에게 분개하던 마음은 증오로 자라났고, 라일락에 대한 욕망은 절망적인 허기로 자라났다.

그는 과거의 속임수를 다시 펼쳤다. 일을 할 때도, 조언자와 함께 있을 때도, 여자 친구와 있을 때도 정상적으로 행동했다. 그러나 날이 갈수록 짜증이 나서 그 속임수를 유지하기가 힘들고, 점점 화가 났다.

그다음 치료 날 그는 케이크 포장지, 솜, 반창고로 또 포일 밴드를 만들었다. 그리고 또 세면대에서 물 같은 액체를 짜냈다.

그의 턱과 뺨과 윗입술에 검은 반점들이 생겨났다. 털이 자라기 시작한 징조였다. 그는 다용도 깎기를 분해해서 날을 한쪽 손잡이에 줄로 묶은 뒤, 매일 아침 첫 번째 종이 울리기 전에 얼굴에 비누를 바르고 검은 반점들을 깎아 냈다.

매일 밤 꿈을 꾸었다. 가끔은 꿈에 오르가슴을 경험하기도 했다.

점점 더 미칠 것 같았다. 느긋하고 만족스러운 척, 겸손한 척, 착한 척하는 것이. 마르크스마스 날 바닷가에서 그는 해안을 따라 속보로 뛰다가 속도를 높여 함께 뛰던 멤버들에게서, 일광욕을 하고 케이크를 먹는 패밀리로부터 도망쳤다. 해변이 점점 좁아지다가 굴러 내린 바위로 막힌 곳까지 뛴 다음에는 파도를 뚫고 뛰어가 오래돼서 미끄러운 아치형 받침대를 넘어갔다. 그러다 걸음을 멈췄다. 바다와 솟아오른 절벽 사이에 혼자 알몸으로 서서 주먹을 꽉 쥐고 바위를 때렸다. 맑고 파란 하늘을 향해 "싸움 같으니!"라고 소리치며, 도저히 찢어지지 않는 팔찌 줄을 비틀고 잡아당겼다.

169년 5월 5일이었다. 그가 잃어버린 세월은 6년 반. *6년 반!* 그의 나이는 서른네 살이고, 지금 있는 곳은 USA90058이었다.

그녀는 어디 있을까? 아직 IND에 있나? 아니면 다른 곳에? 지상에 있을까, 우주선에 있을까?

나처럼 살아 있기는 한가? 아니면 패밀리의 다른 이들처럼 죽었나?

2

이제 좀 편안해졌다. 손에 멍이 들도록 주먹을 휘두르며 소리를 질렀더니. 만족스러운 미소를 지으며 천천히 걷는 것도, 텔레비전과 현미경 화면을 보는 것도, 여자 친구와 함께 원형극장 콘서트를 보러 가서 앉아 있는 것도 전보다는 편안해졌다.

그동안 내내 앞으로 어떻게 할 것인지를 생각하면서….

"마찰이 있나요?" 조언자가 물었다.

"음, 조금요." 그가 말했다.

“안색이 좋지 않다 싶었어요. 무슨 일인가요?”

“음, 아시다시피, 내가 몇 년 전에 심하게 병들었잖아요…”

“알죠.”

“그런데 그때 나랑 같이 병들었던 멤버 한 명이, 사실 날 병들게 만든 멤버가 여기 이 건물 안에 있어요. 혹시 내가 다른 곳으로 이동될 수 있을까요?”

조언자는 미심쩍은 얼굴로 그를 보았다. “조금 놀라운데요. 유니콤프가 당신과 그 멤버를 또 한곳에 두었다는 게.”

“나도 놀랐어요.” 칩이 말했다. “하지만 그녀가 정말로 여기 있어요. 어젯밤에도 오늘 아침에도 식당에서 그녀를 봤어요.”

“그녀에게 말을 걸었나요?”

“아뇨.”

“내가 알아볼게요.” 조언자가 말했다. “그녀가 정말로 여기에 있고 당신이 그것 때문에 불편하다면, 당연히 당신을 이동시킬 거예요. 아니면 그녀를 이동시키거나. 그녀의 이름번호가 뭐죠?”

“전부 기억나지는 않아요.” 칩이 말했다. “애나 ST38P.”

조언자가 다음 날 아침 일찍 그에게 전화를 걸었다. “당신이 착각했어요, 리. 당신이 본 이는 그 멤버가 아니에요. 그리고 참고로 그녀는 애나 SG예요. ST가 아니라.”

“그녀가 여기 없는 게 확실해요?”

“확실해요. 그녀는 AFR에 있어요.”

“다행이네요.” 칩이 말했다.

"리, 목요일에 받으려던 치료를 오늘 받게 될 거예요."

"오늘요?"

"네. 1시 30분에."

"알았어요. 고마워요, 예수."

"감사는 유니에게."

그는 접어서 책상 서랍 뒤편에 숨겨두었던 케이크 포장지 세 장 중 하나를 꺼내 욕실로 가서 포일 밴드를 만들기 시작했다.

그녀는 AFR에 있었다. IND보다는 가깝지만 그래도 바다가 사이에 있는 것은 마찬가지였다. 게다가 USA도 아주 넓은 곳이었다.

그의 부모도 그곳 '71334에 있었다. 그는 몇 주 기다렸다가 방문 신청을 할 생각이었다. 부모를 마지막으로 만난 지 거의 2년이 흘렀으니, 신청이 허락될 가능성이 적지 않았다. 일단 AFR에 가면 그녀에게 전화를 걸 수 있을 것이다. 팔을 다친 척하면서, 지나가던 아이를 붙잡고 야외 전화기 접촉판에 자기 대신 접촉해 달라고 부탁하면 된다. 그렇게 그녀의 정확한 위치를 찾아낼 계획이었다. 여보세요, 애나 SG. 나처럼 잘 지내고 있으면 좋겠네. 지금 어느 도시에 있어?

그다음에는 어떻게 하지? 거기까지 걸어가? 근처까지 자동차 여행을 신청해? 어떤 식으로든 유전학과 관련된 근처 시설까지? 내 꿍꿍이를 유니가 알아차릴까?

하지만 모든 것이 그의 계획대로 이루어지더라도, 그가 그녀를 찾아가는 데 성공한다 해도, 그다음에는 어쩐다지? 그녀 역시 어느 날 젖은 바위에서 이파리를 들어 올리는 경험을 했을 것이라는 희망을 품을 수는 없었다. 싸움 같은 일이지만, 그녀는 정상적인 멤버가 되어 있을 것이다. 몇 달 전까지 그가 그랬던 것처럼. 그래서 그가 비정상적인 말을 내뱉자마자 그녀는 그를 의료 센터로 보낼 것이다. 그리스도, 마르크스, 우드, 웨이시여, 어떻게 *해야* 합니까?

그녀를 잊어버리는 방법도 있었다. 가장 가까운 자유 섬을 향해 혼자 출발하는 방법. 거기에도 여자가 있을 것이다. 아마 아주 많을 테니 개중에 장밋빛이 감도는 갈색 피부와 정상보다 눈꼬리가 덜 솟은 눈과 부드러워 보이는 원뿔형 젖가슴을 가진 여자도 몇 명쯤 있을 것이다. 그녀를 깨울 가능성이 희박한데도, 그가 자신의 깨어난 정신을 걸 만큼 가치 있는 일일까?

비록 *그녀가* 그의 정신을 깨워주긴 했지만… 그때 그의 앞에 쪼그리고 앉아 무릎에 양손을 얹고서….

하지만 그때는 그녀의 깨어 있는 정신이 위험하지 않았다. 아니, 적어도 위험이 지금만큼 *크지*는 않았다.

그는 전 통합 박물관으로 갔다. 옛날처럼 밤에 스캐너와 접촉하지 않고 갔다. IND26110의 박물관과 똑같았다. 일부 전시물이 조금 다르고, 위치가 조금 다를 뿐이었다.

여기에도 전 통합 시대의 지도가 있었다. 제작 연도는 1937년이었다. 파란색 직사각형 여덟 개가 여기에도 똑같이 붙어 있었다. 누군가가 지도 뒷면을 잘랐다가 엉성하게 테이프로 붙여둔 것이 보였다. 그보다 먼저 온 이가 있는 모양이었다. 그 생각을 하니 신이 났다. 누군가가 그 섬들을 찾아내서, 지금쯤 그곳으로 향하고 있을지도 모르는 일이었다.

또 다른 창고(여기에는 탁자 하나와 상자 몇 개뿐이었다. 작은 레버가 줄줄이 달린 부스 모양의 기계 한 대가 커튼으로 가려져 있었다)에서 다시 불빛에 지도를 비춰보았더니 역시 숨은 섬들이 보였다. 그는 종이를 대고 가장 가까운 섬의 모양을 베껴 그렸다. USA의 남동쪽 끝부분 근처에 있는 '쿠바'였다. 그는 혹시 위험을 무릅쓰고 라일락을 만나러 가게 될 때를 대비해서, AFR과 근처 섬 두 개의 윤곽도 베꼈다. 동쪽의 '마다가스카'와 북쪽의 '마조카'※였다.

상자 하나에는 책이 들어 있었다. 그는 거기서 프랑카이스 책을 한 권 찾아냈다. 『Spinoza et ses contemporains』. 스피노자와 그의 동시대 인물들. 그는 그 책을 훑어본 뒤 가져가기로 했다.

다시 액자에 끼운 지도를 제자리에 두고, 박물관 안을 돌아다녔다. 그러면서 아직도 작동하는 듯 보이는 손목 나침반과 뼈 손잡이가 달린 '면도칼'과 그것을 날카롭게 가는 돌을 챙겼다.

"곧 재배치가 있을 거야." 그의 부서장이 어느 날 점심 식사를 하며 말했다. "GL4가 우리 일을 맡을 거거든."

"나는 AFR로 가고 싶어요. 부모님이 거기 있어요." 그가 말했다.

살짝 멤버답지 않은 위험한 말이었지만, 부서장이 멤버들의 배치에 간접적으로 영향을 미칠 가능성이 있었다.

여자 친구가 이동 지시를 받아서 그는 공항까지 배웅을 나갔다.

※ 마요르카.

유니의 허가 없이 비행기에 타는 게 가능한지 살펴보려는 생각도 있었다. 가능할 것 같지 않았다. 비행기에 오르는 멤버들이 서로 가까이 붙어서 한 줄로 서 있기 때문에 스캐너에 가짜로 접촉하기가 여의치 않았다. 그리고 줄의 마지막 멤버가 스캐너에 접촉할 때는 주황색 작업복을 입은 멤버가 언제든 에스컬레이터를 멈출 준비를 갖추고 옆에 서 있었다. 비행기에서 내릴 때도 역시 똑같은 문제가 있었다. 스캐너에 마지막으로 접촉하는 멤버를 주황색 작업복의 멤버들이 지켜보았다. 그들은 에스컬레이터의 방향을 반대로 돌린 다음, 스캐너에 접촉하고, 케이크와 음료수가 든 강철 상자를 들고 비행기에 올랐다. 격납고에 세워진 비행기 안에 미리 들어가 숨어 있는 방법도 생각해 보았으나, 비행기 안에 숨을 곳이 있는지 기억나지 않았다. 게다가 비행기가 어디로 날아갈지 어떻게 미리 알 수 있겠는가?

비행은 불가능했다. 유니가 허락해 주지 않는 한.

그는 부모를 만나러 가겠다고 신청했다. 신청은 거부되었다.

새로운 배치 공고가 붙었다. 663 두 명이 AFR로 보내졌지만, 그는 아니었다. 그는 USA36104로 배치되었다. 그곳까지 비행하면서 비행기를 연구했다. 숨을 곳이 없었다. 좌석이 가득 놓인 길쭉한 내부와 앞쪽의 화장실, 뒤쪽의 케이크와 음료수 비치대, 텔레비전 스크린 여러 개가 있을 뿐이었다. 모든 화면 속에서 어떤 배우가 마르크스를 연기하고 있었다.

USA36104는 동남쪽에 있었다. USA의 끝부분과 그 너머의 쿠바와 가까운 곳이었다. 어느 일요일에 자전거를 타고 나가서 계속 달리면 될 것 같았다. 도시에서 도시로 이동하면서 잠은 중간의 풍치 지구에서 자고, 케이크와 음료수는 밤에 도시에 들어가 구하면 될 것이다. MFA 지도에 따르면 1,200킬로미터였다. '33037에 다다르면 배를 구하거나, 킹이 말했던 ARG20400에서처럼 교역을 하러 온 자들을 찾을 수 있을 것이다.

'라일락. 내가 달리 할 수 있는 일이 있을까?' 그는 속으로 생각했다.

다시 AFR 방문을 신청했다. 그리고 또 거절당했다.

그는 일요일과 자유 시간에 자전거를 타기 시작했다. 다리를 단련하기 위해서였다. '36104의 전 통합 박물관에 갔더니 더 좋은 나침반과 톱날 모양의 칼이 있었다. 풍치 지구에서 나뭇가지를 자를 때 쓰면 될 것 같았다. 그는 그곳의 지도도 확인해 보았다. 지도의 뒷면에 손을 댄 흔적이 전혀 없었다. 그곳에 이렇게 썼다. '멤버들이 자유롭게 사는 섬들이 있다. 유니랑 싸워!'

어느 일요일 아침 일찍 그는 자신이 그린 지도와 나침반을 주머니에 넣고 쿠바로 출발했다. 자전거 바구니에는 콜라와 케이크를 담은 그릇과 함께 『웨이의 살아 있는 지혜』가 접은 담요 위에 놓여 있었다. 역시 바구니 안에 넣어둔 휴대 키트에는 면도칼과 날을 날카롭게 가는 돌, 비누, 다용도 깎기, 케이크 두 개, 칼, 손전등, 솜, 반창고, 부모와 파파 잰의 사진 한 장, 여분의 작업복 한 벌이 들어 있었다. 오른쪽 소매 속의 팔에는 포일 밴드를 붙여두었다. 만약 치료실로 끌려간다면 그 포일 밴드가 거의 확실하게 발견될 테지만. 그는 선글라스를 끼고 미소를 지으며 '36081로 향하는 길에서 자전거를 탄 다른 이들과 섞여 남동쪽을 향해 페달을 밟았다. 평행으로 뻗은 도로에서 자동차들이 일정한 리듬으로 휙휙 스쳐 지나갔다. 자동차의 에어젯이 튕겨 낸 자갈들이 가끔 금속 분리대에 팅팅 부딪혔다.

그는 대략 1시간마다 한 번씩 자전거를 멈추고 몇 분 동안 휴식을 취하며 케이크 반쪽을 먹고 콜라를 조금 마셨다. 쿠바에 대해 생각해 보았다. 교역할 물건으로 '33037에서 무엇을 가져갈지에 대해서도. 쿠바의 여자들에 대해서도 생각했다. 십중팔구 그들은 새로 나타난 이에게 매력을 느낄 것이다. 치료를 전혀 받지 않았을 테니 상상조차 할 수 없을 만큼 열정적일 테고, 라일락만큼 또는 라일락보다 훨씬 더 아름다울 것이다….

그는 5시간 동안 자전거를 탄 뒤 방향을 돌려 되돌아왔다.

배치된 일에 억지로 마음을 쏟으려 했다. 그는 의료 센터 소아과의 663 직원이었다. 비슷비슷한 유전자들을 한없이 검사해야 하는 지루한 일인데, 여기서 일하던 이가 다른 곳으로 이동되는 경우가 거의 없었다. 그가 평생 이곳에 있을 거라는 뜻이었다.

4주나 5주마다 한 번씩 그는 AFR로 부모를 보러 가겠다고 신청했다.

170년 2월 그 신청이 받아들여졌다.

그는 AFR 시간으로 새벽 4시에 비행기에서 내려 대합실로 들어갔다. 휴대 키트를 왼쪽 어깨에 둘러메고, 오른쪽 팔꿈치를 붙든 채 불편한 표정을 지은 모습이었다. 그의 뒤를 이어 비행기에서 내리다가 그가 넘어졌을 때 부축해서 일으켜 준 멤버가 그를 대신해서 자신의 팔찌를 전화기에 댔다. "정말 괜찮아?" 그녀가 물었다.

"괜찮아." 그가 웃는 얼굴로 말했다. "고마워. 여기서 즐거운 시간 보내." 그리고 그는 전화기를 향해 이렇게 말했다. "애나 SG38P2823." 도와준 멤버는 자리를 떴다.

화면이 번쩍이더니 전화가 연결될 때 나타나는 패턴이 떴다. 그러고는 검게 변한 채로 변화가 없었다. '그녀가 이동되었구나. 다른 대륙으로.' 그는 속으로 생각하며 전화기에서 그 이야기가 흘러나오기를 기다렸다. 하지만 전화기에서는 그녀의 목소리가 흘러나왔다. "잠깐만, 내가⋯." 그녀가 거기 있었다. 흐릿한 화면 속에 아주 가까이. 그녀는 침대에 걸터앉으며 눈을 비볐다. 잠옷 차림이었다. "누구세요?" 그녀가 물었다. 그녀의 뒤에서 어떤 멤버가 돌아누웠다. 토요일 밤이었다. 아니면 그녀가 결혼했나?

"리 RM이야." 그가 말했다.

"누구?" 그녀는 그를 보다가 눈을 깜박이며 몸을 앞으로 기울였다. 그가 기억하는 것보다 더 아름다웠다. 전보다 조금 나이 들어 보였지만 아름다웠다. 저런 눈을 가진 이가 또 있을까?

"리 RM." 그는 예의 바른 멤버처럼 굴었다. "기억 안 나? IND26110, 162년."

순간적으로 그녀는 눈썹을 모으며 불편한 표정을 지었다. "아, 그래, 기억나지." 그녀는 이렇게 말하면서 미소를 지었다. "당연히 기억해. 잘 지내, 리?"

"아주. 너는 잘 지내?"

"응." 그녀는 이렇게 말하고 나서 미소를 지웠다.

"결혼했어?"

"아니. 전화해 줘서 반가워, 리. 고맙다고 말하고 싶어. 그러니까, 네가 날 도와줬잖아."

"감사는 유니에게."

"아냐, 아냐. 고마워. 늦었지만." 그녀는 다시 미소를 지었다.

"이런 시각에 전화해서 미안해. 이동하는 길에 AFR을 지나게 돼서."

"괜찮아. 전화해 줘서 반가워."

"거기 어디야?"

"'14509."

"내 여동생이 사는 곳이네."

"진짜?"

"응. 어느 건물이야?"

"P51."

"여동생은 A 어딘가에 있어."

그녀의 뒤에 누워 있던 멤버가 일어나 앉자 그녀가 고개를 돌려 뭐라고 말했다. 그가 칩에게 미소를 짓고, 그녀는 다시 그에게 시선을 돌렸다. "이쪽은 리 XE야."

"안녕." 칩은 이렇게 말하면서 속으로 번호를 외웠다. *'14509,*

P51. '14509, P51.

"안녕, 형제." 리 XE의 입술이 말했다. 그의 목소리는 전화기까지 닿지 않았다.

"팔에 무슨 문제라도 있어?" 라일락이 물었다.

그때까지도 팔을 잡고 있던 그는 손을 놓았다. "아니. 비행기에서 내리다가 넘어졌어."

"아이고, 저런." 그녀는 그의 뒤를 흘깃 보았다. "뒤에 기다리는 멤버가 있어. 이만 작별 인사를 하는 게 낫겠네."

"그래. 잘 있어. 다시 봐서 반가웠어. 하나도 안 변했네."

"너도 마찬가지야. 잘 가, 리." 그녀는 일어서서 앞으로 손을 뻗었다. 그녀의 모습이 사라졌다.

그는 스위치를 두드려 전화기를 끄고, 뒤의 멤버에게 자리를 내주었다.

그녀는 죽었다. 이제 정상적이고 건강한 멤버가 '14509, P51에서 남자 친구와 나란히 누워 있을 뿐이다. 그런 그녀에게 어떻게 위험을 무릅쓰고 정상적이지도 건강하지도 않은 이야기를 할 수 있을까? 그냥 부모와 하루를 보내고 비행기로 USA에 돌아가 다음 일요일에 자전거를 타고 나가는 게 맞았다. 이번에는 돌아오지 않을 것이다.

그는 대합실 안을 돌아다녔다. 한쪽 벽에 AFR의 윤곽을 그린 지도가 걸려 있는데, 주요 도시에 불이 켜져 있고 가느다란 주황색 선이 그들을 연결했다. 북쪽에 '14510이 있었다. 그녀가 있는 곳과 가까운 곳. 그가 있는 '71330과는 대륙 절반쯤 떨어진 곳이었다. 주황색 선이 그 두 개의 불빛을 연결했다.

그는 비행 시간표가 깜박거리며 2월 18일 일요일의 일정을 수정하는 모습을 지켜보았다. ’14510행 비행기가 저녁 8시 20분에 출발했다. 그가 탈 예정인 USA33100 비행기보다 40분 빨랐다.

그는 주기장駐機場 쪽으로 난 유리창으로 가서 방금 자신이 내린 비행기를 향해 멤버들이 일렬로 에스컬레이터에 오르는 모습을 지켜보았다. 주황색 작업복 차림의 멤버 한 명이 나타나 스캐너 옆에 대기했다.

그는 대합실로 다시 시선을 돌렸다. 거의 텅 비어 있었다. 그와 같은 비행기를 타고 온 멤버 두 명, 즉 잠든 유아를 안은 여자와 휴대 키트 두 개를 든 남자가 각자의 손목과 아기의 손목을 자동차 승강장 문 앞의 스캐너에 댔다. 스캐너에 세 번 초록 불빛이 떴다. 그들이 밖으로 나갔다. 주황색 작업복 차림의 멤버 한 명이 분수대 옆에 무릎으로 서서 분수대 기저부의 판 하나를 고정한 나사를 풀었다. 또 다른 멤버는 대합실 한쪽으로 바닥 광택기를 밀면서 스캐너에 접촉했다. 초록 불빛이 떴다. 그는 광택기를 밀면서 밖으로 나갔다.

그는 분수대에서 작업 중인 멤버를 지켜보며 잠시 생각한 끝에 대합실을 가로질러 가서 자동차 승강장 문의 스캐너에 접촉했다. 초록색 ‘yes’가 떴다. 밖으로 나오니 ’71334행 자동차가 대기 중이었다. 안에 멤버 세 명이 타고 있었다. 그는 스캐너에 접촉해 ‘yes’를 받고, 기다리게 해서 미안하다고 다른 멤버들에게 사과하며 차에 올랐다. 문이 닫히고 차가 출발했다. 그는 키트를 무릎에 얹고 앉아서 생각에 잠겼다.

*

　부모의 아파트에 도착한 그는 조용히 안으로 들어가 면도를 하고 부모를 깨웠다. 그들은 그를 만나 기뻐했다. 심지어 행복한 것 같았다.

　셋은 이야기를 나누다가 아침을 먹고 또 이야기를 나눴다. EUR에 있는 피스에게 전화를 신청했더니 허락이 떨어졌다. 그들은 피스와 그녀의 칼, 열 살 아들 봅, 여덟 살 딸 인과 이야기를 나눴다. 그러고는 그의 제안으로 패밀리 업적 박물관에 갔다.

　점심 식사 뒤 3시간 동안 자고 일어난 그는 부모와 함께 기차를 타고 놀이 정원에 갔다. 아버지가 배구 경기에 합류했고, 그와 어머니는 벤치에 앉아 구경했다. "너 또 병들었니?" 어머니가 물었다.

　그는 어머니를 보았다. "아뇨. 그럴 리가요. 난 멀쩡해요."

　어머니는 그를 세심하게 살펴보았다. 이제 쉰일곱 살이 된 어머니의 머리는 희끗희끗했고, 황갈색 피부에는 주름이 졌다. "너 뭘 생각하는 것 같던데. 하루 종일."

　"난 건강해요. 제발요. 어머니잖아요. 날 믿어줘요."

　어머니는 걱정스러운 눈으로 그의 눈을 보았다.

　"난 건강해요." 그가 말했다.

　잠시 뒤 어머니가 말했다. "알았다, 칩."

어머니에 대한 사랑이 갑자기 마음을 가득 채웠다. 사랑과 감사 그리고 어린애처럼 어머니와 한 몸이 된 것 같은 감정. 그는 어머니의 어깨를 단단히 잡고 뺨에 입을 맞췄다. "사랑해요, 스즈."

어머니는 웃음을 터뜨렸다. "그리스도와 웨이시여, 그런 걸 다 기억하니!"

"그거야 내가 건강하니까요. 이걸 꼭 기억해요. 난 건강하고 행복해요. 어머니가 이걸 기억해 주면 좋겠어요."

"왜?"

"그냥요."

그는 비행기가 8시에 출발한다고 부모에게 말했다. "자동차 승강장에서 작별 인사를 하기로 해요. 공항은 너무 붐빌 거예요."

아버지는 그래도 공항까지 가고 싶다고 말했지만, 어머니는 그냥 '334에 있자고 말했다. 너무 피곤하다고.

7시 30분에 그는 부모에게 작별 키스를 했다. 아버지 먼저, 그다음에 어머니에게. 어머니에게는 귓속말로 "기억해요"라고 말했다. 그러고는 '71330 공항으로 가는 자동차 대기 줄에 섰다. 스캐너에 접촉하자 'yes'라는 답이 돌아왔다.

대합실은 그의 바람보다 훨씬 더 북적거렸다. 하얀색, 노란색, 연한 파란색 작업복 차림의 멤버들이 걸어 다니거나 서 있거나 앉아 있거나 줄을 서 있었다. 키트를 든 멤버도 있고 들지 않은 멤버도 있었다. 주황색 작업복 차림의 멤버 몇 명이 그들 사이를 돌아다녔다.

　그는 비행기 시간표를 보았다. '14510행 8시 20분 비행기의 탑승은 2레인에서 이루어질 예정이었다. 거기에 멤버들이 줄을 서 있고, 유리창 뒤에서 비행기 한 대가 상행 에스컬레이터를 배경으로 흔들거리며 정해진 자리로 들어왔다. 문이 열리고 한 멤버가 내렸다. 그의 뒤에도 다른 멤버가 있었다.

　칩은 북적거리는 멤버들 사이를 뚫고 대합실 한쪽의 반회전문으로 가서 스캐너에 가짜로 접촉한 다음 문을 밀고 나갔다. 각종 상자가 하얀 불빛을 받으며 유니의 메모리뱅크처럼 줄줄이 늘어선 적재 구역이 나왔다. 그는 어깨에 멘 키트를 내려 어떤 상자와 벽 사이에 쑤셔 넣었다.

　그리고 정상적인 걸음으로 앞을 향해 걸었다. 강철 용기들을 실은 수레 한 대가 그의 앞길을 가로질렀다. 그 수레를 밀던 주황색 작업복 멤버가 그를 흘깃 보며 고갯짓으로 인사했다.

　그도 고갯짓으로 마주 인사하고 계속 걸으며, 그 멤버가 수레를 밀고 커다란 출입구를 통해 환한 조명이 켜진 주기장으로 나가는 모습을 지켜보았다.

　그 멤버가 왔던 방향으로 계속 걸어가니 주황색 작업복 멤버들이 강철 용기를 세척기의 컨베이어벨트에 올리고, 거대한 드럼통의 수도꼭지를 틀어 김이 피어오르는 차와 콜라를 다른 용기에 채우는 구역이 나왔다. 그는 계속 걸었다.

　스캐너에 가짜로 접촉하고 들어간 또 다른 방에는 평범한 작업복들이 고리에 걸려 있고, 두 멤버가 주황색 작업복을 벗고 있었다. "안녕.” 그가 말했다.

“안녕.” 두 멤버가 말했다.

그는 벽장으로 다가가 문을 밀어 열었다. 바닥 광택기와 초록색 액체가 든 병들이 안에 있었다. “작업복은 어딨어?” 그가 물었다.

“저 안에.” 멤버 한 명이 다른 벽장을 고갯짓으로 가리키며 말했다.

그는 그리로 가서 문을 열었다. 주황색 작업복들이 선반에 있었다. 주황색 발가락 보호대, 무거운 주황색 장갑도 있었다.

“어디서 왔어?” 방금 대답해 준 멤버가 물었다.

“RUS50937.” 그는 작업복과 발가락 보호대를 꺼내며 말했다. “우리는 작업복을 그쪽에 보관했는데.”

“원래 *거기*에 있어야 해.” 그 멤버가 하얀 작업복을 여미면서 말했다.

“나도 RUS에 있었어.” 다른 멤버가 말했다. 여자였다. “거기에 두 번 배치되었지. 처음에는 4년, 그다음에는 3년.”

그는 발가락 보호대 착용에 시간을 끌다가, 두 멤버가 주황 작업복을 투입구에 넣고 밖으로 나가는 순간, 작업을 마쳤다.

그리고 하얀 작업복 위에 주황색 작업복을 입고 목까지 앞섶을 완전히 여몄다. 평범한 작업복보다 무겁고, 주머니도 더 많이 달려 있었다.

다른 벽장들을 살펴봤더니, 렌치 하나와 괜찮은 크기의 노란색 파플론[※]이 있었다.

※ 이 작품에서 천과 같은 역할을 하는 것. ‘천’이라는 단어는 욕설로 사용된다.

그는 휴대 키트를 둔 곳으로 가서 키트를 가져와 파플론으로 감쌌다. 반회전문으로 나가려는데 문이 그의 몸에 부딪혔다. "미안." 어떤 멤버가 안으로 들어오며 말했다. "다쳤어?"

"아니." 그는 파플론으로 감싼 키트를 들고 말했다.

주황색 작업복의 멤버는 그대로 걸어갔다.

칩은 그를 지켜보며 잠시 기다리다가 키트를 왼쪽 겨드랑이에 끼고 주머니에서 렌치를 꺼내 오른손에 쥐었다. 그 모습이 자연스럽게 보이기를 바랄 뿐이었다.

그리고 그 멤버를 따라가다가 방향을 돌려 주기장으로 통하는 출입구로 갔다.

2레인의 비행기 옆에 세워진 에스컬레이터에는 아무도 없었다. 아까 그가 보았던 수레일 가능성이 높은 수레 하나가 에스컬레이터 아래 스캐너 옆에 서 있었다.

또 다른 에스컬레이터 한 대가 땅속으로 내려가는 중이고, 그 에스컬레이터가 사용되었던 비행기는 활주로로 이동하는 중이었다. CHI행 8시 10분 비행기가 있었던 것이 기억났다.

그는 한쪽 무릎을 바닥에 대고 웅크린 채, 키트와 렌치를 콘크리트 바닥에 내려놓고 발가락 보호대에 문제가 생긴 척했다. CHI행 비행기가 이륙하면 대합실에서 모두 그 광경을 지켜볼 터였다. 그는 그때 에스컬레이터에 올라탈 작정이었다. 주황색 다리가 분주히 지나갔다. 격납고를 향해 걸어가는 멤버였다. 그는 발가락 보호대를 벗었다가 다시 착용하며 비행기가 방향을 돌리는 모습을 지켜보았다⋯.

비행기가 앞을 향해 질주했다. 그는 키트와 렌치를 들고 일어서서 정상적으로 걸었다. 밝은 조명등이 신경을 건드렸지만, 그는 아무도 나를 보지 않는다, 모두 비행기를 보고 있다고 속으로 되뇌었다. 에스컬레이터에 도착한 뒤 스캐너에 가짜로 접촉하고(그 옆에 있는 수레가 그의 어색한 행동을 정당화해 주었다) 위로 올라가는 에스컬레이터 계단에 발을 올렸다. 파플론으로 감싼 키트와 손잡이가 축축해진 렌치를 꼭 붙잡은 그를 싣고 에스컬레이터가 열린 비행기 문을 향해 신속하게 올라갔다. 그는 에스컬레이터에서 내려 비행기 안으로 들어갔다.

주황색 작업복의 멤버 두 명이 비치대 앞에서 바삐 움직였다. 그들이 그를 보자 그는 고갯짓으로 인사했다. 그들도 마주 인사했다. 그는 통로를 따라 화장실로 향했다.

화장실에 들어가 문을 열어둔 채 키트를 바닥에 내려놓았다. 그리고 세면대를 향해 돌아서서 수도꼭지를 만지작거리며 렌치로 가볍게 두드렸다. 그다음에는 무릎을 꿇고 배수 파이프를 두드리다가 렌치를 벌려 파이프에 물렸다.

에스컬레이터가 멈췄다가 다시 작동하는 소리가 들렸다. 그는 몸을 기울여 밖을 내다보았다. 아까 그 멤버들이 보이지 않았다.

그는 렌치를 내려놓고 일어서서 문을 닫고 주황색 작업복의 앞섶을 열었다. 옷을 벗은 뒤에는 길게 접어 최대한 단단하게 둘둘 말았다. 그다음에는 무릎을 바닥에 대고 쪼그려 앉은 자세로 파플론을 풀고 키트를 열었다. 그 안에 작업복을 억지로 쑤셔 넣고, 노란색 파플론도 접어 함께 넣었다. 발가락 보호대도 샌들에서 빼내 키트 구석에 끼워 넣었다. 렌치도 넣은 다음, 커버를 잡아당겨 누르면서 키트를 닫았다.

그 키트를 어깨에 둘러멘 채 그는 찬물로 얼굴과 손을 씻었다. 심장이 빠르게 뛰고 있었지만, 기분은 좋았다. 신이 나고 살아 있는 것 같았다. 그는 한쪽 눈이 초록색인 거울 속 자신을 보았다. '유니랑 싸워!'

비행기에 오르는 멤버들의 목소리가 들렸다. 그는 이미 다 마른 손을 수건으로 훔치며 세면대 앞에 그대로 있었다.

문이 열리더니 열 살쯤 된 사내아이가 들어왔다.

"안녕." 칩이 손을 수건으로 닦으며 말했다. "즐거운 하루였니?"

"네." 아이가 말했다.

칩은 수건을 투입구에 넣었다. "비행은 처음이야?"

"아뇨." 아이가 작업복 앞섶을 열면서 말했다. "많이 타봤어요." 아이는 여러 변기 중 한 곳에 앉았다.

"저 안에서 보자." 칩은 이렇게 말하고 나서 밖으로 나갔다.

비행기의 좌석이 3분의 1쯤 차 있고, 멤버들이 계속 줄지어 들어오는 중이었다. 그는 가장 가까운 통로 좌석에 앉아 키트를 잘 닫았는지 확인한 다음, 좌석 아래쪽에 보관했다.

도착지에서도 똑같이 해야 할 터였다. 다른 멤버들이 모두 비행기에서 내릴 때 그는 화장실로 들어가 주황색 작업복을 입을 것이다. 그리고 음식 용기를 들고 멤버들이 비행기에 오르면 세면대에서 작업하는 시늉을 하다가 그들이 나간 뒤에 비행기에서 내릴 것이다. 적재 구역에서는 상자 뒤나 벽장 안에 숨어 작업복과 발가락 보호대와 렌치를 처리하고, 스캐너에 가짜로 접촉해 공항을 빠져나가서 '14509까지 걸어갈 것이다. '510에서 동쪽으로 8킬로미터 거리였다. 그날 아침 MFA에서 지도를 보고 거리를 확인했다. 운이 좋다면 자정이나 자정에서 30분쯤 뒤에 그곳에 도착할 것이다.

"이상하네." 옆자리의 멤버가 말했다.

그는 그녀에게 시선을 돌렸다.

그녀는 비행기 뒤쪽을 바라보고 있었다. "저 멤버의 자리가 없어."

어떤 멤버가 통로를 천천히 걸어가며 양편을 번갈아 살피고 있었다. 빈 좌석이 없었다. 멤버들은 그를 도우려고 함께 두리번거렸다.

"자리가 있겠지." 칩은 자리에서 일어나 두리번거리며 말했다. "유니가 실수를 했을 리가 없잖아."

"없어." 옆자리 멤버가 말했다. "모든 좌석이 찼어."

멤버들이 대화하는 소리가 커졌다. 정말로 그 멤버가 앉을 좌석이 없었다. 어떤 여자가 아이를 무릎에 앉히고 그를 불렀다.

비행기가 움직이기 시작하면서 텔레비전 화면이 켜졌다. AFR의 지리와 자원에 관한 프로그램이 나왔다.

그는 자신에게 유용한 정보가 있을지 모른다 싶어서 그 프로그램에 주의를 기울이려 했지만, 잘 되지 않았다. 만약 여기서 발견되어 치료를 받는다면, 두 번 다시 살아 있는 삶을 살지 못할 것이다. 이번에는 수천 개의 젖은 바위에 수천 장의 이파리가 놓여 있더라도 그가 거기서 의미를 보지 못하게 유니가 조치를 취할 것이다.

그는 자정에서 20분이 지난 시각에 '14509에 도착했다. 몸이 아직 USA 시간을 따르고 있기 때문에 오후의 에너지로 생생히 깨어 있었다.

먼저 그는 전 통합 박물관에 갔다가, P51 건물에서 가장 가까운 광장의 자전거 거치대로 갔다. 그곳에 두 번 들른 다음, P51의 식당과 공급 센터에 한 번 들렀다.

3시에 그는 라일락의 방으로 들어갔다. 손전등 불빛으로 잠든 그녀의 뺨, 목, 베개 위의 검은 손을 보았다. 그러다가 책상으로 가서 스위치를 두드려 불을 켰다.

"애나." 그는 침대 발치에 서서 그녀를 불렀다. "애나, 일어나."

그녀가 뭐라고 중얼거렸다.

"지금 일어나야 해, 애나. 어서, 일어나."

그녀는 한 손으로 눈을 가린 채 몸을 일으키며 조금 투덜거렸다. 일어나 앉은 다음에는 눈을 가린 손을 내리고 그를 보았다. 그를 알아본 뒤에는 당황해서 미간을 찌푸렸다.

"나랑 같이 어딜 좀 가줬으면 해." 그가 말했다. "자전거를 타고 갈 거야. 큰 소리로 말해도 안 되고, 도움을 청해도 안 돼." 그는 주머니에서 총을 꺼냈다. 그리고 원래 이렇게 쥐는 것이려니 싶은 방식으로 총을 쥐었다. 집게손가락을 방아쇠에 걸고, 나머지 손가락으로 자루를 쥐고, 총구는 그녀의 얼굴을 겨냥하는 방식. "내가 시키는 대로 하지 않으면 죽일 거야. 소리 지르지 마, 애나."

그녀는 총을, 그리고 그를 빤히 바라보았다.

그가 말했다. "광선 발생기가 약한데도, 이게 박물관 벽에 1센티미터 깊이의 구멍을 냈어. 너한테는 더 깊은 구멍을 만들겠지. 그러니까 내 말을 듣는 편이 나을 거야. 이렇게 겁을 줘서 미안한데, 내가 왜 이런 짓을 하는지 나중에는 너도 이해하게 될걸."

"너무 끔찍해!" 그녀가 말했다. "넌 여전히 병들었어!"

"맞아. 오히려 더 악화됐지. 그러니까 내가 시키는 대로 해. 아니면 패밀리가 소중한 멤버 둘을 잃게 될 거야. 처음에는 너, 그다음에는 나."

"어떻게 이런 짓을 할 수 있어, 리? 네가 어떤 꼴인지 모르겠어? 손에 무기를 들고 날 *위협*하고 있잖아."

"일어나서 옷 입어." 그가 말했다.

"제발, 전화를…."

"옷 입어. 빨리!"

"알았어." 그녀가 담요를 옆으로 젖히면서 말했다. "알았어. 시키는 대로 할게." 그녀는 일어서서 잠옷 앞섶을 열었다.

그는 뒤로 물러나 계속 총을 겨눈 채로 그녀를 지켜보았다.

그녀는 잠옷을 벗어 아래로 떨어뜨린 뒤, 작업복을 집으려고 선반을 향해 돌아섰다. 그는 그녀의 젖가슴과 다른 부위들을 지켜보았다. 엉덩이가 풍만하다든가 허벅지가 둥글다든가 하는 식으로 몸의 다른 부위들도 정상과는 미묘하게 달랐다. 그녀가 얼마나 아름다운지!

그녀가 작업복에 다리를 집어넣고, 팔을 소매에 꿰었다. "리, 부탁이야." 그녀가 그를 보며 말했다. "우리 의료 센터로 내려가서…."

"말하지 마." 그가 말했다.

그녀는 작업복 앞섶을 여미고, 발을 샌들에 집어넣었다. "왜 *자전거를 타러* 가려는 거야? 지금은 한밤중인데."

"키트를 꾸려." 그가 말했다.

"내 휴대 키트?"

"그래. 작업복을 한 벌 더 넣고, 응급 키트랑 다용도 깎기도 챙겨. 그 밖에 가져가고 싶은 중요한 물건이 있으면 전부 챙겨. 손전등 있어?"

"*뭘 하려는 거야?*" 그녀가 물었다.

"키트를 꾸려."

그녀는 키트에 물건을 챙겨 넣었다. 그녀가 키트를 닫은 뒤, 그가 그것을 들어 어깨에 둘러멨다. "우린 건물 뒤편으로 돌아갈 거야. 거기 자전거 두 대를 가져다 뒀어. 나랑 나란히 걸어. 총은 내 주머니에 있을 거야. 만약 도중에 멤버와 마주쳤는데 네가 문제가 있다는 낌새를 조금이라도 드러내면 내가 너와 그 멤버를 죽일 거야. 알아들었어?"

"응."

"뭐든지 내가 시키는 대로 해. 내가 멈춰서 샌들을 제대로 신으라면, 넌 멈춰서 샌들을 제대로 신어야 해. 우리는 스캐너에 접촉하지 않고 그냥 지나갈 거야. 너도 예전에 해본 적이 있어. 곧 다시 하게 될 거고.”

“여기로 돌아오지 않는 거야?”

“응. 아주 멀리 갈 거야.”

“그럼 가져가고 싶은 사진이 있어.”

“가져와. 가져가고 싶은 건 전부 가져가라고 했잖아.”

그녀는 책상으로 가서 서랍을 열고 그 안을 뒤졌다. ‘킹의 사진인가?’ 그는 속으로 생각했다. 아니, 킹은 그녀가 앓은 ‘병’의 일부였다. 십중팔구 가족 중 한 명의 사진일 것이다. “여기 어딘가에 있는데.” 그녀의 목소리가 불안한 것이 이상했다.

그는 서둘러 다가가 그녀를 옆으로 밀었다. ‘리 RM 총 자전거 2’가 서랍 바닥에 적혀 있고, 그녀의 손에는 펜이 있었다. “널 도우려는 거야.” 그녀가 말했다.

그녀를 한 대 때리고 싶은 기분이었지만 그는 참았다. 하지만 참는 것은 잘못이었다. 그랬다가는 그가 그녀를 해치지 않으리라는 것을 그녀가 알아차릴 터였다. 그래서 그는 손바닥으로 그녀의 뺨을 때렸다. 따끔할 정도로 세게. “날 속이려고 하지 마!” 그가 말했다. “내 병이 얼마나 깊은지 안 보여? 이런 짓을 한 번만 더 하면 넌 죽어! 다른 멤버 10여 명도 죽을지 몰라!”

그녀는 눈을 휘둥그렇게 뜨고 덜덜 떨면서 그를 보았다. 한 손이 뺨을 감싸고 있었다.

그도 떨고 있었다. 자신이 그녀를 아프게 했으니까. 그는 그녀의 손에서 펜을 낚아채 그녀가 적은 글자에 지그재그로 선을 그은 다음, 종이와 이름번호부로 그것을 덮었다. 그러고는 펜을 서랍 속에 던져 넣고 서랍을 닫은 뒤, 그녀의 팔꿈치를 잡고 문 쪽으로 밀었다.

둘은 방에서 나와 나란히 복도를 걸었다. 그는 한 손으로 주머니 속의 총을 계속 잡고 있었다. "그만 떨어." 그가 말했다. "내가 시키는 대로만 하면 난 널 해치지 않아."

둘은 에스컬레이터를 타고 내려갔다. 멤버 두 명이 상행 에스컬레이터를 타고 그들을 향해 올라왔다. "너도 저들도." 그가 말했다. "가다가 마주치는 누구라도."

그녀는 아무 말도 하지 않았다.

그가 두 멤버를 향해 미소를 짓자 그들도 마주 미소 지었다. 그녀는 고갯짓으로 인사했다.

"나한테는 이번이 올해 두 번째 이동이야." 그가 그녀에게 말했다.

그들은 하행 에스컬레이터를 몇 번 더 타고 내려가다가 로비로 이어지는 에스컬레이터에 올라탔다. 멤버 세 명이 여러 문 중 한 곳의 스캐너 옆에 서서 이야기를 나누고 있었다. 그중 둘은 텔레콤프를 갖고 있었다. "속임수 쓰지 마." 그가 말했다.

아래로 내려가는 그들의 모습이 저 멀리 검은 유리창에 비쳤다. 스캐너 옆의 멤버들은 계속 이야기를 나눴다. 그들 중 한 명이 텔레콤프를 바닥에 내려놓았다.

둘은 에스컬레이터에서 내렸다. "잠깐 기다려, 애나." 그가 말하자 그녀가 걸음을 멈추고 그를 마주 보았다. "눈에 속눈썹이 들어갔어."

그가 말했다. "화장지 있어?"

그녀는 주머니에 손을 넣었다가 고개를 저었다.

그는 총 아래에서 화장지를 한 장 찾아 밖으로 꺼내서 그녀에게 건넸다. 그리고 스캐너 옆 멤버들을 향해 서서 눈을 크게 떴다. 한 손은 다시 주머니로 들어갔다. 그녀는 화장지를 그의 눈에 댔다. 여전히 덜덜 떨고 있었다. "고작 속눈썹이야. 긴장할 필요 없어." 그가 말했다.

그녀의 뒤편에서 멤버가 바닥에 내려놓았던 텔레콤프를 집어 들었다. 세 멤버는 악수와 입맞춤을 나눴다. 텔레콤프를 들고 있는 두 멤버가 스캐너에 접촉했다. 초록 불빛이 깜박거렸다. 두 번. 그들은 밖으로 나갔다. 남은 한 멤버가 둘을 향해 걸어왔다. 20대 남자였다.

칩은 라일락의 손을 옆으로 밀었다. "됐어." 그가 눈을 깜박거리며 말했다. "고마워, 자매."

"도와줄까?" 멤버가 물었다. "나는 101이야."

"아니, 괜찮아. 그냥 속눈썹이 들어가서." 칩이 말하자 라일락이 움직였다. 칩이 그녀를 보았다. 그녀는 화장지를 주머니에 넣었다.

멤버는 휴대 키트를 흘깃 보고 말했다. "여행 잘 다녀와."

"고마워." 칩이 말했다. "좋은 밤 보내."

"좋은 밤 보내." 멤버는 둘을 향해 웃는 얼굴로 말했다.

"좋은 밤 보내." 라일락이 말했다.

둘은 문으로 향했다. 멤버가 상행 에스컬레이터에 올라타는 모습이 유리에 비쳤다. "내가 스캐너에 바싹 몸을 기울일 거야." 칩이 말했다. "그러면서 접촉판이 아니라 그 옆에 접촉하는 거지."

둘은 밖으로 나갔다. "이러지 마, 리." 라일락이 말했다. "패밀리를 생각해서라도, 우리 다시 들어가서 의료 센터로 가자."

"조용히 해." 그가 말했다.

둘은 이 건물과 옆 건물 사이의 통로로 들어갔다. 어둠이 점점 짙어져서 그는 손전등을 꺼냈다.

"날 어떻게 할 거야?" 그녀가 물었다.

"아무것도 안 해." 그가 말했다. "네가 다시 날 속이려 하지만 않는다면."

"그럼 날 왜 데려가는 건데?"

그는 대답하지 않았다.

건물들 뒤편의 통로 교차로에 스캐너가 있었다. 라일락의 손이 위로 올라왔다. 칩이 말했다. "안 돼!" 둘은 접촉하지 않고 그 스캐너를 지나쳤다. 라일락은 괴로운 소리를 내며 작게 중얼거렸다. "끔찍해!"

자전거는 그가 두고 온 그대로 벽에 기대어져 있었다. 담요로 감싼 그의 키트, 케이크와 음료수 용기들이 한쪽 자전거의 바구니에 비좁게 들어 있었다. 다른 자전거의 바구니는 담요로 덮인 상태였다. 그는 라일락의 키트를 그 바구니에 넣고 담요로 잘 여몄다. "타." 그는 그녀를 위해 자전거를 똑바로 세워 붙잡아 주었다.

그녀가 자전거에 올라타 핸들을 쥐었다.

"건물들 사이로 쭉 직진해서 이스트 로드까지 갈 거야." 그가 말했다. "내 지시 없이 방향을 꺾거나, 자전거를 멈추거나, 속도를 올리지 마."

그는 남은 자전거에 올라탄 뒤, 손전등을 바구니 한쪽에 쑤셔 넣었다. 바구니의 그물눈 사이로 손전등 불빛이 앞길을 비췄다.

"됐어. 가자." 그가 말했다.

둘은 나란히 페달을 밟아 똑바로 뻗은 통로를 달렸다. 건물들 사이가 조금 덜 어둡기는 해도, 사방이 온통 어둠뿐이었다. 하늘 높은 곳에는 별들이 좁은 띠를 이루고 있고, 저 앞에는 가로등 한 개의 연한 파란색 불빛이 보였다.

"속도를 좀 높여." 그가 말했다.

자전거 속도가 빨라졌다.

"다음 치료가 언제야?" 그가 물었다.

그녀는 잠시 말이 없다가 입을 열었다. "마르크스 달 8일."

2주 뒤네. 그는 속으로 생각했다. 그리스도와 웨이시여, 내일이나 모레면 좋잖아. 아니, 지금보다 더 나쁠 수도 있었다. 남은 기간이 무려 4주나 될 수도 있었다.

"내가 치료를 받을 수 있을까?" 그녀가 물었다.

안 그래도 불안할 텐데 여기서 더 불안하게 만들 필요는 없었다. "아마도." 그가 말했다. "그때 봐서."

그는 자전거를 타는 이들이 특별히 주의를 끌지 않는 자유 시간을 이용해서 매일 조금씩 나아갈 작정이었다. 풍치 지구에서 풍치 지구로 이동하면서 도중에 도시를 한두 개쯤 지나는 식으로, AFR의 북쪽 해안에 있는 '12082까지 조금씩 이동할 것이다. 그곳이 마조카와 가장 가까운 도시였다.

하지만 첫날 '14509 북쪽의 풍치 지구에서 그는 생각을 바꿨다. 은신처를 찾기가 생각보다 힘들어서, 해가 뜨고 한참 지난 뒤에야(그의 짐작에 8시쯤) 그들은 지붕처럼 튀어나온 바위 아래에 자리를 잡았다. 앞쪽에는 어린 나무들이 수풀을 이루고 있었는데, 그는 가지를 잘라 듬성듬성 빈 자리에 채워 넣었다. 그 직후 콥터copter 소리가 들렸다. 콥터가 머리 위를 한 번 두 번 지나가는 동안 그는 총으로 라일락을 겨누고 있었다. 라일락은 앉은 자리에서 꼼짝도 못 하고 그를 지켜보았다. 손에는 반쯤 먹다 만 케이크가 들려 있었다. 한낮에 가지가 꺾이는 소리, 이파리가 밀려나는 소리와 함께 고작해야 20미터 거리에서 목소리가 들렸다. 무슨 말인지 알아들을 수는 없었지만, 전화 통화를 하거나 텔레콤프에 음성 입력을 할 때처럼 느리고 단조로운 목소리였다.

라일락이 책상 서랍에 남긴 메시지가 발견되었거나, 아니면 그가 사라진 것과 그녀가 사라진 것과 자전거 두 대가 비는 것을 유니가 하나로 꿰어 맞춘 모양이었다. 후자일 가능성이 더 컸다. 그래서 그는 생각을 바꿔, 이렇게 저쪽이 자신들을 찾고 있다면, 내내 이곳에 그냥 있다가 일요일에 다시 자전거에 오르기로 결정했다. 60~70킬로미터를 달린 뒤(북쪽으로 곧장 가지 않고 북동쪽으로) 자리를 잡고 또 일주일을 숨어 지내는 식이었다. 그렇게 일요일이 네댓 번 지나는 동안 둥글게 휘어진 경로를 따라가면 '12082에 다다를 것이고, 일요일이 한 번 지나갈 때마다 라일락은 애나 SG보다 원래 모습에 더 가까워져 그에게 도움이 될 터였다. 적어도 그가 '도움'을 받게 하려고 지금처럼 안달하지는 않을 것이다.

하지만 지금 그녀는 애나 SG였다. 그는 담요를 묶는 끈으로 그녀를 묶고 입에도 재갈을 물린 뒤, 해가 질 때까지 총을 손에 쥐고 잠을 잤다. 한밤중에 그는 다시 그녀를 묶고 재갈을 물린 뒤, 자전거를 가지고 어디론가 갔다가 몇 시간 만에 케이크와 음료수와 담요 두 개를 가지고 돌아왔다. 수건과 화장지, 이미 멈춰버린 '손목시계', 프란카이스 책 두 권도 함께 가져왔다. 그녀는 그가 두고 간 그 자리에 누워서, 불안과 연민을 품은 눈으로 그를 보았다. 병든 멤버에게 포로로 잡힌 그녀는 그의 모진 대우를 너그럽게 용서할 수 있다는 듯이 견뎌냈다. 그를 안쓰러워할 뿐이었다.

하지만 날이 밝은 뒤 그를 보는 그녀의 눈에 혐오가 담겼다. 그가 자신의 뺨을 만져보니 이틀치 수염이 자라 있었다. 살짝 민망한 미소를 지으면서 그가 말했다. "치료를 안 받은 지 거의 1년이 됐거든."

그녀는 고개를 숙이고 한 손으로 눈을 가렸다. "넌 스스로를 동물로 만들었어."

"사실 우린 동물이야." 그가 말했다. "그리스도, 마르크스, 우드, 웨이가 우리를 부자연스럽고 죽어버린 존재로 만든 거야."

그가 면도를 시작하자 그녀는 그를 외면했지만 어깨 너머로 자꾸 힐끔거리다가 아예 고개를 돌려 혐오스럽다는 듯이 지켜보았다. "그러다 살갗을 베지는 않아?" 그녀가 물었다.

"처음에는 그랬지." 그는 뺨을 눌러 팽팽하게 펴고 면도칼을 능숙하게 놀리면서, 바위 위에 세워둔 손전등 측면에 비친 자신의 손놀림을 지켜보았다. "그래서 며칠 동안 손으로 얼굴을 가리고 다녔어."

"항상 차를 이용해?"

그는 웃음을 터뜨렸다. "아니. 물이 없어서 대신 쓰는 거야. 오늘 밤에 어디 연못이나 개울이 없는지 찾아볼 거야."

"그걸 얼마나 자주… 해?"

"매일. 어제는 빠뜨렸어. 귀찮지만, 이제 몇 주만 더 견디면 되니까. 적어도 그게 내 희망이야."

"그게 무슨 소리야?"

그는 아무 말 없이 면도만 계속했다.

그녀는 시선을 돌렸다.

그는 가져온 프란카이스 책 두 권 중 하나를 읽었다. 30년 동안 지속되었던 어떤 전쟁의 원인을 다룬 책이었다. 라일락은 잠들었다가 일어나 담요 위에 앉아서 그를 보고 나무를 보고 하늘을 보았다.

"나한테 이 언어를 배우고 싶어?" 그가 물었다.

"무엇 하러?"

"옛날에는 네가 이걸 배우고 싶어 했어. 기억나? 내가 단어 목록을 너한테 줬는데."

"응. 기억나. 내가 그걸 공부했지. 하지만 잊어버렸어. 지금은 건강해. 내가 왜 그걸 배우려고 하겠어?"

그는 유연체조를 하면서 그녀에게도 억지로 따라 하게 했다. 한참 동안 자전거를 타야 하는 일요일을 위해서였다. 그녀는 거부하지 않고 그의 지시를 따랐다.

그날 밤 그는 개울이 아니라, 콘크리트로 둑을 쌓은 약 2미터 너비의 관개수로를 발견했다. 그는 천천히 흐르는 그 물에서 목욕을 한 뒤, 용기에 물을 담아 은신처로 돌아가서 라일락을 깨워 포박을 풀어주었다. 그리고 나무 사이로 그녀를 데리고 관개수로로 가서, 그녀가 목욕하는 동안 지켜보았다. 물에 젖은 그녀의 몸이 4분의 1쪽짜리 달의 희미한 빛을 받아 반짝였다.

그는 둑으로 올라오는 그녀를 도와준 뒤, 수건을 건네고 그녀가 몸을 닦는 동안 가까이 서 있었다. "내가 왜 이러는지 알아?" 그가 그녀에게 물었다.

그녀가 그를 보았다.

"너를 사랑해서 그래." 그가 말했다.

"그럼 날 보내줘." 그녀가 말했다.

그는 고개를 저었다.

"그러면서 어떻게 날 사랑한다고 해?"

"사랑해."

그녀는 허리를 숙여 다리의 물기를 닦았다. "내가 다시 병들면 좋겠어?"

"응."

"그럼 날 *미워하는* 거잖아. 넌 날 사랑하지 않아." 그녀가 허리를 똑바로 폈다.

그는 그녀의 팔을 잡았다. 서늘하고 축축하고 매끄러웠다. "라일락."

"애나야."

그는 그녀의 입술에 키스하려 했지만, 그녀는 고개를 돌리며 뒤로 물러났다. 그는 그녀의 뺨에 입을 맞췄다.

"이제 나한테 총을 겨누고 날 '강간'해." 그녀가 말했다.

"그런 짓은 안 해." 그는 그녀의 팔을 놓아주었다.

"왜 안 한다는 거야?" 그녀가 작업복을 입으며 말했다. 그러고는 앞섶을 더듬거리며 여몄다. "부탁이야, 리." 그녀가 말했다. "우리 도시로 돌아가자. 넌 틀림없이 치료될 수 있을 거야. 네가 정말로 병들었다면, 치료가 불가능할 정도라면, 날 '강간'할 테니까. 지금보다 훨씬 덜 상냥할 테니까."

"서둘러. 은신처로 돌아가자." 그가 말했다.

"부탁이야, 리…."

"칩이야." 그가 말했다. "내 이름은 칩이야. 이리 와." 그는 고개를 획 돌리고는 그녀와 함께 나무 사이로 들어갔다.

그 주가 끝나갈 무렵 그녀가 그의 펜과 그가 읽지 않는 책을 가져가 표지 안쪽에 그림을 그렸다. 그리스도와 웨이를 비슷하게 그린 초상화, 무리 지은 건물들, 자신의 왼손, 그림자가 진 십자가와 낫이 한 줄로 늘어선 광경. 그는 그녀가 일요일에 누군가에게 건넬 메시지를 쓰고 있지는 않은지 확인했다.

나중에 그는 건물을 하나 그려서 그녀에게 보여주었다.

“이게 뭐야?” 그녀가 물었다.

“건물.”

“아니잖아.”

“맞아. 모든 건물이 아무 무늬도 없는 직사각형일 필요는 없어.”

“여기 타원형은 뭐야?”

“창문.”

“이런 건물은 한 번도 못 봤어. 전 통합 시대에도 없었다고. 어디 있는 거야?”

“어디에도 없어. 내가 상상한 거야.”

“아, 그럼 이건 진짜 건물이 *아니네.* 진짜가 아닌 걸 어떻게 그릴 수 있어?”

“난 병들었잖아, 안 그래?”

그녀는 그의 시선을 피하며 책을 그에게 돌려주었다. “그런 걸로 농담하지 마.”

그는 토요일 밤이면 습관과 욕망 때문에 또는 순전히 멤버다운 상냥함 때문에라도 그녀가 그에게 기꺼이 다가와도 좋다는 태도를 보여줄 것이라는 희망을 품었다. 아니, 희망이 아니라 혹시 그런 일이 있을지도 모른다는 생각을 했다. 하지만 그녀는 그러지 않았다. 다른 날과 똑같이 어스름 속에서 양팔로 무릎을 감싸고 조용히 앉아, 검은 나무 꼭대기와 머리 위로 검게 튀어나온 바위 사이에 띠 모양으로 남아 자주색으로 변해가는 하늘을 바라보았다.

“토요일 밤이야.” 그가 말했다.

"알아."

그들은 잠시 아무 말도 하지 않았다. 그러다 그녀가 입을 열었다. "난 치료를 받을 수 없겠지?"

"응."

"그럼 임신할지도 몰라. 난 아이를 가지면 안 되고, 그건 너도 마찬가지야."

그는 유니의 결정이 무의미한 곳으로 가는 길이라고 그녀에게 말하고 싶었지만 아직은 너무 일렀다. 그런 말을 들으면 그녀가 겁에 질려 통제 불능이 될 가능성이 있었다. "그래, 네 말이 맞는 것 같아." 그가 말했다.

그는 그녀를 끈으로 묶고 담요를 덮어준 뒤 뺨에 입을 맞췄다. 그녀는 어둠 속에 누워 아무 말도 하지 않았다. 그는 일어서서 자신의 담요 쪽으로 이동했다.

일요일에 그들은 순조롭게 자전거를 탔다. 그날 일찍 한 무리의 젊은 멤버들이 그들을 불러 세웠지만, 끊어진 체인 수리를 도와달라고 부탁하기 위해서였다. 칩이 작업하는 동안 라일락은 그들에게서 조금 떨어진 풀밭에 앉아 있었다. 해가 질 무렵 둘은 '14266 북쪽의 풍치 지구에 와 있었다. 약 75킬로미터를 달린 셈이었다.

이번에도 은신처를 찾기가 힘들었지만, 칩이 마침내 찾아낸 곳(전통합 또는 통합 초기 건물의 부서진 벽에 덩굴식물들이 엉켜서 지붕처럼 늘어진 곳)은 지난주의 은신처보다 더 크고 더 편안했다. 그날 밤, 하루 내내 자전거를 탔는데도 그는 '266으로 들어가서 사흘치 케이크와 음료수를 가져왔다.

라일락은 그 주에 점점 짜증이 심해졌다. "이를 닦고 싶어. 샤워도 하고 싶어. 이런 식으로 얼마나 더 가야 해? 영원히? 너는 동물처럼 이런 걸 즐길지 몰라도 난 아니야. 난 인간이야. 게다가 손발이 묶인 채로는 잠도 잘 수 없어."

"지난주에는 잘 잤잖아." 그가 말했다.

"지금은 못 자겠다고!"

"그럼 조용히 누워 있어. 나는 자야겠으니까."

그를 보는 그녀의 눈에는 연민이 아니라 짜증이 어려 있었다. 그가 면도할 때, 책을 읽을 때 그녀는 마음에 안 든다는 듯이 소리를 냈고, 그가 말할 때는 무뚝뚝하게 대답하거나 아예 대답하지 않았다. 유연 체조도 하지 않으려고 해서 그가 총을 꺼내 그녀를 협박해야 했다.

그녀의 치료 날인 마르크스 달 8일이 점점 가까워지고 있었다. 그는 이 사실을 속으로 되뇌었다. 그녀가 이렇게 짜증을 내는 것, 억지로 붙들려 불편한 생활을 해야 하는 상황에 자연스레 화를 내는 것은 애나 SG 속에 건강한 라일락이 묻혀 있다는 징후라고. 그러니 그에게는 반가운 일이어야 했다. 생각해 보니, 정말로 반갑기도 했다. 하지만 멤버다운 유순함과 연민을 보이던 지난주보다 견디기가 훨씬 더 힘들었다.

그녀는 벌레가 많고 지루하다고 투덜거렸다. 어느 날 밤에 비가 내리자 그녀는 그것도 투덜거렸다.

어느 날 밤에 칩이 자다가 깨어보니 그녀가 움직이는 소리가 들렸다. 그는 손전등으로 그녀를 비췄다. 그녀는 손의 포박을 이미 풀고 다리의 포박을 푸는 중이었다. 그는 그녀를 다시 묶고 때렸다.

그 주의 토요일 밤에 둘은 서로에게 말을 걸지 않았다.

일요일에는 다시 자전거를 탔다. 다른 멤버들이 다가올 때면 칩은 그녀 옆에 가까이 붙어서 주의 깊게 감시했다. 그리고 그녀에게 웃으라고, 고개를 끄덕이라고, 인사말을 하라고, 아무 문제도 없는 것처럼 행동하라고 일깨워 주었다. 그녀는 우울하게 침묵을 지키며 자전거를 탔다. 그는 총으로 위협한다 해도 그녀가 언제든 도움을 청하거나 자전거를 멈추고 더 이상 못 가겠다고 할까 봐 걱정스러웠다. "너뿐만이 아니야." 그가 말했다. "눈에 보이는 모든 멤버. 난 그들을 전부 죽일 거야. 반드시." 그녀는 계속 자전거를 탔다. 화를 내며 미소를 짓고 고개를 끄덕였다. 칩의 기어가 고장 나서 그들은 40킬로미터밖에 달리지 못했다.

세 번째 주말이 다가올 무렵 그녀의 짜증이 수그러들었다. 그녀는 찌푸린 표정으로 앉아서 풀잎을 뜯고, 손가락 끝을 보고, 팔찌를 자꾸 빙글빙글 돌렸다. 그러다 호기심 어린 표정으로 칩을 보았다. 한 번도 본 적 없는 낯선 이를 보는 시선이었다. 그가 지시를 내리면 느릿느릿 기계적으로 따랐다.

그는 그녀가 알아서 각성하게 내버려두고 자전거를 손봤다.

4주째의 어느 날 저녁, 그녀가 말했다. "우리 어디로 가는 거야?"

그는 잠시 그녀를 바라보았다. 그들은 그날의 마지막 케이크를 먹는 중이었다. "마조카라는 섬으로 가. 영원한 평화의 바다에 있어."

"마조카?"

"불치자들의 섬이야. 전 세계에 그런 곳이 일곱 군데 더 있어. 사실은 일곱보다 더 많지. 그 섬들 중에 일부는 군도거든. 전 통합 박물관의 지도에서 찾았어. 옛날 IND에 있을 때. 누가 그걸 가려놨더라고. MFA 지도에도 없고. 내가 너한테 이걸 말하려고 했던 날⋯ '치료'를 당했어."

그녀는 잠시 말이 없다가 입을 열었다. "킹한테는 말했어?"

그녀가 그를 언급한 건 처음이었다. 킹에게는 말할 필요가 없었다고, 그가 처음부터 다 알면서 그들에게 숨겼다고 그녀에게 말해주어야 할까? 무엇을 위해서? 킹은 이미 죽었는데. 그에 관한 기억을 왜 소하게 만들 이유가 뭐지? "응, 말했어." 그가 말했다. "아주 신기해하면서 몹시 들떴지. 그가 왜⋯ 그런 짓을 했는지 이해가 안 가. 넌 그 일에 대해 알지?"

"응, 알아." 그녀는 케이크를 작게 한 입 베어 먹으며 그에게 시선을 주지 않았다. "그 섬에서는 어떻게 살아?"

"나도 전혀 몰라. 아주 힘들고, 아주 원시적일 수도 있어. 하지만 여기보다는 나을걸." 그는 빙긋 웃었다. "어떤 생활이든 자유롭잖아. 어쩌면 문명이 고도로 발달했을 수도 있어. 최초의 불치자들은 틀림없이 가장 독립적이고 수완이 좋은 멤버였을 거야."

"내가 거기 가고 싶은 건지 잘 모르겠어." 그녀가 말했다.

"그냥 생각해 봐. 며칠 뒤에는 너도 확신하게 될 거야. 불치자들의 정착지가 존재할지도 모른다는 생각을 처음 한 게 바로 너였어. 기억나? 나더러 그런 곳을 찾아보라고 했잖아.”

그녀는 고개를 끄덕였다. “기억나.”

그 주가 주말에 가까워졌을 때 그녀는 그가 새로 찾아낸 프랑카이스 책을 가져가 읽어보려고 했다. 그는 그녀 옆에 앉아서 글을 번역해 주었다.

그 주의 일요일에 둘이 함께 자전거로 달리고 있는데, 어떤 멤버가 페달을 밟아 칩의 왼쪽으로 다가와 계속 같은 속도로 달렸다. “안녕.”

“안녕.” 칩이 말했다.

“옛날 자전거는 전부 단계적으로 제거된 줄 알았는데.” 그가 말했다.

“나도 그런 줄 알았어.” 칩이 말했다. “하지만 이게 거기 있더라고.”

그 멤버의 자전거는 프레임이 더 날씬하고, 둥근 손잡이처럼 생긴 기어를 엄지손가락으로 조작하게 되어 있었다. “’935에서?” 그가 물었다.

“아니. ’939.” 칩이 말했다.

“아.” 멤버는 담요로 감싼 휴대 키트가 들어 있는 바구니를 보았다.

“우리 속도를 좀 올려야겠어, 리.” 라일락이 말했다. “다른 일행이 보이지 않아.”

“우릴 기다려 줄 거야.” 칩이 말했다. “그럴 수밖에 없지. 케이크와 담요가 우리한테 있으니까.”

멤버가 빙긋 웃었다.

“아냐, 얼른, 빨리 가자.” 라일락이 말했다. “일행을 기다리게 만드는 건 좀 그래.”

“알았어.” 칩은 이렇게 말하고 나서 멤버에게 인사를 건넸다. “좋은 하루 보내.”

“당신도.” 멤버가 말했다.

둘은 페달을 더 빠르게 밟아 앞으로 치고 나갔다.

“잘했어.” 칩이 말했다. “저 멤버가 우리한테 짐이 왜 이렇게 많냐고 물어보기 직전이었어.”

라일락은 아무 말도 하지 않았다.

그날 둘은 약 80킬로미터를 달려 ’12471 북서쪽의 풍치 지구에 다다랐다. ’082까지 하루만 더 자전거를 타고 가면 되는 곳이었다. 둘은 상당히 좋은 은신처를 찾아냈다. 높이 돌출한 바위들 사이에 오목하게 자리 잡은 삼각형 공간인데, 바위들 위에서는 나무 여러 그루가 옆으로 고개를 내밀고 있었다. 칩은 나뭇가지를 잘라 은신처 앞쪽을 막았다.

“이제 날 묶을 필요 없어.” 라일락이 말했다. “도망치지도 않을 거고, 다른 이의 주의를 끌려고 하지도 않을 거야. 총도 키트에 넣어 둬.”

“가고 싶어?” 칩이 물었다. “마조카에?”

“물론이지. 빨리 가고 싶어. 난 항상 그런 곳을 원했어…. 그러니까, 내가 나 자신일 때."

"알았어." 그는 총을 키트에 넣고, 그녀를 묶지 않았다.

무심하고 무미건조한 그녀의 태도가 좀 이상했다. 더 열정적인 태도를 보여야 하지 않나? 그리고 감사하는 태도로 있어야지. 그는 자신이 그런 것을 기대했음을 속으로 인정했다. 고마움과 사랑의 표현 같은 것. 그는 말똥말똥 누워서 작게 들려오는 그녀의 느린 숨소리에 귀를 기울였다. 정말로 잠든 걸까, 아니면 잠든 척하는 걸까? 그로서는 상상조차 할 수 없는 방법으로 그를 속이고 있는 걸까? 그는 손전등으로 그녀를 비춰보았다. 눈이 감기고, 입술이 살짝 벌어지고, 양팔은 아직도 묶여 있는 듯한 모양으로 담요 속에 들어가 있었다.

아직 마르크스 달 20일밖에 안 됐어. 그는 속으로 생각했다. 앞으로 1~2주만 더 지나면 그녀도 감정을 더 많이 드러낼 거야. 그는 눈을 감았다. 그가 눈을 떴을 때, 그녀는 바닥에 있는 돌멩이와 잔가지를 줍고 있었다. "좋은 아침." 그녀가 유쾌하게 말했다.

둘은 근처에서 물이 졸졸 흐르는 좁은 개울과 초록색 열매가 달린 나무를 찾아냈다. 그는 'olivier'※라는 나무인 것 같다고 생각했다. 열매의 맛은 쓰고 희한했다. 둘한테는 케이크가 더 나은 것 같았다.

그녀는 그에게 어떻게 치료를 피했느냐고 물었다. 그는 젖은 바위에서 이파리를 본 일과 직접 만든 포일 밴드에 대해 말해주었다. 그녀는 감탄했다. 정말 기발하네. 그녀가 말했다.

둘은 어느 날 밤 케이크와 음료수, 수건, 화장지, 작업복, 새 샌들

※ 프랑스어로 '올리브 나무'.

을 구하려고 ’12471 안으로 들어갔다. MFA에 있는 이 지역 지도를 손전등 불빛으로 최대한 자세히 살펴볼 계획도 있었다.

“’082에 도착한 다음에는 어떻게 할 거야?” 다음 날 아침 그녀가 물었다.

“바닷가에 숨어야지.” 그가 말했다. “거기서 매일 밤 교역자가 오는지 감시하는 거야.”

“그들이 올까? 해안으로 오는 위험을 감수하고?”

“올 거야. 올 거라고 생각해. 도시에서 먼 곳이니까.”

“하지만 EUR로 갈 가능성이 높지 않을까? 거기가 더 가깝잖아.”

“그들이 AFR에도 올 거라고 바라는 수밖에 없어. 나는 우리가 거기 도착했을 때 교역할 물건을 도시에서 좀 구하고 싶어. 그들이 가치를 쳐줄 만한 물건. 미리 생각해 봐야지.”

“우리가 배를 구할 수는 없을까?” 그녀가 물었다.

“없을걸. 근해에는 섬이 없으니, 아마 모터보트가 없을 거야. 물론 놀이 정원에 가면 노를 젓는 배가 항상 있지. 하지만 우리가 노를 저어서 280킬로미터를 갈 수 있을까? 넌 할 수 있어?”

“불가능하진 않아.”

“그렇지. 상황이 더 나빠진다면. 하지만 난 교역자들을 기다릴 거야. 아니면 모종의 조직적인 구출 작전 같은 거라도. 마조카는 스스로를 방어해야 해. 유니가 그곳에 대해 알고 있으니까. 유니는 모든 섬에 대해 알고 있어. 그러니 거기 멤버들은 새로 찾아오는 이를 미리 발견할 수 있는 감시탑 같은 걸 운영할 거야. 인구를 늘려서 힘을 키우려고."

"그럴지도 모르겠네."

또 비가 예정된 밤이 왔다. 둘은 은신처 가장 안쪽의 비좁은 구석에서 담요 한 장을 함께 둘러쓰고 앉아 있었다. 높게 돌출된 바위 사이의 공간이 빠듯했다. 그는 그녀에게 입을 맞추고, 작업복 앞섶을 열려고 했다. 하지만 그녀가 손으로 그를 막았다. "말이 안 되는 소리인 건 아는데…." 그녀가 말했다. "난 아직도 이건 토요일 밤에만 해야 한다는 기분이 좀 남아 있어. 부탁이야. 그때까지 기다리면 안 될까?"

"그건 말이 안 돼." 그가 말했다.

"나도 알아. 하지만 부탁해. 기다리면 안 돼?"

잠시 뒤 그가 말했다. "그래. 네가 원한다면."

"그러고 싶어, 칩."

둘은 책을 읽다가, '082에서 가져갈 최고의 교역물을 결정했다. 그가 자전거를 손보는 동안 그녀는 유연체조를 했다. 그가 할 때보다 더 오랫동안 더 단호하게.

토요일 밤에 그가 개울에서 돌아와 보니, 그녀가 권총을 들고 서 있다가 그를 겨냥했다. 가늘게 뜬 눈에 증오가 가득했다. "그는 그러기 전에 나한테 전화했어." 그녀가 말했다.

"그게 무슨…." 그가 말했다. "킹!" 그녀가 소리쳤다. "그가 나한테 전화했어! 넌 거짓말쟁이야, 증오…." 그녀는 방아쇠를 당겼다. 더 세게 한 번 더 당겼다. 그녀는 총을 보고 그를 보았다.

"발생기가 없어." 그가 말했다.

그녀는 총을 보고 그를 보며 깊이 숨을 들이쉬었다. 콧구멍이 벌름거렸다.

"너는 도대체 왜⋯." 그가 말하는 순간 그녀가 총을 든 팔을 뒤로 당겼다가 그에게 총을 던졌다. 그는 양손을 들어 막았지만, 총은 그의 가슴을 때렸다. 너무 아파서 숨을 쉴 수 없었다.

"너랑 간다고?" 그녀가 말했다. "너랑 씹한다고? 네가 그를 죽였는데? 너는⋯ 너는 fou⋇, 이 초록 눈의 cochon, chien⋇⋇, 나쁜 자식!"

그는 가슴을 부여잡고 숨을 골랐다. "내가 죽인 게 아니야!" 그가 말했다. "그가 자살한 거야, 라일락! 그리스도와⋯."

"네가 그에게 거짓말을 했으니까! 우리에 대해 거짓말을 했으니까! 우리가 이미 그런⋯."

"그건 그가 생각한 거야. 난 아니라고 했어! 내가 그렇게 말했는데 그가 안 믿은 거야!"

"네가 인정했잖아. 그는 신경 쓰지 않는다고 했어. 우리가 서로 잘 어울린다고, 그러고는 불을 끄고⋯."

"라일락, 패밀리에 대한 사랑을 걸고 맹세해. 난 그렇지 않다고 그에게 말했어!"

"그럼 왜 그가 자살해?"

"자기도 알았으니까!"

⋇   프랑스어로 '미쳤다'라는 뜻.
⋇⋇   각각 '돼지', '개'라는 뜻.

"네가 말해서 그런 거잖아!" 그녀는 이렇게 말하고 나서 돌아서서 자신의 자전거를 붙잡았다. 바구니에 이미 짐이 꾸려져 있었다. 그녀는 은신처 앞쪽에 쌓아놓은 가지들을 자전거로 들이박았다.

그는 달려가서 양손으로 자전거 뒤꽁무니를 붙잡고 늘어졌다. "여기 있어!" 그가 말했다.

"그 손 놔!" 그녀가 뒤를 돌아보며 말했다.

그는 자전거 중간 부분을 붙잡아 그녀에게서 자전거를 억지로 떼어 낸 뒤 옆으로 던져버렸다. 그리고 그녀의 팔을 붙잡았다. 그녀가 그를 때렸지만 그는 손을 놓지 않았다. "그는 섬에 대해 알고 있었어!" 그가 말했다. "섬 말이야! 어느 섬 근처에서 거기 멤버들과 교역한 적도 있어! 그래서 그들이 해안으로 온다는 걸 내가 아는 거야!"

그녀는 그를 노려보았다. "그게 무슨 소리야?"

"그가 그런 섬 근처에 배치된 적이 있었어. ARG 인근의 포클랜드. 거기서 그런 멤버들을 만나서 교역했대. 그 이야기를 우리한테 하지 않은 건 우리가 가고 싶어 할 거라는 걸 알았으니까. 그는 가고 싶지 않은데! 그래서 그가 자살한 거야! 네가 나한테서 그 얘기를 듣게 되리라는 걸 알고 자신이 부끄러워지고 지쳤으니까. 자기가 이제는 '킹'이 될 수 없다는 걸 안 거야."

"그에게 한 것처럼 나한테도 지금 거짓말을 하는 거야." 그녀는 이렇게 말하고 나서 억지로 팔을 빼냈다. 그녀의 작업복이 어깨에서부터 찢어졌다.

"그가 향수와 담배 씨앗을 구한 방법이 그거야." 그가 말했다.

"네 말은 듣기 싫어. 널 보기도 싫어. 난 혼자 갈 거야." 그녀는 자신의 자전거로 가서 휴대 키트와 거기에서 늘어진 담요를 주워 들었다.

"멍청하게 굴지 마." 그가 말했다.

그녀는 자전거를 바로 세우고, 바구니에 키트를 던져 넣은 뒤 그 위에 담요를 꾹꾹 쑤셔 넣었다. 그는 그녀에게 가서 자전거 안장과 핸들을 붙잡았다. "혼자는 못 가."

"못 가긴 왜 못 가." 그녀가 떨리는 목소리로 말했다. 둘은 가운데에 있는 자전거를 붙잡고 있었다. 점점 짙어지는 어둠 속에서 그녀의 얼굴이 흐릿해졌다.

"내가 안 보낼 거야." 그가 말했다.

"너랑 같이 가느니 차라리 그가 한 일을 할 거야."

"내 말 잘 들어. 넌… 난 이미 반년 전에 그런 섬을 찾아갈 수도 있었어! 출발했다가 되돌아온 건 네가 죽은 머리로 살아가게 두고 싶지 않았기 때문이야!" 그는 그녀의 가슴에 한 손을 얹고 바위벽을 향해 세게 밀어버린 다음, 자전거를 내팽개쳤다. 자전거가 여기저기 쿵쿵 부딪히며 굴러갔다. 그는 그녀에게 다가가 그녀의 양팔을 바위벽에 대고 누르며 움직이지 못하게 했다. "난 USA에서부터 여기까지 왔어." 그가 말했다. "그리고 나도 너처럼 이 동물 같은 삶이 전혀 즐겁지 않아. 네가 날 사랑하든 증오하든 난 싸움만큼도 신경 안 써." ("난 네가 싫어." 그녀가 말했다.) "나랑 같이 있어! 총은 쓸모없지만 다른 건 쓸모 있어. 돌멩이도 손도. 네가 자살할 필요는 없어. 왜냐하면…"

사타구니에서 통증이 폭발했다. 그녀의 무릎… 그녀는 그에게서 벗어나 입구의 가지들을 마구 후려치며 밀어붙이고 있었다. 그녀의 모습이 희미한 노란색 형체로 보였다.

그는 그녀에게 다가가 팔을 잡고 휙 돌려세운 다음, 악을 써대는 그녀를 바닥으로 내동댕이쳤다. *"나쁜 자식!"* 그녀가 악을 썼다. "이 병든 공격자…." 그는 그녀에게 몸을 던져 손으로 입을 막고 있는 힘껏 눌렀다. 그녀의 이가 그의 손바닥의 살갗을 잡아 깨물었다. 더 세게 깨물었다. 다리로 그를 차고, 주먹 쥔 손으로 그의 머리를 때렸다. 그는 그녀의 한쪽 허벅지를 무릎으로 누르고, 다른 쪽 발목을 발로 누르고, 한쪽 손목을 쥔 채, 자신을 때리는 다른 한 손과 손바닥을 무는 이를 그냥 내버려두었다. "누가 여기 있을지도 몰라!" 그가 말했다. "토요일 밤이잖아! 우리 둘 다 치료받는 꼴이 되면 좋겠어, 이 멍청한 garce[※]야?" 그녀는 계속 그를 때리고 깨물었다.

그러다 주먹질이 점점 느려지더니 멈췄다. 그의 살을 물고 있던 이도 벌어졌다. 그녀는 숨을 몰아쉬며 누운 채, 그를 지켜보았다. "Garce!" 그가 말했다. 그녀는 그의 발에 깔린 다리를 움직이려 했지만, 그가 발에 더욱 힘을 줘서 그녀를 눌렀다. 손목을 잡은 손과 입을 막은 손도 풀지 않았다. 손바닥의 느낌을 보아 하니, 그녀가 살을 물어뜯은 것 같았다.

그녀가 그를 보았다.

그는 그녀의 손목을 놓고, 작업복의 찢어진 어깨 부위를 잡았다.

※ '창녀', '계집애'를 뜻하는 프랑스어.

그가 가슴을 가로지르며 옷을 북 찢어버리자, 그녀가 다시 그에게 주먹질을 하면서 다리에 힘을 주고 그의 손바닥을 물었다.

그녀의 손이 그의 머리를 때리고 머리카락을 움켜쥐었다.

"그만." 그가 말했다. "그만." 그러고는 몸을 밀어붙였다.

그는 무릎으로 일어나 그녀를 보았다. 그녀는 한 팔로 눈을 가리고 다른 팔은 아무렇게나 내동댕이친 채 누워 있었다. 그녀의 젖가슴이 오르락내리락했다.

그는 일어서서 담요 한 장을 찾아 탈탈 턴 다음, 그녀의 몸 위에 팔까지 덮어주었다. "괜찮아?" 그가 그녀 옆에 쪼그려 앉으며 물었다.

그녀는 아무 말도 하지 않았다.

그는 손전등을 찾아 손바닥을 살펴보았다. 밝은색을 띤 타원형 상처에서 피가 흐르고 있었다. "그리스도와 웨이시여." 그는 상처에 물을 붓고 비누로 씻은 뒤 물기를 닦았다. 그러고는 응급 키트를 찾아봤지만 눈에 띄지 않았다. "네가 응급 키트를 가져갔어?" 그가 물었다.

그녀는 아무 말도 하지 않았다.

자신의 손을 위로 올린 채로 그는 바닥에서 그녀의 휴대 키트를 찾아 열고 응급 키트를 꺼냈다. 그러고는 바위에 앉아 응급 키트는 무릎에, 손전등은 옆의 다른 바위에 놓았다.

"동물." 그녀가 말했다.

"난 물지는 않아." 그가 말했다. "누굴 죽이려 하지도 않고. 그리스도와 웨이시여, 넌 그 총이 제대로 작동하는 줄 알았잖아." 그는 치료제를 손바닥에 뿌렸다. 얇은 막이 하나, 그다음에는 그보다 두꺼운 막이 하나 생겼다.

"Cochon." 그녀가 말했다.

"아, 정말. 또 시작이야?"

그가 반창고의 포장을 벗기는데 그녀가 일어나는 소리, 바스락거리며 작업복을 벗는 소리가 들렸다. 그녀는 알몸으로 다가와 손전등을 들더니 자신의 키트로 다가갔다. 거기서 비누, 수건, 작업복을 꺼내 은신처 뒤편으로 갔다. 그가 바위들 사이에 돌멩이를 쌓아 개울로 이어지는 계단을 만들어 둔 곳이었다.

그는 어둠 속에서 반창고를 붙인 뒤, 그녀의 자전거 근처 바닥에 그녀의 손전등이 떨어져 있는 걸 발견했다. 그는 그 자전거를 자신의 자전거 옆에 두고, 담요를 가져다가 평소처럼 두 개의 잠자리를 만들었다. 그리고 그녀의 키트를 그녀의 잠자리 옆에 둔 뒤, 총과 그녀의 찢어진 작업복을 주워 들었다. 총은 자신의 키트에 넣었다.

달이 꼼짝도 하지 않는 검은색 이파리들 뒤편의 한쪽 바위 너머로 미끄러졌다.

그녀가 돌아오지 않아서, 그는 그녀가 걸어서 떠나버린 건 아닌지 슬슬 걱정이 되었다.

하지만 마침내 그녀가 돌아왔다. 그녀는 비누와 수건을 자신의 키트에 넣고 손전등을 끄고 자신의 잠자리에 들어가 담요를 덮었다.

"아까 널 그렇게 깔고 있을 때 흥분했어." 그가 말했다. "난 옛날부터 항상 널 원했어. 지난 몇 주 동안은 정말 참기가 힘들었지. 내가 널 사랑하는 거 알지?”

“난 혼자 갈 거야.” 그녀가 말했다.

“우리가 마조카에 도착하면, 만약 도착한다면, 그때는 네 마음대로 해도 돼. 하지만 *그때까지는* 우리가 함께 있어야 돼. 그렇게만 해, 라일락.”

그녀는 아무 말도 하지 않았다.

그는 이상한 소리 때문에 잠에서 깼다. 낑낑거리는 소리, 고통스럽게 훌쩍이는 소리. 그는 일어나 앉아서 그녀에게 불빛을 비췄다. 손으로 입을 막은 그녀의 감은 눈에서 관자놀이를 향해 눈물이 줄줄 흐르고 있었다.

그는 서둘러 다가가 그녀 옆에 쪼그리고 앉아서 그녀의 머리에 손을 댔다. “아, 라일락, 그만.” 그가 말했다. “울지 마, 라일락, 제발, 울지 마.” 자신이 그녀를 아프게 해서, 어쩌면 그녀의 속에 상처를 입혀서 그녀가 이러는 것 같았다.

그녀는 계속 울었다.

“아, 라일락, 미안해!” 그가 말했다. “미안해, 내 사랑! 아, 그리스도와 웨이시여, 아까 그 총이 발사되었어야 하는 건데!”

그녀는 계속 입을 가린 채로 고개를 저었다.

“그래서 우는 것 아니야?” 그가 말했다. “내가 널 아프게 해서? 그게 아니면 뭔데? 나랑 같이 가기 싫으면 꼭 같이 안 가도 돼.”

그녀는 다시 고개를 젓고 계속 울었다.

그는 어떻게 해야 할지 알 수 없었다. 계속 그녀 옆에 남아 머리를 쓰다듬으며 왜 우는 거냐고 묻고 울지 말라고 말하다가, 자신의 담요를 가져와 그녀 옆에 나란히 깔고 누워 그녀를 자신 쪽으로 돌린 뒤 안아주었다. 그녀는 계속 울었다. 그러다 그가 깨어보니 그녀가 한 손으로 머리를 받치고 모로 누워서 그를 바라보고 있었다. "우리 둘이 따로 가는 건 말이 되지 않아." 그녀가 말했다. "그러니까 같이 갈 거야."

그는 잠들기 전에 자신과 그녀가 무슨 이야기를 했는지 기억을 뒤져보았다. 기억나는 것이 없었다. 그녀가 운 기억밖에 없었다. "알았어." 그는 혼란스러웠다.

"내가 총을 들다니 기분이 끔찍해." 그녀가 말했다. "어떻게 그런 짓을 했지? 네가 틀림없이 킹한테 거짓말을 한 줄 알았어."

"나도 *내가* 한 행동이 끔찍해." 그가 말했다.

"그러지 마. 네 잘못이 아니야. 그건 완전히 자연스러운 일이었어. 네 손은 어때?"

그는 담요 안에서 손을 꺼내 움직여 보았다. 심하게 아팠다. "나쁘진 않아." 그가 말했다.

그녀는 그의 손을 잡고 반창고를 보았다. "그거 뿌렸어?"

"응."

그녀는 그의 손을 잡은 채로 그를 보았다. 그녀의 커다란 갈색 눈이 아침 햇빛을 받아 밝게 빛났다. "정말로 그런 섬으로 가려다가 돌아왔어?" 그녀가 물었다.

그는 고개를 끄덕였다.

그녀가 빙긋 웃었다. "넌 tres fou[※]."

"아냐, 안 미쳤어."

"미쳤어." 그녀는 다시 그의 손을 보다가 자신의 입술로 가져가 손가락 끝에 차례로 입을 맞췄다.

4

그들은 오전 중반에야 출발해서 게으름을 피운 만큼 벌충하기 위해 한참 동안 빠르게 달렸다. 이상한 날이었다. 안개가 끼고 공기가 묵직하게 느껴지는 날씨, 초록색이 감도는 회색 하늘, 그리고 육안으로 봐도 전혀 힘들지 않은, 하얀 원반 모양의 태양. 기후 조절이 변덕을 부린 것 같았다. 라일락은 열두 살이나 열세 살 때 CHI에서 비슷한 날을 겪은 기억을 떠올렸다("거기서 태어났어?" "아니, MEX에서 태어났어." "그래? 나도야!") 그림자가 전혀 없어서, 그들을 향해 다가오는 자전거들이 자동차처럼 지면 위에 조금 떠서 움직이는 듯이 보였다. 멤버들은 걱정스러운 표정으로 하늘을 흘깃거리다가, 그들과 가까워지면 웃음기 없는 얼굴로 고개만 끄덕여 인사했다.

칩은 풀밭에 앉아 콜라 하나를 라일락과 나눠 마시다가, 입을 열었다. "이제부터는 천천히 가는 게 낫겠어. 가는 길에 스캐너가 있을 것 같은데, 거길 지나칠 순간을 제대로 포착해야 하잖아."

※ 크게 미쳤어.

"우리 때문에 설치한 스캐너일까?" 그녀가 말했다.

"꼭 그렇지는 않아. 그냥 내가 말한 그 섬과 가장 가까운 도시이기 때문이지. 네가 유니라면 추가 안전장치를 마련하지 않겠어?"

그는 스캐너보다는 앞에서 의료팀이 기다리고 있을까 봐 더 무서웠다.

"우리를 찾는 멤버들이 있으면 어쩌지?" 그녀가 말했다. "조언자나 의사가 우리 사진을 들고 찾고 있다면?"

"이만큼 시간이 흘렀으니 그럴 가능성은 별로 없어." 그가 말했다. "우리는 운을 믿고 모험을 하는 수밖에. 나한테 총이 있잖아. 칼도 있고." 그는 주머니를 손으로 건드렸다.

잠시 뒤 그녀가 말했다. "그걸 쓸 거야?"

"응. 그럴 것 같아."

"그럴 필요가 없으면 좋겠다."

"나도 그래."

"너 선글라스를 쓰는 게 낫겠어." 그녀가 말했다.

"오늘?" 그는 하늘을 보았다.

"네 눈 때문에."

"아, 그렇지." 그는 선글라스를 꺼내 쓰고 그녀를 보며 미소 지었다. "너는 가릴 수 있는 방법이 별로 없어. 숨을 내쉬는 것 말고는."

"그게 무슨 소리야?" 그녀는 이렇게 말하고 나서 얼굴을 붉히며 말을 이었다. "옷을 입으면 남들이 못 알아봐."

"내가 널 봤을 때 가장 먼저 그걸 알아차렸는데." 그가 말했다.

"다른 것도 알아차렸지만."

"네 말은 안 믿어. 그거 거짓말이지? 거짓말이야. 그렇지?"

그는 웃음을 터뜨리며 그녀의 턱을 찔렀다.

그들은 천천히 자전거를 탔다. 가는 길에 스캐너는 없었다. 의료팀이 그들을 멈춰 세우는 일도 없었다.

이 지역의 자전거들은 모두 새것이었지만, 둘이 타고 있는 낡은 자전거에 대해 누구도 뭐라고 말하지 않았다.

오후 늦게 그들은 '12082에 입성했다. 바다 냄새 속에서 앞에 펼쳐진 길을 주의 깊게 살피며 도시 서쪽으로 자전거를 몰았다.

그들은 풍치 지구에 자전거를 두고 매점까지 걸어갔다. 바다로 이어진 계단이 있었다. 한참 아래에 파란색으로 매끈하게 펼쳐진 바다가 멀리멀리 이어지다가 초록색이 감도는 회색 안개 속으로 사라졌다.

"저 멤버들은 접촉 안 했어." 어떤 아이가 말했다.

칩의 손을 잡은 라일락의 손에 힘이 들어갔다. "계속 가." 그가 말했다. 둘은 거친 절벽 면에서 불쑥 튀어나온 콘크리트 계단을 내려갔다.

"어이, 이봐!" 어떤 멤버가 소리쳤다. 남자였다. "거기 두 멤버!"

칩은 라일락의 손을 한 번 꼭 쥐어준 뒤 그녀와 함께 돌아섰다. 그 멤버는 계단 꼭대기의 스캐너 뒤에 서서 대여섯 살쯤 된 여자아이의 손을 잡고 있었다. 옷을 입지 않은 여자아이는 빨간 숟가락으로 머리를 긁으며 그들을 바라보았다.

"방금 여기 접촉했어?" 멤버가 물었다.

둘은 서로를 한 번 보고 그 멤버에게 시선을 돌렸다. "당연히 접촉했지." 칩이 말했다. "물론이야." 라일락이 말했다.

"여기 'yes'가 안 떴어요." 여자아이가 말했다.

"그렇지 않아, 자매." 칩이 진중하게 말했다. "'yes'가 없었다면 우리가 여기까지 올 수 없었겠지, 안 그래?" 그는 멤버를 바라보며 일부러 미소를 지었다. 그 멤버가 허리를 숙여 아이에게 뭐라고 말했다.

"아냐, 난 안 그랬어요." 아이가 말했다.

"가자." 칩은 라일락에게 이렇게 말하고 나서 함께 몸을 돌려 다시 아래로 내려갔다.

"어린 증오꾼 같으니." 라일락이 말했다. "그냥 계속 걸어." 칩이 말했다.

둘은 계단을 모두 내려와서 샌들을 벗으려고 걸음을 멈췄다. 허리를 숙인 상태로 칩이 시선을 들어보니 그 멤버와 여자아이는 사라진 뒤였다. 다른 멤버들이 계단을 내려왔다.

기묘한 안개가 낀 날씨 속에서 바닷가는 반쯤 비어 있었다. 멤버들은 담요를 깔고 앉거나 누워 있었고, 다수가 작업복을 입고 있었다. 아예 말을 하지 않거나 말을 하더라도 목소리가 조용했다. 스피커에서 울려나오는 커다란 음악(《즐거운 날 일요일》)이 부자연스러웠다. 아이들 한 무리가 물가에서 줄넘기를 했다. "그리스도, 마르크스, 우드, 웨이가 우리를 이 완벽한 날로 이끌었네. 마르크스, 우드, 웨이, 그리스도…"

둘은 서로 손을 잡고 다른 손에 샌들을 든 채 서쪽으로 걸었다. 좁은 해변이 점점 더 좁아지고 인적도 드물어졌다. 앞쪽 절벽과 바다 사이에 스캐너가 서 있었다. 칩이 말했다. "해변에서 스캐너를 보는 건 처음인데."

"나도 그래." 라일락이 말했다.

둘은 서로를 보았다.

"여기가 우리가 갈 길이야." 그가 말했다. "나중에."

그녀는 고개를 끄덕였다. 둘은 스캐너로 가까이 다가갔다.

"여기 접촉하고 싶다는 미친 충동이 일어." 그가 말했다. "너랑 싸울 거다, 유니. 내가 왔다."

"괜한 짓 하지 마." 그녀가 말했다.

"걱정 마. 안 해."

둘은 돌아서서 해변 중심부로 돌아왔다. 거기서 작업복을 벗고 물속으로 들어가 멀리까지 헤엄쳤다. 바다를 등지고 선헤엄을 치면서 스캐너 뒤편의 해안을 살펴보았다. 회색 절벽들이 점점 작아지다가 초록빛이 감도는 회색 안개 속으로 사라졌다. 새 한 마리가 절벽에서 날아올라 공중을 빙빙 돌다가 다시 절벽으로 날아갔다. 그러고는 머리카락처럼 가는 바위 틈새로 사라져 버렸다.

"우리가 지낼 수 있는 동굴이 있을 것 같아." 칩이 말했다.

해변 구조원이 호루라기를 불며 그들에게 손짓했다. 둘은 해변으로 다시 헤엄쳐 왔다.

"5시 5분 전입니다, 멤버들." 스피커에서 이런 말이 흘러나왔다.

"쓰레기와 수건은 바구니에 넣어주세요. 담요를 털 때는 주위의 멤버들을 배려하세요."

그들은 옷을 입고 다시 계단을 올라가 자전거를 놓아둔 숲으로 걸어갔다. 그리고 자전거를 들고 더 깊숙이 들어가 가만히 앉아서 기다렸다. 칩은 나침반과 손전등과 칼을 깨끗이 닦았고, 라일락은 다른 소지품을 정리해 한 꾸러미로 만들었다.

해가 지고 1시간쯤 뒤에 둘은 매점으로 가서 케이크와 음료수 한 통을 들고 다시 해변으로 내려갔다. 그리고 스캐너 뒤편까지 걸어갔다. 달도 별도 없는 밤이었다. 낮에 끼었던 안개가 여전히 공중에 남아 있었다. 파도가 철썩이는 물가에서 가끔 인광성 불빛들이 반짝였다. 그것만 제외하면 사방이 깜깜했다. 칩은 케이크와 음료수 통을 겨드랑이에 끼고, 손전등으로 자주 앞을 비췄다. 라일락은 담요로 싼 꾸러미를 들고 있었다.

"교역자들이 이런 밤에는 해안으로 오지 않을 거야." 라일락이 말했다.

"다른 이들도 해변에 나오지 않겠지." 칩이 말했다. "섹스에 미친 열두 살짜리들이라 해도. 그건 좋은 점이야."

아니, 그렇지 않아. 그는 속으로 이렇게 생각했다. 이건 나쁜 점이야. 저 안개가 며칠 동안 계속 남아서 자유의 문턱에 선 우리를 막는다면 어쩌지? 혹시 유니가 순전히 그런 목적으로 일부러 이 안개를 만들어 냈을까? 그는 혼자 빙긋 웃었다. 라일락의 말처럼 그는 tres fou한 것이 맞았다.

둘은 계속 걷다가 ’082에서 서쪽에 있는 다음 도시까지 절반쯤 왔겠다 싶은 생각이 들 무렵, 음식 상자와 꾸러미를 내려놓고 쓸 만한 동굴이 있는지 절벽 면을 살펴보았다. 몇 분 만에 동굴 하나가 눈에 들어왔다. 천장이 낮고 바닥에 모래가 깔린 굴에는 케이크 포장지가 흩어져 있었다. 전 통합 시대의 지도에서 찢어 낸 조각 두 개(초록색 ‘이집트’와 분홍색 ‘에티오’)가 떨어져 있는 게 희한했다. 둘은 음식 상자와 꾸러미를 동굴 안으로 들고 와서 담요를 펼친 뒤, 음식을 먹고 함께 누웠다.

“할 수 있어?” 라일락이 말했다. “오늘 아침이랑 어젯밤에도 했는데?”

“치료가 없으면 모든 게 가능해.” 칩이 말했다.

“환상적이다.” 라일락이 말했다.

정사 뒤에 칩이 말했다. “설사 여기서 우리가 더 나아가지 못한다 해도, 앞으로 5분 뒤에 붙잡혀 치료를 당한다 해도, 지금 이 순간은 가치가 있을 거야. 적어도 몇 시간 동안은 우리가 본연의 모습으로 살아 있었잖아.”

“난 내 삶을 모두 알고 싶어. 작은 조각만 아는 게 아니라.”

“그렇게 될 거야. 약속해.” 칩은 그녀의 입술에 키스하고, 어둠 속에서 그녀의 뺨을 어루만졌다. “나랑 같이 있어줄 거야? 마조카에서?”

“물론이지. 안 그럴 이유가 없잖아.”

"원래는 안 그럴 생각이었잖아. 기억나? 심지어 나랑 여기까지 올 생각도 없었잖아."

"그리스도와 웨이시여, 그건 *어젯밤* 얘기지." 그녀는 이렇게 말하고 나서 그에게 키스했다. "당연히 너랑 같이 있을 거야. 네가 날 깨웠으니, 이제 나한테서 벗어날 수 없어."

둘은 서로를 끌어안고 누워서 입맞춤을 나눴다.

"칩!" 그녀가 외쳤다. 꿈이 아니라 현실에서.

그녀가 옆에 없었다. 그는 벌떡 일어나 앉다가 바위에 머리를 쾅 부딪쳤다. 모래 속에 꽂아둔 칼을 찾으려고 주변을 더듬거렸다. "칩! 이것 봐!" 그가 칼을 찾아 한 손으로 바닥을 짚고 무릎으로 벌떡 일어나는 순간에 들려온 목소리였다. 눈부시게 파란 동굴 입구를 배경으로 웅크린 그녀가 검게 보였다. 그는 누가 됐든 다가오는 순간 베어버리려고 칼을 들었다.

"아냐, 아냐." 그녀가 웃으며 말했다. "이리 와서 봐! 어서! 봐도 못 믿을걸!"

하늘과 바다가 눈부셔서 눈을 가늘게 뜬 그는 그녀에게 엉금엉금 기어갔다. "이것 봐." 그녀가 바닷가를 가리키며 행복한 얼굴로 말했다.

배 한 척이 모래사장에 올라와 있었다. 동굴에서 50미터쯤 떨어진 곳이었다. 로터가 두 개인 낡은 소형 보트로, 선체는 하얀색, 가장자리는 빨간색이었다. 배는 물을 간신히 벗어난 곳에서 살짝 앞으로 기울어져 있었다. 뱃전과 앞 유리에 하얀 얼룩이 두 개 있고, 앞 유리 일부는 깨져서 구멍이 나 있었다.

"저게 움직이는지 한번 보자!" 라일락이 칩의 어깨를 한 손으로 짚고 몸을 동굴 위로 올리기 시작했다. 칩은 칼을 내려놓고 그녀의 팔을 잡아 다시 아래로 끌어내렸다. "잠깐만."

"왜?" 그녀가 그를 보았다.

그는 아까 바위에 부딪힌 머리를 문지르며 미간을 찌푸린 채 배를 바라보았다. 선명한 하얀색과 빨간색 배가 텅 빈 채로 안개가 사라진 아침 밝은 햇빛 아래에 딱 알맞게 나타났다고? "이거 무슨 속임수 같은 거야." 그가 말했다. "함정이라고. 지금 우리한테 너무 딱 맞잖아. 잠을 자고 일어났더니, 배 한 척이 우리 앞에 배달되어 있는 거야. 네 말이 맞아. 봐도 못 믿겠어."

"이건 우리한테 '배달'된 게 아니야." 그녀가 말했다. "몇 주 전부터 여기 있었어. 저기 새똥을 봐. 앞부분도 모래 속에 깊이 가라앉아 있잖아."

"저게 어디서 왔을까?" 그가 물었다. "근처에는 섬이 없어."

"교역자들이 마조카에서 가져왔는데 여기 해안에 좌초한 건지도 모르지. 아니면 그들이 일부러 두고 간 건지도 모르고. 우리 같은 멤버들을 위해서. 어쩌면 구출 작전 같은 게 있을지도 모른다고 네가 말했잖아."

"그런데 이게 여기 있는 동안 이걸 보고 신고한 이가 하나도 없다고?"

"유니는 누구에게도 이쪽 해변에 들어오는 걸 허락하지 않았어."

"그래도 기다려 보자. 일단 지켜보면서 좀 기다려 봐."

그녀가 마지못해 말했다. "알았어."

"너무 우리한테 딱 맞아."

"왜 모든 게 불편하게 안 맞아야 하는데?"

둘은 동굴 안에 머무르며 식사를 하고 소지품을 다시 담요로 싸서 꾸러미를 만들면서 줄곧 배를 지켜보았다. 그러는 동안 번갈아 가며 동굴 뒤편으로 기어가 쓰레기를 모래 속에 묻었다.

파도 끝부분이 뒤편의 뱃전 아래로 슬그머니 들어갔다가 빠져나가는 물살을 따라 멀어졌다. 새들이 공중을 선회하다가 배의 앞 유리창과 난간에 내려앉았다. 바다갈매기 네 마리와 그보다 작은 갈색 새 두 마리였다.

"배가 시시각각 점점 더러워지고 있어." 라일락이 말했다. "만약 누가 저 배를 신고해서 오늘이 저 배가 치워지는 날이면 어쩌려고?"

"조용히 말해줄래?" 칩이 말했다. "그리스도와 웨이시여, 망원경을 가져올 걸 그랬어."

그는 나침반 렌즈와 손전등 렌즈를 둘둘 만 음식 상자 조각으로 감싸서 임시 망원경을 만들어 보았지만, 소용이 없었다.

"얼마나 기다려야 해?" 그녀가 물었다.

"해가 진 다음까지."

바닷가에 아무도 나타나지 않았다. 들리는 것이라고는 파도가 철썩이는 소리, 새들의 날갯짓 소리와 울음소리뿐이었다.

그는 혼자 천천히 조심스럽게 배로 다가갔다. 동굴에서 보면서 생각했던 것보다 더 낡은 배였다. 선체의 하얀 페인트가 조각조각 벗겨지면서 과거의 수리 흔적이 드러났고, 뱃전은 우그러지고 금이 가 있었다. 그는 배에 손을 대지 않고 한 바퀴를 돌면서, 손전등 불빛으로 속임수나 위험의 징후를 찾아보았다. 그것이 어떤 형태로 나타날지는 알 수 없었지만, 눈에 띄는 것은 없었다. 그냥 설명되지 않는 이유로 버려진 낡은 배가 있을 뿐이었다. 중앙의 좌석은 사라졌고, 앞 유리창도 3분의 1가량이 깨져 있었다. 또한 배 전체가 하얗게 마른 새똥 천지였다. 그는 손전등을 끄고 절벽을 바라보았다. 배의 난간을 한 번 손으로 만져보고 경보가 울리는지 기다렸다. 절벽은 흐릿한 달빛 속에서 계속 검게만 보였다. 인적도 느껴지지 않았다.

그는 뱃전에 올라서서 배 안으로 들어가 손전등으로 계기판을 비춰보았다. 아주 단순해 보였다. 추진 로터와 부양 로터를 켜고 끄는 스위치. 시속 100킬로미터에 맞춰진 속도 조절 손잡이, 방향 레버, 게이지 몇 개, 그리고 '원격 조종'과 '독립 주행'이라고 표시된 스위치 하나. 현재 이 스위치는 독립 주행에 맞춰져 있었다. 앞좌석 사이 바닥에서 배터리를 발견한 그는 커버를 열어보았다. 배터리의 방전 날짜가 171년 4월이니 아직 1년이 남아 있었다.

그는 로터 케이스에 손전등을 비춰보았다. 둘 중 한 곳에 잔가지가 쌓여 있었다. 그는 가지들을 모두 쓸어 낸 다음, 그 안의 로터에 불빛을 비췄다. 번쩍거리는 새것이었다. 다른 로터는 낡아서 날에 흠집이 나 있고 심지어 날이 빈 자리도 하나 있었다.

그는 조종석에 앉아 계기판에 불을 켜는 스위치를 찾았다. 소형 시계에 '169, 8, 27, 금요일 5:11'이라는 표시가 떴다. 추진 로터를 하나씩 차례로 켰다. 긁히는 소리가 나다가 곧 부드럽게 윙윙거렸다. 그는 스위치를 끄고 게이지들을 살펴본 뒤 계기판 불을 껐다.

절벽에는 아무 변화가 없었다. 숨어 있던 멤버가 갑자기 나타나지도 않았다. 그는 뒤편의 바다로 시선을 돌렸다. 아무것도 없는 평평한 바다에 은색 달빛이 점점 좁아지는 길처럼 뻗어 있었다. 거의 보름달에 가까운 달 아래에서 그 길이 끝났다. 그를 향해 날듯이 달려오는 배는 보이지 않았다.

그는 몇 분 동안 배 안에 앉아 있다가 밖으로 나와 동굴로 걸어 갔다.

라일락이 밖에 나와 서 있었다. "배가 괜찮아?" 그녀가 물었다.

"아니, 안 괜찮아." 그가 말했다. "무슨 메시지 같은 게 하나도 없는 걸 보니 교역자들이 두고 간 게 아니야. 시계는 작년에 멈췄는데, 로터는 새 거야. 모래밭이라 부양 로터는 켜보지 않았지만, 설사 그게 제대로 작동한다 해도 뱃전 두 군데에 금이 가 있어서 배가 허우적거리기만 하고 제대로 나아가지 못할 수 있어. 게다가 저 배가 우리를 '082의 해변 의료 센터로 곧장 데려갈 가능성도 있어. 비록 원격 조종이 꺼진 상태지만."

라일락은 그를 바라보았다.

"그래도 시도해 보는 게 나을지도 몰라." 그가 말했다. "교역자들이 두고 간 게 아니라면, 저 배가 여기 있는 동안에는 그들이 해안으로 오지 않을 테니까. 어쩌면 우리는 대단한 행운아일 수도 있지.” 그는 손전등을 그녀에게 건넸다.

그리고 동굴에서 음식 상자와 담요 꾸러미를 꺼내 각각 겨드랑이에 끼었다. 둘은 배를 향해 걷기 시작했다. “교역할 물건은 어쩌고?” 그녀가 말했다.

“교역할 수 *있어.*” 그가 말했다. “배 한 척은 카메라나 응급 키트보다 100배는 더 가치가 나갈걸.” 그는 절벽 쪽을 바라보았다. “이제 됐어요, 의사들!” 그가 소리쳤다. “이제 나와도 돼요!”

“*쉬, 하지 마!*”

“샌들을 두고 왔어.”

“상자 안에 있어.”

그는 상자와 꾸러미를 배 안에 내려놓고, 그녀와 함께 조개껍질로 깨진 유리창의 새똥을 긁어냈다. 그다음에는 배 앞쪽을 들어 바다 쪽으로 돌린 뒤, 뒤쪽을 들어 다시 움직였다.

그렇게 배의 양 끝을 들어서 움직이기를 반복한 끝에 마침내 배를 물 위에 띄우고 출렁거리며 서투르게 방향을 잡았다. 라일락이 배에 오르는 동안 배를 붙잡아 준 칩은 있는 힘껏 배를 밀어낸 다음 배에 올랐다.

그는 조종석에 앉아 계기판의 불을 켰다. 그녀는 그의 옆좌석에 앉아 지켜보았다. 흘깃 그녀를 보니, 그녀는 불안한 기색으로 그를 보고 있었다. 그는 추진 로터를 먼저 켜고, 곧이어 부양 로터를 켰다. 배가 격렬하게 흔들리는 바람에 둘은 이리저리 내동댕이쳐졌다. 아래쪽에서 철컹거리는 소리가 크게 났다. 그는 방향 레버를 힘껏 붙잡고 속도 조절 손잡이를 돌렸다. 배가 철썩거리며 앞으로 나아가자 떨림과 철컹거리는 소리가 줄어들었다. 그는 속도를 올렸다. 20, 25. 철컹거리는 소리가 멈추고, 배의 떨림이 안정적인 진동으로 가라앉았다. 배는 수면에서 발을 질질 끌듯이 움직였다.

"배가 뜨질 않아." 그가 말했다.

"그래도 움직이잖아." 그녀가 말했다.

"언제까지? 이런 식으로 물에 잠기면 안 돼. 게다가 뱃전에도 이미 금이 가 있다고." 그가 속도를 더 높이자 배가 높이 솟은 파도 꼭대기를 철썩거리며 통과했다. 그는 방향 레버를 조종해 보았다. 배가 반응했다. 그는 북쪽으로 방향을 돌린 뒤 나침반을 꺼내 배의 방향 표시기와 비교해 보았다. "우리를 '082로 데려갈 것 같지는 않네. 적어도 아직까지는."

그녀는 뒤를 돌아보고 하늘을 올려다보았다. "따라오는 이도 없어."

그가 속도를 더 높이자 양력이 좀 더 생겼다. 하지만 파도를 타고 넘을 때의 충격도 더 커졌다. 그는 다시 속도를 줄였다. 56으로. "40 이상으로 가면 안 될 것 같아." 그가 말했다. "거기 도착하면 날이 밝을 거야. 우리가 만약 도착할 수 있다면. 그래도 상관없겠지. 내가 엉뚱한 섬으로 가지는 않을게. 하지만 이 배가 얼마나 항로에서 벗어날지는 잘 모르겠어."

마조카 근처에 섬이 두 개 더 있었다. 북동쪽으로 40킬로미터 떨어진 EUR91766은 구리 생산 단지가 있는 곳이고, 남서쪽으로 85킬로미터 떨어진 EUR91603은 해조류 가공 단지와 기후수리학 서브센터가 있는 곳이었다.

라일락은 깨진 앞 유리창으로 튀어 들어오는 물보라와 바람을 피해 칩에게 가까이 몸을 기울였다. 칩은 방향 레버를 계속 붙잡은 채, 방향 표시기와 달빛을 받은 바다와 수평선 위에서 반짝이는 별들을 지켜보았다.

별들이 희미하게 사라지고 하늘이 점차 밝아왔지만 마조카는 보이지 않았다. 잔잔한 바다가 사방에 한없이 펼쳐져 있을 뿐이었다.

라일락이 말했다. "우리가 40으로 달렸다면 7시간이 걸려. 우리가 출발한 지 그보다 더 되지 않았어?"

"우리 속도가 40이 아니었나 보지." 칩이 말했다.

아니면 그가 동쪽으로 흐르는 해류에 맞춰 배의 방향을 너무 많이 또는 너무 적게 보정했을 수도 있었다. 어쩌면 이미 마조카를 지나쳐 EUR로 향하는 중인지도 몰랐다. 아니면 마조카가 존재하지 않거나…. 전 통합 시대의 멤버들이 그곳을 '폭파'해서 없애버렸기 때문에 전 통합 시대 지도에서 사라진 것일 수도 있었다. 패밀리에게 그 어리석음과 야만성을 일깨워 줄 필요가 없지 않은가.

그는 북쪽에서 아주 살짝 서쪽으로 비켜난 방향으로 계속 배를 몰면서 속도를 조금 줄였다.

하늘이 점점 밝아지는데도 섬은 보이지 않았다. 마조카가 없었다. 둘은 서로의 눈을 피하며 말없이 수평선을 훑어보았다.

마지막으로 남은 별 하나가 북동쪽 수면 위 상공에서 반짝였다. 아니, 수면 위에서 반짝였다. 아니…. "저쪽에 빛이 있어." 그가 말했다.

그녀는 그가 가리킨 곳을 보고 그의 팔을 잡았다.

빛이 호선을 그리며 좌우로 움직이다가, 마치 손짓하듯이 위아래로 움직였다. 약 1킬로미터쯤 떨어진 곳이었다.

"그리스도와 웨이시여." 칩은 작게 말하고는 그쪽으로 방향을 돌렸다.

"조심해." 라일락이 말했다. "어쩌면 저건….""

그는 조종 레버를 잡고 있던 손을 바꿔 주머니에서 칼을 꺼내서 무릎에 놓았다.

빛이 꺼지고 작은 배 한 척이 나타났다. 누군가가 그 배에 앉아 연한색 물체를 흔들다가 머리 위에 얹었다. 모자였다. 그다음에는 아무것도 쥐지 않은 손과 팔을 흔들었다.

"멤버 한 명." 라일락이 말했다.

"*사람* 한 명." 칩이 말했다. 그는 한 손을 레버에, 다른 손은 속도 조정 손잡이에 얹고 계속 그 배 쪽으로 방향을 유지했다. 노 젓는 배 같았다.

"저 남자를 봐!" 라일락이 말했다.

손을 흔드는 남자는 체구가 작고 하얀 수염을 길렀으며, 불그스름한 얼굴에 챙이 넓은 노란색 모자를 쓰고 있었다. 몸에 입은 것은 상체가 파란색 다리는 하얀색인 의류였다.

칩은 배의 속도를 늦추면서 그 노 젓는 배 근처로 몰고 간 뒤 로터 세 개를 모두 껐다.

예순두 살보다 늙어 보이고 눈이 파란, 환상처럼 파란 그 남자가 군데군데가 비어 있는 갈색 치아를 드러내며 미소를 지었다. "꼭두각시들한테서 도망쳐 온 거지? 자유를 찾아서?" 그의 배가 물결에 출렁거렸다. 배 안에서 함께 움직이는 장대와 그물은… 물고기를 잡는 도구였다.

"맞아요." 칩이 말했다. "맞아요! 우린 마조카를 찾고 있어요."

"마조카?" 남자는 웃음을 터뜨리며 수염을 긁었다. "미요르카. 마조카가 아니라 미요르카야! 지금 이름은 *리버티*고. 미요르카라는 이름이 사라진 지… 아이고, 세상에, 한 100년은 됐겠는걸! 지금은 리버티야."

"근처에 있나요?" 라일락이 물었다. 이어 칩이 말했다. "우린 친구예요. 어떤 식으로든… 간섭하려고 온 게 아니에요. 당신들을 '치료'한다거나 뭐 그런 거 말이에요."

"우리도 불치자예요." 라일락이 말했다.

"그렇지 않으면 여기까지 오지도 않았겠지." 남자가 말했다. "내가 그래서 여기 나와 있는 거고. 자네들 같은 치들이 오는지 망을 보다가 항구로 데려가려고. 맞아, 섬이 가까이 있네. 바로 저쪽이야." 그는 북쪽을 가리켰다.

그러고 보니 수평선에 어두운 초록색 띠 같은 것이 나직하고 선명하게 보였다. 그 띠의 서쪽 절반 상공에서 분홍색 줄무늬들이 반짝였다. 첫 햇살을 받은 산이었다.

칩과 라일락은 그것을 보고, 서로를 보고, 다시 마조카-미요르카-리버티를 보았다.

"그 자리에 그대로 있어." 남자가 말했다. "내가 그쪽 배의 선미에 로프를 걸고 옮겨 갈 테니."

칩과 라일락은 앉은 자리에서 고개를 돌려 서로를 마주 보았다. 칩은 무릎에서 칼을 들어 웃는 얼굴로 바닥에 던졌다. 그리고 라일락의 손을 잡았다.

둘은 서로를 향해 빙긋 웃었다.

"난 우리가 그 섬을 지나친 줄 알았어." 그녀가 말했다.

"나도 그랬어." 그가 말했다. "아니면 그 섬이 이제는 아예 존재하지 않는가 했지."

둘은 웃는 얼굴로 서로를 보다가 몸을 기울여 키스했다.

"어이, 나 좀 도와주겠나?" 남자가 손톱에 때가 낀 손으로 배 뒤편에 매달린 채 둘을 보며 말했다.

둘은 재빨리 일어나 그에게 다가갔다. 칩이 뒷좌석에 무릎을 대고 남자를 끌어 올렸다.

그의 옷은 천으로 만든 것이고, 모자는 노란색 섬유를 길게 뽑아 짠 것이었다. 키가 둘보다 머리 반 개쯤 작은 그의 몸에서 기묘한 냄새가 강하게 풍겼다. 칩은 피부가 거친 그의 손을 움켜쥐고 악수하듯 흔들었다. "나는 칩이에요. 이쪽은 라일락이고요."

"만나서 반갑네." 수염을 기른 파란 눈의 노인이 못생긴 이를 드러내고 웃으며 말했다. "나는 대런 코스탄자야." 그는 라일락과도 악수했다.

"대런 코스탄자?" 칩이 말했다.

"그게 이름이라네."

"아름다워요!" 라일락이 말했다.

"배가 좋구먼." 대런 코스탄자가 주위를 둘러보며 말했다.

"배가 잘 뜨지 않아요." 칩이 말했다. 이어 라일락이 말했다. "그래도 우리를 여기까지 데려다줬으니, 이 배를 발견한 게 행운이었어요."

대런 코스탄자가 웃는 얼굴로 둘을 보았다. "그럼 그 주머니에는 카메라니 뭐니 하는 것들이 잔뜩 들어 있나?"

"아뇨." 칩이 말했다. "우리는 아무것도 가져오지 않기로 했어요. 마침 밀물 때라서…."

"아, 그건 잘못 생각했는걸." 대런 코스탄자가 말했다. "아무것도 안 가져왔어?"

"발생기가 없는 총이 하나 있어요." 칩이 주머니에서 총을 꺼냈다. "여기 꾸러미 안에 책 몇 권과 면도칼 한 개도 있고요."

"음, 이건 좀 가치가 있겠어." 대런 코스탄자가 총을 가져가 살펴보다가 손잡이를 엄지손가락으로 조작했다.

"배도 거래할 수 있어요." 라일락이 말했다.

"더 가져왔어야지." 대런 코스탄자는 이렇게 말하면서 몸을 돌려 멀어지기 시작했다. 둘은 서로를 보고 다시 그를 보며 따라가려고 했다. 하지만 그가 다른 총을 손에 들고 돌아서서 그들을 겨누며, 칩의 총을 자기 주머니에 넣었다. "이 옛날 총은 총알을 발사해." 그가 뒷걸음으로 앞좌석을 향해 더 멀어지며 말했다. "발생기가 필요 없다고. 빵빵. 이제 물속으로 들어가, 빨리. 어서. 물속으로."

둘은 그를 보았다.

"물속으로 들어가라고, 이 멍청한 쇳덩이들아!" 그가 소리쳤다. "머리에 총알이 박히고 싶어?" 그가 총 뒤편의 뭔가를 움직인 뒤 라일락을 겨냥했다.

칩은 그녀를 배의 측면으로 밀었다. 그녀는 난간을 넘어 뱃전을 붙잡고 "저 남자는 왜 이런 짓을 하는 거야?" 하고 말하면서 물속으로 쑥 떨어졌다. 칩도 그 뒤를 따라 뛰어들었다.

"배에서 멀어져!" 대런 코스탄자가 소리쳤다. "멀리 가! 헤엄치라고!"

둘은 몇 미터를 헤엄쳤다. 작업복이 풍선처럼 부풀어 오른 상태로 둘은 방향을 돌려 선헤엄을 쳤다.

"왜 이런 짓을 *하*는 거야?" 라일락이 물었다.

"그건 네 머리로 생각해 봐, 쇳덩이!" 대런 코스탄자가 배의 조종석에 앉으며 말했다.

"당신이 이대로 가버리면 우린 익사할 거야!" 칩이 소리쳤다. "우리가 그렇게 멀리까지 헤엄칠 수는 없어!"

"누가 너더러 이리로 오라고 했어?" 대런 코스탄자가 이렇게 말했다. 곧 배가 물살을 일으키며 빠르게 멀어졌다. 그 뒤에 매달린 노

젓는 배가 일으키는 물거품이 지느러미처럼 보였다.

"이 싸움 같은 형제 증오꾼아!" 칩이 소리쳤다. 배가 멀리 보이는 섬의 동쪽 끝을 향해 방향을 바꿨다.

"*저자가 배를 가져가서 교역할 생각이야!*" 라일락이 말했다.

"저 이기적인 전 통합 병자가⋯." 칩이 말했다. "그리스도, 마르크스, 우드, 웨이시여, 내가 무릎에 두었던 칼을 바닥에 던져버렸어! 우리를 항구로 데려가 달라고 기다리면서! 놈은 *해적*이야, 맞아, 저 싸움 같은⋯."

"그만! 그만해!" 라일락은 이렇게 말하고 나서 절망적인 표정으로 그를 보았다.

"아, 그리스도와 웨이시여." 그가 말했다.

둘은 작업복 앞섶을 열어 몸을 이리저리 움직이며 작업복을 벗었다. "버리지 마!" 칩이 말했다. "구멍을 묶으면 그 안에 공기를 담을 수 있어!"

"배가 또 있어!" 라일락이 말했다.

하얀 점 하나가 서쪽에서 동쪽으로 질주했다. 그들이 있는 곳과 섬 사이 중간쯤 되는 지점이었다.

그녀가 작업복을 흔들었다.

"너무 멀어!" 칩이 말했다. "헤엄쳐서 가야 해!"

둘은 작업복 소매를 묶어 목에 건 뒤 차가운 물속에서 헤엄치기 시작했다. 섬이 너무 멀어서 도저히 갈 수 없을 것 같았다. 거리가 20킬로미터 이상인 듯했다.

공기를 먹어 부푼 작업복에 의지해서 잠깐씩 휴식을 취할 수 있다면 새로 나타난 저 배에 발견될 만한 거리까지는 갈 수도 있겠다고 칩은 생각했다. 하지만 저 배에 누가 있을까? 대런 코스탄자 같은 멤버들? 고약한 냄새를 풍기는 해적과 살인자? 킹이 옳았던 걸까? "너희가 거기 갈 수 있으면 좋을 거야." 킹은 눈을 감고 침대에 누워 이렇게 말했어. "너희 둘이. 너희는 그럴 자격이 있어." 싸움 같은 형제 증오꾼 자식!

두 번째 배가 해적에게 끌려간 둘의 배에 접근했다. 그 배는 마치 두 번째 배를 피하려는 듯이 멀리 동쪽으로 향하고 있었다.

칩은 옆에서 헤엄치는 라일락을 언뜻언뜻 보면서 꾸준히 헤엄쳤다. 저기까지 계속 갈 수 있을 만큼 휴식을 취할 수 있을까? 아니면 숨이 막히고 힘이 빠져서 점점 어두워지는 물속으로 스르르 미끄러질까…. 그는 이 생각을 머리에서 몰아내고 계속 헤엄쳤다.

두 번째 배가 멈춰 있었다. 둘의 배는 조금 전보다 더 멀었다. 하지만 두 번째 배가 아까보다 더 커 보였다. 아니, 계속 커졌다.

그는 헤엄을 멈추고, 물을 차는 라일락의 다리를 잡았다. 숨을 몰아쉬며 돌아보는 그녀에게 그는 배를 가리켰다.

배는 멈춘 것이 아니었다. 방향을 돌려 그들 쪽으로 오고 있었다.

그들은 목에 건 작업복 소매를 잡아 헐겁게 한 뒤, 밝은 파란색과 밝은 노란색 작업복을 흔들었다.

배가 살짝 방향을 틀어 멀어지다가, 다시 돌아왔다가, 다시 다른 방향으로 멀어졌다.

"여기예요!" 둘은 소리쳤다. "도와줘요! 여기예요! 도와줘요!" 그들은 물속에서 애써 몸을 길게 빼고 작업복을 흔들었다.

배는 이쪽으로 돌아섰다가 다시 방향을 돌리더니, 급히 이쪽으로 돌아섰다. 그리고 계속 이쪽을 향한 채 점점 커졌다. 뱃고동이 울렸다. 크게, 크게, 크게, 크게, 크게.

라일락이 콜록콜록 물을 뱉어 내며 무너지듯 칩에게 기댔다. 그는 그녀의 팔 아래로 어깨를 넣어 그녀를 지탱했다.

수면 위로 미끄러지듯 다가온 하얀 배가 가까이에서 완전히 모습을 드러냈다. 선체에 'I.A.'라는 글자가 초록색으로 크게 적혀 있고, 로터는 한 개였다. 배가 멈추자 그 서슬에 생겨난 물살이 둘을 덮쳤다. "잠깐만 기다려요!" 어떤 멤버가 소리치더니, 뭔가가 공중을 날아와 둘 옆에 철퍽 떨어졌다. 물에 뜨는 하얀 고리에 밧줄이 달려 있었다. 칩이 그것을 붙잡자 곧바로 밧줄이 팽팽해졌다. 노란 머리의 젊은 멤버가 그것을 잡아당기는 중이었다. 그가 물살을 헤치며 둘을 끌어당겼다. "난 괜찮아." 라일락이 칩의 품에서 말했다. "난 괜찮아."

배 측면에 위로 올라가는 발판들이 있었다. 칩은 라일락의 작업복을 그녀의 손에서 빼낸 뒤, 그녀의 손가락을 구부려 발판 하나를 잡게 하고, 다른 손을 그 위의 발판에 놓았다. 그녀가 발판을 올라갔다. 뱃전 너머로 몸을 기울여 손을 뻗은 멤버가 그녀의 손을 잡고 끌어 올렸다. 칩은 그녀의 발을 붙잡아 주며 뒤따라 올라갔다.

둘은 따뜻하고 단단한 바닥에 꺼끌꺼끌한 담요를 덮고 똑바로 누워 서로 손을 잡고 숨을 몰아쉬었다. 누군가가 둘의 머리를 차례로 들어 올리고 작은 금속 용기를 입술에 대주었다. 그 안의 액체에서 대런 코스탄자의 냄새가 났다. 목구멍이 타는 듯했지만, 일단 삼키고 나니 놀랍게도 뱃속이 따뜻해졌다.

"알코올?" 칩이 말했다.

"걱정 마요." 노란 머리의 젊은 남자가 말했다. 둘을 내려다보며 미소 짓는 그의 치아는 정상이었다. 그는 작은 금속 용기를 수통 입구에 대고 나사처럼 돌렸다. "한 모금 먹는다고 뇌가 썩지는 않아요." 스물다섯 살쯤 되어 보이는 그는 정상적인 눈과 피부를 갖고 있었으며, 짧은 수염은 머리카락처럼 노란색이었다. 엉덩이에 걸쳐진 갈색 벨트의 갈색 주머니에는 총이 들어 있었다. 상체에는 소매가 없는 하얀 천 셔츠를 입었고, 하체에는 파란색 천을 덧댄 황갈색 천 바지를 입었는데 바지 길이가 무릎에서 끊어졌다. 그는 수통을 좌석에 놓고, 벨트 앞쪽을 풀었다. "작업복을 가져올게요." 그가 말했다. "여기서 숨 고르고 있어요." 그는 총이 있는 벨트를 수통 옆에 두고, 뱃전 위로 올라갔다. 첨벙 하는 소리와 함께 배가 흔들렸다.

"최소한 아까 그놈하고는 다르네." 칩이 말했다.

"총을 갖고 있어." 라일락이 말했다.

"그걸 여기 두고 갔잖아. 만약 그가… 병자라면 무서워서 그렇게 못 했을 거야."

둘은 꺼끌꺼끌한 담요 아래에서 손을 맞잡고 조용히 누워 심호흡을 하며 맑고 푸른 하늘을 바라보았다.

배가 살짝 기울더니 젊은 남자가 물이 뚝뚝 떨어지는 작업복을 들고 다시 배에 올랐다. 오랫동안 자르지 않은 그의 머리카락이 여러 개의 축축한 고리 모양으로 두피에 달라붙었다. "좀 나아졌어요?" 그가 웃는 얼굴로 물었다.

"네." 둘이 함께 말했다.

그는 뱃전 너머에서 작업복을 탈탈 털었다. "내가 여기 없어서 그 얼간이를 쫓아버리지 못했네요. 미안해요." 그가 말했다. "대부분의 이주자들이 EUR에서 오기 때문에 나는 보통 북쪽에 있거든요. 배가 이것 말고 한 척 더 있어야 하는데. 아니면 장거리 관측기라도."

"당신은… 경찰인가요?" 칩이 물었다.

"나 말이에요?" 젊은 남자가 빙긋 웃었다. "아뇨. 난 이주자 지원 부인 I.A.에 있어요. 새로 오는 이주자들이 적응하는 걸 도울 수 있게 이런 기관 설립을 허락해 준 것이 정말 너그러웠죠. 이주자들이 익사하지 않게 해변으로 데려오는 일도 해요." 그는 배의 난간에 작업복을 널고, 젖어서 달라붙은 부분들을 떼어 냈다.

칩은 팔꿈치로 몸을 일으켰다. "이런 일이 자주 있어요?"

"이주자들의 배를 훔쳐 가는 건 여기서 인기 많은 소일거리예요." 젊은 남자가 말했다. "아까 그자보다 훨씬 더 재미있는 사람들도 있어요."

칩이 일어나 앉자, 라일락도 그의 옆에서 일어나 앉았다. 젊은 남자가 둘을 마주 바라보았다. 그의 한쪽 뺨에서 분홍색 햇빛이 반짝였다.

"실망시켜서 미안한데, 여긴 낙원이 아니에요." 그가 말했다. "이 섬 인구 중 5분의 4는 통합 이전부터 여기 살았거나 통합 직후에 온 일족들의 후손이에요. 근친교배를 하고, 무지하고, 비열하고, 자신에게 만족하고 있죠. 이주자들을 무시하고요. 그들이 우리를 부르는 이름이 '쇳덩이'예요. 팔찌 때문에 붙은 이름이죠. 우리가 팔찌를 벗은 뒤에도 그렇게 불러요."

그는 좌석에서 총집이 달린 허리띠를 들어 엉덩이에 둘렀다. "우리는 그들을 '얼간이'라고 불러요." 그가 허리띠 죔쇠를 잠그면서 말했다. "하지만 그 이름을 소리 내서 말하면 안 돼요. 그랬다가는 그자들 대여섯 명한테 갈비뼈를 짓밟히게 될 테니까요. 그것도 그자들의 소일거리예요."

그는 둘을 다시 보았다. "이 섬은 코스탄자 장군이 운영하고 있어요." 그가 말했다. "그리고…."

"배를 가져간 게 그자예요!" 둘이 말했다. "대런 코스탄자!"

"아닐걸요." 젊은 남자가 웃는 얼굴로 말했다. "장군은 이렇게 일찍 일어나지 않아요. 그 얼간이가 당신들을 놀린 모양이네요."

칩이 말했다. "그 형제 증오꾼!"

젊은 남자가 말했다. "코스탄자 장군의 배후에는 교회와 군대가 있어요. 얼간이들한테도 자유가 거의 없고, 우리한테는 사실상 전혀 없어요. 우리는 '쇳덩이타운'으로 지정된 곳에서만 살아야 해요. 이유 없이 그 지역을 벗어나면 안 돼요. 모든 얼간이 경찰관에게 반드시 신분증을 보여줘야 하고, 우리가 구할 수 있는 직장은 가장 신분이 낮고 가장 일이 힘든 곳뿐이에요.” 그는 수통을 들었다. “이것 좀 더 마실래요? ‘위스키’라는 거예요.”

칩과 라일락은 고개를 저었다.

젊은 남자가 수통에 나사처럼 돌려서 고정했던 금속 용기를 열고, 호박색 액체를 거기에 따랐다. “보자, 내가 빠뜨린 게 있나?” 그가 말했다. “우리는 땅이나 무기를 소유할 수 없어요. 해변에 내리면 나는 총을 반납해야 해요.” 그는 금속 용기를 들어 올리며 둘을 바라보았다. “리버티에 오신 것을 환영합니다.” 그는 술을 마셨다.

둘은 낙담한 얼굴로 서로를 보고 젊은 남자를 보았다.

“여길 리버티라고 불러요.” 그가 말했다.

“여길 찾아오는 사람들이 환영받을 줄 알았어요.” 칩이 말했다. “패밀리를 막는 데 도움이 될 테니까.”

젊은 남자는 금속 용기를 돌려 다시 수통을 닫으면서 말했다. “한 달에 두세 명씩 오는 이주자들을 제외하면 여기로 아무도 오지 않아요. 패밀리가 얼간이들을 치료하려고 마지막으로 시도한 건 옛날 컴퓨터가 다섯 대이던 시절이에요. 유니가 작동하기 시작한 뒤로는 어떤 시도도 없었어요.”

“왜요?” 라일락이 물었다.

젊은 남자는 둘을 보았다. “그건 아무도 몰라요. 여러 가설이 있죠. 얼간이들은 ‘하느님’이 자기들을 보호해 주고 있거나, 패밀리가 군대를 무서워하기 때문이라고 생각해요. 군대는 무능한 주정뱅이 시골뜨기 무리예요. 이주자들의 가설은… 뭐, 일부 이주자들의 가설은 이 섬의 자원이 워낙 고갈되어 있어서 여기 거주자 전원을 치료하는 데 유니가 시간을 쏟을 가치가 없다는 것이고요."

"그럼 다른 이들의 가설은…." 칩이 말했다.

젊은 남자는 그들에게 등을 돌리고 수통을 배의 계기판 아래 선반에 놓았다. 그리고 좌석에 앉아 다시 둘을 향해 고개를 돌렸다. "다른 이들이라." 그가 말했다. "나도 거기 속해요. 유니가 이 섬과 얼간이들 그리고 전 세계의 숨겨진 섬들을 모두 이용하고 있다고 생각하는 쪽."

"이용한다고요?" 칩이 말했다. 이어 라일락이 말했다. "어떻게요?"

"우리를 가둬두는 감옥으로." 젊은 남자가 말했다.

둘은 그를 보았다.

"왜 그쪽 바닷가에 항상 배 한 척이 있을까요?" 그가 물었다. "항상 있어요. EUR과 AFR에. 아직 여기까지 올 수 있을 정도의 성능을 지닌 낡은 배. 그리고 박물관에는 왜 섬을 가린 흔적이 남아 있는 지도들이 마침맞게 있을까요? 섬을 *진짜로* 지워버린 *가짜 지도*를 만드는 편이 더 편리하지 않겠어요?"

둘은 그를 빤히 바라보았다.

그는 강렬한 눈빛으로 둘을 보았다. "완벽한 효율, 완벽한 안정성, 완벽한 협조성을 지닌 사회를 유지하는 컴퓨터 프로그램을 어떻게 짤까요? 생물학적 변종, '불치자', 말썽꾼의 싹이 보이는 자를 어떻게 처리할까요?"

둘은 그를 빤히 바라보면서 아무 말도 하지 않았다.

그가 둘을 향해 몸을 기울였다. "전 세계에 '통합되지 않은' 섬을 몇 군데 남겨두는 거예요. 박물관에는 지도를, 바닷가에는 배를 남겨두고요. 컴퓨터가 나쁜 풀을 숨아 낼 필요가 없어요. 그들이 *스스로를 숨아 내니까.* 그들이 가장 가까운 곳의 고립된 감옥으로 알아서 꿈틀꿈틀 찾아가요. 기쁜 마음으로. 거기에는 얼간이들이 기다리고 있고, 코스탄자 장군 같은 이가 책임자로 버티고 있죠. 그들은 배를 빼앗고, 이주자를 쇳덩이타운에 처박아 넣고, 계속 무력하고 무해한 상태로 유지해요. 그리스도, 마르크스, 우드, 웨이의 고결한 사도들은 절대 꿈도 꾸지 않을 만큼 비굴한 상태로."

"그럴 리가 없어요." 라일락이 말했다.

"그럴 리가 있다고 생각하는 이가 많아요." 젊은 남자가 말했다.

칩이 말했다. "우리가 여기에 오는 걸 유니가 *허락했다고요?*"

"아냐." 라일락이 말했다. "그건 너무… 비틀린 생각이야."

젊은 남자는 그녀와 칩을 차례로 보았다.

칩이 말했다. "내가 진짜 싸움같이 영리한 줄 알았어!"

"나도 그랬어요." 젊은 남자가 몸을 뒤로 물리면서 말했다. "당신들 기분을 잘 알아요."

"아냐, 그럴 리가 없어요." 라일락이 말했다.

잠시 침묵이 흐르다가 젊은 남자가 말했다. "이제 당신들을 데리고 들어갈 거예요. I.A.가 팔찌를 벗기고 당신들을 등록한 뒤 정착금으로 25달러를 빌려줄 거예요." 그는 빙긋 웃었다. "형편없는 곳이긴 해도, 패밀리랑 있을 때보다는 나아요. 천도 파플론보다 편안하고요.
진짜예요. 게다가 썩은 무화과라도 토털케이크보다 맛있어요. 아이
도 낳을 수 있고, 술을 마시거나 담배를 피울 수도 있고, 열심히 일하
면 방도 두어 개 얻을 수 있어요. 심지어 부자가 되는 쇳덩이도 있어
요. 주로 연예인이죠. 얼간이들에게 굽실거리면서 쇳덩이타운에 머무
르는 것도 괜찮아요. 스캐너도 조언자도 없고, 1년 내내 텔레비전에
서는 〈마르크스의 생애〉가 한 번도 나오지 않으니까요."

라일락은 빙긋 웃었다. 칩도 빙긋 웃었다.

"작업복 입어요." 젊은 남자가 말했다. "얼간이들은 알몸에 경악
하거든요. 그건 '죄 많은' 거래요." 그는 배의 계기판으로 몸을 돌렸다.

둘은 담요를 옆에 놓고 젖은 작업복을 입은 뒤 섬을 향해 배를 모
는 젊은 남자의 뒤에 섰다. 방금 떠오른 태양의 눈부신 빛 속에서 섬
이 초록색과 황금색으로 펼쳐졌다. 가장 높은 곳에는 산이 있고, 하얀
색, 노란색, 분홍색, 연한 파란색이 점점이 흩어져 있었다.

"아름다워요." 라일락이 단호히 말했다.

칩은 그녀의 어깨에 팔을 두른 자세로 눈을 가늘게 뜨고 앞을 바
라보며 아무 말도 하지 않았다.

5

그들은 폴렌사라는 도시에 살았다. 금이 가서 곧 무너질 듯한 쇳
덩이타운 건물의 방 절반이 그들의 집이었는데, 전기가 간헐적으로

들어오고 수도꼭지에서는 갈색 물이 나왔다. 방에는 매트리스 하나, 탁자 하나, 의자 하나, 옷상자 하나가 있었다. 그들은 그 상자를 의자로 활용했다. 방의 나머지 반쪽에 사는 이들은 40대 부부와 아홉 살 딸로 이루어진 뉴먼 일가로, 그들에게 자기네 스토브와 텔레비전과 음식을 넣어두는 '냉장고' 안 선반 하나를 써도 된다고 허락해 주었다. 이 방은 원래 뉴먼 일가의 것이었다. 칩과 라일락은 일주일에 4달러를 내고 그 방의 절반을 빌렸다.

그들은 일주일에 도합 9달러 20센트를 벌었다. 칩은 철광산에서 다른 이주자들과 함께 철광석을 수레에 싣는 일을 했다. 바로 옆에 서 있는 자동 적재기는 이미 수리할 수 없는 상태라서 먼지를 뒤집어쓴 채 꼼짝도 하지 않았다. 라일락은 옷 공장에서 셔츠에 잠금장치를 다는 일을 했다. 그 공장의 기계도 실보무라지를 모피처럼 둘러쓰고 꼼짝도 하지 않았다.

그들은 매주 버는 9달러 20센트로 방세를 내고, 식비와 차비를 쓰고, 담배 몇 개비와 《리버티 이주자》라는 신문을 샀다. 옷이 낡아서 새로 사야 할 때와 긴급 상황을 대비해서 50센트를 저축하고, 처음 도착했을 때 빌린 25달러를 조금씩 갚기 위해 이주자 지원부에 50센트를 냈다. 그들이 먹는 음식은 빵, 생선, 감자, 무화과였다. 처음에는 이 음식을 먹고 복통과 변비에 시달렸지만 곧 좋아하게 되어서 색다른 맛과 질감을 즐겼다. 그들은 식사 시간을 고대했으나, 음식을 준비하고 식사 후에 치우는 일은 귀찮았다.

몸도 변했다. 라일락이 며칠 동안 피를 흘렸는데, 뉴먼 부부는 치료받지 않는 여자들에게 자연스러운 일이라고 말해주었다. 또한 머리카락이 길게 자라는 동안 그녀의 몸이 더 둥글고 나긋해졌다. 칩의 몸은 광산에서 하는 노동 덕분에 더 단단하고 강해졌다. 곧게 뻗은 검은색 수염이 자라서 그는 뉴먼 부부의 가위로 일주일에 한 번씩 수염을 다듬었다.

그들에게는 이주국 직원이 지어준 이름이 생겼다. 칩은 에이코 뉴마크, 라일락은 그레이스 뉴브리지였다. 나중에 둘이 결혼하면서(유니에게 신청할 필요 없이 서류와 수수료를 내고 '하느님'에게 서약하면 되었다) 라일락의 이름은 그레이스 뉴마크로 바뀌었다. 하지만 그들은 서로를 여전히 칩과 라일락으로 불렀다.

동전을 다루는 법, 상점 판매원을 대하는 법, 폴렌사의 낡은 만원 모노레일을 타고 다니는 법에도 익숙해졌다. 원주민이 보이면 옆으로 비켜서는 법과 그들의 기분을 상하게 하지 않는 법을 터득하고, '충성 맹세'를 외우고, 빨간색과 노란색이 들어간 리버티의 깃발에 경례했다. 문을 열기 전에는 노크를 하고, 우즈데이를 수요일로 고쳐 부르고, 마르크스 달을 3월로 불렀다. 또한 '싸움'과 '증오'는 사용할 수 있는 단어지만 '썹'은 '더러운' 단어임을 스스로에게 일깨웠다.

핫산 뉴먼은 위스키를 아주 많이 마셨다. 퇴근해서 집에 돌아온 직후(이 섬에서 가장 큰 가구 공장에 다녔다) 그는 딸 지지와 시끄러운 게임을 하고, 톱에 다쳐서 손가락이 네 개밖에 없는 손에 술병을 쥐고 방을 반으로 가른 커튼을 더듬더듬 통과하곤 했다. "이리 와, 이 한심한 쇳덩이들아." 그는 이렇게 말했다. "잔은 어디다 뒀어? 증오 같으니. 와서 건배나 한번 해." 칩과 라일락은 몇 번 그와 함께 술을 마셨지만, 위스키를 마시면 머리가 혼란스럽고 행동이 서툴러진다는 것을 깨닫고 그의 제안을 대부분 거절했다. "이러지 말고." 어느 날 저녁 그가 말했다. "내가 이 방 주인인 건 맞는데, 그렇다고 딱히 얼간이는 아니잖아, 안 그래? 아니면 뭐야? 내가 당신들한테 똑같이 한 텁… 한 턱 내라고 할까 봐 그래? 당신들이 푼돈에도 조심스러운 건 내가 알지."

"그런 게 아니에요." 칩이 말했다.

"그럼 왜?" 핫산은 휘청거리다가 몸을 바로 세웠다.

칩은 잠시 가만히 있다가 입을 열었다. "위스키로 그렇게 멍해질 거라면 굳이 치료를 피해 도망친 의미가 없잖아요. 차라리 패밀리로 돌아가는 게 나을 수도 있겠어요."

"아." 핫산이 말했다. "그렇지, 무슨 소리인지 알았어." 그는 화난 표정으로 둘을 바라보았다. 체격이 건장하고, 수염은 꼬불꼬불하고, 눈은 충혈된 모습이었다. "딱 기다려." 그가 말했다. "당신들이 여기서 좀 더 있다 보면 어떻게 되나 보자고. 당신들이 여기서 좀 더 있다 보면 어떻게 되나 봐. 그거면 돼." 그는 돌아서서 더듬더듬 커튼을 통과했다. 그가 투덜거리는 소리, 그의 아내인 리아가 달래듯이 말하는 소리가 들렸다.

건물에 사는 이들 거의 모두가 핫산만큼 위스키를 많이 마시는 것 같았다. 행복 때문이든 분노 때문이든 커다란 목소리들이 밤새 시간을 가리지 않고 벽 너머에서 들려왔다. 엘리베이터와 복도에서는 위스키 냄새, 생선 냄새, 그리고 사람들이 위스키와 생선 냄새를 없애려고 사용하는 달콤한 향수 냄새가 났다.

저녁에 꼭 필요한 청소를 끝낸 뒤 칩과 라일락은 대개 옥상으로 올라가 바람을 좀 쐬거나 방 안의 탁자에 앉아 《리버티 이주자》를 읽었다. 모노레일에서 주워 온 책이나 이주자 지원부의 보잘것없는 책들 중에서 빌려 온 책을 읽을 때도 있었다. 때로는 뉴먼 일가와 함께 텔레비전을 보았다. 원주민 집안에서 벌어지는 어리석은 오해를 다룬 드라마들인데, 다양한 담배와 소독제에 대한 알림 때문에 극이 자주 끊어졌다. 코스탄자 장군이나 교회의 우두머리인 클레멘트 교황이 연설을 할 때도 있었다. 식량과 공간과 자원이 부족하다는 불안한 내용의 연설이었다. 모두 이주자들만 비난받을 일은 아니었다. 핫산은 위스키 때문에 호전적으로 변해서 대개 연설이 끝나기도 전에 텔레비전을 꺼버리곤 했다. 패밀리의 텔레비전과 달리 리버티 텔레비전은 누구나 마음대로 껐다 켰다 할 수 있었다.

어느 날 광산에서 점심시간 15분이 다 끝나갈 무렵, 칩은 자동 적재기로 다가가 살펴보며 이게 정말 수리할 수 없을 만큼 망가진 건지 아니면 구할 수 없는 부품을 우회하거나 달리 대체할 방법이 있는지 살펴보기 시작했다. 원주민 작업반장이 다가와 그에게 뭘 하는 거냐고 물었다. 칩은 예의 바르게 말하려고 주의를 기울이면서 자신의 생각을 말했지만, 작업반장은 화를 냈다. "이 시팔 쇳덩이들은 항상 자기가 존나게 똑똑한 줄 알지!" 그는 총자루에 손을 댔다. "네 자리로 가서 이탈하지 마!" 그가 말했다. "그런 생각 할 시간이 있으면 음식을 덜 먹을 방법이나 궁리해 보든지!"

모든 원주민이 그렇게 못된 건 아니었다. 그들이 사는 건물의 주인은 칩과 라일락에게 호감을 보이며, 빈방이 나오는 대로 일주일에 5달러로 방 하나를 온전히 빌려주겠다고 약속했다. "너희는 다른 녀석들과 달라." 그가 말했다. "술이나 마시고, 완전히 벌거벗은 채 복도를 돌아다니고… 그런 꼴을 보느니 몇 센트 덜 받고 너희 같은 녀석들을 받는 게 낫지."

칩은 그를 바라보며 말했다. "이주자들이 술을 마시는 데에는 이유가 있어요, 아시겠지만."

"알지, 알지." 주인이 말했다. "우리가 너희를 형편없이 대하고 있다는 말을 누구보다 먼저 할 사람이야, 내가. 하지만 말이지, 너희 둘은 술 마시나? 완전히 벌거벗고 돌아다녀?"

라일락이 말했다. "고마워요, 코셤 씨. 저희에게 방을 빌려주시면 감사하죠."

그들은 '감기'와 '독감'에 걸렸다. 라일락은 의류 공장의 일자리를 잃었지만 집에서 걸어갈 수 있는 거리의 원주민 식당 주방에서 더 나은 일자리를 구했다. 경찰관 두 명이 어느 날 저녁 방으로 와서 신분증을 확인하고 무기가 있는지 찾아보았다. 핫산이 신분증을 보여 주며 뭐라고 투덜거리자, 경찰관들이 곤봉으로 그를 때려 바닥에 쓰러뜨렸다. 그리고 매트리스에 칼을 찔러 넣고 접시도 몇 장 깨뜨렸다.

라일락은 '생리'를 하지 않았다. 한 달에 며칠씩 길에서 피를 흘리는 일. 그것이 없다는 건 임신했다는 뜻이었다.

어느 날 밤, 칩은 옥상에 서서 담배를 피우며 북동쪽 하늘을 바라보았다. EUR91766의 구리 생산 단지가 탁한 주황색 불빛으로 보였다. 줄에 널어둔 빨래를 걷고 있던 라일락이 그에게 다가와 한 팔을 그의 몸에 둘렀다. 그리고 그의 뺨에 키스한 뒤 그에게 몸을 기댔다. "별로 나쁘지 않아." 그녀가 말했다. "지금까지 12달러를 저축했고, 이제 곧 우리만의 방이 생길 테고, 눈 깜박할 사이에 아기가 태어날 거야."

"쇳덩이겠지." 칩이 말했다.

"아냐. 아기야."

"거지 같아. 썩었어. 비인간적이야."

"여기가 그런 걸 어떡해. 우리가 익숙해져야지."

칩은 아무 말 없이 하늘의 주황색 불빛만 계속 바라보았다.

《리버티 이주자》에 매주 이주민 가수와 운동선수에 관한 기사가 실렸다. 가끔 과학자에 관한 기사가 실리기도 했다. 그들은 일주일에 40~50달러를 벌어 좋은 아파트에 살면서 영향력 있고 계몽된 원주민들과 어울렸으며, 두 집단의 관계가 더 평등하게 변할 가능성에 대해 희망을 품고 있었다. 칩은 이런 기사를 읽으며 콧방귀를 뀌었다. 이건 신문 소유주인 원주민들이 이주자를 달래서 얌전하게 만들려고 내는 기사였다. 그가 느끼기엔 그랬지만, 라일락은 기사를 액면 그대로, 자기들의 형편도 결국 나아질 것이라는 증거로 받아들였다.

10월의 어느 주, 그들이 리버티에 온 지 6개월이 조금 넘었을 때, 모건 뉴게이트라는 화가에 대한 기사가 실렸다. 그는 8년 전 EUR에서 이곳으로 왔으며, 지금은 뉴마드리드에서 방이 네 개나 되는 아파트에 살았다. 바로 얼마 전에는 십자가에 예수가 못 박힌 장면이 포함된 일련의 그림들을 클레멘트 교황에게 보여주고 무려 100달러를 벌었다. 그는 그림에 'A'라고 서명했는데, 기사의 설명에 따르면 그의 별명이 '애시'이기 때문이었다.

"그리스도와 웨이시여." 칩이 말했다.

라일락이 말했다. "무슨 일이야?"

"이 모건 뉴게이트랑 같이 아카데미에 있었어." 칩이 그녀에게 기사를 보여주며 말했다. "친한 친구였지. 이 친구 이름은 칼이야. 옛날 내가 IND에서 갖고 있던 말 그림 기억나?"

"아니." 그녀는 기사를 읽으며 대답했다.

"이 녀석이 그린 거야." 칩이 말했다. "모든 그림에 원을 두른 A를 서명으로 남겼어." 맞는 것 같았다. '애시'라는 이름을 칼이 언급한 적이 있는 것 같았다. 그리스도와 웨이시여, 이 녀석도 도망쳤구나! 이런 표현이 맞는지 모르겠지만 유니의 감옥인 리버티로 '도망'쳤어. 최소한 그는 항상 원하던 일을 하고 있으니, 그에게 리버티는 정말로 자유였다.

"전화해 봐." 라일락이 계속 기사를 읽으며 말했다.

"그럴 거야." 칩이 말했다.

하지만 안 할 것 같기도 했다. '모건 뉴게이트'에게 전화하는 데 무슨 의미가 있는가? 그는 교황을 위해 십자가 그림을 그리고, 다른 이주자들에게 상황이 매일 나아지고 있다고 말하는 자인데. 하지만 칼은 사실 그런 말을 하지 않았는데 《리버티 이주자》가 거짓말을 했을 수도 있었다.

"말만 하지 말고." 라일락이 말했다. "그 친구 덕분에 당신이 더 좋은 직장을 구할 수도 있어."

"맞아. 그럴 수도 있지."

라일락이 그를 보았다. "왜 그래? 더 좋은 직장이 싫어?"

"내일 전화할게. 출근길에." 그가 말했다.

하지만 그는 전화하지 않았다. 그는 삽을 휘둘러 끙 하고 힘을 쓰며 철광석을 들어 올렸다. 그 동작을 반복했다. '놈들하고 전부 싸워야지. 술 마시는 쇳덩이, 상황이 점점 좋아진다고 생각하는 쇳덩이, 얼간이, 멍청이, 유니랑 싸워.'

그다음 일요일 오전에 라일락은 두 블록 떨어진 건물까지 그를 데리고 갔다. 로비에 제대로 작동하는 전화기가 있는 곳이었다. 그가 낡아빠진 전화번호부를 뒤적이는 동안 그녀는 기다렸다. '모건'과 '뉴게이트'는 이주자들에게 흔히 부여되는 이름이지만, 전화기를 갖고 있는 이주자는 거의 없었다. 따라서 전화번호부에 실린 '모건 뉴게이트'라는 이름은 하나뿐이었다. 주소는 뉴마드리드.

칩은 토큰 세 개를 전화기에 넣고 번호를 말했다. 전화기 화면은 깨져 있었지만 그건 상관없었다. 리버티의 전화기들은 이제 화면을 전송하지 않기 때문에.

어떤 여자가 전화를 받았다. 칩이 모건 뉴게이트가 있느냐고 묻자 그렇다고 답하더니 아무 말이 없었다. 침묵이 길어지자 몇 미터 떨어진 곳에서 소독제 포스터 옆에 서 있던 라일락이 다가왔다. "그 친구 있대?" 그녀가 속삭이듯 물었다. "여보세요?" 어떤 남자의 목소리가 들려왔다.

"모건 뉴게이트예요?" 칩이 물었다.

"네. 누군가요?"

"칩이야." 칩이 말했다. "유전과학 아카데미의 리 RM."

침묵이 흐르다가 그 목소리가 말했다. "오, 하느님. 리! 날 위해서 패드와 목탄을 구해줬지!"

"맞아. 그리고 내 조언자에게 네가 병들었으니 도움이 필요하다고 말했어."

칼은 웃음을 터뜨렸다. "맞아. 네가 그랬지, 이 망할 자식! 끝내준다! 언제 건너왔어?"

"6개월쯤 전에."

"뉴마드리드에 있어?"

"폴렌사에."

"무슨 일을 하는데?"

"광산에서 일해."

"그리스도시여, 그거 막장이잖아." 칼은 잠시 가만히 있다가 말을 이었다. "여긴 지옥 같지?"

"응." 칩은 대답하면서 속으로 생각했다. '이 녀석은 심지어 저들

의 단어를 사용하네. 지옥이라니. 오, 하느님이라니. 틀림없이 기도도 하겠는걸.'

"전화기가 제대로 작동하면 네 얼굴도 볼 수 있을 텐데." 칼이 말했다.

칩은 적대감을 품은 자신이 갑자기 부끄러워졌다. 그는 칼에게 라일락에 대해 말해주고 그녀가 임신했다는 사실도 알렸다. 칼은 자신이 패밀리에서 결혼했지만 혼자 건너왔다고 말했다. 그는 성공을 축하하는 칩의 말을 받아들이려 하지 않았다. "내가 파는 물건들은 끔찍해." 그가 말했다. "어린 얼간이 애들을 노린 거지. 그래도 일주일에 사흘은 어찌어찌 나만의 작업을 하고 있으니 불평할 수도 없어. 저기, 리… 아니, 뭐였지, 칩인가? 칩, 우리 만나자. 나한테 오토바이가 있어. 언제 저녁때 내가 그쪽으로 갈게. 아냐, 잠깐, 다음 일요일에 볼 일 있어? 너랑 네 아내랑."

라일락은 불안한 얼굴로 칩을 보았다. 그는 전화기를 향해 말했다. "없는 것 같은데. 잘은 모르겠어."

"내가 친구들을 부를 거거든." 칼이 말했다. "너도 와, 어때? 6시쯤이야."

라일락이 고개를 끄덕이는 모습을 보고 칩이 말했다. "시간을 내볼게. 아마 갈 수 있을 거야."

"꼭 와." 칼은 칩에게 주소를 알려주었다. "너도 넘어와서 기쁘다. 어쨌든 *거기*보다는 여기가 낫잖아, 안 그래?"

"조금은." 칩이 말했다.

"다음 일요일에 기다리고 있을게. 안녕, 형제."

"안녕." 칩은 이렇게 말하고 나서 전화를 끊었다.

라일락이 말했다. "우리 가는 거지?"

"차비가 얼마나 들지 알아?"

"아, 칩⋯."

"알았어, 알았어. 가자. 하지만 칼한테 아무것도 부탁하지 않을 거야. 당신도 부탁하지 마. 명심해."

그 주 매일 저녁에 라일락은 둘이 가진 옷 중에 가장 좋은 것을 꺼내 손을 봤다. 초록색 원피스에서 해진 소매를 떼어 내고, 수선한 부분이 덜 눈에 띄게 바지를 다시 수선했다.

뉴마드리의 쇳덩이타운 경계선 가까이에 있는 그 건물은 많은 원주민 건물들에 비해 그리 상태가 나쁘지 않았다. 깨끗이 청소된 로비에서는 위스키와 생선과 향수 냄새가 아주 조금만 날 뿐이었다. 엘리베이터도 잘 작동했다.

칼의 집 문 옆, 새로 회반죽을 바른 벽에 누르는 단추가 박혀 있었다. 초인종이었다. 칩은 그것을 눌렀다. 뻣뻣하게 서 있는 그의 팔을 라일락이 붙잡았다.

"누구세요?" 남자의 목소리가 물었다.

"칩 뉴마크야." 칩이 말했다.

문의 잠금장치가 풀리고 문이 열렸다. 칼이, 수염을 길렀지만 예리하고 선명한 눈은 예전과 똑같은 서른다섯 살의 칼이 활짝 웃으며 칩의 손을 쥐고 말했다. "리! 네가 안 오는 줄 알았어!"

"착한 얼간이를 좀 우연히 만났어." 칩이 말했다.

"아, 그리스도시여." 칼은 이렇게 말하고서 그들을 안으로 데리고 들어갔다.

그가 문을 잠근 뒤 칩은 라일락을 소개했다. "안녕하세요, 뉴게이트 씨." 그녀가 이렇게 말하자, 칼은 앞으로 내민 그녀의 손을 잡고 얼굴을 바라보며 말했다. "애시야. 안녕, 라일락."

"안녕, 애시." 그녀가 말했다.

칼이 칩에게 말했다. "그놈들이 널 해쳤어?"

"아니." 칩이 말했다. "그냥 '충성 맹세를 외워봐라,' 뭐 그런 천 같은 일이지."

"망할 놈들." 칼이 말했다. "들어와. 내가 주는 술을 한 잔 마시면 그런 일은 잊게 될 거야." 그는 둘의 팔꿈치를 잡고 좁은 통로로 들어섰다. 벽에 그림 액자들이 다닥다닥 붙어 있었다. "좋아 보인다, 칩." 그가 말했다.

"너도 그래. 애시."

둘은 서로를 향해 빙긋 웃었다.

"17년 만이야, 형제." 칼-애시가 말했다.

벽이 갈색이고 연기가 자욱한 방에 남녀가 섞여 앉아 있었다. 열 명이나 열두 명쯤 되는 그들은 담배와 잔을 들고 서로 이야기를 나누다가 말을 멈추고 기대에 찬 표정으로 그들을 돌아보았다.

"이쪽은 칩, 이쪽은 라일락." 칼이 말했다. "칩이랑 나는 아카데미에 같이 있었어. 패밀리 최악의 유전학 학생들이었지."

방 안의 남녀들이 미소를 지었다. 칼은 그들을 차례로 가리키며 이름을 말했다. "비토, 서니, 리아, 라스⋯." 대부분 이주자였다. 남자들은 수염을 기르고 여자들은 머리를 길게 길렀지만, 눈과 머리 색깔은 패밀리의 것이었다. 원주민도 두 명 있었다. 안색이 창백하고 몸이 꼿꼿한 매부리코 여자는 쉰 살쯤으로 보였는데, 아무 장식 없어 보이는 검은 원피스 위로 황금색 십자가가 드리워져 있었다(칼이 "줄리아"라고 이름을 말하자, 그녀는 입술을 다문 채로 빙긋 웃었다). 비만한 빨간 머리 여자 원주민은 그녀보다 젊었다. 은색 비즈가 반짝이는 타이트 원피스를 입고 있었다. 이주자인지 원주민인지 구분이 잘 안 가는 사람도 몇 명 있었다. 수염을 기르지 않은 회색 눈의 남자 봅, 금발 여자, 눈이 파란 젊은 남자.

"위스키야 와인이야?" 칼이 물었다. "라일락?"

"와인으로 줘." 라일락이 말했다.

그들은 칼을 따라 술병과 잔이 놓인 작은 탁자로 갔다. 슬라이스 치즈 한두 장과 고기가 놓인 접시, 담배와 성냥도 함께 있었다. 냅킨 더미를 누르고 있는 것은 기념품 문진이었다. 칩은 그것을 들어 살펴보았다. AUS21989의 것이었다. "고향이 그리워져?" 칼이 와인을 따르며 물었다.

칩이 그것을 라일락에게 보여주자 그녀가 빙긋 웃었다. "별로." 그는 이렇게 말하고 나서 문진을 내려놓았다.

"칩?"

“위스키 줘.”

은색 원피스를 입은 빨간 머리 원주민 여자가 웃는 얼굴로 다가왔다. 반지 낀 손으로 빈 잔을 들고 있었다. 그녀가 라일락에게 말했다. “당신 정말 아름다운데. 진짜야.” 그리고 칩에게 말을 이었다. “내가 보기에 당신들은 전부 아름다워. 패밀리에 자유는 없을지 몰라도, 외모 면에서는 우리보다 훨씬 나아. 나도 저렇게 날씬한 몸에 황갈색 피부와 눈꼬리가 올라간 눈을 가질 수만 있다면.” 그녀는 말을 계속했다(섹스에 대한 패밀리의 태도가 현명하다는 내용). 칩은 정신을 차리고 보니 손에 잔을 들고 있었고, 칼과 라일락은 다른 이들과 이야기를 하고 있었으며, 빨간 머리 여자는 그에게 말을 하고 있었다. 검은색 선이 그녀의 갈색 눈에서 이어져 눈이 더 크게 보였다. “당신들은 우리보다 훨씬, 훨씬 더 *개방적이야*. 성적인 면에서 그렇다고. 당신들은 그걸 더 즐겨.” 그녀가 말했다.

한 이주자 여자가 다가와 말했다. “하인즈는 안 와, 마지?”

“팔마에 있어.” 여자가 고개를 돌리며 말했다. “호텔 한 동이 무너져서.”

“이만 실례해도 될까?” 칩은 이렇게 말하고서 게걸음으로 멀어졌다. 그는 방의 반대편 끝으로 가서 거기 앉아 있는 이들에게 고갯짓으로 인사하고 위스키를 몇 모금 마시며 벽에 걸린 그림을 보았다. 하얀 바탕에 갈색과 빨간색 판을 여러 개 그린 그림이었다. 핫산의 위스키보다 여기 위스키가 더 맛있었다. 쓴맛과 타는 듯한 느낌이 덜하고 더 가벼워서 마시기 좋았다. 갈색과 빨간색 판이 그려진 그림은 단조로워서 잠시 동안은 흥미롭게 바라볼 수 있지만, 삶과 연결된 부분은 전혀 없었다. 칼의(아니, 애시의!) 원으로 감싼 A가 그림 아래의 한쪽 귀퉁이에 있었다. 칩은 이 작품이 그가 판매하는 나쁜 그림 중 하나인지, 아니면 거실에 걸려 있는 것을 보니 그가 만족스러운 듯이 말한 '자기만의' 작업인지 궁금했다. 지금은 아카데미에 있을 때처럼 팔찌를 차지 않은 아름다운 남자와 여자를 그리지 않는 걸까?

그는 위스키를 몇 모금 더 마시고, 가까이에 앉아 있는 이들에게 시선을 돌렸다. 남자 셋과 여자 하나인데, 모두 이주자였다. 그들은 가구에 대해 이야기하는 중이었다. 그는 술을 마시며 잠시 귀를 기울이다가 자리를 옮겼다.

라일락은 매부리코의 원주민 여자 줄리아 옆에 앉아 함께 담배를 피우며 이야기를 하는 중이었다. 아니, 이야기는 줄리아가 하고 라일락은 듣는 쪽이었다.

칩은 탁자로 가서 잔에 위스키를 더 따랐다. 그리고 담배에 불을 붙였다.

'라스'라는 남자가 다가와 자기 이름을 말했다. 뉴마드리드에서 이주자 자녀들을 위한 학교를 운영하는 사람이었다. 어렸을 때 어른을 따라 리버티로 온 그는 여기서 42년 동안 살았다고 했다.

애시가 라일락의 손을 잡고 다가왔다. "칩, 내 작업실을 보러 가자."

그는 둘을 이끌고 그림이 걸린 통로로 나갔다. "당신이랑 말하던 사람이 누군지 알아?" 그가 라일락에게 물었다.

"줄리아?" 라일락이 말했다.

"줄리아 코스탄자." 그가 말했다. "장군의 친척인데, 장군을 경멸해. 이주자 지원부의 설립자 중 한 명이지."

그의 작업실은 크고 조명이 눈부셨다. 새끼 고양이를 안고 있는 원주민 여자의 그림이 반쯤 완성된 채 이젤에 놓여 있었다. 또 다른 이젤에는 파란색과 초록색 판들이 그려진 캔버스가 있었다. 다른 그림들은 벽에 기대어져 있었다. 갈색과 주황색, 파란색과 자주색, 자주색과 검은색, 주황색과 빨간색 판들.

그는 색의 균형, 충돌, 섬세한 차이를 지적하며 자신이 무엇을 하려고 하는지 설명했다.

칩은 시선을 돌리고 위스키를 마셨다.

"잘 들어, 쇳덩이들!" 칩이 모두 들을 수 있게 큰 소리로 말했다. "가구 얘기는 잠깐 멈추고 잘 들어! 우리가 뭘 해야 하는지 알지? 유니와 싸우는 거야! 무례한 욕을 하려는 게 아니라, 문자 그대로의 뜻이야. 유니랑 싸워! 모든 게 유니 탓이니까! 얼간이들이 지금처럼 사는 건 먹을 것과 공간이 부족하고 *바깥세상과 연결되어 있지 않기* 때문이야. 멍청이들이 지금처럼 사는 건 그런 식으로 LPK가 투여되었기 때문이야. 우리가 지금처럼 사는 건 유니가 우리를 없애버리려고 여기에 보냈기 때문이야! 모든 게 유니 탓이야. 변화가 일어나지 못하게 유니가 세상을 동결시켰어. 그러니 우리가 싸워야 돼! 멍청하게 얻어맞은 채로 있지 말고 일어나서 *싸우자!*"

애시가 웃는 얼굴로 그의 빰을 쳤다. "어이, 형제. 좀 많이 마셨네,

알아? 이봐, 칩, 내 말 들려?"

물론 그는 술을 많이 마셨다. 물론, 물론, 물론. 하지만 술 때문에 머리가 멍해지지는 않았다. 오히려 자유로워졌다. 그의 내면에서 몇 달이고 닫혀 있던 모든 것을 술이 열어주었다. 위스키는 좋구나! 위스키는 굉장해!

그는 뺨을 치는 애시의 손을 붙잡았다. "난 괜찮아, 애시. 내가 무슨 소리를 하는 건지 안다고." 그리고 앉아서 흔들거리며 미소 짓는 다른 사람들을 향해 말을 이었다. "그냥 모든 걸 포기하고 현실을 받아들이면서 이 감옥에 적응해 버리면 안 돼! 애시, 넌 옛날에 팔찌가 없는 멤버들을 그렸잖아. 얼마나 아름다웠는지! 그런데 지금은 색을 그리고 있네. 색깔 판들을!"

애시와 라일락이 양편에서 그를 앉히려고 애쓰고 있었다. 라일락은 불안하고 난감한 표정이었다. "너도 마찬가지야, 내 사랑." 그가 말했다. "너도 여길 받아들이고 적응하고 있어." 그는 그들이 이끄는 대로 앉았다. 서 있기가 쉽지 않아서 앉는 편이 더 낫기 때문이었다. 더 편안하게 손발을 쭉 뻗을 수 있었다. "우린 싸워야 돼. 적응하지 말고." 그가 말했다. "싸워, 싸워, 싸워. 싸워야 돼." 그는 옆에 앉은 회색 눈의 수염 없는 남자에게 말했다.

"오, 하느님, 그 말이 맞아!" 그 남자가 말했다. "난 전적으로 동의해! 유니랑 싸워! 우리가 뭘 해야 하지? 배를 타고 건너갈까? 확실히 하기 위해 군대도 데리고? 하지만 위성이 바다를 감시하고 있을지도 모르는데. 의사들이 LPK를 구름처럼 퍼뜨려 놓고 미리 기다리고

있을지도 몰라. 나한테 더 좋은 생각이 있어. 비행기를 구하는 거야
… 이 섬에 정말로 하늘을 날 수 있는 비행기가 한 대 있다고 들었어
… 그걸 구해서….”

“그 친구를 놀리지 마, 봅.” 누군가가 말했다. “방금 건너온 이잖
아.”

“그거야 보면 알지.” 남자가 일어서면서 말했다.

“방법이 있어.” 칩이 말했다. “틀림없이 있을 거야. 방법이 있어.”
그는 바다와 그 한복판에 있는 섬을 생각했다. 하지만 원하는 만큼
머리가 잘 돌아가지 않았다. 조금 전까지 남자가 앉아 있던 자리에
라일락이 앉아 그의 손을 잡았다. “우린 *싸워야* 돼.” 그가 그녀에게
말했다.

“알아, 알아.” 그녀가 슬픈 얼굴로 그를 보며 말했다.

애시가 다가와서 따뜻한 컵을 그의 입술에 댔다. “커피야. 마셔.”

아주 뜨겁고 진한 커피였다. 그는 한입 가득 꿀꺽 삼킨 다음 컵을
밀어버렸다. “구리 단지.” 그가 말했다. “’91766에 있는 거. 구리를
반드시 육지로 가져가야 해. 틀림없이 배가 있을 거야. 그러니까 우
리가….”

“전에도 해본 일이야.” 애시가 말했다.

칩은 그가 자신을 속여 놀림거리로 만들려는 건가 싶어서 그를 바
라보았다. 조금 아까 수염이 없는 회색 눈의 남자가 그런 것처럼.

“네가 말하는 모든 것.” 애시가 말했다. “내가 생각하는 모든 것.
‘유니랑 싸우자.’ 전에도 그런 걸 말하고 생각한 적이 있어. 시도해 본

적도 있고. 열 번이 넘게.” 그는 컵을 칩의 입술에 댔다. “좀 더 마셔.”

칩은 컵을 밀어버리고 그를 노려보며 고개를 저었다. “거짓말이야.”

“진짜야, 형제. 이러지 말고 한 모금 더….”

“거짓말이야!”

“진짜야.” 맞은편에서 어떤 여자가 말했다. “진짜라고.”

줄리아. 장군의 친척이라는 줄리아가 검은 원피스에 작은 금색 십자가 목걸이를 건 모습으로 혼자 꼿꼿하게 앉아 있었다.

“5~6년에 한 번씩 너 같은 이들이, 두세 명뿐일 때도 있고 무려 열 명이나 될 때도 있는데, 그들이 유니콤프를 파괴하려고 여길 떠나. 몇 년에 걸쳐 스스로 건조한 잠수함이나 배를 타고 가지. 아니면 네가 조금 전에 말한 것처럼 물건을 운반하는 바지선에 오르기도 하고. 총, 폭탄, 방독면, 가스탄, 기타 이런저런 물건들을 가져가. 자기들 계획이 틀림없이 성공할 거라고 확신하면서. 그러고는 결코 돌아오지 않아. 나는 가장 최근에 떠난 두 집단에 경제적인 지원을 해줬고, 지금은 거기 참여했던 남자들 가족의 생활비를 대고 있어. 그러니까 나는 이런 말을 할 자격이 있어. 네가 내 말을 이해하고 쓸데없는 고뇌에 빠지지 않을 만큼 정신이 멀쩡하면 좋을 텐데. 상황을 받아들이고 적응하는 것만 가능해. 지금 네가 가진 것에 고마워해. 사랑스러운 아내, 곧 태어날 아기, 조금이나마 누릴 수 있는 자유. 우리는 앞으로 시간이 흐르면서 그 자유가 더 커지기를 바라고 있지만. 그리고 한마디 더 덧붙이자면, 앞으로 어떤 상황에서든 내가 또 그런 시도를 하는 집단에 경제적 지원을 하는 일은 없을 거야. 어떤 이들의 생각만큼 부자는 아니라서.”

칩은 앉은 채 그녀를 바라보았다. 그녀도 창백한 매부리코 위에 자리 잡은 작고 검은 눈으로 그를 마주 보았다.

“그들은 결코 돌아오지 않아, 칩.” 애시가 말했다.

칩은 그를 보았다.

“어쩌면 해안까지는 도착할지도 모르지.” 애시가 말했다. “어쩌면 ’001까지는 갈 수 있을지도 몰라. 심지어 돔까지 갈 수 있을지도 몰라. 하지만 거기까지야. 전부 사라졌거든. 한 명도 빠짐없이. 유니는 여전히 잘 돌아가고 있고.”

칩은 줄리아를 보았다. 그녀가 말했다. “너랑 정확히 똑같은 이들이었어. 내가 기억하는 한은.”

그는 자신의 손을 잡고 있는 라일락을 보았다. 그녀가 연민의 표정으로 그를 마주 보면서 손을 꼭 쥐었다.

그는 자신을 향해 커피 잔을 내민 애시를 보았다.

그는 컵을 손으로 막고 고개를 저었다. “아니, 커피 생각은 없어.”

그는 미동도 없이 앉아 있었다. 갑자기 이마에 땀이 솟더니, 그는 앞으로 몸을 기울여 토하기 시작했다.

그는 침대에 누워 있었다. 옆에는 잠든 라일락이 있었다. 커튼 뒤편에서 핫산이 코를 골았다. 입안에 시큼한 맛이 남아 있어서 그는 토한 사실을 기억해 냈다. 그리스도와 웨이시여! 카펫에, 반년 만에 처음 본 카펫에!

그러다 그 여자 줄리아와 칼… 아니 애시가 자신에게 뭐라고 했는지 생각났다.

그는 한동안 가만히 누워 있다가 일어나서 까치발로 커튼과 잠든 뉴먼 일가 옆을 지나 싱크대로 갔다. 거기서 물을 한 잔 마신 뒤, 복도를 한참 걸어가고 싶지 않아서 싱크대에 조용히 소변을 보고 깨끗이 물로 헹궜다.

그는 다시 라일락 옆으로 돌아와 담요를 몸에 덮었다. 다시 술기운이 조금 돌면서 머리가 아팠지만, 그는 눈을 감고 똑바로 누워서 천천히 가볍게 숨을 쉬었다. 한동안 그렇게 했더니 몸이 조금 나아졌다.

그는 계속 눈을 감은 채 이런저런 생각을 했다.

30분쯤 뒤에 핫산의 자명종이 따르릉거렸다. 라일락이 몸을 뒤척였다. 그가 그녀의 머리를 쓰다듬자 그녀가 일어나 앉았다. “괜찮아?” 그녀가 물었다.

“응, 그런 편이야.” 그가 말했다.

불이 켜지는 바람에 그들은 움찔했다. 핫산이 투덜거리며 일어나는 소리, 하품하는 소리, 방귀 뀌는 소리가 들렸다. “일어나, 리아.” 그가 말했다. “지지? 일어날 시간이야.”

칩은 라일락의 뺨에 손을 댄 채 계속 누워 있었다. “미안해, 달링.” 그가 말했다. “오늘 전화해서 사과할게.”

그녀는 그의 손을 잡고 거기에 입술을 댔다. “당신도 어쩔 수 없었잖아. 그도 이해했어.”

"더 나은 직장을 찾을 수 있게 도와달라고 부탁할 거야." 칩이 말했다.

라일락은 의문을 품은 얼굴로 그를 보았다.

"그런 생각은 전부 빠져나갔어." 그가 말했다. "위스키처럼. 전부 사라졌어. 이제부터는 근면하고 낙천적인 쇳덩이가 될게. 상황을 받아들이고 적응할 거야. 언젠가는 우리가 애시보다 더 큰 아파트에서 살게 될 거야."

"그런 건 원하지 않아." 그녀가 말했다. "하지만 방이 두 개라면 좋겠어."

"그렇게 될 거야. 2년 뒤에. 2년 뒤에 방 두 개. 약속할게."

그녀가 그를 향해 빙긋 웃었다.

그가 말했다. "우리 부자 친구들이 사는 뉴마드리드로 이사 가는 문제를 생각해 봐야 할 것 같아. 라스라는 남자가 학교를 운영한대. 당신도 들었어? 어쩌면 당신이 거기서 교사가 될 수 있을지도 몰라. 우리 아기가 커서 거기 다닐 수도 있고."

"내가 뭘 가르칠 수 있는데?" 그녀가 말했다.

"뭔가 있겠지. 나도 모르겠어." 그는 손을 아래로 내려 그녀의 젖가슴을 어루만졌다. "아름다운 젖가슴을 갖는 법 같은 것이려나."

그녀가 웃는 얼굴로 말했다. "우리도 일어나서 옷 입어야 해."

"아침 식사는 건너뛰자." 그는 그녀를 가까이 끌어당기고 그녀의 몸 위로 올라갔다. 둘은 서로를 끌어안고 키스했다.

"라일락?" 리아가 그녀를 불렀다. "어제 어땠어?"

라일락은 입술을 뗐다. "나중에 얘기할게요!"

터널을 걸어 광산으로 내려가면서 그는 유니 안으로 이어져 있다던 터널을 떠올렸다. 메모리뱅크를 운반하던 파파 잰의 터널.

그는 그대로 멈춰 섰다.

진짜 메모리뱅크를 운반하던 터널. 그 위에 있는 것은 가짜였다. 멤버들이 돔 안에서 엘리베이터를 타고 보러 가던 분홍색과 주황색 장난감들. 다들 그것이 유니 그 자체라고 생각했다. 과거에 유니와 싸우러 갔던 그들을 포함해서 모든 이들이. 틀림없었다! 하지만 유니는, 진짜 유니는 그 아래에 있었다. 터널을 통해, 러브산의 뒤편에서 파파 잰의 터널을 통해 접근할 수 있었다.

아직도 거기에 있을 것이다. 십중팔구 입구는 닫혔겠지만. 어쩌면 1미터쯤 되는 콘크리트로 아예 봉인되었을 수도 있었다. 그래도 터널은 여전히 존재할 것이다. 누구든 그 긴 터널을 전부 메울 생각은 하지 않을 테니까. 효율적인 컴퓨터라면 더욱더. 게다가 그 아래에 더 많은 메모리뱅크를 들여놓을 수 있는 공간이 마련되어 있었다. 파파 잰이 그렇게 말했다. 그러니 언젠가 그 터널이 다시 필요해질 수 있었다.

터널이 있었다. 러브산 뒤편에.

유니로 통하는 터널.

올바른 지도와 차트만 있다면, 실력 있는 누군가가 유니의 정확한 위치, 또는 아주 근접한 위치를 십중팔구 찾아낼 수 있을 것이다.

"어이, 거기! 얼른 움직여!" 누군가가 소리쳤다.

그는 재빨리 걸어가면서 생각하고 또 생각했다.

거기 있었다. 터널이.

6

"돈 얘기라면 안 돼." 줄리아 코스탄자가 자신을 힐끔거리는 이주민 여자들과 덜컥거리는 방적기 옆을 힘찬 걸음으로 지나가며 말했다. "일자리 얘기라면 도울 수 있을지도 모르고."

칩은 그녀와 나란히 걸으며 말했다. "일자리는 이미 애시가 구해 줬어요."

"그럼 돈 얘기군."

"정보가 먼저. 그다음에 어쩌면 돈 얘기도." 그는 문을 밀어 열었다.

"아니." 줄리아가 문을 통과하며 말했다. "I.A.에 가보지 그래? 그러라고 있는 기관이니까. 무슨 정보? 무엇에 관한 정보?" 그녀는 나선형 계단을 칩과 함께 올라가면서 그를 흘깃 보았다. 둘의 몸무게에 계단이 흔들렸다.

칩이 말했다. "5분 동안만 어디 앉아서 얘기하면 안 될까요?"

"내가 지금 앉으면 이 섬에 사는 사람 절반이 내일 알몸으로 돌아다닐 거야. 당신한테는 상관없는 일인지 몰라도 나한테는 아니거든. 무슨 정보?"

그는 화를 다스렸다. 그리고 매부리코인 그녀의 옆모습을 보면서 말했다. "유니에 대한 그 두 번의 공격…."

"그만." 그녀는 걸음을 멈추고 그를 향해 고개를 돌렸다. 한 손으로 계단의 중심 기둥을 붙잡고 있었다. "그 얘기라면 난 정말 듣고 싶지 않아. 당신이 그날 그 거실에 들어서는 순간 그 못마땅한 기색을 내가 알아차렸지. 난 이제 그런 계획에는 관심 없어. 다른 사람한테 찾아가 봐." 그녀는 계단을 올라갔다.

그는 재빨리 그녀를 따라잡았다. "그들이 터널을 이용할 계획이었어요? 그것만 말해줘요. 러브산 뒤편의 터널로 들어갈 예정이었어요?"

그녀는 계단 꼭대기의 문을 밀어 열었다. 그는 문을 붙잡고 있다가 그녀의 뒤를 따라 들어갔다. 널찍한 다락방 창고에 기계 부품 몇 개가 놓여 있었다. 새들이 펄럭거리며 날아올라 뾰족한 천장에 난 여러 구멍을 통해 밖으로 사라졌다.

"다른 이들과 함께 들어갈 예정이었어." 그녀는 다락방을 일직선으로 가로질러 맞은편 문으로 향했다. "관광객들과 함께. 적어도 계획은 그랬지. 엘리베이터를 타고 내려갈 예정이었고."

"그다음에는?"

"그런 얘기가 무슨 소용…."

"대답이나 해요. 응?"

그녀는 성난 표정으로 그를 흘깃 보고는 앞으로 시선을 돌렸다. "커다란 전망창이 있다고 했어. 그들은 그걸 부수고 폭탄을 던져 넣을 예정이었어."

"두 집단 모두?"

"그래."

"아마 성공했을지도 몰라요."

그녀는 문에 손을 댄 채로 걸음을 멈추고, 어리둥절한 표정으로 그를 보았다.

"그건 진짜 유니가 아니에요." 그가 말했다. "관광객을 위한 전시품이지. 어쩌면 공격에 대비해서 가짜를 놓아둔 목적도 있는 것 같고. 그들이 그걸 폭탄으로 날려버렸어도 변하는 건 없었을 거예요. 그들만 붙잡혀서 치료받았겠죠."

그녀는 계속 그를 보았다.

"진짜는 훨씬 더 아래에 있어요." 그가 말했다. "3개 층에. 난 열 살인가 열한 살 때 거기 한 번 가봤어요."

그녀가 말했다. "터널을 파는 건 가장⋯."

"이미 있어요. 그러니 새로 팔 필요가 없지."

그녀는 입을 닫고 그를 보다가 재빨리 돌아서서 문을 밀어 열었다. 또 다락방 창고가 나왔다. 밝게 불이 켜진 그곳에 프레스 기계가 여러 겹의 천을 둘러쓰고 한 줄로 가만히 있었다. 바닥에는 물이 있고, 남자 둘이 벽에서 떨어져 나온 듯 보이는 긴 파이프의 한쪽 끝을 들어 올리려고 애쓰는 중이었다. 파이프는 천 조각들이 쌓인 채 멈춰버린 컨베이어벨트 위에 가로로 놓여 있었다. 파이프의 한쪽 끝은 여전히 벽에 고정되어 있었는데, 남자들은 반대편 끝을 컨베이어벨트에서 들어 다시 벽에 붙이려고 했다. 이주자인 남자 한 명이 그 파이프를 받으려고 사다리 위에서 대기 중이었다.

"저들을 도와." 줄리아는 이렇게 말하고 나서 젖은 바닥에서 천 조각들을 줍기 시작했다.

"내가 이런 식으로 시간을 보낸다면 변하는 건 하나도 없을 거예요." 칩이 말했다. "당신한테는 상관없는 일인지 몰라도 나한테는 아니야."

"저들을 도와!" 줄리아가 말했다. "어서! 이야기는 나중에! 그렇게 건방지게 굴어서는 아무것도 해낼 수 없어!"

칩은 남자들을 도와 파이프를 벽에 고정한 뒤, 줄리아와 함께 건물 측면의 층계참으로 나갔다. 뉴마드리드가 밝은 오전 햇빛 속에서 발아래에 펼쳐져 있었다. 그 너머에는 가느다란 띠 모양의 청록색 바다와 점점이 떠 있는 어선들이 있었다.

"매일 새로운 이야기가 생기는군." 줄리아는 회색 앞치마 주머니에서 담배를 꺼내 칩에게 한 개비 권한 뒤, 평범한 싸구려 성냥으로 둘의 담배에 모두 불을 붙였다.

함께 담배를 피우다가 칩이 말했다. "터널은 분명히 있어요. 메모리뱅크를 운반하는 데 쓰이던 거예요."

"나랑 관련되지 않았던 집단 중에 그 터널에 대해 아는 이들이 있었을지도 모르겠네." 줄리아가 말했다.

"당신이 알아볼 수 있어요?"

그녀는 담배를 빨아들였다. 햇빛 속에서 그녀는 더 늙어 보였다.

얼굴과 목에 그물 같은 주름살이 있었다. "그래. 가능할 것 같아. 당신은 뭘 아는데?"

"틀림없이 메워지지 않았을 거예요. 길이는 15킬로미터. 게다가 앞으로 다시 사용될 거예요. 패밀리가 더 커지면 메모리뱅크를 더 들여놓으려고 마련해 둔 공간이 있거든."

그녀는 의문을 품은 얼굴로 그를 바라보았다. "각 정착지에 자체 컴퓨터가 있는 줄 알았는데."

"있어요." 그는 이렇게 대답하면서도 무슨 뜻인지 이해하지 못하다가 곧 알아들었다. 패밀리는 우주 정착지에서만 성장했다. 지구에서는 커플 한 쌍이 자녀 둘을 낳을 수 있는데, 모든 커플에게 번식이 허락되지는 않았기 때문에 패밀리는 커지는 게 아니라 점점 줄어들고 있었다. 그는 추가 메모리뱅크를 위한 공간에 대해 파파 잰이 해준 말과 이 사실을 지금껏 연결시키지 못했다. "어쩌면 원격조종 장비를 더 들여놓을 공간인지도." 그가 말했다.

"아니면 당신 할아버지의 정보가 믿을 만하지 않다거나." 줄리아가 말했다.

"터널을 파자는 아이디어를 낸 이가 할아버지예요." 칩이 말했다. "틀림없이 있어요. 분명히. 우리가 유니에 도달하는 길, 유일한 길일 거예요. 난 시도해 볼 생각인데, 당신 도움이 필요해요. 당신이 줄 수 있는 최대한의 도움이."

"내 돈이 필요하다는 뜻이군." 그녀가 말했다.

"그래요. 그리고 당신의 도움도. 그 일에 딱 맞는 재주를 지닌 이들을 찾아야 하니까요. 필요한 정보와 장비도 구해야 하고. 우리에게 없는 재주를 가르쳐 줄 이들도 찾아야 하고. 난 아주 천천히 공을 들이고 싶어요. 일을 마치고 돌아오고 싶으니까.”

그녀는 담배 연기 때문에 가늘게 뜬 눈으로 그를 보았다. “뭐, 아주 백치는 아닌 것 같네. 애시가 찾아준 일자리는 어떤 거야?”

“카지노 접시 닦이.”

“천국의 하느님이시여! 내일 아침 8시 15분 전에 이리로 와.”

“카지노에서 일하면 오전이 자유로워요.”

“이리로 와! 필요한 만큼 시간을 얻을 테니.”

“알았어요.” 그는 그녀를 향해 빙긋 웃었다. “고마워요.”

그녀는 고개를 돌려 자신의 담배를 보다가 난간에 짓이겼다. “난 돈을 내주지 않을 거야. 전액은 안 돼. 돈이 얼마나 들지 짐작도 못 하겠으니까. 폭탄만 예를 들어도 그래. 지난번에는 2,000달러가 넘게 들었어. 그게 5년 전이야. 지금은 돈이 얼마나 들지 하느님만 아시겠지.” 그녀는 담배꽁초를 보며 인상을 구기다가 난간 너머로 꽁초를 던졌다. “내가 낼 수 있는 만큼은 낼게. 그리고 당신이 아부를 잘 떨면 나머지 금액을 내줄 사람들도 소개해 줄게.”

“고마워요. 더 이상은 바랄 수 없지. 고마워요.”

“천국의 하느님이시여, 내가 또 이 짓을 하다니.” 줄리아는 이렇게 말하고 나서 칩에게 시선을 돌렸다. “잠깐, 당신도 알게 될 거야. 나이가 들수록 변화가 줄어든다는 걸. 내가 외동이라서 모든 걸 내 뜻대로 해야 직성이 풀린다는 것, 그게 내 문제야. 가자. 난 할 일이 있어.”

그들은 층계참에서 이어진 계단을 내려갔다. 줄리아가 말했다. "정말이지, 당신 같은 이들에게 내 시간과 돈을 쓰는 데에는 온갖 고상한 이유가 있지. 패밀리를 돕겠다는 그리스도 신자다운 충동, 정의와 자유와 민주주의를 사랑하는 마음…. 하지만 사실은 내가 외동이라서 모든 걸 내 뜻대로 해야 직성이 풀려. 그래서 미치겠어. 정말 미치겠어. 이 행성에서 내가 가고 싶은 곳에 마음대로 갈 수 없다는 게! 물론 행성을 *떠나는* 것도 안 되고! 내가 그 저주받은 컴퓨터에 얼마나 *분개하는지* 당신은 몰라!"

칩은 웃음을 터뜨렸다. "알죠*!* 내가 느끼는 감정이 바로 그건데."

"그건 지옥에서 곧장 빠져나온 괴물이야."

둘은 건물 옆을 돌아서 걸었다. "괴물 맞아요." 칩은 담배를 던져버리면서 말했다. "적어도 지금은 그래요. 내가 알아내고 싶은 것 중 하나는, 기회가 생겼을 때, 우리가 그것을 부수는 대신 프로그램을 바꿀 수 있는지 여부예요. 만약 유니가 패밀리를 운영하는 게 아니라 그 반대라면, 그렇게 나쁘지는 않을 것 같거든. 정말로 천국과 지옥을 믿어요?"

"종교 얘기는 하지 마. 자칫하면 당신은 그냥 카지노에서 접시 닦이를 하게 될 테니까. 거기서 얼마 받기로 했어?"

"주급 65."

"진짜?"

"진짜."

"나도 같은 금액을 줄게. 하지만 여기서 누가 묻거든 그냥 5달러

받는다고 해.”

그는 줄리아가 수소문 끝에 터널에 대해 아는 공격대가 없었음을 확인한 뒤 마음을 굳히고 라일락에게 자신의 계획을 알렸다.

“무슨 소리야!” 그녀가 말했다. “그렇게 많은 사람들이 갔다면서!”

“그들은 과녁을 잘못 잡았어.”

그녀는 고개를 젓고, 이마를 손으로 짚으며 그를 보았다. “그건… 무슨 말을 해야 할지 모르겠어. 난 당신이… 그 얘기는 끝난 일인 줄 알았는데. 우리가 여기 정착한 줄 알았어.” 그녀는 양손으로 방 안을 가리켰다. 그들이 뉴마드리드에서 새로 얻은 이 방에는 그들이 직접 색을 칠한 벽, 그가 직접 만든 책꽂이, 침대, 냉장고, 웃는 아이를 그린 애시의 스케치가 있었다.

칩이 말했다. “여보, 모든 섬을 통틀어서 그 터널에 대해, 진짜 유니에 대해 아는 사람은 나뿐인지도 몰라. 그러니 내가 그걸 이용해야 돼. 어떻게 안 할 수가 있겠어?”

“좋아, 이용해, 그럼. 계획을 짜고, 공격대 조직을 도와. 좋다고! 나도 도울게! 하지만 왜 당신이 가야 돼? 다른 사람들이 해야지. 가정이 없는 사람들이.”

“아기가 태어날 때는 내가 옆에 있을 거야. 준비를 갖추는 데는 시간이 오래 걸리니까. 그다음에 떠나더라도… 짧으면 일주일 만에 돌아올 수도 있어.”

그녀는 그를 빤히 보았다. "어떻게 그런 말을 해? 어떻게 그런…
영원히 못 돌아올 수도 있어! 거기서 잡혀서 치료받을 수도 있어!"

"우리는 싸우는 법을 배울 거야. 총도 가져갈 거고…."

"다른 사람들보고 가라고 해!"

"내가 어떻게 그래. 난 안 가면서."

"부탁하면 되잖아. 부탁하면."

"안 돼. 내가 *가야* 돼."

"가고 *싶은* 거겠지. 당신이 가야 하는 게 아니라 가고 싶은 거야."

그는 잠시 가만히 있다가 입을 열었다. "그래, 가고 싶어. 맞아. 유
니를 무찌를 때 내가 그 자리에 없는 걸 생각도 할 수 없어. 폭탄을 내
가 직접 던지고, 스위치를 내가 직접 잡아당기고 싶어. 완전히 끝장내
는 데 필요한 일이 무엇이든 직접 하고 싶어."

"당신은 병자야." 그녀는 무릎에 있던 바느질감을 들어 바늘을 찾
아내서 꿰매기 시작했다. "진심이야." 그녀가 말했다. "유니에 대해
당신은 병자야. 유니가 우리를 여기에 *가져다* 둔 게 아니야. 우리가
운 좋게 여기까지 온 거야. 애시가 옳아. 유니는 예순두 살에 사람들
을 죽이듯이 우리를 죽여버렸을 거야. 그렇게 배와 섬을 낭비할 필요
가 없어. 우리는 거기서 도망친 거야. *이미* 유니를 무찔렀다고. 당신
이 돌아가서 다시 무찌르고 싶어 하는 건 병들어서 그래."

"유니가 우리를 여기에 가져다 뒀어." 칩이 말했다. "젊은 사람을
죽이는 걸 프로그래머들이 정당화하지 못했으니까."

"천 같은 소리. 늙은 사람을 죽이는 걸 정당화하고, *갓난아기를*

죽이는 것도 정당화한 자들이야. 우리는 도망친 거야. 그런데 당신은 돌아가겠다는 거고."

"우리 부모는? 몇 년만 더 있으면 죽임을 당할 거야. 스노플레이크와 스패로는? 패밀리 전체는?"

그녀는 초록색 천에 바늘을 찔러 넣으며 바느질을 했다. 초록색 원피스에서 떼어 낸 소매로 아기에게 입힐 셔츠를 만드는 중이었다. "다른 사람들보고 가라고 해. 가정이 없는 사람들."

나중에 침대에 누웠을 때 그가 말했다. "만약 일이 잘못되면 줄리아가 당신을 보살펴 줄 거야. 아기도."

"그거 참 안심이 되네. 고마워. 고마워 죽겠어. 줄리아한테도 고맙고."

그날 밤부터 내내 둘의 감정은 변하지 않았다. 그녀는 분개했고, 그는 그래도 생각을 바꾸려 하지 않았다.

4부

반격

1

그는 바빴다. 평생 이렇게 바빴던 적이 없었다. 계획을 짜고, 사람과 장비를 구하고, 먼 곳까지 이동하고, 학습하고, 설명하고, 간청하고, 고안하고, 결정을 내리면서 공장 일도 해야 했다. 줄리아는 그에게 시간을 할애해 주면서도, 기계 수리와 생산 속도 증가에서 그가 주당 65달러만큼의 성과를 반드시 내게 했다. 게다가 라일락의 배가 점점 불러오고 있어서 집에서 해야 하는 일도 늘어났다. 평생 이렇게 피곤했던 적이 없는데도, 정신은 그 어느 때보다 깨어 있었다. 어느 날은 모든 일에 더할 나위 없이 염증이 나다가 다음 날에는 모든 일에 더할 나위 없는 확신이 들면서 그 어느 때보다 살아 있는 기분이 들었다.

그 계획, 그 프로젝트는 조립해야 하는 기계와 같았다. 모든 부품을 그가 직접 찾아내거나 만들어야 했고, 각각의 모양과 크기는 다른 모든 부품과 연계되어 있었다.

공격대의 규모를 정하기 전에 먼저 궁극적인 목표를 더 명확히 정리할 필요가 있었다. 그리고 이렇게 생각을 정리하려면, 유니의 작동

방식에 대해, 가장 효과적인 공격 지점에 대해 더 많은 것을 알아야 했다.

그는 학교를 운영하는 애시의 친구 라스 뉴먼과 이야기를 나눴다. 라스는 그를 앤드레이트의 어떤 남자에게 소개해 주었고, 그 남자는 매너코의 어떤 남자를 소개해 주었다.

"절연재 규모에 비해 메모리뱅크가 너무 작다 싶었지." 매너코의 남자가 말했다. 이름이 뉴브룩인 그는 일흔 살에 가까웠다. 패밀리를 떠나기 전에는 기술 아카데미에서 학생들을 가르쳤다. 그는 갓난아기인 손녀를 돌보며 기저귀를 갈아주다가 짜증이 난 상태였다. "가만히 좀 있어." 그가 말했다. 그러고는 칩에게 말을 이었다. "네가 그 안에 들어갈 수 있다 치고, 노려야 할 건 동력원인 것 같군. 반응로. 아니, 반응로들이라고 해야겠지."

"하지만 상당히 빠르게 반응로를 교체할 수 있지 않을까요?" 칩이 말했다. "나는 상당히 오랫동안 유니를 작동 불능으로 만들고 싶어요. 패밀리가 깨어나 유니를 어떻게 할 건지 결정할 수 있을 만큼 오랫동안."

"젠장, 가만히 좀 있어!" 뉴브룩이 말했다. "그럼 냉각 설비를 노려야지."

"냉각 설비?" 칩이 말했다.

"그래. 메모리뱅크 내부 온도가 반드시 절대 0도 가까이 유지되어야 해. 온도가 몇 도만 올라가도 그리드가… *봐라*, 네가 무슨 짓을 했는지… 그리드의 초전도성이 유지되지 않을 거야. 유니의 메모리가 지워지는 거지." 그는 우는 아기를 들어 품에 안고 등을 토닥거렸다. "쉬, 쉬."

"영원히 지워지나요?" 칩이 물었다.

뉴브룩은 계속 우는 아기를 토닥거리며 고개를 끄덕였다. "냉각 기능이 회복되더라도, 모든 데이터를 다시 입력해야 할 거야. 몇 년은 걸릴걸."

"내가 찾는 게 바로 그런 거예요." 칩이 말했다.

냉각 설비.

예비 설비.

만약 2차 예비 설비가 있다면 그것도.

이렇게 세 개의 냉각 설비를 작동 불능으로 만들어야 했다. 칩은 각 설비당 두 명이 필요하다고 봤다. 한 명은 폭탄을 설치하고, 다른 한 명은 멤버들의 접근을 막는 역할.

여섯 명이 들어가서 유니의 냉각 설비를 파괴한 뒤, 온도가 올라가면서 비틀거리는 두뇌로 유니가 호출할 구조팀이 올 수 없게 입구를 막는다. 여섯 명이 엘리베이터와 터널을 막을 수 있을까? (파파 잰이 별도로 마련된 공간에도 승강기가 있다고 했던가?) 여섯 명은 최소 인원이었다. 그는 최소 인원만을 원했다. 그곳까지 가는 도중에 일행이 한 명이라도 붙잡힌다면, 그가 의사들에게 모든 것을 털어놓을 테니까. 그러면 터널에서 유니가 미리 그들을 기다리고 있을 것이다. 인원이 적을수록 위험이 줄어들었다.

칩과 다른 사람 다섯 명.

　L.A. 순찰선을 맡은 노란 머리의 젊은 남자(이름이 비토 뉴컴이지만 그 자신은 도버라는 이름을 사용했다)가 배의 난간에 색칠을 하며 칩의 말에 귀를 기울였다. 칩이 터널과 진짜 메모리뱅크에 대해 말할 때는 색칠을 멈추고 열심히 들었다. 손에 붓을 쥔 채로 쪼그려 앉은 그가 눈을 가늘게 뜨고 칩을 올려다보았다. 짧은 수염과 가슴에 페인트 얼룩이 하얗게 묻어 있었다. "확실해?" 그가 물었다.

　"확실해." 칩이 말했다.

　"그 형제 싸움꾼한테 누가 또 달려들 때가 지나긴 했지." 도버 뉴컴은 하얀 페인트가 묻은 엄지손가락을 보다가 바지의 허벅지 부위에 닦았다.

　칩은 그의 옆에 같이 웅크리고 앉았다. "같이 할래?"

　도버는 그를 잠시 보다가 고개를 끄덕였다. "그래. 내가 가야지."

　애시는 거절했다. 칩이 예상한 그대로였다. 그런데도 애시에게 물어본 것은 묻지 않는 게 무시처럼 보일 듯해서였다. "그런 위험을 무릅쓸 가치가 있는 것 같지 않아." 애시가 말했다. "그래도 내가 할 수 있는 한 널 도울게. 줄리아가 벌써 나더러 기부하라고 해서 100달러를 약속했어. 네가 필요하다면 그보다 더 낼 거야."

　"좋아." 칩이 말했다. "고마워, 애시. 너도 도울 수 있어. 도서관에 들어갈 수 있잖아, 그렇지? 거기서 EUR001 근처의 지도를 찾아봐. 유니 시대 것이든 전 통합 시대 것이든. 클수록 좋아. 지형이 자세히 그려진 걸로."

　줄리아는 도버 뉴컴이 참여하기로 했다는 말을 듣고는 반대했다.

"도버는 여기 있어야 해. 그 배에."

"우리 일이 끝나면 그럴 필요 없을걸요." 칩이 말했다.

"천국의 하느님이시여. 그렇게 자신감이 없는데 어떻게 버텨?"

"쉬워요. 날 위해 기도해 주는 친구가 있거든요."

줄리아는 차가운 눈으로 그를 보았다. "I.A.에서는 도버 말고 누구도 데려가지 마. 공장 사람도 안 돼. 만일의 경우 내가 나중에 부양해야 할 가족이 있는 사람도 안 돼!"

"그렇게 믿음이 없는데 어떻게 버텨요?" 칩이 말했다.

그는 도버와 함께 이주자들을 서른 명이나 마흔 명쯤 만나보았지만 공격에 참여하겠다는 이가 하나도 없었다. 둘은 I.A. 파일에서 지난 몇 년 사이에 리버티로 온 21~39세 남녀의 이름과 주소를 베껴 적은 뒤 매주 일고여덟 명씩 찾아가 만났다. 라스 뉴먼의 아들이 참여하겠다고 했으나 리버티에서 태어났다는 점이 문제였다. 칩은 패밀리에서 자라 스캐너와 통행로에, 느린 속도와 만족스러운 미소에 익숙한 사람들만 데려가고 싶었다.

그는 폴렌사에서 속도를 조절할 수 있는 기계식 신관信管이 달린 다이너마이트 폭탄을 만들어 주겠다는 회사를 찾아냈다. 하지만 허가증을 가진 원주민이 주문을 넣어야만 했다. 그는 캘비아에서 방독면 여섯 개를 만들어 주겠다는 회사를 찾아냈지만, 그가 시험을 위해 LPK 샘플을 내놓는다면 모를까 LPK를 막아준다고 보증할 수는 없다는 말을 들었다. 이주자 병원에서 일하는 라일락은 LPK 제조법을 아는 의사를 찾아냈지만 섬의 어떤 화학 공장도 LPK를 만들지 못했다. 리튬이 중요 성분 중 하나인데, 지난 30여 년 동안 이 섬에서는 리튬을 구할 수 없었다.

그는 매주 《리버티 이주자》에 두 줄짜리 광고를 냈다. 작업복, 샌들, 휴대 키트를 구입하겠다는 내용이었다. 어느 날 앤드레이트의 어떤 여자에게서 연락이 왔다. 며칠 뒤 저녁에 그는 그곳으로 가서 키트 두 개와 샌들 한 켤레를 살펴보았다. 키트는 허름하고 구식이었지만, 샌들의 상태는 좋았다. 그 여자와 남편은 그에게 이게 왜 필요하냐고 물었다. 성이 뉴브리지인 그들은 쥐가 들끓는 작고 한심한 지하실에 사는 30대 초반의 부부였다. 칩이 사정을 말해주자, 그들은 공격대에 합류하고 싶다고 부탁했다. 아니, 고집스럽고 강경한 태도였다. 완벽히 정상적인 외모를 하고 있다는 점이 장점이었으나, 열기에 들뜬 태도가 조금 마음에 걸렸다.

칩은 일주일 뒤 도버와 함께 그들을 다시 만나러 갔다. 이번에는 둘 다 전보다 느긋한 모습이어서 공격대에 적합할 듯도 했다. 두 사람의 이름은 잭과 리아였다. 자녀가 둘 있었으나, 모두 생후 몇 달을 넘기지 못하고 죽었다. 잭은 하수도 관리자였고, 리아는 장난감 공장에서 일했다. 그들은 스스로 건강하다고 말했다. 보기에도 그런 것 같았다.

칩은 그들을 데려가기로 했다. 최소한 잠정적으로는 그렇게 결정했다. 그는 그들에게 점차 모습을 갖춰가는 공격 계획을 상세히 말해주었다.

"그 망할 놈의 물건을 통째로 날려야 돼. 냉각 설비만이 아니라."

잭이 말했다.

"이건 분명히 해두지. 대장은 나야. 언제나 정확히 내 지시에 따를 각오가 되어 있지 않다면 이 일은 그냥 잊어버려."

"아냐, 네 말이 절대적으로 옳아." 잭이 말했다. "이런 작전에는 반드시 대장이 있어야 해. 그래야 일을 해낼 수 있어."

"우리가 제안을 내놓을 수는 있잖아, 그렇지?" 리아가 말했다.

"그거야 많을수록 좋지." 칩이 말했다. "하지만 결정은 내가 내려. 당신들은 그 결정에 따를 각오를 해야 하고."

잭이 말했다. "각오했어." 리아가 말했다. "나도 했어."

터널의 입구를 찾아내는 것이 칩의 예상보다 더 힘든 일로 드러났다. 그는 EUR 중부의 대형 지도 세 장과 전 통합 시대 '스위스'의 지형이 몹시 상세히 표현된 지도 한 장을 모아 유니의 위치를 정성 들여 그려 넣었다. 하지만 그가 자문을 구한 모든 이(전직 엔지니어와 지질학자, 원주민 광산 엔지니어)가 더 많은 데이터가 있어야 터널의 경로를 조금이라도 정확하게 추정할 수 있다고 말했다. 애시는 이 문제에 흥미를 갖고 가끔 도서관에서 몇 시간 동안 옛 백과사전과 지질학 저작들을 뒤지며 '제네바'와 '주라'※산맥에 관한 정보를 베껴 적었다.

칩과 도버는 달이 뜬 밤에 이틀 연속으로 I.A. 배를 타고 EUR91766 서쪽의 어느 지점까지 나가 구리 운반 바지선이 있는지 찾아보았다. 그 결과 배들이 정확히 4시간 25분 간격으로 지나간다는 사실을 알게 되었다. 나지막하고 납작한 검은 형체가 시속 30킬로

※ 쥐라.

미터의 속도로 북서쪽을 향해 꾸준히 이동할 때마다 그 뒤에서 일어나는 물살이 배를 들어 올렸다가 떨어뜨리고, 들어 올렸다가 떨어뜨리기를 반복했다. 3시간 뒤 반대편에서 다른 바지선이 나타나 더 높은 물살을 타고 넘었다. 텅 빈 배였다.

도버는 EUR행 바지선들이 그 속도와 방향을 그대로 유지한다면 EUR91772에 도착하는 데 6시간 조금 넘게 걸릴 것이라고 계산했다.

둘째 날 밤에 그는 배를 어느 바지선 옆으로 몰아 그 배와 속도를 맞췄다. 그 틈에 칩은 그 배에 올라타서 몇 분 동안 나무 상자에 납작하고 단단하게 실려 있는 구리 주괴에 편안히 앉아 있다가 다시 원래 배로 돌아왔다.

라일락은 공격대에 참여할 남자를 한 명 찾아냈다. 그녀가 다니는 병원의 직원으로 '라스 뉴스톤'이라는 이름이었지만, 그 자신은 '버즈'라는 이름을 썼다. 나이는 칩과 같은 서른여섯 살이고, 키는 정상보다 컸다. 조용하고 유능해 보이는 남자였다. 9년 전부터 이 섬에 살고 있는 그는 병원에서 일하는 3년 동안 의학 지식을 어느 정도 습득했다고 말했다. 기혼자였지만 아내와는 떨어져 살고 있었다. 그는 "누군가가 어떻게든 해야 한다, 안 되면 시도라도 해야 한다, 되찾으려는 시도조차 없이 유니에게 세상을 맡겨버리는 건 잘못된 일이다"라는 생각을 항상 하고 있었기 때문에 공격대에 합류하고 싶다고 말했다.

"괜찮네. 우리에게 딱 필요한 사람이야." 버즈가 방을 나간 뒤 칩은 라일락에게 이렇게 말했다. "뉴브리지 부부 대신 저런 사람이 두 명 더 있으면 좋은데. 고마워.”

라일락은 싱크대에서 컵을 씻으며 아무 말도 하지 않았다. 칩은 그녀에게 다가가 어깨를 잡고 머리카락에 입을 맞췄다. 임신 7개월째라 그녀는 몸이 커지고 불편한 상태였다.

3월 말에 줄리아가 연 디너 파티에서 칩은 4개월 동안 다듬은 계획을 손님들에게 발표했다. 돈이 좀 있는 원주민들이라서 적어도 500달러는 거뜬히 내놓을 수 있을 거라고 줄리아가 미리 알려준 손님들이었다. 그는 필요한 비용을 목록으로 정리한 표를 그들에게 나눠주고, 터널의 예상 지점을 표시한 ‘스위스’ 지도를 그들이 돌려 보게 했다.

하지만 그들의 반응은 예상만큼 호의적이지 않았다.

“폭탄에 3,600?” 누군가가 물었다.

“맞습니다.” 칩이 말했다. “그보다 싼 값에 폭탄을 구할 수 있는 곳을 아신다면, 말씀해 주시면 감사하겠습니다.”

“여기 ‘키트 강화’는 뭐지?”

“우리가 가져갈 키트를 말하는 겁니다. 원래 무거운 짐을 운반하는 용도가 아니라서, 키트를 분해해 금속 프레임 주변을 다시 만들어야 합니다.”

“당신들은 총과 폭탄을 살 수 없어, 안 그래?”

“구입은 내가 해.” 줄리아가 말했다. “공격대가 떠날 때까지 모든 건 내 소유로 남아 있을 거야. 나한테 허가서가 있어.”

“언제쯤 떠날 생각이지?”

"아직은 모릅니다." 칩이 말했다. "방독면은 주문 뒤 3개월이 걸립니다. 아직 사람도 한 명 부족하고, 훈련도 해야 합니다. 7월이나 8월쯤으로 희망하고 있습니다."

"여기 정말로 터널이 있다고 확신해?"

"아뇨. 아직도 연구 중입니다. 그건 대략적인 위치예요."

손님들 중 다섯 명은 핑계를 댔고, 일곱 명은 수표를 내놓았다. 총액은 고작 2,600달러, 필요한 금액인 1만 1,000달러의 4분의 1에도 미치지 않았다.

"얼간이 새끼들." 줄리아가 말했다.

"이건 시작이잖아요." 칩이 말했다. "이제 물건을 주문할 수 있어요. 골드 대위를 고용할 수도 있고."

"몇 주 뒤에 한 번 더 하자." 줄리아가 말했다. "아까 왜 그렇게 긴장했어? 더 힘차게 말해야지!"

아기가 태어났다. 아들이었다. 그들은 아기의 이름을 '잰'으로 지었다. 아기의 두 눈이 모두 갈색이었다.

매주 일요일과 수요일 저녁에는 줄리아의 공장에서 아무도 사용하지 않는 다락방 창고에 칩, 도버, 버즈, 잭, 리아가 모여 다양한 형태의 싸움을 공부했다. 그들의 교사는 군대 장교인 골드 대위였다. 몸집이 작고 웃는 얼굴인 그는 그들을 싫어하는 기색이 역력해서, 그들에게 서로를 때리고 바닥에 깐 얄팍한 매트 위로 내동댕이치라고 시키면서 즐거워하는 것 같았다. "때려! 때려! 때려!" 그는 속셔츠와 군복바지 차림으로 그들 앞에서 고개를 주억거리며 이렇게 말하곤 했다.

"때려! 이렇게! 이게 때리는 거야, 그게 아니라고! 그건 손을 흔드는 거지! 전능하신 하느님, 너희는 구제불능이야, 이 쇳덩이들아! 자, 초록 눈, 놈을 때려!"

칩은 잭에게 주먹을 휘둘렀지만, 어느새 공중을 날아 매트에 등부터 떨어졌다.

"잘했어, 너!" 골드 대위가 말했다. "그건 좀 인간다웠어! 일어나, 초록 눈, 죽은 거 아니잖아! 내가 뭐랬어? 몸을 낮추랬지?"

잭과 리아가 가장 빨리 배웠다. 가장 느린 사람은 버즈였다.

줄리아가 다시 개최한 디너 파티에서 칩은 좀 더 힘 있게 계획을 발표했고 3,200달러가 걷혔다.

아기가 아팠다. 열이 나고 위에 염증이 생겼지만 점차 나아져서 예쁘고 행복한 모습으로 라일락의 젖꼭지를 게걸스레 빨아댔다. 라일락은 전보다 더 따스해져서 아기를 보며 기뻐하고, 기금 모금과 점차 모습을 갖춰가는 계획에 관한 칩의 이야기에도 흥미를 보였다.

칩은 공격대에 여섯 번째로 합류할 남자를 찾아냈다. 샌터니 근처의 농장에서 일하는 노동자로 칩과 라일락이 건너오기 직전에 AFR에서 건너온 사람이었다. 나이가 마흔세 살이라는 점이 조금 칩의 마음에 걸렸지만, 그는 힘이 세고 민첩했다. 유니를 무찌를 수 있다는 확신도 있었다. 패밀리에서 미세 크로마토그래피와 관련된 일을 했으며, 이름은 모건 뉴마크였다. 하지만 그는 패밀리 때의 이름인 칼을 지금도 계속 사용했다.

애시가 말했다. "그 망할 놈의 터널을 이제는 내가 찾아낼 수 있을 것 같아." 그러고는 칩에게 도서관의 여러 책을 베껴 적은 문서 스무 장을 건넸다. 칩은 그 문서와 지도를 가지고 전에 자문했던 사람들을 일일이 다시 만났다. 그들 중 세 명은 이제 터널의 경로를 힘들게 짐작이나마 해볼 수 있겠다고 말했다. 그들이 지목한 터널 입구의 위치가 각각 다른 것은 예상 범위 안의 일이었다. 둘이 지목한 위치 사이의 거리는 1킬로미터가 채 되지 않았고, 다른 한 사람이 지목한 위치는 6킬로미터나 떨어져 있었다. "이게 최선이라면 이것만으로 충분해." 칩은 도버에게 이렇게 말했다.

방독면을 만들던 회사가 폐업했다. 칩이 선금으로 지급한 800달러를 돌려주지도 않고. 다른 업체를 찾아야 했다.

칩은 전직 기술 아카데미 교사인 뉴브룩과 유니의 냉각 설비 유형에 대해 다시 이야기를 나눴다. 줄리아가 또 디너 파티를 열고, 애시도 파티를 열었다. 3,000달러가 더 모였다. 버즈는 원주민 무리와 싸움이 붙었다. 비록 그가 효과적인 싸움 기술로 그들에게 놀라움을 안겨주긴 했지만, 갈비뼈 두 대에 금이 가고 한쪽 정강이뼈가 부러졌다. 그가 혹시 가지 못할 경우를 대비해서 모두들 다른 사람을 찾기 시작했다.

어느 날 밤 라일락이 칩을 깨웠다.

"무슨 일이야?" 그가 말했다.

"칩?"

"응?" 요람에서 잠든 잰의 숨소리가 들렸다.

"만약 당신 말이 옳다면, 이 섬이 감옥이고 유니가 우리를 여기에

둔 거라면….”

“그래서?”

“전에도 공격을 한 적이 있고…”

“그래서?”

그녀는 말이 없었다. 그녀가 똑바로 누워 눈을 뜨고 있는 것이 보였다. 이윽고 그녀가 말을 이었다. “유니가 다른 사람들, ‘건강한’ 멤버들을 여기 배치해서 이런 공격을 미리 알리게 하지 않았을까?”

그는 그녀를 바라보며 아무 말도 하지 않았다.

“어쩌면… 공격에 참여하게 해서, EUR에서 모두가 ‘도움’을 받게 하지 않을까?”

“아니.” 그는 고개를 저었다. “그건… 아니야. 그들은 여기서도 치료를 받아야 할 것 아니야, 안 그래? ‘건강’을 유지하려면?”

“맞아.”

“여기 어딘가에 비밀 의료 센터가 있다고 생각해?” 그는 웃는 얼굴로 물었다.

“아냐.”

“아니지. 여기에 그런… ‘espion’※은 하나도 없어. 유니는 그렇게 공을 들이느니 당신과 애시의 말처럼 불치자들을 그냥 죽여버릴 거야.”

“그걸 어떻게 알아?”

“라일락, espion은 없어. 당신은 그냥 걱정을 사서 하고 있는 거

※ ‘첩자’라는 뜻의 프랑스어.

야. 잠이나 자. 어서. 조금 있으면 잰이 깰 테니. 어서 자.”

그가 그녀에게 입을 맞추자 그녀는 돌아누웠다. 얼마 뒤에는 잠이 든 것 같았다.

그는 계속 깨어 있었다.

그럴 리가 없었다. 그자들은 치료를 받아야 할 텐데….

자신이 계획에 대해, 터널과 진짜 메모리뱅크에 대해 말해준 사람이 몇 명이나 되더라? 헤아릴 수가 없었다. 수백 명이나 되었다! 그 사람들이 또 각각 다른 이들에게 말했을 테니….

그는 심지어 《리버티 이주자》에 광고도 냈다. ‘키트, 작업복, 샌들 삽니다….’

공격대 안에 누가 있을까? 아니. 도버? 그럴 리가 없었다. 버즈? 절대. 잭이나 리아? 아니. 칼? 그는 아직 칼에 대해 그리 잘 알지 못했다. 유쾌하고, 말이 많고, 술을 조금 많이 마시지만 걱정할 정도는 아닌 사람. 칼은 겉으로 드러난 그 모습 그대로일 것이다. 외딴 농장에서 일하는….

줄리아? 이건 정신 나간 생각이었다. 그리스도와 웨이시여! 천국의 하느님이시여!

라일락이 걱정이 너무 많은 거다, 그뿐이었다.

첩자는 있을 수 없었다. 남몰래 유니의 편에 선 사람이라니. 그 상태를 유지하려면 반드시 치료를 받아야 했다.

무슨 일이 있어도 그는 계획을 밀고 나갈 것이다.

그는 잠이 들었다.

폭탄이 완성됐다. 가느다란 갈색 원통형 폭탄들이 검은색 원통을 중심으로 묶여 있었다. 공장 뒤편 창고에 폭탄을 넣어두었다. 각각의 폭탄 측면에는 파란색 또는 노란색 금속 손잡이가 테이프로 붙어 있었다. 파란색 손잡이는 30초 신관이고, 노란색 손잡이는 4분 신관이었다.

그들은 밤에 대리석 채석장에서 폭탄 하나를 시험해 보았다. 바위틈에 폭탄을 끼워 넣고, 파란색 신관에 50미터 길이의 선을 연결한 다음, 잘라놓은 대리석 더미 뒤에서 그 선을 잡아당겼다. 폭발이 일어났을 때는 천둥이 치는 것 같았다. 바위틈이 있던 자리에는 문짝만 한 구멍이 났고, 거기서 돌조각과 흙먼지가 요동치며 흘러내렸다.

그들은 돌을 넣어 무겁게 만든 키트를 메고 산을 올랐다. 버즈만 빼고 모두. 골드 대위는 총알 총을 장전하는 방법, L 광선의 초점을 맞추는 방법을 가르쳐 주었다. 총을 빼서 겨냥하고 쏘는 법. 공장 뒤편 벽에 세워둔 널빤지가 과녁이었다.

"또 디너 파티를 열 거예요?" 칩이 줄리아에게 말했다.

"1~2주 뒤에."

하지만 그녀는 파티를 열지 않았다. 다시 돈을 언급하지도 않았다. 그도 말하지 않았다.

그는 칼과 어느 정도 시간을 보내며 그가 'espion'이 아님을 충분히 확인했다.

버즈는 다리가 거의 완전히 나아서, 함께 갈 수 있다고 고집을 부렸다.

방독면이 완성됐다. 나머지 총과 도구와 신발과 면도칼도, 플라스틱 덮개, 개조 키트, 손목시계, 튼튼한 철선, 공기를 넣어 부풀리는 구명보트, 삽, 나침반, 쌍안경도 배달되었다.

"날 때려봐." 골드 대위가 말했다. 칩은 그를 때려 그의 입술을 찢어놓았다.

모든 준비를 마치는 데는 11월까지 거의 1년이 걸렸다. 칩은 잠시 더 기다려서 크리스마스에 출발하기로, 그 휴일에 '001을 향해 움직이기로 결정했다. 그때는 자전거 길과 통행로, 자동차 승강장과 공항이 가장 바쁜 시기, 멤버들이 정상보다 아주 조금 빨리 움직이기 때문에 '건강한' 멤버조차 스캐너에 미처 접촉하지 못하고 지나칠 가능성이 있는 시기였다.

출발하기 전 일요일에 그들은 아래쪽 창고에 있던 물건들을 모두 다락방 창고로 가져와 키트에 넣었다. 나중에 육지에 닿은 뒤 키트 안의 물건들을 꺼낼 것이다. 줄리아가 그 자리에 있었고, I.A. 배를 가지고 되돌아오는 일을 맡은 라스 뉴먼의 아들 존과 도버의 여자 친구 넬라(스물두 살이고 도버처럼 노란 머리였다)는 잔뜩 흥분한 상태였다. 애시도 와서 들여다보고, 골드 대위도 와서 들여다보았다. "미쳤어. 다들 미쳤어." 골드 대위가 이렇게 말하자 버즈가 대꾸했다. "꺼져, 얼간아." 키트에 물건을 다 넣고 비닐로 싸서 묶은 뒤, 칩은 공격대에 속하지 않은 사람들에게 모두 밖으로 나가달라고 부탁했다. 그리고 매트 위에 공격대를 둥그렇게 모았다.

"만약 우리 중 한 명이 잡힌다면 어떻게 될지 생각을 많이 해봤어." 그가 말했다. "그렇게 내린 결정을 말해줄게. 만약 누구든지, 단 한 명이라도 붙잡힌다면, 다른 사람들은 모두 그대로 돌아서는 거야."

모두 그를 바라보았다. 버즈가 말했다. "이렇게 공을 들였는데?"

"그래." 칩이 말했다. "누구든 치료를 받고 의사에게 우리가 터널을 통해 들어갈 거라고 말한다면, 우리에게는 가망이 없어. 그러니까 돌아서는 거야. 재빨리 조용하게. 그리고 거기 해변에 있는 배를 찾아야지. 사실 우리가 육지에 닿아서 움직이기 전에 그런 배를 하나 찾아두고 싶어."

"그리스도와 웨이시여!" 잭이 말했다. "세 명이나 네 명이 붙잡힌다면 당연한 소리지만, 고작 한 명으로?"

"그렇게 결정했어." 칩이 말했다. "그게 옳아."

리아가 말했다. "당신이 붙잡히면?"

"그럼 버즈가 대장이야." 칩이 말했다. "결정은 버즈의 몫이지. 하지만 그때까지는 내가 내린 결정대로 해. 누가 붙잡히면 우리는 돌아선다."

칼이 말했다. "그럼 아무도 붙잡히지 말아야겠네."

"맞아." 칩은 이렇게 말하고 나서 일어섰다. "이게 전부야. 가서 많이 자둬. 수요일 7시야."

"우즈데이." 도버가 말했다.

"우즈데이, 우즈데이, 우즈데이." 칩이 말했다. "우즈데이 7시."

칩은 볼일이 있어서 누군가를 만나러 나갔다가 몇 시간 뒤에 돌아올 사람처럼 라일락에게 키스했다. "안녕, 내 사랑." 그가 말했다.

그녀는 그를 안고 뺨을 맞댄 채 아무 말도 하지 않았다.

그는 그녀에게 다시 키스한 뒤, 자신을 끌어안은 그녀의 팔을 풀고 요람으로 다가갔다. 잰은 줄에 매달아 놓은 빈 담배 상자를 향해 바삐 손을 뻗고 있었다. 칩은 아이의 뺨에 입을 맞추고 잘 있으라고 말했다.

라일락이 다가오자 그는 그녀에게 키스했다. 그들은 서로를 끌어안고 또 키스했다. 그러고 나서 그는 밖으로 나갔다. 그녀를 뒤돌아보지 않고.

애시가 아래층에서 오토바이에 앉아 기다리고 있었다. 그가 칩을 폴렌사와 부두까지 데려다주었다.

7시 15분 전에 그들은 모두 I.A. 사무실에 모여 있었다. 그들이 서로의 머리카락을 잘라주는 동안 트럭이 왔다. 존 뉴먼과 애시와 공장에서 일하는 남자 한 명이 키트들과 구명보트를 배에 실었다. 줄리아는 가져온 샌드위치와 커피의 포장을 풀었다. 남자들은 수염을 자르고 얼굴의 털을 전부 밀었다.

그들은 팔찌를 찬 뒤, 평범해 보이는 잠금쇠를 잠갔다. 칩의 팔찌에는 예수 AY31G6912라고 적혀 있었다.

그는 애시에게 작별 인사를 하고 줄리아에게 입을 맞췄다. "키트를 싸두고 세상을 볼 준비를 해요." 그가 말했다.

"조심해." 그녀가 말했다. "기도도 해보고."

그는 배에 올라 갑판에서 키트들을 놓아둔 곳 앞에 앉았다. 존 뉴먼, 버즈와 칼, 잭과 리아가 같이 있었다. 머리를 짧게 깎고 수염을 밀어버린 얼굴이 서로 비슷했다. 패밀리를 연상시키는 이상한 모습이었다.

도버가 배를 출발시켜 항구에서 빠져나간 뒤, ’91766에서 오는 희미한 주황색 빛을 향해 방향을 돌렸다.

2

동이 트기 전의 창백한 빛 속에서 그들은 바지선에서 살그머니 내린 다음, 키트를 실은 구명보트를 밀었다. 세 명이 보트를 밀고, 세 명은 옆에서 헤엄치며 검은 절벽이 높이 솟아 있는 해변을 감시했다. 그들은 약 50미터 거리를 유지하며 천천히 움직였다. 그러다 10분쯤마다 서로 자리를 바꿔, 헤엄치던 사람이 보트를 밀고 보트를 밀던 사람이 헤엄쳤다.

’91772 아래에 완전히 들어왔을 때 그들은 구명보트를 안쪽으로 밀었다. 탑처럼 높은 바위들이 벽이 되고 바닥에는 모래가 깔린 작은 후미에 보트를 올린 뒤에는 키트를 보트에서 내려 포장을 풀었다. 보조 키트도 열어 작업복을 꺼내 입었다. 총, 손목시계, 나침반, 지도를 작업복 주머니에 넣은 다음, 구멍을 파서 빈 키트 두 개와 비닐 포장, 바람을 뺀 구명보트, 리버티에서 입고 온 옷, 땅을 파는 데 사용한 삽을 그 안에 쑤셔 넣었다. 그러고는 구멍을 다시 메워 발로 모래를 다

졌다. 그들은 키트를 어깨에 메고 손에는 샌들을 든 모습으로 한 줄로 서서 좁은 해변을 걷기 시작했다. 하늘이 밝아지면서 앞에 그들의 그림자가 나타나 절벽 밑동의 울퉁불퉁한 바위들 위에서 미끄러지듯 움직였다. 줄의 뒤쪽에 있는 칼이 〈하나의 강력한 패밀리〉를 휘파람으로 불기 시작했다. 다른 이들은 미소를 지었고, 맨 앞에 선 칩은 함께 휘파람을 불었다. 다른 이들 중 일부도 합류했다.

곧 그들 앞에 배가 한 척 나타났다. 낡은 파란색 배가 옆으로 누워, 이 배를 발견해서 운이 좋다고 생각할 불치자들을 기다리고 있는 듯했다. 칩이 돌아서서 뒷걸음으로 걸으며 말했다. "여기 있네. 혹시 필요해질지도 모르지." 도버가 말했다. "그럴 일은 없을 거야." 칩이 다시 돌아서서 일행과 함께 배 옆을 지나친 뒤 잭이 돌멩이 하나를 주워 돌아서더니 배를 향해 던졌다. 돌이 빗나갔다.

그들은 걸으면서 키트를 한쪽 어깨에서 다른 쪽 어깨로 옮겨 멨다. 1시간이 좀 안 되게 걷다 보니 스캐너가 나타났다. 그들에게 보이는 것은 스캐너의 뒷모습이었다. "다시 고향에 왔네." 도버가 말했다. 리아는 앓는 소리를 냈고, 버즈는 이렇게 말했다. "안녕, 유니, 잘 지내?" 그는 스캐너 옆을 지나치면서 스캐너 윗부분을 툭툭 두드렸다. 그는 절룩거리지 않고 잘 걸었다. 칩이 이미 몇 번이나 뒤를 돌아보며 확인한 사실이었다.

좁은 해변이 넓어지기 시작하더니, 쓰레기통이 차례로 나타났다. 그다음에는 인명구조원 전망대, 스피커, 시계(Y.U. 171, 12, 25 목요일 6:54), 지그재그로 절벽을 올라가는 계단이 나타났다. 계단 난간 지지

대 중 일부에 빨간색과 초록색 장식 천이 둘러져 있었다.

그들은 키트와 샌들을 내려놓고, 작업복을 벗어 펼쳤다. 그리고 그 위에 누워 점점 따뜻해지는 햇볕을 받으며 휴식을 취했다. 칩은 나중에 패밀리에게 어떤 말을 해야 할지 자신의 생각을 언급했고, 그들은 그 주제와 더불어 유니가 멈추면 텔레비전이 얼마나 차단될지, 그것을 회복하는 데 시간이 얼마나 걸릴지에 대해 이야기했다.

칼과 도버가 잠들었다.

칩은 눈을 감고 누워서 패밀리가 다시 깨어났을 때 직면하게 될 몇 가지 문제와 거기에 대처하는 다양한 방법에 대해 생각했다.

〈그리스도, 우리를 가르치신 분〉이 8시에 스피커에서 시작되더니, 빨간 모자를 쓰고 선글라스를 쓴 인명구조원 두 명이 지그재그 계단을 걸어 내려왔다. 그중 한 명이 일행과 가까운 전망대로 다가왔다. "메리 크리스마스." 그가 말했다.

"메리 크리스마스." 일행이 그에게 말했다.

"이제는 물에 들어가도 돼요." 그가 전망대로 올라가며 말했다.

칩과 잭과 도버는 일어나서 물에 들어가 한동안 헤엄치며 멤버들이 계단을 내려오는 모습을 지켜보다가 물에서 나와 다시 누웠다.

해변에 나온 멤버가 서른다섯 명이나 마흔 명쯤 되었을 때, 8:22에 그들은 일어나서 작업복을 입고 키트를 어깨에 멨다.

칩과 도버가 먼저 계단을 올라갔다. 그들은 아래로 내려오는 멤버들을 향해 웃는 얼굴로 "메리 크리스마스"라고 말했고, 계단 꼭대기의 스캐너에 거짓 접촉하는 일도 쉽사리 해냈다. 근처에는 매점에서 그들에게 등을 돌리고 있는 멤버들뿐이었다.

그들은 분수대 옆에서 기다렸다. 잭과 리아가 올라오고, 버즈와 칼도 올라왔다.

그들은 자전거 거치대로 갔다. 스무 대나 스물다섯 대쯤 되는 자전거가 가장 가까운 위치에 늘어서 있었다. 그들은 맨 끝의 여섯 대를 꺼내 바구니에 키트를 넣은 뒤 안장에 올라타서 자전거 길 입구를 향해 페달을 밟았다. 그리고 그 입구에서 웃는 얼굴로 이야기를 나누며, 자전거나 자동차가 전혀 지나가지 않을 때까지 기다린 후 한꺼번에 스캐너를 지나치면서 스캐너 측면에 팔찌를 댔다. 혹시 멀리서 누가 그들을 볼지도 모른다 싶어서였다.

그들은 혼자 또는 둘이서 서로 널찍하게 간격을 유지하며 EUR91770을 향해 달렸다. 칩이 가장 먼저 출발했고, 도버가 그의 뒤를 따랐다. 그는 맞은편에서 자전거를 타고 다가오는 사람들과 가끔 쌩쌩 지나가는 자동차를 지켜보았다. '우린 해낼 거야.' 그는 속으로 생각했다. '우린 해낼 거야.'

그들은 따로따로 공항에 들어가 비행시간표 게시판 근처에 모였다. 공항이 북적거려서 그들은 멤버들에게 밀려 서로 밀착하게 되었다. 빨간색과 초록색 깃발들이 장식된 대합실에 멤버들의 목소리가 가득해서 크리스마스 음악은 간간이 귀에 들어올 뿐이었다. 유리창 너머에서 커다란 비행기들이 육중하게 움직이며 에스컬레이터 세 대에서 내린 멤버들을 한꺼번에 태우거나 여러 줄로 늘어서야 할 만큼 많은 멤버들을 내려놓았다.

9:35였다. EUR00001로 향하는 다음 비행기의 출발 시각은 11:48이었다.

칩이 말했다. "여기 너무 오래 있는 건 좋지 않을 것 같아. 바지선이 추가 동력을 썼거나 목적지에 늦게 들어갔을 거야. 그 차이가 눈에 띄었다면, 유니가 그 원인을 이미 알아냈을지도 몰라."

"지금 가자." 리아가 말했다. "'001에 최대한 가깝게 가서 다시 자전거를 타면 돼."

"여기서 기다리면 훨씬 빨리 거기 도착할 수 있어." 칼이 말했다. "여긴 몸을 숨기기에 그리 나쁘지 않아."

"아니." 칩이 게시판을 바라보며 말했다. "출발하자. '00020행 10:06 비행기로. 그게 가장 빠른 길이야. '001까지는 50킬로미터쯤밖에 안 돼. 가자. 문은 저쪽이야."

그들은 군중을 뚫고 한쪽 측면의 반회전문으로 가서 스캐너 주위에 한 덩어리로 모였다. 문이 열리더니 주황색 작업복의 멤버 한 명이 나왔다. 그는 양해를 구하면서 칩과 도버 사이로 손을 뻗어 스캐너에 접촉하고('yes'가 깜박거렸다) 제 갈 길로 갔다.

칩은 주머니에서 손목시계를 슬쩍 꺼내 벽시계와 대조해 보았다. "6레인이야." 그가 말했다. "에스컬레이터가 한 대 이상이면 비행기 뒤편의 에스컬레이터 앞에 줄을 서. 가능한 한 줄의 끝과 가까운 자리에 서되, 뒤에 적어도 여섯 명이 있어야 해. 도버?" 그는 도버의 팔꿈치를 잡고 함께 문을 통과해 적재 구역으로 나갔다. 주황색 작업복의 멤버가 그곳에 서 있다가 이렇게 말했다. "여기 들어오면 안 됩니다."

"유니가 괜찮다고 했어요." 칩이 말했다. "우린 공항 설계 쪽에 있어요."

"337A." 도버가 말했다.

칩이 말했다. "이쪽 부분이 내년에 확장될 거예요."

"아까 천장에 대해 한 말이 무슨 뜻인지 알겠어." 도버가 천장을 바라보며 말했다.

"그렇지." 칩이 말했다. "문제없이 1미터를 높일 수 있어."

"1미터 50." 도버가 말했다.

"배관이 문제가 되지 않는다면." 칩이 말했다.

주황색 작업복의 멤버가 그들 곁을 떠나 문을 통과해 나갔다.

"그래, 온갖 관들." 도버가 말했다. "큰 문제지."

"그게 어디로 이어지는지 보여줄게." 칩이 말했다. "재미있어."

"당연히 그렇겠지." 도버가 말했다.

둘은 주황색 작업복 멤버들이 케이크와 음료수를 준비하는 구역으로 들어갔다. 그들은 평소의 멤버들보다 더 신속하게 일하고 있었다.

"337A?" 칩이 말했다.

"안 될 거 없잖아." 도버는 이렇게 말하고 나서, 수레를 밀고 오는 멤버를 위해 칩과 양편으로 갈라지며 천장을 가리켰다. "관들이 어떻게 이어지는지 보여?"

"전체 배치를 바꿔야겠는데." 칩이 말했다. "여기서도."

그들은 스캐너에 거짓으로 접촉하고 작업복이 벽에 걸려 있는 방으로 들어갔다. 방에는 아무도 없었다. 칩은 문을 닫고 주황색 작업복이 있는 옷장을 가리켰다.

그들은 입고 있던 노란색 작업복 위에 주황색 작업복을 입고, 샌들에 발가락 보호대를 끼웠다. 그리고 주황색 작업복 주머니 안쪽을 찢어 노란색 작업복의 주머니에 손을 넣을 수 있게 만들었다.

하얀 작업복의 멤버 한 명이 들어왔다. "안녕. 메리 크리스마스." 그가 말했다.

"메리 크리스마스."

"난 여기 일을 도우라고 '765에서 파견되었어." 그 멤버가 말했다. 나이는 서른 살쯤인 듯 보였다.

"잘됐네. 도움이 필요했는데." 칩이 말했다.

하얀 작업복 멤버는 작업복 앞섶을 열면서 도버를 보았다. 그는 작업복을 여미는 중이었다. "안에 그건 왜 입은 거야?" 그가 물었다.

"이러면 더 따뜻하거든." 칩이 그에게 다가가며 말했다.

그는 어리둥절한 얼굴로 칩을 보았다. "더 따뜻해? 왜 더 따뜻해지고 싶은데?"

"미안해, 형제." 칩은 이렇게 말하고 나서 그의 배를 때렸다. 그는 신음하며 앞으로 몸을 숙였다. 칩은 주먹을 휘둘러 그의 턱을 때렸다. 그 멤버가 다시 똑바로 섰다가 뒤로 쓰러졌다. 도버가 그의 겨드랑이를 붙잡아 바닥에 눕혔다. 그는 잠든 사람처럼 눈을 감고 누워 있었다.

칩이 그를 내려다보며 말했다. "그리스도와 웨이시여, 이게 효과가 있네."

그들은 작업복 한 벌을 찢어 그 멤버의 손목과 발목을 묶은 뒤 소매 한쪽으로 매듭을 지어 그의 이에 물렸다. 그러고는 그를 일으켜서 바닥 광택기가 있는 벽장에 넣었다.

시계가 9:51에서 9:52로 바뀌었다.

그들은 주황색 작업복으로 키트를 싸서 밖으로 나가, 케이크와 음료수 작업을 하는 멤버들 옆을 지나쳤다. 적재 구역에서 반쯤 비어 있는 수건 상자를 찾아내 그 안에 키트를 넣었다. 그리고 둘이서 상자의 양쪽 끝을 잡고 주기장으로 나가는 문을 통과했다.

6레인 맞은편에 커다란 비행기가 한 대 있고, 멤버들이 거기서 나와 에스컬레이터 두 대를 타고 내려왔다. 주황색 작업복의 멤버들이 음식 용기 수레와 함께 각각의 에스컬레이터에서 기다렸다.

둘은 그 비행기에서 멀어져 왼쪽으로 향했다. 수건 상자를 함께 든 채로 주기장을 대각선으로 가로지르며 천천히 움직이는 유지보수 트럭을 지나 지붕이 평평한 격납고로 다가갔다.

그들은 격납고 안으로 들어갔다. 작은 비행기 한 대가 있고, 그 아래에서 주황색 작업복의 멤버들이 검은 사각형 덮개를 떼어 내고 있었다. 칩과 도버는 상자를 들고 격납고 뒤편으로 갔다. 측면 벽에 문이 하나 있었다. 도버가 그 문을 열고 안을 들여다본 다음, 칩에게 고개를 끄덕였다.

그들은 그 안으로 들어가서 문을 닫았다. 물품 창고였다. 선반을 채운 각종 공구, 줄줄이 늘어선 나무 상자, '윤활유 SG'라고 표시된 검은 금속 드럼통. "최고야." 칩은 도버와 함께 상자를 바닥에 내려놓으며 말했다.

도버가 문으로 다가가 경첩이 있는 쪽에 서서 총을 꺼내 총신을 붙잡았다.

칩은 쪼그리고 앉아서 포장을 풀고 키트를 열어 폭탄을 하나 꺼냈다. 4분짜리 노란색 손잡이가 달린 폭탄이었다.

그는 기름 드럼통 두 개 사이를 벌린 뒤 그 가운데 바닥에 폭탄을 놓았다. 테이프로 붙인 손잡이가 위로 향하게. 그러고는 손목시계를 꺼내 확인했다. 도버가 말했다. "얼마 남았어?" 칩이 말했다. "3분."

그는 수건 상자로 다가가 시계를 여전히 손에 든 채로 키트를 닫고 다시 작업복으로 싸서 상자에 넣고 닫았다.

"우리가 쓸 만한 게 있을까?" 도버가 고갯짓으로 공구 선반을 가리키며 물었다.

칩이 선반으로 다가갔을 때, 문이 열리더니 주황색 작업복의 멤버 한 명이 들어왔다. "안녕." 칩은 이렇게 말하고 나서 선반에서 공구 하나를 들고 시계를 주머니에 넣었다. "안녕." 주황색 작업복의 멤버가 이렇게 말하면서 선반 반대편으로 다가와 칩을 흘깃 보았다. "누구야?" 그녀가 물었다.

"리 RP." 그가 말했다. "여기 일을 도우라고 '765에서 파견되었어." 그는 선반에서 공구를 하나 더 들었다. 측경기였다.

"웨이의 탄신일만큼 힘들진 않아." 그 멤버가 말했다.

또 다른 멤버가 문 앞에 나타났다. "찾았어, 피스. 리가 그걸 갖고 있었어."

"내가 물었을 땐 리가 없다고 했는데." 첫 번째 멤버가 말했다.

"갖고 있었어." 두 번째 멤버는 이렇게 말하고 나서 가버렸다.

첫 번째 멤버가 그를 따라갔다. "내가 제일 처음 리한테 물어봤어."

칩은 가만히 서서 천천히 닫히는 문을 지켜보았다. 문 뒤에 있던 도버가 그를 바라보며 문을 부드럽게 꽉 닫았다. 칩은 도버를 보다가 공구를 든 자신의 손을 보았다. 손이 떨리고 있었다. 그는 공구를 내려놓고 숨을 내쉬며 도버에게 손을 보여주었다. 도버가 빙긋 웃으며 말했다. "전혀 멤버답지 않아."

칩은 숨을 들이쉬고 주머니에서 시계를 꺼냈다. "1분도 안 남았어." 그는 이렇게 말하고 나서 드럼통으로 다가가 쪼그리고 앉았다. 그리고 폭탄의 손잡이에 달린 테이프를 잡아당겼다.

도버는 총을 주머니에 넣고 안쪽 주머니까지 쿡쿡 찔러 넣었다. 그리고 문고리를 한 손으로 잡았다.

칩은 신관 손잡이를 잡고 시계를 보며 말했다. "10초." 그는 기다리고, 기다리고, 기다리다가 손잡이를 위로 잡아당기고 일어섰다. 그 순간 도버가 문을 열었다. 그들은 상자를 집어 들고 방에서 나가 문을 닫았다.

그리고 상자를 들고 격납고를 걸어서 통과했다. "진정해, 진정해.” 칩은 이렇게 말하면서 주기장을 가로질러 6레인 맞은편의 비행기로 향했다. 멤버들이 줄지어 에스컬레이터를 타고 올라가고 있었다.

“그게 뭐야?” 클립보드를 든 주황색 멤버가 그들과 나란히 걸으며 물었다.

“이걸 저쪽으로 가져가라고 해서.” 칩이 말했다.

“칼?” 클립보드를 든 멤버의 저편에서 다른 멤버가 말했다. 칼은 걸음을 멈추고 그쪽으로 고개를 돌렸다. “응?” 칩과 도버는 계속 걸었다.

그들은 상자를 들고 비행기 뒤편의 에스컬레이터로 가서 내려놓았다. 칩은 스캐너 맞은편에서 에스컬레이터 계기판을 살펴보았다. 도버는 줄 선 멤버들 사이를 빠져나가 스캐너 뒤편에 섰다. 멤버들이 그들 사이를 지나가며 팔찌를 대고 초록불이 깜박인 뒤 에스컬레이터에 올랐다.

주황색 멤버 한 명이 칩에게 다가와 말했다. “내가 이 에스컬레이터 담당이야.”

“방금 칼이 나더러 맡으라고 했어.” 칩이 말했다. “여기 일을 도우라고 ’765에서 파견되었거든.”

“왜 그래?” 클립보드를 든 멤버가 다가오며 물었다. “왜 여기 셋이 있어?”

“내가 이 에스컬레이터 담당인 줄 알았어.” 처음 멤버가 말했다. 공기가 부르르 떨리더니 커다란 굉음이 격납고에서 꽝 하고 터져 나왔다.

거대한 검은색 기둥이 격납고 위에서 점점 길어지고 있었다. 그 검은색 안에 이글거리는 주황색 불길이 있었다. 검은색과 주황색 비가 지붕과 주기장 바닥으로 떨어지고, 주황색 멤버들이 격납고에서 뛰어나와 달리다가 속도를 늦추며 지붕 위의 불기둥을 뒤돌아보았다.

클립보드를 든 멤버가 그 광경을 보다가 서둘러 앞으로 달려갔다. 다른 멤버도 급히 그 뒤를 쫓았다.

줄 서 있던 멤버들은 미동도 없이 서서 격납고 쪽을 올려다보았다. 칩과 도버는 그들의 팔을 잡고 앞으로 끌었다. "멈추지 말아요. 계속 움직여요. 위험은 없어요. 비행기가 기다리고 있으니 접촉하고 올라타요. 계속 움직여요." 그들은 멤버들을 몰아 스캐너를 지나서 에스컬레이터에 올랐다. 그중에 잭이 있었다. "멋지다." 그는 스캐너에 거짓으로 접촉하며 칩의 뒤편을 바라보았다. 리아는 처음 칩을 만났을 때만큼 흥분한 것 같았고, 칼은 우울함과 경이를 느끼는 것 같았으며, 버즈는 빙긋 웃고 있었다. 도버가 버즈의 뒤에서 에스컬레이터로 다가갔다. 칩은 포장한 키트를 그에게 불쑥 내민 뒤 줄을 선 다른 멤버들에게 고개를 돌렸다. 일고여덟 명쯤 되는 마지막 멤버들이 격납고 쪽을 바라보며 서 있었다. "계속 움직여요." 칩이 말했다. "비행기가 기다리고 있어요. 자매!"

"놀랄 필요 없습니다." 스피커에서 어떤 여자의 목소리가 울려 퍼졌다. "격납고에서 사고가 발생했지만, 잘 통제되고 있습니다."

칩은 멤버들을 에스컬레이터로 재촉했다. "접촉하고 올라타요.

비행기가 기다리고 있어요.”

“출발하는 멤버들은 다시 줄을 서 주십시오.” 여자의 목소리가 말했다. “비행기에 탑승 중이던 멤버들은 탑승을 계속하세요. 서비스 중단은 없을 겁니다.”

칩은 거짓으로 스캐너에 접촉하고 마지막 멤버의 뒤에서 에스컬레이터에 올랐다. 포장한 키트를 겨드랑이에 끼고 위로 올라가면서 그는 격납고 쪽을 흘깃 보았다. 검은 기둥이 흐려지고 있었다. 이제 불길은 없었다. 그는 다시 앞을 보았다. 연한 파란색 작업복들을. “47과 49 계열을 제외한 모든 직원은 다시 배치된 일로 돌아가세요.” 여자의 목소리가 말했다. “47과 49 계열을 제외한 모든 직원은 다시 배치된 일로 돌아가세요. 잘 통제되고 있습니다.” 칩이 비행기 안으로 들어서자 등 뒤에서 문이 아래로 스르르 내려왔다. “서비스 중단은 없을….” 멤버들이 꽉 찬 좌석들을 바라보며 혼란스러운 얼굴로 서 있었다.

“휴일이라 추가 승객이 있어요.” 칩이 말했다. “가서 어린이를 동반한 멤버들에게 아이를 무릎에 앉히라고 부탁해요. 어쩔 수 없어요.”

멤버들은 통로를 따라 걸어가며 양편을 두리번거렸다.

마지막 줄, 비치대 옆에 일행 다섯 명이 앉아 있었다. 도버가 통로 좌석에 올려두었던 키트를 치워줘서 칩은 그 자리에 앉았다. 도버가 말했다. “나쁘지 않아.”

“아직은 아니야.” 칩이 말했다.

여러 목소리들이 비행기 안을 가득 채웠다. 멤버들이 폭발에 대해 이야기하며 좌석 여기저기로 그 소식을 퍼뜨리고 있었다. 시계의 숫자가 10:06인데 비행기는 움직이지 않았다.

10:06이 10:07로 바뀌었다.

일행 여섯 명은 서로를 보다가 다시 앞을 보았다. 정상적으로.

비행기가 움직였다. 옆으로 부드럽게 방향을 돌리더니 앞으로 나아갔다. 속도가 점점 빨라졌다. 불빛이 희미해지고 텔레비전 화면이 반짝 켜졌다.

그들은 〈그리스도의 생애〉와 나온 지 오래된 〈일하는 패밀리〉를 보았다. 차와 콜라를 마셨지만, 음식을 먹을 수는 없었다. 시간이 시간인지라 비행기에 케이크가 실려 있지 않았다. 키트 안에 포일로 싼 둥근 치즈가 여러 개 있지만, 그걸 먹다가는 비치대로 다가온 멤버들의 눈에 띌 터였다. 칩과 도버는 두 겹으로 껴입은 작업복 때문에 땀을 흘렸다. 칼은 자꾸 꾸벅꾸벅 졸았고, 그의 양편에 앉은 리아와 버즈가 계속 그의 옆구리를 찔러 깨우며 감시했다.

비행시간은 40분이었다.

위치 정보에 'EUR00020'이 뜨자 칩과 도버는 좌석에서 일어나 비치대 앞에 서서 단추를 눌러 차와 콜라를 배수구로 흘려보냈다. 비행기가 착륙해서 조금 달리다가 멈춰 섰다. 멤버들이 줄지어 내리기 시작했다. 근처 출입구를 통해 몇십 명이 빠져나간 뒤 칩과 도버는 비치대에서 빈 음료 용기를 들어 바닥에 놓고 뚜껑을 열었다. 버즈가 포장한 키트를 용기마다 하나씩 넣었다. 그러고 나서 버즈, 칼, 리아, 잭이 모두 일어나 여섯 명이 함께 출입구로 향했다. 칩이 음료 용기 하나를 가슴에 안은 채로 나이가 지긋한 멤버에게 말했다. "잠깐 실례해도 될까요?" 그러고는 밖으로 나갔다. 일행의 다른 이들도 그의 뒤를 바짝 따랐다. 또 다른 음료 용기를 든 도버가 나이 지긋한 멤버에게 말했다. "내가 에스컬레이터에서 내릴 때까지 기다리는 게 좋을 거예요." 그 멤버는 혼란스러운 표정으로 고개를 끄덕였다.

에스컬레이터를 타고 내려온 칩은 스캐너 쪽으로 손목을 기울였다가 그 맞은편에 서서 대합실에 있는 멤버들의 시야를 가렸다. 버즈, 칼, 리아, 잭이 칩 앞에서 스캐너에 거짓으로 접촉하며 지나가고, 도버는 스캐너에 몸을 기댄 채 위에서 기다리는 멤버에게 고개를 끄덕였다.

앞서 통과한 네 명은 대합실로 향했다. 칩과 도버는 주기장을 가로질러 적재 구역으로 들어갔다. 음료 용기를 내려놓고 그 안에서 키트를 꺼내 두 줄로 쌓인 상자들 사이로 슬쩍 들어갔다. 벽 근처에서 빈 공간을 발견한 그들은 주황색 작업복을 벗고 샌들에서 발가락 보호대를 떼어 냈다.

그러고는 키트를 어깨에 둘러메고 반회전문을 통해 적재 구역을 떠났다. 다른 일행들이 스캐너 근처에서 기다리고 있었다. 그들은 둘씩 짝을 지어 공항을 빠져나가('91770의 공항과 거의 비슷하게 사람이 많았다) 자전거 거치대에서 다시 모였다.

정오에 그들은 '00018 북쪽에 있었다. 자전거 길과 프리덤강 사이, 양옆에 산을 거느린 계곡에서 둥근 치즈를 먹었다. 높이 솟은 산에 눈이 줄무늬를 그리고 있었다. 치즈를 먹으면서 그들은 지도를 보았다. 밤이 내릴 무렵이면 터널 입구에서 몇 킬로미터 떨어진 풍치 지구에 도착할 수 있을 것 같았다.

3시가 조금 지나서 '00013에 가까워졌을 때, 칩은 반대편에서 자전거를 타고 다가오는 이를 발견했다. 10대 초반의 여자아이가 걱정스러운 표정으로, 멤버답게 돕고 싶다는 표정으로, 북쪽으로 향하는 이들의 얼굴을 바라보았다. 잠시 뒤 또 다른 이가 자전거를 타고 반대편에서 다가오며 그 여자아이와 똑같이 조금 걱정스러운 표정으로 멤버들의 얼굴을 보는 것이 칩의 눈에 띄었다. 나이가 지긋한 여자였는데, 그녀의 자전거 바구니에는 꽃이 담겨 있었다. 칩은 그녀를 지나치면서 미소를 지어 보인 뒤 앞으로 시선을 돌렸다. 자전거 길에도 그 옆 도로에도 평소와 다른 점은 전혀 없었다. 몇백 미터 앞에서 자전거 길과 도로가 오른쪽으로 꺾어져 발전소 뒤편으로 사라졌다.

그는 풀밭으로 자전거를 몰고 가 멈춰 선 뒤, 뒤를 돌아보며 일행에게 신호를 보냈다.

그들은 자전거를 풀밭으로 더 깊숙이 밀고 들어왔다. 여기는 도시가 나타나기 전 풍치 지구의 마지막 구간이었다. 잔디밭이 조금 펼쳐지다가 소풍 테이블들과 나무가 우거진 능선이 차례로 있었다.

"30분마다 한 번씩 멈추다가는 거기까지 가지도 못할 거야." 리아가 말했다.

그들은 풀밭에 앉았다.

"저 앞에서 팔찌를 확인하고 있는 것 같아." 칩이 말했다. "텔레콤 프와 빨간 십자가 작업복의 멤버들을 동원해서. 우리 쪽으로 다가오면서 병든 멤버를 찾아내려는 것처럼 이쪽을 유심히 보는 멤버가 두 명 있었어. 둘 다 어떻게 도와드릴까요, 하는 표정이었지."

"증오 같으니." 버즈가 말했다.

잭이 말했다. "그리스도와 웨이시여, 칩, 멤버들의 표정을 걱정하다가는 이대로 돌아서서 그냥 집으로 돌아가는 편이 나을 거야."

칩은 그를 보며 말했다. "팔찌 검사가 그렇게 엉뚱한 일도 아니잖아, 안 그래? 지금쯤이면 '91770의 폭발이 사고가 아니었다는 걸 유니도 알 거야. 그 일이 일어난 이유까지 알아냈을지도 몰라. 여기는 '020에서 유니로 가는 지름길이고, 앞으로 12킬로미터 정도만 더 가면 첫 번째 급커브가 나와."

"알았어. 그래, 팔찌 검사가 있다고 하자." 잭이 말했다. "우리가 총을 가져온 이유가 그거잖아."

"맞아!" 리아가 말했다.

도버가 말했다. "우리가 총을 쏘아서 길을 뚫는다면, 이 자전거 길에 우리를 뒤쫓는 이들이 가득해질 거야."

"그럼 뒤에 폭탄을 떨어뜨리지." 잭이 말했다. "우린 빨리 움직여야 돼. 무슨 체스 게임이라도 하듯이 이렇게 앉아 있으면 안 된다고. 저 멍청이들은 어차피 반半시체잖아. 우리가 몇 명쯤 죽인다고 뭐가 달라져? 다른 이들 전부를 도우려는 건데, 안 그래?"

"총과 폭탄은 필요할 때 쓸 거야." 칩이 말했다. "피할 수 있는데도 쓰지는 않아.” 그는 도버에게 시선을 돌렸다. “저기 숲에서 산책하면서, 커브 뒤에 뭐가 있는지 한번 살펴봐.”

“알았어.” 도버는 일어서서 풀밭을 가로지르며 뭔가를 주워 쓰레기통에 버리고 나무들 사이로 들어갔다. 그의 노란색 작업복이 노란색 조각들로 쪼개져 보이다가 능선 위로 사라졌다.

그들은 도버를 지켜보던 시선을 돌렸다. 칩이 지도를 꺼냈다.

“시팔.” 잭이 말했다.

칩은 아무 말 없이 지도를 보았다.

버즈가 다리를 문지르다가 갑자기 손을 뗐다.

잭은 바닥의 풀을 뜯었다. 리아는 그와 가까이 앉아서 그를 지켜보았다. “당신 의견은 뭐야?” 잭이 말했다. “정말로 팔찌 검사가 있다면 말이야.”

칩은 지도에서 시선을 들고 잠시 가만히 있다가 말했다. “조금 되돌아가서 동쪽으로 꺾어져 검사대를 우회할 거야.”

잭은 풀을 더 뜯어서 내동댕이쳤다. “가자.” 그가 리아에게 이렇게 말하며 일어섰다. 그녀는 눈을 반짝이며 벌떡 일어섰다.

“어디 가려고?” 칩이 말했다.

“우리가 가려던 곳으로.” 잭은 그를 내려다보며 말했다. “터널 근처 풍치 지구 말이야. 날이 밝을 때까지 거기서 당신들을 기다릴게.”

“앉아, 둘 다.” 칼이 말했다.

칩이 말했다. “내가 가자고 말할 때 우리 모두 함께 가야 해. 처음부터 그러겠다고 동의했잖아.”

"생각이 바뀌었어." 잭이 말했다. "난 유니의 명령을 듣는 것만큼이나 당신 명령을 듣는 게 싫어."

"모든 걸 망칠 셈이야?" 버즈가 말했다.

리아가 말했다. "망치는 건 당신들이지! 멈춰 섰다가 돌아가서 우회한다니… 뭘 하려거든 그냥 해!"

"앉아서 도버가 올 때까지 기다려." 칩이 말했다.

잭이 빙긋 웃었다. "날 강제하고 싶어? 여기 패밀리 앞에서?" 그는 리아에게 고갯짓을 했다. 둘은 자기들 자전거를 세우고, 바구니 속의 키트가 흔들리지 않게 잡았다.

칩은 지도를 주머니에 넣으며 일어섰다. "이런 식으로 일행이 둘로 쪼개지면 안 돼. 진정하고 잠시 생각을 해봐, 잭. 우리가 어떻게…."

"진정하고 생각하는 건 너나 해." 잭이 말했다. "난 그 터널을 걸어서 내려가는 사람이 될 거야." 그는 방향을 돌려 자전거를 밀며 멀어졌다. 리아도 자기 자전거를 밀며 따라갔다. 그들은 자전거 길로 향했다.

칩은 그들을 쫓아가려고 걸음을 떼었다가 멈춰 섰다. 턱에 힘이 들어가고, 양손은 주먹을 쥐었다. 그는 그들에게 고함을 지르고, 총을 꺼내 억지로 돌아오게 하고 싶었다. 하지만 자전거를 타고 길을 지나가는 멤버들이 있고, 잔디밭에도 가까이에 멤버들이 있었다.

"방법이 없어, 칩." 칼이 말했다. "형제 싸움꾼들." 버즈가 말했다.

자전거 길 가장자리에서 잭과 리아는 자전거에 올랐다. 잭이 손을 흔들며 소리쳤다. "안녕! TV의 라운지에서 보자!" 리아도 손을 흔들더니 잭과 함께 페달을 밟았다.

버즈와 칼이 그들을 향해 손을 흔들었다.

칩은 자전거에서 키트를 꺼내 어깨에 둘러멨다. 그리고 또 다른 키트를 꺼내 버즈의 무릎으로 던졌다. "칼, 당신은 여기 있어. 버즈는 나랑 같이 가고."

숲으로 들어간 그는 자신이 화가 나서 비정상적으로 빠르게 움직였음을 깨달았다. 하지만 *싸우라지!* 그는 도버가 갔던 방향으로 능선을 올랐다. *하느님이 저주할 자식들!*

버즈가 그를 따라잡았다. "그리스도와 웨이시여, 키트를 던지지 *마!*"

"하느님이 저주할 자식들!" 칩이 말했다. "처음 봤을 때부터 그 자식들이 쓸모없을 줄 알았어! 그래도 눈을 감은 건 내가 진짜… 난 하느님의 저주를 받아도 싸! 내 잘못이야. 내 잘못."

"어쩌면 팔찌 검사가 없을지도 모르잖아. 그 둘이 풍치 지구에서 기다릴 수도 있어."

나무들 사이에서 노란색이 깜박거렸다. 도버가 내려오고 있었다. 그는 걸음을 멈췄다가 그들을 보고 다가왔다. "네 말이 맞아. 땅에도 공중에도 의사들이…."

"잭과 리아가 가버렸어." 칩이 말했다.

도버는 눈을 크게 뜨고 그를 보았다. "안 막았어?"

"어떻게?" 칩은 도버의 팔을 잡고 돌려세웠다. "길을 가르쳐 줘."

도버는 그들을 데리고 나무 사이의 능선을 재빨리 올라갔다. "그 둘은 절대 통과 못 할 거야. 의료 센터가 통째로 와 있고, 자전거가 방향을 돌리지 못하게 차단기도 있어."

숲을 빠져나오니 경사진 바위가 있었다. 버즈가 마지막으로 서둘러 숲에서 나왔다. 도버가 말했다. "몸을 숙여. 저기서 보일 거야."

그들은 납작 엎드려서 바위 가장자리까지 기어 올라갔다. 그 너머에 '00013 도시가 있었다. 하얀 슬래브 건물들이 햇빛 속에서 깨끗하고 밝게 서 있고, 얽히고설킨 철로가 반짝였다. 도시 외곽의 도로에서는 자동차들이 번쩍번쩍 지나갔다. 도시 앞에서 강이 휘어져 북쪽으로 흘러갔다. 날씬한 파란색 강에 관광용 배들이 천천히 떠가고, 바지선들이 길게 줄지어 늘어서서 다리 아래를 지나갔다.

바위 아래에는 바위 사이로 우묵한 곳이 있었다. 반원형 광장 같은 바닥에서 자전거 길이 갈라졌다. 북쪽에서부터 이어진 자전거 길이 발전소 옆을 돈 뒤에 반으로 갈라져 한쪽은 자동차가 씽씽 달리는 도로 위로 도시까지 다리처럼 이어지고, 다른 한쪽은 반원형 광장을 가로질러 둥글게 휘어진 강의 동쪽 둑을 따라갔다. 도로가 거기서 다시 자전거 길과 합류했다. 자전거 길이 갈라지는 지점 이전에 설치된 차단기 때문에 자전거를 탄 멤버들이 세 줄로 갈라져 각각 빨간 십자가 작업복의 멤버들 앞을 지나갔다. 그 멤버들 옆에는 이례적인 모양의 짤막한 스캐너가 놓여 있었다. 반중력 장비를 장착한 멤버 세 명이 얼굴을 아래로 한 채 줄마다 한 명씩 공중에 떠 있었다. 광장에서 가장 가까운 구역에는 자동차 두 대와 콥터 한 대가 있고, 자전거를 타고 도시를 떠나는 멤버들의 줄 옆에도 빨간 십자가 작업복의 멤버들이 서 있었다. 그들은 자전거를 탄 멤버들이 스캐너에 접촉하는 이들을 보려고 속도를 늦추면 빨리 가라고 재촉해 댔다.

"그리스도, 마르스크, 우드, 웨이시여." 버즈가 말했다.

칩은 아래의 광경을 보면서 키트를 옆에 펼쳤다. "그 둘도 저기 줄 어딘가에 있을 거야." 그는 쌍안경을 찾아내서 눈에 대고 초점을 맞췄다.

"있어." 도버가 말했다. "저기 바구니에 든 키트 보여?"

칩은 그 줄을 훑어보다가 잭과 리아를 발견했다. 그들은 나무 차단기가 있는 줄에서 나란히 느리게 페달을 밟고 있었다. 앞을 바라보는 잭의 입술이 움직이고 리아가 고개를 끄덕였다. 그들은 왼손으로만 핸들을 조종하면서, 오른손은 주머니에 넣은 채였다.

칩은 도버에게 쌍안경을 넘기고 자신의 키트로 시선을 돌렸다. "저들이 통과하게 도와야 해. 저들이 다리를 건넌다면 시내에서 숨을 수 있을지 몰라."

"스캐너 앞에서 총을 쏠 것 같은데." 도버가 말했다.

칩은 버즈에게 파란색 손잡이가 달린 폭탄을 주며 말했다. "테이프를 벗기고, 내가 당기라고 할 때 당겨. 최대한 콥터 가까이에 붙여. 그물 하나로 새 두 마리를 잡는 거야."

"저들이 총을 쏘기 전에 해." 도버가 말했다.

칩은 그에게서 다시 쌍안경을 받아 줄을 살펴보다가 잭과 리아를 찾아냈다. 그는 그들 앞의 줄을 훑어보았다. 그들과 스캐너 앞의 무리 사이에 자전거가 열다섯 대쯤 있었다.

"저들이 가진 게 총알 총이야, L 광선이야?" 도버가 물었다.

"총알." 칩이 말했다. "걱정 마. 내가 시간을 잘 맞출게." 그는 천천히 움직이는 자전거들을 지켜보며 속도를 가늠했다.

"저들은 십중팔구 그냥 총을 쏠걸." 버즈가 말했다. "그냥 재미로. 리아의 눈빛 봤어?"

"준비해." 칩이 말했다. 그는 잭과 리아와 스캐너 사이의 자전거가 다섯 대로 줄어들 때까지 지켜보았다. "당겨."

버즈가 손잡이를 당기고 폭탄을 옆으로 던졌다. 폭탄은 바위에 떨어져 아래로 구르다가 돌출부에 맞고 튀어 올라 콥터 측면 가까이에 떨어졌다. "돌아와." 칩이 말했다. 그는 쌍안경으로 잭과 리아를 다시 보았다. 스캐너까지 자전거 두 대를 사이에 둔 그들은 긴장 속에서도 자신 있는 표정이었다. 칩은 버즈와 도버 사이로 다시 들어갔다. "무슨 파티에 가는 사람들 같네."

그들은 바위에 뺨을 붙이고 기다렸다. 꽝 하고 폭발이 일어나자 바위가 부르르 떨렸다. 저 아래에서 금속이 우그러지고 긁혔다. 침묵이 흐르더니, 씁쓸한 폭탄 냄새가 났다. 그리고 중얼거리는 목소리들이 점점 커졌다. "저 둘!" 누군가가 소리쳤다.

그들은 바위 가장자리로 살금살금 기어갔다.

자전거 두 대가 빠르게 다리에 올라섰다. 다른 자전거들은 모두 서 있고, 거기에 올라탄 이들은 한 발을 땅에 댄 채로 콥터 쪽을 바라보았다. 콥터는 옆으로 기울어져서 연기를 피워 올리고 있었다. 멤버들은 이제 질주하는 자전거 두 대 쪽으로 고개를 돌렸다. 빨간 십자가 작업복의 멤버들이 그들을 뒤쫓아 뛰어가고 있었다. 공중에 떠 있는 멤버 세 명이 다리 쪽으로 방향을 돌려 날아갔다.

칩이 쌍안경을 들었다. 리아는 허리를 숙인 채였고, 그 앞에 잭이 있었다. 그들은 깊이가 없는 평면처럼 느껴지는 곳에서 빠르게 페달을 밟았지만 전혀 멀어지는 것 같지 않았다. 반짝이는 안개가 나타나 그들의 모습을 일부 가렸다.

공중에 떠 있는 멤버 한 명이 진한 하얀색 가스가 콸콸 쏟아지는 원통을 아래쪽으로 들고 있었다.

"그가 저들을 잡았어!" 도버가 말했다.

리아는 자전거에 올라탄 채로 멈춰 섰다. 잭은 어깨 너머로 그녀를 보았다.

"리아만. 잭은 아니야." 칩이 말했다.

잭은 자전거를 멈추고 총으로 위를 겨냥한 채 방향을 돌렸다. 총이 한 번 두 번 움찔했다.

공중에 떠 있는 멤버가 축 늘어졌다(총소리가 탁, 탁 하고 들렸다). 하얀 기체를 내뿜는 원통이 그의 손에서 떨어졌다.

멤버들이 자전거를 몰고 다리에서 양방향으로 도망쳤다. 눈을 휘둥그렇게 뜨고 양편의 통행로를 달리는 이도 있었다.

리아는 자신의 자전거 옆에 앉아 고개를 돌렸다. 얼굴이 젖어서 반짝거렸다. 고뇌에 잠긴 표정이었다. 빨간 십자가 작업복들이 그녀에게 전속력으로 달려왔다.

잭은 총을 들고 그쪽을 바라보았다. 그의 입이 반짝이는 안개 속에서 크고 둥글게 벌어졌다가 닫히고 다시 벌어졌다. ("리아!" 이 소리가 멀리서 작게 칩의 귀에 들어왔다.) 잭이 총을 들어 올렸다. ("리아!") 탁탁탁 총을 쏘았다.

공중에 떠 있는 또 다른 멤버가 축 늘어지면서 원통을 떨어뜨렸다. 그의 몸 아래 통행로에 빨간 얼룩이 점점 늘어났다.

칩은 쌍안경을 내렸다.

"방독면!" 버즈가 말했다. 그도 쌍안경을 들고 있었다.

도버는 팔로 얼굴을 가리고 누워 있었다.

칩은 일어나 앉아서 육안으로 보았다. 좁은 다리는 텅 비었고, 저 멀리서 연한 파란색 작업복이 자전거를 타고 휘청거렸다. 공중에 떠 있는 멤버 한 명이 멀리서 그를 따라갔다. 이미 죽었거나 죽어가는 두 멤버는 공중에 떠서 천천히 돌고 있었다. 빨간 십자가 작업복의 멤버들은 이제 다리 너비만큼 굵어진 줄을 따라 걸었다. 그들 중 한 명은 넘어진 자전거 옆의 노란 작업복 멤버를 도왔다. 그녀의 어깨 언저리를 잡고 광장으로 데려갔다.

연한 파란색 멤버가 자전거를 멈추고 빨간 십자가 작업복의 멤버들을 돌아보더니, 다시 고개를 돌려 자전거 앞쪽으로 허리를 숙였다. 공중에 뜬 멤버가 재빨리 그에게 날아가 무기를 겨눴다. 거기에서 자라난 굵은 흰색 깃털이 그 멤버를 스쳤다.

칩은 쌍안경을 들었다.

회색 방독면을 쓴 잭이 반짝이는 안개 속에서 왼쪽으로 몸을 기울이고 다리 위에 폭탄을 놓았다. 그러고는 페달을 밟았지만, 앞으로 옆으로 미끄러지다가 쓰러졌다. 자전거에 올라탄 자세 그대로 넘어진 그는 한쪽 팔로 몸을 일으켰다. 자전거 바구니에서 쏟아진 그의 키트가 폭탄 옆에 있었다.

"아, 그리스도와 웨이시여." 버즈가 말했다.

칩은 쌍안경을 내리고 다리를 보다가, 쌍안경 중앙에 끈을 단단히 감았다.

"몇 개?" 도버가 그를 보며 물었다.

칩이 대답했다. "셋."

폭발은 밝고, 시끄럽고, 길었다. 칩은 리아가 빨간 십자가 작업복의 멤버에게 끌려 다리에서 걸어 나가는 모습을 지켜보았다. 그녀는 돌아보지 않았다.

도버가 무릎으로 일어서서 그 광경을 보다가 칩에게 시선을 돌렸다.

"잭의 키트." 칩이 말했다. "잭이 그 옆에 앉아 있었어." 그는 쌍안경을 키트에 넣고 키트를 닫았다. "우린 여기서 빠져나가야 해. 쌍안경 넣어, 버즈. 가자."

그는 돌아보지 않을 생각이었지만, 바위를 떠나기 전에 돌아보았다.

다리 한가운데가 검은 폐허로 변해 있었다. 양쪽은 밖으로 터져 나갔다. 자전거 바퀴 한 개가 검게 변한 부분 바깥쪽에 떨어져 있고, 그보다 작은 물건들이 보였다. 빨간 십자가 작업복의 멤버들이 그쪽으로 느릿느릿 움직였다. 연한 파란색 조각들이 다리 위에도 강물 위에도 있었다.

그들은 칼에게 돌아가 무슨 일이 있었는지 설명한 다음, 모두 자전거에 올라 남쪽으로 몇 킬로미터 달리다가 풍치 지구로 들어갔다. 거기서 개울을 발견해 물을 마시고 얼굴을 씻었다.

"이제 돌아가?" 도버가 말했다.

"아니." 칩이 말했다. "모두 돌아가지는 않아."

그들이 그를 보았다.

"전에 나는 우리가 돌아가야 한다고 말했어. 누가 붙잡히든, 우리가 돌아갈 거라고 믿게 만들려고. 심문을 당할 때 그렇게 말하겠지. 리아도 지금 십중팔구 그렇게 말하고 있을 거야." 칩은 연기와 냄새가 멀리 퍼질 위험이 있는데도 아까부터 일행이 돌려 피우던 담배를 받아, 한 모금 연기를 빤 뒤 버즈에게 넘겼다. "우리 중 한 명은 돌아갈 거야." 그가 말했다. "적어도 나는 한 명만 돌아가기를 바라고 있어. 여기서부터 해안까지 가는 동안 폭탄을 한두 개 터뜨리고 배를 가져가면 우리가 계획대로 돌아가는 것처럼 보이겠지. 나머지는 풍치 지구에 숨어서 '001 근처까지 갈 거야. 터널에 달려드는 건 앞으로 약 2주 뒤야."

"좋아." 도버가 말했다. 이어 버즈가 말했다. "그렇게 쉽게 포기하는 게 말이 안 된다고 처음부터 생각했어."

"세 명이면 충분할까?" 칼이 물었다.

"해보기 전에는 모르지." 칩이 말했다. "여섯 명은 충분했을까? 혼자서 해낼 수 있는 일일 수도 있고, 열두 명으로도 부족한 일일 수 있어. 하지만 여기까지 왔으니, 난 기어이 해볼 생각이야."

"나도 같은 생각이야. 그냥 물어본 거야." 칼이 말했다. "나도 같아." 버즈가 말했다. "나도 그래." 도버가 말했다.

"좋아." 칩이 말했다. "셋은 하나보다 더 가능성이 높지. 그건 확실해. 칼, 당신이 돌아가."

칼은 그를 보았다. "왜 나야?"

"당신이 마흔세 살이니까." 칩이 말했다. "미안하지만, 형제, 다른 판단 기준이 생각나지 않아."

"칩." 버즈가 말했다. "내가 이걸 말해야 할 것 같아. 몇 시간 전부터 다리가 아팠어. 내가 돌아가도 되고 계속 같이 가도 되는데… 그래도 당신이 알아야 할 것 같아서."

칼이 칩에게 담배를 주었다. 이제 담배가 2센티미터쯤 되는 길이로 줄어들어 있었다. 그는 바닥에 담배를 비벼 껐다. "좋아, 버즈, 당신이 가는 게 낫겠어. 먼저 면도부터 하고. 우리 모두 면도해야 돼. 혹시 누구랑 마주칠지 모르니까."

그들은 면도를 했다. 그러고 나서 버즈가 가장 가까운 해안까지 어떤 경로로 가야 하는지 칩과 버즈가 함께 연구했다. 약 300킬로미터 거리였다. 버즈는 '00015의 공항에서 폭탄을 하나 터뜨리고, 바다 가까이에서 또 하나를 터뜨리기로 했다. 혹시 필요할지 몰라서 폭탄을 두 개 더 추가로 챙긴 뒤, 그는 자신이 가져온 나머지 폭탄을 칩에게 주었다. "운이 좋으면 당신은 내일 밤쯤 배에 탈 수 있을 거야." 칩이 말했다. "배를 탈 때 지켜보는 사람이 있는지 꼭 확인해. 우리가 적어도 2주 동안, 어쩌면 그보다 더 오래 숨어 있을 거라고 줄리아한테 말해주고. 라일락한테도."

버즈는 일행 모두와 악수를 하며 행운을 빌어준 뒤 자전거를 가지고 떠났다.

"우리는 바로 이 자리에 한동안 머물면서 교대로 잠을 자자." 칩이 말했다. "오늘 밤에 시내로 들어가서 케이크와 작업복을 구해 오고."

"케이크라." 칼이 말했다. "2주가 길겠네." 도버가 말했다.

"아니, 그렇지 않아." 칩이 말했다. "그건 혹시 버즈가 잡힐 때를 대비해서 말한 거야. 우리 거사는 나흘이나 닷새 뒤야."

"그리스도와 웨이시여." 칼이 웃는 얼굴로 말했다. "당신 정말 빈틈이 없군."

3

그들은 그곳에 이틀 동안 머무르며 자고, 먹고, 면도하고, 싸움 연습을 하고, 아이들이 하는 단어 게임을 하고, 민주 정부와 섹스와 적도 숲속의 피그미족에 대해 이야기했다. 사흘째 되던 날, 일요일에 그들은 자전거를 타고 북쪽으로 향했다. '00013 바깥쪽에서 자전거를 멈추고, 광장과 다리를 굽어보는 그 바위로 올라갔다. 다리는 일부

복구된 상태였으나 차단기로 폐쇄되어 있었다. 자전거를 탄 멤버들이 줄을 지어 양방향으로 광장을 지나갔다. 의사도, 스캐너도, 콥터도, 자동차도 보이지 않았다. 콥터가 있던 자리에는 바닥을 새로 포장한 분홍색 직사각형 하나가 생겨나 있었다.

이른 오후에 그들은 '001을 지나가며 멀리 보이는 유니의 하얀 돔과 그 옆의 유니버설 브라더후드 호수를 언뜻 보았다. 그러고는 도시 너머의 풍치 지구로 들어갔다.

그날 해 질 무렵에 그들은 가지로 뒤덮여 보이지 않는 우묵한 공간에 자전거를 숨겨두고, 어깨에 키트를 둘러멘 모습으로 풍치 지구 경계선의 스캐너를 지나 러브산 근처까지 이어지는 풀밭 능선에 발을 들였다. 기운찬 걸음걸이였다. 몸에는 초록색 작업복을 입었고, 목에는 쌍안경과 방독면을 걸었다. 그들은 총을 들고 있었지만, 어둠이 점점 더 깊어지고 능선에 울퉁불퉁한 바위가 많아지면서 총을 주머니에 넣었다. 가끔 한 번씩 일행이 걸음을 멈추면, 칩은 손전등 불빛을 손으로 가린 채 나침반을 확인했다.

터널 입구로 추정된 세 장소 중 한 곳에 도착한 그들은 흩어져서 빛을 가린 손전등으로 터널 입구를 찾아다녔다. 입구는 보이지 않았다.

그들은 두 번째 장소로 출발했다. 북동쪽으로 1킬로미터 떨어진 곳이었다. 산의 어깨 위로 반달이 떠올라 창백한 빛으로 산을 밝혔다. 그들은 산 앞의 바위 능선을 가로지르면서 산기슭을 조심스레 살펴보았다.

능선이 평탄해졌지만, 그건 그들이 걷고 있는 좁은 길에만 해당하는 이야기였다. 그들은 여기가 도로임을 깨달았다. 여기저기 덤불이 자라는 옛날 도로. 그들 뒤에서 도로가 풍치 지구 방향으로 휘어졌다. 앞에서는 산속의 우묵한 곳으로 길이 이어져 있었다.

그들은 서로를 한 번씩 보고 총을 꺼냈다. 그리고 도로에서 벗어나 산허리 쪽으로 이동해 한 줄로 서서 천천히 살금살금 움직였다. 맨 앞이 칩, 그다음은 도버, 그다음은 칼이었다. 그들은 키트가 어디에 부딪히지 않게 손으로 붙잡았다. 총은 계속 들고 있었다.

도로가 이어진 우묵한 곳에서 그들은 산허리에 붙어 귀를 기울였다.

아무 소리도 들려오지 않았다.

조금 더 기다리며 귀를 기울인 뒤, 칩이 일행을 뒤돌아보며 방독면을 쓰고 끈을 조였다.

두 사람도 똑같이 했다.

칩은 총을 앞으로 들고 우묵한 곳의 입구에 발을 디뎠다. 도버와 칼이 그의 옆에 섰다.

깊고 평평한 공터가 안에 있었다. 공터 안쪽, 즉 수직으로 자른 산의 단면 아래쪽에 바닥이 평평하고 위가 둥근 터널 입구가 검은색으로 보였다.

지키는 이가 전혀 없는 것 같았다.

그들은 방독면을 내리고 쌍안경으로 터널 입구를 보았다. 입구 위의 산도 살펴본 뒤, 몇 걸음 앞으로 나아가면서 우묵한 공간의 불룩한 벽과 그 위에 타원형으로 보이는 하늘을 보았다.

"버즈는 틀림없이 잘해냈을 거야." 칼이 말했다.

"아니면 잘못해서 붙잡혔거나." 도버가 말했다.

칩은 쌍안경을 터널 입구로 휙 되돌렸다. 입구 가장자리가 유리처럼 은은히 빛나고, 바닥에는 연한 초록색 덤불이 있었다. "바닷가의 그 배들과 비슷한 느낌인데." 칩이 말했다. "활짝 열린 곳에 그냥 있는 게…."

"저게 리버티로 다시 이어져 있을 것 같아?" 도버가 이렇게 묻자 칼이 웃음을 터뜨렸다.

칩이 말했다. "우리가 미리 발견할 수 없는 덫이 50개는 있을지도 몰라." 그는 쌍안경을 내렸다.

칼이 말했다. "리아가 아무 말도 안 했을 수도 있지."

"의료 센터에서 질문을 받으면 모든 것을 말하게 돼 있어." 칩이 말했다. "게다가 리아가 말하지 않았다 해도, 저게 최소한 닫혀 있어야 하는 것 아니야? 그래서 도구를 가져온 거잖아."

칼이 말했다. "지금도 사용하는 곳인가 보지."

칩은 터널 입구를 노려보았다.

"언제든 이대로 돌아갈 수 있어." 도버가 말했다.

"그렇지, 가자." 칩이 말했다.

그들은 사방을 살핀 뒤 방독면을 쓰고 천천히 걸어서 공터를 통과했다. 가스가 뿜어져 나오지도 않았고, 경보가 울리지도 않았고, 반중력 장비를 장착한 멤버들이 하늘에 나타나지도 않았다.

그들은 터널 입구까지 걸어가서 손전등으로 안을 비춰보았다. 플라스틱으로 마감한 높고 둥근 공간 안에서 빛이 은은히 빛나다가 확커졌다. 터널 끝처럼 보이는 지점까지 내내. 아니, 거기서 터널이 끝나는 게 아니라 아래쪽으로 휘어져 있었다. 강철 궤도 두 개가 터널 안으로 널찍하고 평평하게 나 있고, 그 사이에는 플라스틱 마감이 안 된 검은 바위가 있었다. 바위의 폭은 2미터쯤 되었다.

그들은 공터를 뒤돌아보고, 입구의 가장자리를 올려다보았다. 그리고 터널 안으로 발을 들여놓으면서 서로를 보고, 방독면을 내린 뒤 냄새를 맡아보았다.

"자, 걸을 준비 됐어?" 칩이 말했다.

칼은 고개를 끄덕였고, 도버는 웃는 얼굴로 말했다. "가자."

그들은 잠시 서 있다가 궤도 사이의 평탄한 검은 바위 위를 걷기 시작했다.

"공기가 괜찮을까?" 칼이 물었다.

"공기가 나쁘더라도 방독면이 있잖아." 칩은 이렇게 말하고 나서 손전등 불빛으로 자신의 손목시계를 보았다. "10시 15분 전이야. 도착하면 1시쯤 되겠다."

"유니가 깨어 있을걸." 도버가 말했다.

"우리가 잠재우면 되지." 칼이 말했다.

터널이 휘어지면서 완만한 경사로가 나왔다. 그들은 걸음을 멈추고 앞을 보았다. 플라스틱으로 마감한 둥근 길이 은은히 빛을 내면서 멀리, 멀리, 멀리, 더 이상 검어질 수 없는 암흑 속으로 이어져 있었다.

"그리스도와 웨이시여." 칼이 말했다.

그들은 궤도 사이에서 서로 어깨를 맞대고 더 빠르게 걷기 시작했다. "자전거를 가져올 걸 그랬어." 도버가 말했다. "저절로 쌩쌩 달렸을 텐데."

"말은 최소한으로만 하자." 칩이 말했다. "불은 한 번에 한 개만 켜고. 이번에는 당신 차례야, 칼."

그들은 칼의 손전등 불빛을 따라 말없이 걸었다. 걸으면서 쌍안경을 벗어 키트에 넣었다.

칩이 느끼기에는 유니가 그들에게 귀를 기울이고 있는 것 같았다. 그들의 발소리가 일으키는 진동이나 몸에서 발산되는 열을 기록하고 있는 것 같았다. 유니가 틀림없이 방어할 준비를 하고 있을 텐데, 그들이 그것을 이겨내고, 멤버들과 싸워 이기고, 가스에 저항할 수 있을까? (방독면이 정말 효과가 있을까? 잭이 쓰러진 건 방독면을 너무 늦게 썼기 때문일까? 아니면 더 빨리 썼어도 아무 소용이 없었을까?)

고민의 시간은 이미 지났다. 그는 속으로 이렇게 되뇌었다. 지금은 나아갈 때였다. 저 앞에서 무엇이 기다리든 그들은 거기에 맞서서 냉각 설비를 폭파하기 위해 최선을 다할 것이다.

그들이 멤버를 몇 명이나 해쳐야 할까? 몇 명이나 죽여야 할까? 어쩌면 한 명도 해칠 필요가 없을지도 모른다. 총을 들고 위협하는 것만으로 충분히 그들 자신을 보호할 수 있을지도 모른다. (이타적이고 남을 도우려 드는 멤버들이 위험에 처한 유니를 보호하려는 상황에서? 그럴

리가 없지.)

그래, 그럴 수밖에 없었다. 다른 방법이 없었다.

그는 라일락을 생각했다. 라일락과 잰, 그리고 뉴마드리드에 있는 집을 생각했다.

터널 안의 온도가 점점 차가워졌지만, 공기는 여전히 좋았다.

그들은 계속 걸었다. 은은하게 빛나며 더 이상 검어질 수 없는 암흑 속으로 이어진 둥근 플라스틱 통로에서. 궤도 두 개도 그 암흑 속으로 이어졌다. '마침내 왔어. 이제 그걸 해낼 거야.' 그는 속으로 생각했다.

1시간 뒤에 그들은 걸음을 멈추고 쉬었다. 궤도에 앉아 케이크 하나를 나눠 먹고, 용기에 든 차도 나눠 마셨다. 칼이 말했다. "위스키를 좀 마실 수 있다면 팔 한 짝이라도 내놓겠네."

"돌아가면 아예 한 상자를 사 줄게." 칩이 말했다.

"저 말 분명히 들었지?" 칼이 도버에게 말했다.

그들은 몇 분 동안 앉아 있다가 일어서서 다시 걷기 시작했다. 도버는 궤도 위를 걸었다. "아주 자신 있어 보이네." 칩이 손전등 불빛으로 그를 비추며 말했다.

"맞아." 도버가 말했다. "당신은 자신 없어?"

"있지." 칩은 손전등으로 다시 앞을 비쳤다.

"여섯 명이 다 있었다면 기분이 더 좋았을 텐데." 칼이 말했다.

"나도 그래." 칩이 말했다.

도버가 조금 이상했다. 잭이 총을 쏘기 시작했을 때, 그가 팔로 얼굴을 가린 것을 칩은 기억했다. 그런데 지금은 곧 *자신들이* 직접 총을 쏘게 될 텐데, 어쩌면 살인을 할지도 모르는데, 그는 쾌활하고 태평해 보였다. 불안을 숨기려고 일부러 그러는 것일 수도 있었다. 아니면 그저 스물다섯이나 스물여섯 살의 행동인지도 모르고. 그의 실제 나이가 얼마인지는 모르지만.

그들은 키트를 양쪽 어깨에 번갈아 메면서 계속 걸었다.

"여기에 끝이 있는 건 확실해?" 칼이 말했다.

칩은 손전등의 방향을 휙 돌려 손목시계를 보았다. "지금 11시 30분이야. 지금쯤 중간 지점을 지났을 거야."

그들은 둥근 플라스틱 통로를 계속 걸었다. 차가운 기운이 조금 물러갔다.

그들은 12시 15분 전에 다시 걸음을 멈췄다. 하지만 마음 놓고 쉴 수가 없어서 1분 만에 일어나 다시 걸었다.

저 멀리 암흑의 중앙에서 빛이 반짝였다. 칩은 총을 빼 들었다. "잠깐." 도버가 그의 팔을 잡았다. "저건 *내* 불빛이야. 봐!" 그가 손전등을 껐다가 켜고, 다시 껐다가 켰다. 암흑 속의 빛이 그의 움직임에 맞춰 사라졌다가 다시 나타났다. "저기가 끝이야." 그가 말했다. "아니면 궤도 위에 뭔가 있거나."

그들은 더 빨리 걸었다. 칼도 총을 빼 들었다. 위아래로 살짝살짝 움직이는 그 빛이 전혀 가까워지는 것 같지 않았다. 여전히 작고 희미했다.

"저 빛이 우리한테서 멀어지고 있어." 칼이 말했다.

그런데 그때 빛이 갑자기 더 밝아지고 더 가까워졌다.

그들은 걸음을 멈추고 방독면을 쓴 뒤 끈을 조였다. 그리고 다시 걸었다.

강철 원반이 보였다. 터널을 막은 벽이었다.

그들은 그 벽에 가까이 다가갔지만 건드리지는 않았다. 그것이 위로 열리는 문임을 그들은 알아보았다. 가늘게 긁힌 자국들이 세로로 나 있고, 벽의 맨 아래는 궤도 모양과 꼭 맞았다.

그들은 방독면을 내렸다. 칩은 도버의 손전등 불빛으로 손목시계를 보았다. "1시 20분 전. 제법 일찍 왔어."

"저 문 뒤에 또 터널이 있을지도 몰라." 칼이 말했다.

"그런 생각을 할 만도 하지." 칩은 이렇게 말하면서 총을 주머니에 넣고 어깨에서 키트를 내렸다. 그리고 키트를 바위 위에 놓은 다음 그 옆 바닥에 한쪽 무릎을 대고 앉아 키트를 열었다. "불을 가지고 가까이 와봐, 도버." 그가 말했다. "그거 손대지 마, 칼."

칼은 벽을 보면서 말했다. "여기에 전기가 흐를까?"

"도버?" 칩이 말했다.

"잠깐만." 도버가 말했다.

그는 몇 미터쯤 뒤로 물러나서 불빛으로 그들을 비추고 있었다. 그가 가져온 L 빔 끝부분이 그 안으로 튀어 들어왔다. "당황하지 마. 다치지 않을 테니까." 그가 말했다. "당신들 총은 작동 안 해. 총 내려놔, 칼. 칩, 손을 보여준 다음 머리에 올리고 일어서."

칩은 불빛 위를 빤히 바라보았다. 번들거리는 선이 하나 보였다. 짧게 자른 도버의 금발이었다.

칼이 말했다. "이거 무슨 장난이야?"

"총 내려놔, 칼." 도버가 말했다. "키트도 내려놓고. 칩, 손을 보여 줘."

칩은 빈손을 보여준 뒤 머리에 양손을 대고 일어섰다. 칼의 총이 바위 위에서 시끄러운 소리를 냈다. 키트도 털썩 떨어졌다. "이거 뭐야?" 칼이 말했다. 그러고는 칩에게 시선을 돌렸다. "저놈 뭘 하는 거야?"

"그가 espion이야." 칩이 말했다.

"에스 뭐?"

라일락이 옳았다. 공격대 안에 첩자가 있었다. 하지만 그게 도버라니. 말도 안 되는 일이었다. 그럴 리가 없었다.

"머리에 손 올려, 칼." 도버가 말했다. "이제 돌아서. 둘 다. 벽을 보고 서."

"이 형제 싸움꾼 같으니." 칼이 말했다.

그들은 돌아서서 머리에 손을 올린 자세로 강철 문을 마주했다.

"도버." 칩이 말했다. "그리스도와 웨이…."

"이 나쁜 자식." 칼이 말했다.

"당신들이 다치는 일은 없을 거야." 도버가 말했다. 문이 위로 올라가더니, 벽이 콘크리트로 된 길쭉한 방이 앞에 나타났다. 궤도는 그 방의 중간 지점에서 끊겼다. 맞은편에 두 짝으로 된 강철 문이 보였다.

"앞으로 여섯 걸음 걸어가서 멈춰." 도버가 말했다. "어서. 여섯 걸음이야."

그들은 앞으로 여섯 걸음 걸어가서 섰다.

뒤에서 키트 줄을 조절하는 장치가 챙챙 소리를 냈다. "총이 지금도 당신들을 겨누고 있어." 도버가 말했다. 목소리가 낮은 곳에서 들리는 것을 보니, 쪼그리고 앉아 있는 모양이었다. 둘은 서로를 흘깃 보았다. 칼이 눈으로 질문을 던지고, 칩은 고개를 저었다.

"좋아." 도버가 말했다. 목소리가 다시 서 있을 때의 높이에서 들려왔다. "똑바로 앞으로 가."

그들은 콘크리트 방 안을 걸어갔다. 맞은편의 강철 문이 양쪽으로 열렸다. 그 뒤에는 하얀 타일이 붙은 벽이 있었다.

"문을 나가서 오른쪽으로." 도버가 말했다.

그들은 문을 나가서 오른쪽으로 방향을 꺾었다. 하얀 타일 복도가 앞으로 길게 펼쳐졌다. 그 끝에는 강철 문 한 짝이 있고 그 옆에는 스캐너가 있었다. 복도 오른쪽 벽은 전체가 타일이고, 왼쪽 벽에는 일정한 간격으로 강철 문이 있었다. 열 개나 열두 개쯤 되는 문 옆에는 각각 스캐너가 있었다. 문의 간격은 10미터쯤 되는 것 같았다.

칩과 칼은 여전히 머리에 손을 올린 채로 나란히 복도를 걸었다. '도버!' 칩은 속으로 생각했다. 내가 가장 먼저 찾아간 사람인데! 당연하잖아. 유니에게 그토록 깊은 앙심을 품은 사람처럼 굴었으니. 그날 그 I.A. 배에서! 그와 라일락에게 리버티가 감옥이라고 말해준 사람도, 그들이 그곳으로 오는 걸 유니가 내버려둔 거라고 말해준 사람도 도버였다! "도버!" 그가 말했다. "어떻게 네가⋯."

"그냥 계속 걸어." 도버가 말했다.

"넌 둔해지지 않았어, 치료받지 않았다고!"

"맞아."

"그럼 어떻게? 왜?"

"곧 알게 될 거야." 도버가 말했다.

복도 끝의 문에 가까워지자, 그 문이 갑자기 열렸다. 그 뒤에 또 다른 복도가 펼쳐졌다. 더 넓고, 조명이 덜 환하고, 벽이 어두운색이었다. 타일 벽이 아니었다.

"계속 가." 도버가 말했다.

그들은 문을 지나간 다음 걸음을 멈추고, 앞을 빤히 바라보았다.

"어서 가." 도버가 말했다.

그들은 계속 걸었다.

이건 무슨 복도지? 바닥에는 카펫이 깔려 있었다. 칩이 지금까지 본 적도 걸어본 적도 없는, 두툼하고 부드러운 황금색 카펫이었다. 벽은 반짝반짝 광택이 나는 나무인데, 금색 손잡이가 달린 양편 문에는 숫자(12, 11)가 적혀 있었다. 문과 문 사이에 걸린 아름다운 그림들은 전 통합 시대의 것이 분명했다. 손을 포개고 앉아서 다 안다는 듯이 미소 짓는 여자, 먹구름이 낀 기묘한 하늘 아래에 창문 달린 건물들이 있는 산 중턱의 도시, 정원, 몸을 기대고 누운 여자, 갑옷을 입은 남자. 쾌적한 향기가 공기에 섞여 있었다. 톡 쏘는 느낌이 났는데, 무슨 향인지 이름을 알 수 없었다.

"여긴 어디야?" 칼이 물었다.

"유니 안이야." 도버가 말했다.

그들 앞에 두 짝으로 된 문이 열려 있었다. 그 뒤는 빨간 천들이 드리워진 방이었다.

"계속 가." 도버가 말했다.

그들은 문을 지나 빨간 방으로 들어갔다. 방이 양편으로 널찍하게 펼쳐지고, 멤버들, 사람들이 있었다. 앉아 있고, 미소 짓고, 웃음을 터뜨리고, 웃으면서 일어서고, 박수갈채를 보내는 사람들. 젊은 사람, 늙은 사람이 의자와 소파에서 일어나며 소리 내어 웃고 박수를 쳤다. 박수, 박수, 모두 박수를 *치고 있었다!* 칩의 팔이 아래로 내려졌다. 웃고 있는 도버에 의해. 칩은 칼을 보고 칼은 칩을 보았다. 망연한 표정으로. 사람들은 여전히 박수를 쳤다. 남자, 여자, 50명, 60명, 기민하게 살아 있는 것처럼 보이는 사람들, 파플론이 아니라 비단으로 된 작업복은 초록색 황금색 파란색 하얀색 자주색, 키가 크고 아름다운 여자, 피부가 검은 남자, 라일락처럼 생긴 여자, 아흔 살이 넘어 보이는 흰머리 남자, 박수, 박수, 박수, 박수….

칩은 돌아섰다. 도버가 활짝 웃으며 말했다. "당신은 깨어났어." 그리고 칼을 향해 말을 이었다. "이건 진짜야. 실제 상황이야."

"*뭐가?*" 칩이 말했다. "도대체 이게 뭔데? 저들은 누구고?"

도버가 소리 내어 웃으며 말했다. "저들은 프로그래머야, 칩! 이제는 *당신도* 그렇게 될 거야! 아, 당신 얼굴을 지금 당신한테 보여주고 싶네!"

칩은 칼을 뚫어져라 바라보다가 다시 도버를 보았다. "그리스도와 웨이시여, 그게 무슨 소리야? 프로그래머들은 죽었어! 유니가…유니가 혼자 돌아간다고, 프로그래머는…."

도버는 웃는 얼굴로 그의 뒤편을 보고 있었다. 방 안에 침묵이 퍼져 있었다.

칩은 돌아섰다.

웨이처럼 보이는 웃는 얼굴 가면을 쓴 남자(이게 실제 상황이라고?)가 옷깃이 높은 빨간 비단 작업복 차림으로 그를 향해 경쾌하게 걸어오고 있었다. "혼자 돌아가는 건 없어." 그의 목소리는 높지만 힘이 있었다. 웃는 가면의 입술이 진짜처럼 움직였다. (그런데 저게 정말 가면일까? 날카로운 광대뼈에 착 달라붙은 노란 피부, 가늘게 찢어져서 반짝이는 눈, 번들거리는 노란 머리통에 붙어 있는 가느다란 흰머리가?) "자네는 한쪽 눈이 초록색인 '칩'이겠군." 그 남자가 웃는 얼굴로 이렇게 말하며 한 손을 내밀었다. "'리'라는 이름에 무슨 문제가 있어서 자네가 그걸 바꾸려고 했는지 나한테 꼭 말해줘야 하네." 그들 주위로 웃음소리가 솟아올랐다.

앞으로 뻗은 손은 젊고 정상적인 피부색이었다. 칩은 그 손을 잡았다('내가 미쳐가는 거야.' 그는 속으로 생각했다). 그 손이 그의 손을 힘차게 잡고 손마디 관절을 꽉 쥐는 바람에 곧바로 통증이 느껴졌다.

"그리고 자네는 칼이군." 남자가 고개를 돌려 다시 손을 내밀며 말했다. "자네가 이름을 바꿨다면 그건 이해할 만해." 웃음소리가 더 크게 솟아올랐다. "악수해." 남자가 웃는 얼굴로 말했다. "무서워하지 말고."

칼은 그를 빤히 보면서 손을 잡고 악수했다.

칩이 말했다. "당신은…."

"웨이일세." 남자가 말했다. 가늘게 찢어진 눈이 반짝였다. "여기 위쪽은 그렇지." 그가 작업복의 높은 옷깃을 손으로 건드렸다. "여기 아래쪽은 여러 멤버들이 섞여 있어. 163년에 10종 경기에서 우승한 예수 RE의 비중이 가장 크지만." 그는 그들을 향해 미소 지었다. "어렸을 때 공을 튕겨본 적 없어?" 그가 물었다. "줄넘기를 해본 적 없어? '마르크스, 우드, 웨이, 그리스도. 웨이 빼고 모두가 희생되었어.' 이 말은 지금도 진실일세. '아기들의 입에서.' 자, 와서 앉아. 피곤할 텐데. 다른 사람들처럼 엘리베이터를 이용하지 그랬어? 도버, 자네가 돌아와서 기쁘네. 아주 잘해줬어. '013 다리에서 벌어진 그 흉한 일만 빼고."

그들은 깊숙하고 편안한 빨간색 의자에 앉아, 반짝거리는 잔으로 시큼한 맛이 나는 연한 노란색 와인을 마시고, 깍둑썰기 한 고기와 생선으로 달콤하게 끓인 스튜와 젊은 멤버들이 찬탄하는 눈으로 그들을 향해 미소를 지으며 우아한 흰 접시에 담아 가져온 알 수 없는 요리를 먹었다. 그들은 이렇게 앉아서 먹고 마시면서 웨이와 이야기를 나눴다.

웨이와!

피부가 팽팽히 당겨진 저 노란색 머리의 나이는 몇 살일까? 살아서 말하고 있는 그 머리 아래의 유연한 몸은 빨간 작업복을 입고, 편안히 손을 뻗어 담배를 집거나 아무렇지도 않게 다리를 꼬았다. 지난번 그의 탄신기념일이… 206번째였던가 207번째였던가?

웨이는 예순 살에 죽었다. 통합 이후 25년이 지난 때였다. 그의 '영적인 후계자들'이 프로그램한 유니가 구축된 것은 그로부터 몇 세대가 지난 뒤였다. 그의 후계자들은 물론 예순두 살에 죽었다. 패밀리가 배운 바로는 그랬다.

그런데 여기 그가 앉아서 먹고 마시고 담배를 피우고 있었다. 한데 모여 있는 의자 주위에는 여러 사람이 서서 귀를 기울였으나, 그는 그들을 알아차리지 못하는 것 같았다. "그 섬들은 온갖 역할을 했어." 그가 말했다. "처음에는 최초 불치자들의 본거지였지. 그다음에는 자네 표현처럼, '분리 구역'이 되었고. 나중에 우리는 불치자들이 그곳으로 '탈출'하는 것을 허락했지만, 그때만 해도 배를 제공해 줄 만큼 친절을 베풀진 않았네." 그는 빙긋 웃으며 담배를 빨아들였다. "하지만 나중에 내가 더 나은 용도를 찾아냈지. 미안하지만, 지금 섬들은 자연보호 구역일세. 선천적인 지도자들이 나타나서 스스로 능력을 증명할 수 있는 곳. 정확히 자네가 한 것처럼 말이야. 이제 우리는 다소 완곡한 방식으로 배와 지도를 제공해 주고, 도버처럼 돌아오는 멤버들과 동행해서 최대한 폭력을 예방하는 '목자'도 제공한다네. 물론 그들이 의도한 최후의 폭력, 즉 유니의 파괴를 막으려는 목적도 있지. 보통은 관람객들에게 보여주는 전시품이 공격 목표가 되니까 사실은 전혀 위험하지 않지만 말이야.”

칩이 말했다. “여기가 어딘지 모르겠어요.” 칼이 작은 황금색 포크로 깍둑썰기 한 고기 조각을 찌르며 말했다. “풍치 지구에서 잠들어 있는 거야.” 그러자 주위의 사람들이 웃음을 터뜨렸다.

웨이가 웃는 얼굴로 말했다. “그래, 이런 사실을 알게 됐으니 틀림없이 마음이 편치 않겠지. 변함없이 멋대로 패밀리를 조종하는 주인이라고 생각했던 컴퓨터가 사실은 자네들처럼 진취적이고, 생각이 깊고, 깨어 있는 멤버들에게 조종당하는 패밀리의 종이라는 걸 알게 됐잖나. 컴퓨터의 목표와 절차는 최고위원회와 그 아래 14개 하위 위원회의 결정에 따라 계속 바뀐다네. 보다시피 우리는 호화로운 생활을 즐기지만, 이런 생활을 정당화하고도 남을 만큼 책임을 지고 있어. 자네들도 내일부터 배우게 될 걸세. 하지만 지금은….” 그는 앞으로 몸을 기울여 재떨이에 담배를 눌렀다. “시간이 아주 늦었군. 자네들이 터널을 아주 좋아한 덕분에. 자네들을 방으로 안내하라고 하겠네. 그렇게 많이 걸어온 보람이 느껴지는 방이라고 생각해 주면 좋겠어.” 그는 미소를 지으며 일어섰다. 그들도 함께 일어섰다. 그는 칼과 악수했다. “축하하네, 칼.” 그는 칩과도 악수했다. “축하하네, 칩. 우리는 조만간 자네가 올 것 같다고 아주 오래전에 짐작했어. 우리를 실망시키지 않아서 기쁘네. *내가* 기쁘다는 뜻이야. 유니에게도 감정이 있는 것처럼 말하지 말아야 하는데, 힘들군.” 그가 돌아서자 사람들이 그들 주위로 몰려와 그들과 악수하며 말했다. “축하해요, 당신들이 통합 기념일 전에 여기까지 올 줄은 정말 몰랐어요, 좀 싫죠, 당신들이 여기 들어왔을 때 다들 앉아 있는 거, 축하해요, 곧 이런저런 것들에 익숙해질 거예요, 축하해요."

방은 연한 파란색이고, 넓었다. 비단처럼 매끄러운 연한 파란색의 커다란 침대에는 베개가 많이 놓여 있고, 벽에는 물 위에 뜬 수련을 그린 커다란 그림이 있고, 탁자 위에는 뚜껑이 덮인 접시와 디캔터가 놓여 있고, 안락의자는 암록색이고, 길고 나지막한 수납장 위에는 하얀색과 노란색 국화가 꽂힌 그릇이 있었다.

"아름답네." 칩이 말했다. "고마워."

그를 방으로 안내한 여자는 열여섯 살쯤 되어 보이는 평범한 모습의 멤버로 흰색 파플론 옷을 입고 있었다. 그녀가 말했다. "의자에 앉으면 내가 당신의…." 그녀가 그의 발을 가리켰다.

"신발 말이군." 그가 웃으면서 말했다. "고맙지만 괜찮아, 자매. 내가 벗을 수 있어."

"딸이에요."

"딸?"

"프로그래머들은 우리 아버지와 어머니예요."

"아. 좋아. 고마워, 딸. 이제 그만 가봐도 돼."

그녀는 놀라서 상처 입은 표정을 지었다. "나는 여기서 당신을 돌봐줘야 해요. 우리 둘 다." 그녀는 침대 너머의 문간을 고갯짓으로 가리켰다. 불빛이 새어 나오는 그곳에서 물 흐르는 소리가 들렸다.

칩은 그쪽으로 갔다.

연한 파란색 욕실이 거기 있었다. 크고 반짝이는 그곳에서 흰색 파플론을 입은 또 다른 젊은 멤버가 물이 차오르는 욕조 옆에 무릎을 꿇고 앉아서 손으로 물을 휘젓고 있었다. 그녀가 고개를 돌려 미소를 지으며 말했다. "안녕하세요, 아버지."

"안녕." 칩은 문설주를 한 손으로 붙잡고 서서 첫 번째 소녀를 뒤돌아보았다. 그녀는 침대에서 이불을 걷고 있었다. 그는 다시 두 번째 소녀를 보았다. 그녀는 무릎을 꿇은 채 그를 올려다보며 미소 지었다. 그는 문설주를 한 손으로 붙잡고 서 있었다. "딸." 그가 말했다.

4

그는 침대에 앉아 있었다. 아침 식사를 마치고 담배를 향해 손을 뻗는데, 노크 소리가 들렸다. 두 소녀 중 한 명이 가서 문을 열어주자 도버가 들어왔다. 깨끗하게 씻고 노란 비단옷으로 갈아입은 그는 활기찬 모습으로 빙긋 웃고 있었다. "잘 지내, 형제?" 그가 물었다.

"아주 잘 지내." 칩이 말했다. "아주 잘." 다른 한 명의 소녀가 그의 담배에 불을 붙여주고, 아침 식사 쟁반을 가져가며 커피를 더 드시겠느냐고 물었다. "아니, 괜찮아. 당신은 커피 마실래?"

"아니, 괜찮아." 도버는 이렇게 말하고 나서 암록색 의자에 앉아 등을 기댔다. 양쪽 팔꿈치는 의자 팔걸이에 두고, 다리를 쭉 뻗은 자세에서 양손 손가락을 얽었다. 그리고 웃는 얼굴로 칩에게 말했다. "충격은 극복했어?"

“그럴 리가.”

“이건 오랜 관습이야. 다음 그룹이 들어오면 당신도 즐기게 될 거야.”

“이건 잔인해, 정말로 잔인해.”

“기다려 봐. 그때는 당신도 다른 사람들이랑 똑같이 웃으며 박수를 치게 될 테니.”

“사람들이 얼마나 자주 들어와?”

“몇 년이 지나도 소식이 없을 때도 있고, 한 달 간격으로 들어올 때도 있고. 평균적으로는 1년에 1점 몇 명쯤 되지.”

“그럼 당신은 그동안 내내 유니와 연락하고 있었던 거야, 이 형제 싸움꾼아?”

도버는 고개를 끄덕이며 빙긋 웃었다. “성냥갑 크기의 텔레콤프로. 실제로 성냥갑 안에 텔레콤프를 넣어두었어.”

“나쁜 자식.”

쟁반을 든 소녀가 밖으로 나가고, 다른 소녀가 협탁의 재떨이를 새것으로 바꾼 다음, 의자 등받이에 걸린 자신의 작업복을 들고 욕실로 들어가 문을 닫았다.

도버가 그 소녀를 줄곧 바라보다가 칩에게 시선으로 질문을 던졌다. “좋은 밤이었어?”

“음, 흠.” 칩이 말했다. “저들은 치료받지 않은 것 같더군.”

“모든 치료를 다 받지 않은 건 확실해. 오는 길에 내가 힌트를 주지 않았다고 해서 나한테 화난 건 아니지? 규칙이 아주 철석같아. 상대가 부탁하지 않는 도움은 주지 마라, 암시도 뭣도 안 된다, 최대한 방관자의 자세를 유지하되 유혈 사태를 막으려 노력해라. 사실 배에서 리버티가 감옥이라는 말도 하면 안 되는 거였어. 내가 거기 2년 동안 있었는데, 누구도 뭘 시도해 보려는 *생각조차* 안 했거든. 그러니 내가 왜 일을 진행하고 싶어 했는지 짐작이 갈 거야."

"그래, 확실히." 칩은 깨끗한 흰색 재떨이에 담뱃재를 떨어뜨렸다.

"웨이한테 그 얘기는 안 했으면 좋겠어." 도버가 말했다. "1시에 웨이와 점심을 먹을 거야."

"칼도?"

"아니, 당신만. 내 생각에 당신이 최고위원감으로 낙점된 것 같아. 내가 10분 전에 와서 당신을 웨이에게 데려갈게. 저 안에 면도기가 있어. 손전등처럼 생긴 거야. 오늘 오후에는 같이 의료 센터에 가서 수염 제거를 시작할 거야."

"의료 센터가 있어?"

"뭐든지 다 있어. 의료 센터, 도서관, 체육관, 수영장, 극장… 심지어 정원도 있어. 보면 최고라는 말이 나올걸. 나중에 다 구경시켜 줄게."

"그럼 우리는 여기서… 사는 건가?"

"나처럼 불쌍한 목자만 빼고 전부. 난 또 다른 섬으로 갈 거야. 하지만 그건 적어도 6개월 뒤의 일이야, 고마운 유니."

칩은 담배를 재떨이에 눌러 철저히 불씨를 껐다. "내가 여기 있기 싫다면?"

"있기 싫어?" 도버가 말했다.

"나한테는 아내와 아기가 있어."

"여기 그런 사람 많아. 당신이 여기서 해야 하는 일은 그보다 더 큰 거야, 칩. 섬에 있는 멤버들을 포함해서 패밀리 전체를 위한 의무니까."

"좋은 의무네. 비단 작업복에, 소녀 둘이 한꺼번에 붙어 있으니."

"그건 어젯밤만 그런 거야. 오늘밤에는 운이 좋아야 한 명이라도 데리고 있을 수 있어." 그는 허리를 똑바로 세웠다. "이봐, 여기의 피상적인 매력이… 수상쩍게 보이는 건 나도 알아. 하지만 패밀리에는 유니가 필요해. 리버티의 사정이 어땠는지 생각해 봐! 유니를 운영하는 데는 치료받지 않은 프로그래머들이 필요한데… 뭐, 웨이가 나보다 더 잘 설명해 줄 거야. 그리고 어차피 일주일에 하루는 우리도 파플론을 입어. 케이크도 먹고."

"하루 종일? 진짜?"

"알았어, 알았어." 도버는 일어서서 칩의 초록색 작업복이 놓인 의자로 다가가 작업복을 들고 주머니를 손으로 만져보았다. "여기 다 있어?" 그가 물었다.

"응. 내가 보관하고 싶은 사진 몇 장도."

"미안한데, 밖에서 가지고 들어온 건 전부 안 돼. 그것도 규칙이야." 도버는 바닥에서 칩의 신발을 들고 일어나 그를 보았다. "처음에는 다들 조금 긴가민가해. 일단 감을 잡고 나면 여기 머무르길 잘했다는 생각이 들 거야. 이건 의무야."

“기억해 둘게.”

노크 소리가 나더니, 쟁반을 들고 나갔던 소녀가 파란색 비단 작업복과 하얀 샌들을 들고 들어와 침대 발치에 놓았다.

도버가 웃는 얼굴로 말했다. “파플론을 원한다면 마련해 줄 수 있어.”

소녀가 그를 보았다.

“그럴 리가.” 칩이 말했다. “여기 있는 다른 사람들과 마찬가지로 나도 비단을 걸칠 자격이 있는 것 같은데.”

“있지. 있어, 칩. 이따 1시 10분 전에 보자고, 알았지?” 그는 초록색 작업복을 팔에 걸치고 신발을 손에 든 채 문으로 향했다. 소녀가 서둘러 앞서 가서 그를 위해 문을 열어주었다.

칩이 말했다. “버즈는 어떻게 됐어?”

도버는 걸음을 멈추고 돌아섰다. 안타까운 표정이었다. “’015에서 붙잡혔어.”

“치료받았어?”

도버는 고개를 끄덕였다.

“그것도 규칙이군.” 칩이 말했다.

도버는 다시 고개를 끄덕이고 돌아서서 밖으로 나갔다.

가볍게 양념된 갈색 소스와 얄팍한 스테이크, 갈색으로 익힌 작은 양파, 칩이 리버티에서 본 적이 없는 노란색 채소를 얇게 저민 것(웨이는 “애호박”이라고 말했다), 전날 밤의 노란색 와인보다는 맛이 덜한 깨끗한 빨간색 와인이 나왔다. 그들은 테두리를 널찍하게 황금으로 두른 접시에서 황금 나이프와 포크로 음식을 먹었다.

회색 비단옷을 입은 웨이는 손을 빠르게 움직이며 스테이크를 잘라 포크로 찍어서 주름진 입속에 넣고, 잠깐 씹다가 꿀꺽 삼키고는 다시 포크를 들었다. 그러다 가끔 손을 멈추고 포도주를 한 모금 마신 뒤 노란색 냅킨으로 입술을 눌렀다.

"이런 것들이 이미 존재했는데…." 그가 말했다. "이걸 파괴하는 데 무슨 의미가 있었겠나?"

커다란 방은 전 통합 시대 양식의 멋진 가구들로 장식되어 있었다. 하얀색, 황금색, 주황색, 노란색. 한쪽 구석에는 하얀 작업복 차림의 멤버 두 명이 바퀴 달린 서빙 테이블 옆에 서서 대기 중이었다.

"물론 처음에는 잘못된 것처럼 보이겠지." 웨이가 말했다. "하지만 최종적인 결정은 반드시 치료받지 않은 멤버들이 내려야 *하는데*, 치료받지 않은 멤버들은 케이크와 텔레비전과 〈글 쓰는 마르크스〉만으로는 살 수도 없고 살아서도 안 돼." 그는 빙긋 웃었다. "심지어 〈화학 치료사에게 연설하는 웨이〉로도 안 되지." 그는 이렇게 말하고 나서 스테이크를 입에 넣었다.

"왜 패밀리가 스스로 결정을 내리면 안 되죠?" 칩이 물었다.

웨이는 스테이크를 씹어 삼켰다. "그럴 능력이 없으니까. 다시 말해서, 합리적인 결정을 내릴 능력이 없어. 치료받지 않으면… 뭐, 섬에서 사례를 봤잖나. 비열하고, 어리석고, 공격적이고, 다른 무엇보다 이기심의 영향을 받지. 이기심과 두려움." 그는 양파를 입에 넣었다.

"그래도 통합을 해냈어요." 칩이 말했다.

"음, 그렇지." 웨이가 말했다. "하지만 얼마나 힘들었나! 우리가 치료로 버팀목을 마련해 줄 때까지 통합의 구조가 얼마나 연약했어! 그래, 패밀리는 도움을 받아야만 온전한 인간성을 지닐 수 있어. 지금은 치료로 돕지만, 내일은 유전공학으로 도울 거야. 패밀리를 위해 누군가가 결정을 내려줘야 해. 그럴 수 있는 수단과 지능을 지닌 자들에게는 그럴 의무가 있네. 그 의무를 회피하는 건 종種에 대한 반역이야." 그는 스테이크를 입속에 넣고, 다른 손을 들어 손짓했다.

"그럼 멤버들을 예순두 살 때 죽이는 것도 그 의무의 일부인가요?" 칩이 물었다.

"아, 그거." 웨이는 빙긋 웃었다. "항상 엄격한 표정으로 가장 먼저 물어보는 질문이지."

구석에서 대기하던 두 멤버가 다가왔다. 한 명은 와인 디캔터를 들었고, 다른 한 명은 황금 쟁반을 가져와 웨이의 옆에 섰다. "자네는 전체 그림의 일부만 보고 있어." 웨이가 그 쟁반에서 커다란 포크와 스푼을 들어 스테이크를 들어 올리면서 말했다. 그가 들고 있는 스테이크에서 소스가 뚝뚝 떨어졌다. "우리가 주는 평화와 안정과 복지가 아니라면 예순두 살보다 훨씬 더 일찍 죽을 멤버들이 헤아릴 수 없이 많다는 점을 자네는 외면하고 있네. 잠시 대중 전체를 생각해 봐. 대중 속의 개인이 아니라." 그는 스테이크를 자신의 접시에 놓았다. "우리는 패밀리에게서 수명을 빼앗는 게 아니라 훨씬 더 늘려주고 있다네. 아주, 아주 많이." 그는 스푼으로 스테이크에 소스를 끼얹고, 양파와 애호박을 들었다. "칩?"

"아뇨, 괜찮습니다." 칩은 자기 앞의 반쪽짜리 스테이크를 한 점 잘랐다. 디캔터를 든 멤버가 그의 잔을 다시 채워주었다.

"말이 나온 김에…" 웨이가 스테이크를 썰면서 말했다. "실제 죽음의 시기는 이제 예순두 살보다 예순세 살에 가까워. 지구의 인구가 점차 줄어들면서 그 나이는 더욱 높아질 걸세." 그는 스테이크를 입에 넣었다.

두 멤버는 뒤로 물러났다.

칩이 말했다. "늘어난 수명과 줄어든 수명을 계산할 때 태어나지도 못한 멤버들도 포함합니까?"

"아니." 웨이가 웃는 얼굴로 말했다. "우리는 그렇게까지 비현실적이지 않아. 만약 그 멤버들이 *태어났다면*, 안정도 복지도 없었을 테고, 궁극적으로는 패밀리도 없었을 걸세." 그는 애호박을 입에 넣고 씹다가 삼켰다. "점심 식사 한 번으로 자네의 감정이 바뀔 거라고 기대하지는 않아. 주위를 돌아보고, 사람들과 이야기를 해보고, 도서관에서 자료를 찾아보게. 특히 역사와 사회학 쪽으로. 나는 일주일에 몇 번 저녁에 비공식적인 토론회를 열어. 한 번 스승은 언제나 스승이니까. 그 자리에 나와서 논쟁하고 토론해 봐."

"리버티에 아내와 아기를 두고 왔어요." 칩이 말했다.

"그렇다면…" 웨이가 웃는 얼굴로 말했다. "그 둘은 자네에게 무엇보다 중요한 존재는 아니군."

"돌아갈 생각이었습니다."

"필요하다면 그들이 보살핌을 받게 해 줄 수 있네. 도버한테 들으니 자네가 이미 그런 조치를 취했다던데."

"돌아가도 된다는 허락을 받을 수 있을까요?" 칩이 물었다.

"돌아가고 싶은 생각이 사라질걸. 우리 말이 옳고, 자네의 책임은 여기에 있다는 걸 깨닫게 될 거야." 그는 포도주를 한 모금 마시고 냅킨으로 입술을 꼭 눌렀다. "만약 사소한 부분에서 우리가 틀렸다면, 자네가 언젠가 최고위원이 되어 그 잘못을 바로잡으면 되네. 혹시 자네 건축이나 도시계획에 관심이 있나?"

칩은 잠시 그를 보다가 말했다. "건물 설계에 대해 한두 번 생각한 적이 있어요."

"유니는 자네가 현재 건축위원회에 있어야 한다고 생각해." 웨이가 말했다. "생각해 보게. 위원장인 마디어를 만나봐." 그는 양파를 입에 넣었다.

"저는 진짜 아무것도 모르….."

"관심이 있다면 배울 수 있겠지." 웨이가 스테이크를 자르며 말했다. "시간은 많아."

칩은 그를 보았다. "네. 프로그래머들은 예순두 살 넘게 사는 것 같아요. 심지어 예순세 살도 넘게."

"비범한 멤버들은 최대한 오랫동안 보존해야지." 웨이가 말했다. "패밀리를 위해서." 그는 스테이크를 입에 넣고, 가늘게 찢어진 눈으로 칩을 바라보며 씹었다. "믿기 힘든 이야기를 하나 해줄까? 자네 세대의 프로그래머들은 무한한 생을 누릴 것이 거의 확실하네. 환상적이지 않나? 우리 늙은이들은 조만간 죽을 텐데. 의사들은 그렇지 않을 수도 있다고 말하지만, 유니는 반드시 그렇게 될 거라고 하네. 하지만 젊은이들은, 십중팔구는, 자네들은 죽지 않을 거야. 영원히.”

칩은 스테이크 한 점을 입에 넣고 천천히 씹었다.

웨이가 말했다. “아마 마음이 불편해지는 생각일 거야. 하지만 나이를 먹을수록 점점 매력적으로 변할 걸세.”

칩은 입안의 것을 꿀꺽 삼키고 웨이를 보았다. 회색 비단을 걸친 그의 가슴을 흘깃 보고 다시 얼굴을 보았다. “그 멤버… 10종 경기 우승자. 그는 자연히 죽은 겁니까, 죽임을 당한 겁니까?”

“죽임을 당했네. 그가 허락한 일이야. 자유롭게, 심지어 열렬하게.”

“물론 그는 치료받았겠군요.”

“운동선수가? 그들은 치료를 아주 조금만 받아. 그는 자신이… 나와 결합하게 된다는 걸 자랑스럽게 여겼네. 유일한 걱정은 내가 자기를 ‘좋은 상태’로 유지해 줄 것인가 하는 점이었어. 내가 보기에도 정당한 걱정이었네. 아이들, 여기의 평범한 멤버들이 이식을 위해 자기 몸 일부를 내놓겠다고 서로 경쟁한다는 걸 자네도 알게 될 걸세. 예를 들어, 자네가 그 눈을 교체하고 싶어 한다면, 그들이 자네 방으로 슬쩍 들어와서 그 영예를 허락해 달라고 자네한테 애원할 거야.” 그는 애호박을 입에 넣었다.

칩은 앉은 자리에서 몸을 조금 움직였다. “저는 제 눈에 불만이 없습니다. 제 눈을 좋아해요.”

“그러면 안 돼. 도저히 방법이 없는 거라면 그걸 있는 그대로 받아들이는 게 정당하겠지. 하지만 불완전한 부분을 바로잡을 수 있다면? 그렇다면 절대 그걸 있는 그대로 받아들이면 안 돼." 그는 스테이크를 잘랐다. "목표는 하나, 오로지 하나뿐, 우리 모두의 목표는 완벽함." 그가 말했다. "우리는 아직 완벽에 도달하지 못했지만 언젠가는 그렇게 될 거야. 패밀리가 유전적으로 개선되어서 더 이상 치료가 필요하지 않은 때가 오겠지. 영원히 사는 프로그래머 군단이 생기면 섬들도 통합될 수 있어. 지상의 완벽함, '밖으로, 밖으로, 밖으로 별들을 향해' 뻗어 나가리." 스테이크 한 점을 찍은 그의 포크가 입술 앞에서 멈췄다. 그는 앞을 보며 말했다. "그건 내가 젊었을 때 품은 꿈일세. 온화한 자, 남을 도우려는 자, 사랑을 품은 자, 이타적인 자의 우주. 나는 살아서 그 우주를 볼 걸세. 그때까지 살 거야."

도버는 그날 오후 칩과 칼을 데리고 단지를 돌아다니며 도서관, 체육관, 수영장, 정원("그리스도와 웨이시여." "일몰과 별들을 보고 나서 말해."), 음악실, 극장, 라운지, 식당과 주방("나도 몰라. 어디서 오는 거겠지." 한 멤버가 강철 수레에서 양상추와 레몬을 가져가는 멤버들을 지켜보며 말했다. "뭐든 우리가 필요하다고 하면 이렇게 들어와." 그녀는 웃는 얼굴로 이렇게 말했다. "유니한테 말하면 돼.")을 보여주었다. 단지는 4층 규모였고, 작은 엘리베이터와 좁은 에스컬레이터가 운행되었다. 의료 센터는 맨 아래층에 있었다. 보로비에프와 로젠이라는 이름의 의사들, 움직임은 젊은이 같지만 뺨이 푹 꺼져서 웨이처럼 늙어 보이는 그들이 일행을 반기며 진찰한 뒤 주사를 놓아주었다. "그 눈을 금방 갈아 끼울 수 있어, 알지?” 로젠이 칩에게 말했다. “알아요. 고맙지만, 나는 괜찮아요.” 칩이 말했다.

그들은 수영장에서 헤엄쳤다. 도버는 키가 크고 아름다운 여자와 함께 수영하러 갔는데, 칩은 그녀가 전날 밤 박수 치는 사람들 중에 있었음을 알아보았다. 칩과 칼은 수영장 가장자리에 앉아 그들을 지켜보았다. “기분이 어때?” 칩이 물었다.

“모르겠어.” 칼이 말했다. “물론 기쁘지. 꼭 필요한 일이고, 돕는 게 우리 의무라는 도버의 말도 있고. 하지만… 모르겠어. 설사 저들이 유니를 돌린다 해도, 유니는 유니잖아, 안 그래?”

“맞아. 나도 같은 기분이야.”

“만약 우리가 계획대로 했다면 저 위에 혼란이 벌어졌을 거야. 하지만 결국은 혼란이 그럭저럭 정리됐겠지.” 칼은 고개를 저었다. “솔직히 정말 모르겠어, 칩. 스스로 돌아가는 패밀리의 시스템이라면 무엇이든 확실히 유니보다 훨씬 덜 효율적일 거야. 여기 사람들에 비해서도 그렇고. 그건 부정할 수 없어.”

“그래, 맞는 말이야.”

“저들이 저렇게 오래 사는 게 환상적이지 않아? 난 지금도… 저 젖가슴을 좀 봐. 그리스도와 웨이시여.”

피부가 밝고 젖가슴이 둥그런 여자가 맞은편에서 물속으로 뛰어들었다.

칼이 말했다. “이야기는 나중에 하자, 괜찮지?” 그는 물속으로 미끄러지듯 들어갔다.

"물론이지. 시간은 많아." 칩이 말했다.

칼은 그에게 미소를 지어 보이고는, 발로 물을 차고 팔을 움직여 헤엄치며 그에게서 멀어졌다.

다음 날 아침 칩은 방에서 나와, 초록색 카펫이 깔리고 벽에 그림이 걸린 복도를 걸어 그 끝의 강철 문으로 향했다. 그가 얼마 가지도 못했는데 도버가 "안녕, 형제"라고 말하며 다가와 그와 나란히 걸었다. "안녕." 칩은 이렇게 말하고 나서 다시 앞으로 시선을 돌려 걸으면서 말을 이었다. "내가 감시당하고 있는 건가?"

"이 방향으로 갈 때만." 도버가 말했다.

"내가 무슨 짓을 하고 싶다 해도 맨손으로는 불가능해."

"알아. 영감이 조심스러운 사람이라 그래. 전 통합 사고방식." 그는 관자놀이를 톡톡 두드리며 웃었다. "며칠만 그럴 뿐이야."

그들이 복도 끝에 다다르자 강철 문이 스르르 열렸다. 하얀 타일로 장식된 복도가 그 문 뒤에 뻗어 있었다. 파란 옷을 입은 멤버가 스캐너에 접촉하고 어떤 문 안으로 사라졌다.

그들은 돌아서서 걷기 시작했다. 등 뒤에서 문이 속삭이는 듯한 소리를 냈다. "당신도 보게 될 거야." 도버가 말했다. "십중팔구 영감이 직접 구경시켜 줄걸. 체육관에 갈래?"

오후에 칩은 건축위원회 사무실들을 들여다보았다. 몸집이 작고 쾌활한 노인이 그를 알아보고 환영 인사를 했다. 마디어 위원장이었다. 얼굴이 100살은 넘어 보이고, 손도 그랬다. 그의 모든 면이 그런 것 같았다. 그는 다른 위원들에게 칩을 소개했다. '실비'라는 여성 노인, 쉰 살쯤 된 붉은 머리 남자(칩은 그의 이름을 미처 듣지 못했다), 키가 작지만 얼굴이 예쁜 '그리그리'라는 여자. 칩은 그들과 함께 커피를 마시고 크림이 들어간 패스트리 한 조각을 먹었다. 그들은 토의 중이던 계획을 그에게 보여주었다. 유니가 짠 'G-3 도시들'의 재건축 계획이었다. 그들은 이 계획의 사양을 바꿔야 할지 이야기하면서 텔레콤프에 질문을 던지고, 거기서 나온 답변의 의미에 대해 서로 다른 의견을 내놓았다. 실비는 유니의 계획이 쓸데없이 단조롭다고 생각하는 이유를 조목조목 설명했다. 마디어는 칩에게 의견이 있느냐고 물었다. 칩은 없다고 말했다. 젊은 그리그리가 그를 향해 유혹적인 미소를 지었다.

그날 밤 중앙 라운지에서 파티가 열렸다. "새해 복 많이 받으세요!" "통합의 복 많이 받으세요!" 칼이 칩의 귓가에서 소리쳤다. "여기서 마음에 안 드는 게 한 가지 있어! 위스키가 없어! 진짜 끝장 아냐? 와인이 괜찮다면, 위스키는 왜 안 돼?" 도버는 라일락을 닮은 여자(많이 닮지는 않았다. 라일락의 반만큼도 예쁘지 않았다)와 춤을 추고 있었다. 식사할 때 칩과 한자리에 앉았던 사람들, 체육관과 음악실에서 만났던 사람들이 보였다. 단지 여기저기에서 본 적이 있는 사람들, 한 번도 본 적이 없는 사람들. 그와 칼이 여기 들어온 날보다 오늘 더 많은 사람이 모였다. 거의 100명이었다. 하얀 파플론 옷을 입은 멤버들이 그들 사이로 쟁반을 운반했다. "통합의 복 많이 받으세요!" 누군가가 칩에게 말했다. 점심때 그와 같은 자리에 앉은 적이 있는 여성 노인으로 이름이 헤라 또는 헬라였다. "거의 172년이야!" 그녀가 말했다. "네. 30분 남았죠." 그가 말했다. "아, 저기 오네!" 그녀는 이렇게 말하고 나서 앞으로 나아갔다. 웨이가 문간에 와 있었다. 하얀 옷을 입은 그의 주변으로 사람들이 몰렸다. 웨이는 그들과 악수하고, 그들의 뺨에 입을 맞췄다. 쪼그라든 노란색 얼굴이 웃는 얼굴처럼 벌어지며 환히 빛났다. 눈은 주름 속에 파묻혀 보이지 않았다. 칩은 사람들 속으로 더 깊숙이 물러나 고개를 돌렸다. 그리그리가 그를 보려고 사람들 머리 위로 폴짝폴짝 뛰면서 손을 흔들었다. 그는 그녀에게 마주 손을 흔들며 웃어주고는 계속 움직였다.

그다음 날인 통합 기념일에 그는 체육관과 도서관에서 하루를 보냈다.

그는 웨이의 저녁 토론회에 몇 번 참석했다. 토론회가 열리는 정원은 쾌적한 곳이었다. 풀과 나무는 진짜였고, 별과 달은 진짜에 가까웠다. 달은 찼다가 이우는 모습을 재현했지만 위치는 바뀌지 않았다. 새가 지저귀는 소리가 가끔 들리고, 부드러운 산들바람이 불었다. 토론회에는 보통 15~20명의 프로그래머들이 참여해 의자나 풀밭에 앉았다. 의자에 앉은 웨이가 주로 이야기를 했다. 그는 『웨이의 살아 있는 지혜』에서 가져온 인용문을 바탕으로 의문들의 세세한 부분을 능숙하게 추적해 모든 것을 포용하는 일반적인 이야기에 도달했다. 가끔은 교육위원장인 구스타프센이나 의학위원장인 보로비에프 같은 최고위원들에게 발언을 양보하기도 했다.

처음에 칩은 모인 사람들의 외곽에 앉아 듣기만 했지만, 곧 질문을 던지게 되었다. 치료의 일부만이라도 원하는 사람에게 다시 시행할 수 없는 이유가 무엇인가? 인간의 완벽함에는 어느 정도의 이기심과 공격성이 포함되는가? 사실 이기심이 이른바 '의무'와 '책임'을 받아들이는 데에 상당한 역할을 하지 않는가? 근처에 있던 프로그래머들 중 일부는 그의 질문에 모욕감을 느낀 것 같았지만, 웨이는 참을성 있게 충실한 대답을 해주었다. 심지어 그의 질문이 반갑기까지 한지, 그가 "웨이?" 하고 부르는 소리를 다른 이들의 목소리보다 우선해서 들어주었다. 칩은 모임의 외곽에서 조금 더 안쪽으로 이동했다.

어느 날 밤 그는 침대에서 일어나 앉아 담배에 불을 붙이고 어둠 속에서 담배를 피웠다.

옆에 누운 여자가 그의 등을 어루만졌다. "이게 맞아, 칩. 이게 모두에게 최선이야."

"마음을 읽기라도 해?" 그가 말했다.

"가끔은." 그녀가 말했다. 이름이 '디어드리'인 그녀는 식민위원회 소속이며, 나이는 서른여덟 살이었다. 피부색이 밝고, 특별히 예쁘지는 않지만 현명하고 몸매가 좋았으며, 함께 있으면 좋은 상대였다.

"나도 차츰 이게 최선이라는 생각이 들어." 칩이 말했다. "그런데 날 설득한 게 웨이의 논리인지 바닷가재와 모차르트와 당신인지 모르겠어. 영생의 가능성은 말할 필요도 없고."

"난 그거 무서워." 디어드리가 말했다.

"나도 그래."

그녀는 계속 그의 등을 어루만졌다. "나는 두 달이 지나서야 좀 진정됐어."

"그게 당신 생각이야? 진정됐다고?"

"응. 철도 들었지. 현실을 인정했으니까."

"그런데 왜 굴복하는 느낌이 들지?" 칩이 말했다.

"누워봐."

그는 담배를 끄고 재떨이를 협탁에 놓은 뒤 그녀를 향해 몸을 돌리며 누웠다. 그들은 서로를 끌어안고 키스했다. "정말로 이게 모두에게 최선이야." 그녀가 말했다. "장기적인 관점에서. 우리가 각자의 위원회에서 점차 상황을 개선할 거야."

그들은 서로를 어루만지며 키스했다. 그러다 발로 이불을 차내고, 그녀가 칩의 엉덩이에 한쪽 다리를 올렸다. 딱딱해진 그의 것이 그녀의 몸 안으로 쉽게 쏙 들어갔다.

어느 날 오전 그가 도서관에 앉아 있는데 누군가 어깨를 잡았다. 화들짝 놀라서 돌아보니 웨이가 있었다. 그는 칩을 옆으로 밀면서 몸을 숙여 열람 후드를 향해 얼굴을 내렸다.

잠시 뒤 그가 말했다. "음, 자네가 사람을 제대로 찾았군." 그는 후드에 잠시 더 얼굴을 대고 있다가 일어서서 칩의 어깨에서 손을 떼고 미소를 지었다. "리브만도 읽어보게." 그가 말했다. "오키다와 마르쿠제도. 내가 책 목록을 뽑아서, 오늘 저녁 정원에서 자네에게 주겠네. 오늘 오겠나?"

칩은 고개를 끄덕였다.

그의 하루 일과가 고정되었다. 오전에는 도서관, 오후에는 위원회. 그는 건축 방법과 환경 계획을 공부하고, 공장의 업무 흐름도와 거주용 건물의 순환 패턴을 조사했다. 마디어와 실비는 건설 중인 건물들과 장차 지을 계획인 건물들, 현존하는 도시들과 언젠가 수정될지도 모르는 도시들(플라스틱 오버레이)의 설계도를 그에게 보여주었다. 그는 위원회에 여덟 번째로 합류한 위원이었다. 기존의 일곱 명 중 셋은 유니의 설계에 도전해서 바꾸는 쪽에 기울어져 있었고, 마디어를 포함한 넷은 아무런 의문 없이 유니의 설계를 받아들이자는 쪽이었다. 공식 회의는 금요일 오후에 열렸다. 그때가 아니면 위원회 사무실에 위원이 네댓 명 이상 있을 때가 드물었다. 한번은 칩과 그리그리만 사무실에 있게 되었는데, 결국 그들은 마디어의 소파에서 서로 몸을 겹쳤다.

위원회가 끝나면 칩은 체육관과 수영장을 이용했다. 디어드리와 도버, 그리고 도버가 그날그날 만나는 새로운 여자와 함께 식사했다. 누가 됐든 다른 사람들과도 합석했다. 때로는 교통위원회로 간 칼이 와서 체념하고 와인을 마시기도 했다.

2월의 어느 날 칩은 도버에게 리버티에서 누가 됐든 자신의 자리를 대신한 사람과 연락해서, 라일락과 잰이 잘 지내는지, 줄리아가 약속대로 그들을 보살피는지 알아볼 수 있느냐고 물었다.

"물론이지." 도버가 말했다. "얼마든지 할 수 있어."

"그럼 당신이 해줄래?" 칩이 말했다. "그래주면 고맙겠어."

며칠 뒤 도버가 도서관으로 칩을 만나러 왔다. "다 잘 지내고 있어. 라일락은 집에서 살림만 하는데도 식료품을 사고 월세를 내고 있어. 그러니 줄리아가 돌봐주고 있는 게 분명해."

"고마워, 도버. 걱정하고 있었는데."

"거기 남자가 라일락을 지켜볼 거야. 그녀에게 필요한 게 생기면 우편으로 돈을 부쳐줄 수 있어."

"그건 괜찮아." 칩이 말했다. "웨이한테서 들었어. 줄리아가 가엾지. 사실 필요한 일도 아닌데 그 많은 사람을 먹여 살리고 있으니. 사실을 안다면 줄리아는 발작을 일으킬걸."

도버가 빙긋 웃었다. "그렇겠지. 물론 거기서 출발한 사람이 전부 여기에 도달한 건 아니니까, 어떤 경우에는 줄리아의 도움이 정말로 필요해."

"맞아. 내가 그 생각을 못 했네."

"점심때 보자." 도버가 말했다.

"그래. 고마워."

도버가 떠난 뒤 칩은 고개를 돌려 열람 후드를 향해 얼굴을 숙였다. 다음 페이지 버튼에 손가락을 대고 있다가 곧 그것을 눌렀다.

그는 위원회 회의 때 점차 목소리를 내고, 웨이의 토론회에서는 예전만큼 질문을 많이 던지지 않았다. 케이크 먹는 날을 한 달에 한 번으로 줄이자는 청원서가 돌아다녔다. 그는 망설이다가 서명해 주었다. 디어드리에게서 블랙키로, 니나로 갈아탔다가 다시 디어드리에게 돌아왔고, 소규모 라운지에서 최고위원들에 대한 음담패설과 농담에 귀를 기울였다. 종이비행기 만들기 열풍과 전 통합 시대 언어 말하기 열풍에도 동참했다('프란카이스'를 '프랑세'로 읽는다는 것도 배웠다).

어느 날 아침 그는 일찍 일어나 체육관에 갔다. 웨이가 거기서 양 다리 벌리고 점프하기, 덤벨 흔들기를 하고 있었다. 땀으로 번들거리는 몸에 단단한 근육이 있고, 엉덩이가 날씬했다. 그는 검은색 국부 보호대를 착용하고 목에는 뭔가 하얀 것을 매고 있었다. "나 같은 아침형 인간이로군. 좋은 아침이야." 그는 다리를 벌리고 점프했다가 오므리는 동작을 반복하며 덤벨을 밖으로 뻗어 가느다란 흰 머리카락의 머리 위로 올렸다.

"좋은 아침입니다." 칩은 이렇게 말하고 나서 체육관 한쪽으로 가서 로브를 벗어 고리에 걸었다. 고리 몇 개를 사이에 두고 파란색 로브가 걸려 있었다.

"어젯밤 토론회에서 안 보이던데." 웨이가 말했다.

칩은 그에게 고개를 돌렸다. "파티가 있었어요." 그는 발가락으로 샌들을 벗으며 말했다. "파트야의 생일 파티."

"괜찮아." 웨이는 점프하며 덤벨을 휘둘렀다. "그냥 말한 거야."

칩은 매트 위로 올라가 제자리 뛰기를 시작했다. 웨이가 목에 두른 하얀 것은 단단히 매듭지은 비단 띠였다.

웨이는 점프를 멈추고 덤벨을 내려놓은 뒤 평행봉에 걸어둔 수건을 들었다. "자네가 과격파가 될까 봐 마디어가 걱정하던데." 그가 웃는 얼굴로 말했다.

"마디어는 절반도 몰라요." 칩이 말했다.

웨이는 여전히 웃는 얼굴로 그를 지켜보며, 수건으로 근육이 우람한 어깨와 겨드랑이의 땀을 닦았다.

"아침마다 운동하세요?" 칩이 물었다.

"아니, 일주일에 한두 번만. 원래 운동을 좋아하는 편이 아니라서." 그는 수건으로 등을 문질렀다.

칩은 제자리 뛰기를 멈췄다. "웨이, 당신에게 하고 싶은 말이 있어요."

"그래? 무슨 말?"

칩은 그를 향해 한 걸음 다가갔다. "내가 처음 여기 왔을 때 당신과 점심 식사를 했는데…."

"그래서?"

칩은 헛기침을 하고 말을 이었다. "그때 나더러 원한다면 눈을 바꿔 끼울 수 있다고 당신이 말했어요. 로젠도 같은 말을 했고요."

"그래, 물론이지. 그렇게 하고 싶나?"

칩은 잘 모르겠다는 얼굴로 그를 보았다. "모르겠어요. 그게 너무… 허영 같아서. 하지만 항상 그걸 의식하기는 했으니…."

"결함을 교정하는 건 허영이 아니야." 웨이가 말했다. "교정하지 않는 게 태만이지."

"렌즈를 끼우면 안 되나요? 갈색 렌즈로?"

"그래도 되지. 교정하는 게 아니라 그냥 그걸 가리고 싶은 거라면."

칩은 시선을 돌렸다가 다시 그를 보았다. "좋아요. 눈을 교체하는 쪽이 좋겠어요.”

“좋아.” 웨이는 이렇게 말하고 나서 빙긋 웃었다. “나는 눈을 두 번 바꿨네. 며칠 동안 앞이 흐릿할 걸세. 그뿐이야. 오늘 오전에 의료 센터로 가봐. 내가 로젠에게 직접 시술하라고 말해두겠네. 최대한 빨리하라고.”

“감사합니다.” 칩이 말했다.

웨이는 하얀 띠를 두른 목에 수건을 걸고 평행봉으로 돌아서서 팔을 쭉 펴고 그 위로 몸을 올렸다. “어디 가서 떠들지는 말게.” 그가 평행봉 사이를 손으로 이동하며 말했다. “그랬다가는 애들 등쌀에 자네가 힘들어질 테니.”

시술을 했다. 거울을 보니 그의 양쪽 눈이 모두 갈색이었다. 그는 미소를 지으며 뒤로 물러났다가 다시 거울로 바짝 다가갔다. 싱글거리며 이쪽저쪽 자신의 모습을 거울에 비춰보았다.

옷을 갈아입은 뒤 다시 거울을 보았다.

라운지에서 디어드리가 말했다. “엄청나게 좋아졌다! 진짜 멋있어졌어! 칼, 그리그리, 칩의 눈을 봐!”

멤버들이 무거운 초록색 외투를 그들에게 입혀주었다. 후드가 달린 두툼한 누비옷이었다. 그들은 옷을 여미고 두툼한 초록색 장갑을 꼈다. 어떤 멤버가 문을 열어주었다. 웨이와 칩이 안으로 들어갔다.

그들은 강철 벽처럼 늘어선 메모리뱅크들 사이를 함께 걸었다. 콧

김이 구름이 되었다. 웨이는 메모리뱅크의 내부 온도에 대해, 무게와 개수에 대해 말했다. 더 좁은 통로로 들어서니, 강철 벽이 저 멀리 앞쪽의 막다른 벽까지 소실점을 향하는 평행선처럼 뻗어 있었다.

"어렸을 때 여기 와봤어요." 칩이 말했다.

"도버한테서 들었네." 웨이가 말했다.

"그때는 무서웠는데. 지금은 뭐랄까… 장엄하네요. 질서와 정밀함…."

웨이가 눈을 반짝이며 고개를 끄덕였다. "맞아. 나도 여기 들어올 핑계를 찾는다네."

그들은 가로로 뻗은 통로로 방향을 꺾어 들어가 기둥 하나를 지난 뒤 길고 좁은 통로로 들어섰다. 강철 메모리뱅크들이 줄줄이 늘어서 있었다.

다시 작업복 차림이 된 그들은 궤도가 깔린 거대한 구덩이를 들여다보았다. 둥글고 깊은 그 구덩이 안에 강철과 콘크리트 케이스들이 있고, 파란색 팔이 그것들을 서로 연결했다. 또한 밝게 빛나는 나지막한 천장을 향해 그보다 더 굵은 파란색 팔들이 위로 뻗어 있었다. ("자네가 냉각 설비에 특별한 관심을 갖고 있었지?" 웨이가 웃는 얼굴로 말했다. 칩은 불편한 표정을 지었다.) 강철 기둥 하나가 구덩이 옆에 서 있고, 그 너머에 궤도가 깔리고 파란 팔들이 뻗어 있는 구덩이가 또 있었다. 그 뒤에 또 기둥 하나, 그리고 구덩이 하나. 엄청나게 큰 공간이 서늘하고 조용했다. 길게 뻗은 두 벽을 채운 송수신 장비에서 핀처럼 작은 빨간 불빛들이 반짝이고, 파란색 작업복 멤버들이 검은색과 황금색

점들이 찍히고 손잡이 두 개가 달린 수직 패널을 꺼내 교체했다. 둥근 지붕 모양의 빨간색 반응로 네 개가 방 한쪽 끝에 서 있고, 그 너머 유리창 뒤에서는 프로그래머 여섯 명이 둥근 콘솔 앞에 앉아 페이지를 넘기며 마이크를 향해 그 내용을 읽었다.

"자, 보게." 웨이가 말했다.

칩은 사방을 둘러보았다. 그리고 고개를 저으며 숨을 내뿜었다. "그리스도와 웨이시여."

웨이가 행복한 웃음을 터뜨렸다.

그들은 그곳에서 한동안 시간을 보내며 걸어서 돌아다니고, 구경하고, 일부 멤버들과 이야기를 나눴다. 그러고는 그 방에서 나와 하얀 타일 복도를 걸었다. 강철 문이 그들 앞에서 열리자, 그들은 그 안으로 들어가 카펫이 깔린 복도를 함께 걸었다.

5

172년 9월 초 남녀 일곱 명으로 구성된 집단이 '애나'라는 '목자'와 함께 안정성만에 있는 안다만제도를 출발했다. 유니를 공격해 파괴하기 위해서였다. 식사 시간마다 프로그래머들의 식당에서 그들의 계획이 얼마나 진행되었는지 발표되었다. 그 일행 중 두 명은 SEA77120의 공항에서 '실패'했다(프로그래머들은 고개를 저으며 실망스럽다는 듯 한숨을 내쉬었다). 그다음 날에는 EUR46209의 자동차 승강장에서 두 명이 또 실패했다(고개 젓기와 실망의 한숨). 9월 10일 목요일 저녁에 남은 세 명(젊은 남녀와 나이가 조금 있는 남자)이 화나고 겁먹은 표정으로 머리에 손을 대고 한 줄로 서서 중앙 라운지에 들어왔다. 그들 뒤에서 땅딸막한 여자가 웃는 얼굴로 총을 주머니에 넣었다.

그들 세 명은 멍청한 얼굴로 앞을 빤히 보았고, 프로그래머들은 웃음과 함께 박수를 치며 자리에서 일어섰다. 칩과 디어드리도 그들과 함께했다. 칩은 크게 웃고 열심히 박수를 쳤다. 모든 프로그래머들이 크게 웃고 열심히 박수를 치는 가운데, 세 신참은 손을 내리고 서로를 보다가 역시 웃으며 박수 치는 목자에게 시선을 돌렸다.

가장자리를 황금색으로 장식한 초록색 옷을 입은 웨이가 웃는 얼굴로 그들에게 다가가 악수했다. 프로그래머들은 서로에게 조용히 하라는 신호를 보냈다. 웨이가 자신의 옷깃을 만지며 말했다. "이 위는 그래, 어쨌든. 이 아래는…." 프로그래머들은 웃음을 터뜨리며 서로에게 조용히 하라는 신호를 보냈다. 그러고는 더 가까이 다가서서 그들의 대화를 듣고 축하의 말을 했다.

몇 분 뒤 땅딸막한 여자가 빽빽한 사람들 틈에서 빠져나와 라운지를 떠났다. 문을 나선 뒤 그녀는 오른쪽으로 방향을 꺾어 좁은 상행 에스컬레이터로 향했다. 칩은 그녀의 뒤를 따라갔다. "축하해요." 그가 말했다.

"고마워요." 여자가 홀깃 그를 뒤돌아보며 지친 얼굴로 미소를 지었다. 마흔 살쯤 되어 보이는 그녀의 얼굴에는 때가 묻어 있고, 눈 밑은 거뭇거뭇했다. "언제 들어왔어요?" 그녀가 물었다.

"8개월쯤 전에요." 칩이 말했다.

"누구랑?" 그녀는 에스컬레이터에 올랐다.

칩도 그녀를 따라 올라탔다. "도버."

"아. 아직 여기 있어요?"

"아뇨. 지난달에 파견 나갔어요. 당신 일행은 빈손으로 온 것 같지 않던데요."

"빈손이면 좋았을걸. 어깨가 아파 죽겠어요. 키트를 엘리베이터 옆에 두고 와서 지금 그걸 가지러 가는 길이에요." 그녀는 에스컬레이터에서 내려 그 뒤로 돌아갔다.

칩은 그녀와 함께 걸었다. "내가 도와줄게요."

"괜찮아요. 가다가 남자 한 명을 데려가면 돼요." 여자는 오른쪽으로 방향을 꺾었다.

"아뇨, 내가 해도 돼요." 칩이 말했다.

둘은 복도를 따라 걸으면서 수영장의 유리 벽을 지나쳤다. 여자가 수영장 안을 보며 말했다. "15분 뒤에 내가 있을 곳이네요."

"나도 같이 가요."

여자가 그를 흘깃 보았다. "좋아요."

보로비에프와 어떤 멤버가 복도에 나타나 그들을 향해 걸어왔다. "애나! 반가워!" 보로비에프가 말했다. 시들어 버린 얼굴에서 눈이 반짝였다. 그와 함께 온 여자가 칩에게 미소를 지었다.

"안녕하세요!" 목자가 보로비에프와 악수하며 말했다. "잘 지내요?"

“그럼!” 보로비에프가 말했다. “아이고, 지친 것 같네!”

“맞아요.”

“무슨 문제가 있는 건 아니지?”

“아니에요. 그들은 아래층에 있어요. 나는 키트를 처리하러 가는 길이고요.”

“좀 쉬지!”

“그럴 거예요.” 여자가 웃는 얼굴로 말했다. “6개월 동안.”

보로비에프는 칩에게 미소를 지어 보이고는, 함께 온 멤버의 손을 잡고 그들 옆을 지나쳐 계속 복도를 걸어갔다. 목자와 칩은 복도 끝의 강철 문을 향해 나아갔다. 정원으로 통하는 아치형 출입구를 지났다. 정원에서 누군가가 기타를 치며 노래하고 있었다.

“일행의 폭탄은 어떤 종류예요?” 칩이 물었다.

“조잡한 플라스틱 폭탄.” 여자가 말했다. “던지면 쾅 터져요. 그걸 통에 담으면 좋겠어요.”

강철 문이 스르르 열렸다. 둘은 그 안으로 들어가 오른쪽으로 방향을 꺾었다. 하얀 타일 복도가 앞에 쭉 뻗어 있고, 왼쪽 벽에 난 문마다 옆에 스캐너가 서 있었다.

“어느 위원회에 있어요?” 여자가 물었다.

“잠깐만요.” 칩은 이렇게 말하면서 걸음을 멈추고 그녀의 팔을 잡았다.

그녀가 걸음을 멈추고 돌아보는 순간 그는 그녀의 배를 주먹으로 쳤다. 그리고 한 손으로 얼굴을 붙잡고 벽에 뒤통수를 세게 찧었다.

그러고는 얼굴이 앞으로 쓰러지게 두었다가 다시 뒤통수를 찧은 뒤 손을 놓았다. 그녀가 아래로 미끄러져(타일 하나에 금이 가 있었다) 바닥에 털썩 주저앉더니 옆으로 쓰러졌다. 한쪽 무릎을 세우고, 눈을 감은 모습이었다.

칩은 가장 가까운 문으로 가서 열었다. 변기가 두 개인 화장실이었다. 그는 발로 문을 고정한 채, 손을 뻗어 여자의 겨드랑이를 붙잡았다. 어떤 멤버가 복도에 나타나 그를 빤히 보았다. 스무 살쯤 된 청년이었다.

"도와줘." 칩이 말했다.

청년이 창백한 얼굴로 다가왔다. "무슨 일이에요?"

"다리를 붙잡아." 칩이 말했다. "기절했어."

둘은 여자를 화장실 안으로 들고 들어가 바닥에 내려놓았다. "의료 센터로 데려가야 하지 않을까요?" 청년이 물었다.

"곧 그렇게 할 거야." 칩은 이렇게 말하고 나서, 여자의 옆에 한쪽 무릎을 대고 쪼그려 앉아 그녀의 노란색 파플론 작업복 주머니에서 총을 꺼냈다. 그리고 그 총으로 청년을 겨눴다. "벽을 보고 돌아서." 그가 말했다. "소리 내지 말고."

청년은 휘둥그레진 눈으로 그를 빤히 보다가 돌아서서 변기 사이의 벽을 보았다.

칩은 일어서서 총을 다른 손으로 바꿔 쥐면서 테이프가 붙은 총신을 잡고 여자의 몸 위에 양발을 벌리고 섰다. 그리고 총을 들어 머리를 짧게 깎은 청년의 머리를 개머리판으로 세게 후려쳤다. 청년이 무륜을 끓고 앞으로 쓰러지며 벽에 기댄 자세가 됐다가 옆으로 쓰러졌다. 그의 머리가 벽과 변기 파이프에 막혀 중간에 멈추자, 짧은 검은색 머리카락 속에서 빨간 자국이 번득이는 것이 보였다.

칩은 시선을 돌려 총을 보았다. 그것을 다시 쏘는 자세로 쥔 다음, 엄지손가락으로 안전장치를 밀고 화장식 뒤쪽 벽을 겨눴다. 빨간 실이 뻗어 나가며 타일 한 장을 산산조각 내고, 먼지를 피워 올리며 그 뒤에 구멍을 냈다. 칩은 총을 주머니에 넣고 손으로 계속 잡은 채 여자의 몸을 넘어 문으로 향했다.

복도로 나가 문을 단단히 닫은 뒤에는 계속 주머니 속의 총을 붙잡은 채 빠르게 걸었다. 복도 끝에서 왼쪽으로 방향을 꺾었다.

어떤 멤버가 맞은편에서 다가오며 웃는 얼굴로 말했다. "안녕하세요, 아버지."

칩은 그를 지나치며 고개를 끄덕였다. "아들."

저 앞의 오른쪽 벽에 문이 하나 있었다. 그는 그 문에 다가가서 열고 안으로 들어간 뒤, 등 뒤로 문을 닫았다. 어두운 복도였다. 그는 총을 꺼냈다.

거의 불빛이 없는 천장 아래 맞은편에 분홍색, 갈색, 주황색 관람용 메모리뱅크들이 있었다. 황금색 십자가와 낫도 보이고, 벽에 걸린 시계에는 'Y.U. 172, 9, 10, 목요일 9:33'이라는 표시가 떠 있었다.

그는 왼쪽으로 가서, 불빛 없이 잠들어 있는 화면들을 지나쳤다. 로비로 통하는 문이 열려 있어서 거기서 들어오는 빛 덕분에 점점 앞이 보였다.

그는 열린 문으로 갔다.

로비 중앙 바닥에 키트 세 개, 총 한 정, 칼 두 자루가 있었다. 엘리베이터 문 근처에도 키트가 하나 더 있었다.

웨이는 웃는 얼굴로 등을 기대며 담배를 빨아들였다. "내 말을 믿어. 이 시점에는 다들 그런 기분을 느낀다네. 하지만 누구보다 고집스럽게 마땅치 않다는 표정을 짓던 이들도 우리가 현명하고 옳다는 걸 알게 돼." 그는 한데 모아둔 의자들 주위에 서 있는 프로그래머들을 보았다. "그렇지 않나, 칩?" 그가 말했다. "이들에게 말해주게." 그는 웃는 얼굴로 주위를 둘러보았다.

"칩은 나갔어요." 디어드리가 말했다. "애나를 따라서요." 다른 누군가가 말했다. "안 됐어, 디어드리." 또 다른 프로그래머가 말했다. 그러자 디어드리가 그에게 시선을 돌리며 말했다. "애나를 따라 나간 게 아니야. 그냥 나간 거야. 금방 돌아올 거야."

"당연히 조금 피곤한 기색이겠지?" 누군가가 말했다.

웨이는 자신의 담배를 보고 앞으로 몸을 기울여 담배를 눌러 껐다. "여기 있는 모든 사람이 내 말을 확인해 줄 걸세." 그는 신참들에게 이렇게 말하고는 빙긋 웃었다. "잠깐 실례하겠네. 잠깐만 나갔다 올게. 일어서지는 말고." 그가 일어서자 프로그래머들이 갈라져서 그에게 길을 내주었다.

키트 절반에는 짚이 가득했다. 나무 칸막이 덕분에 짚이 흐트러지지 않았다. 나머지 절반에는 철사, 각종 도구, 종이, 케이크 등이 있었다. 그는 짚을 옆으로 치웠다. 더 많은 칸막이들이 나눠놓은 사각형 구획들 속에 짚이 가득 들어 있었다. 구획 하나를 손가락으로 찔러보니 짚 아래에는 빈 공간뿐이었다. 하지만 다른 구획에서 표면은 부드럽지만 속은 단단한 것이 만져졌다. 그는 짚을 꺼낸 뒤, 묵직한 하얀색 공을 꺼냈다. 한 손에 들어오는 찰흙 느낌의 공에 지푸라기가 붙어 있었다. 그는 그것을 바닥에 놓고, 공 두 개를 더 꺼냈다. 또 다른 구획은 비어 있었으나, 네 번째 공이 발견되었다. 그는 나무 칸막이들을 뜯어내 옆에 두고, 짚과 도구 등 모든 것을 아무렇게나 꺼낸 뒤 공처럼 둥근 폭탄 네 개를 키트 안에 서로 붙여서 놓았다. 그리고 다른 키트 두 개를 열어 거기서 꺼낸 폭탄을 처음 네 개와 함께 두었다. 한 키트에는 폭탄 다섯 개, 다른 키트에는 여섯 개가 있었다. 폭탄 세 개를 더 넣을 수 있는 공간이 남았다.

그는 일어서서 엘리베이터 옆의 키트를 가지러 갔다. 그때 복도에서 무슨 소리가 들리는 바람에 그는 휙 돌아섰다. 총을 폭탄 옆에 두고 왔는데. 하지만 어두운 출입구에는 아무도 없었고, 그 소리(비단 스치는 소리?)도 더 이상 들리지 않았다. 애당초 정말로 소리가 들렸는지도 알 수 없었다. 어쩌면 그가 낸 소리가 메아리처럼 되돌아온 것일 수도 있었다.

그는 출입구를 지켜보면서 뒷걸음으로 키트에 다가가 끈을 잡고 다른 키트들이 있는 곳으로 재빨리 이동했다. 그러고는 다시 무릎을 꿇고 앉아서 총을 옆에 가까이 두었다. 그는 키트를 열어 짚을 빼내고 폭탄 세 개를 꺼내 다른 폭탄들과 함께 두었다. 여섯 개씩 세 줄. 그는 폭탄을 다른 것으로 덮고 키트를 닫은 뒤 끈을 어깨에 둘러멨다. 키트를 엉덩이에 대고 조심스레 들어 올리자 폭탄들이 무겁게 움직였다.

키트와 함께 있던 총도 L 광선이었지만, 그가 가진 것보다 더 새 것 같았다. 그는 그 총을 들어 열었다. 발생기가 있어야 할 자리에 돌멩이가 있었다. 그는 총을 내려놓고 칼 하나를 들었다. 손잡이가 검은색인 전 통합 시대의 물건으로, 날이 얇게 닳았지만 예리했다. 그는 그것을 오른쪽 주머니에 넣었다. 제대로 작동하는 총을 들고 손가락으로 키트 아랫부분을 받친 채, 바닥에 대고 있던 무릎을 펴고 일어나 빈 키트를 넘어 조용히 출입구로 향했다.

출입구 밖에는 어둠과 침묵뿐이었다. 그는 눈이 적응할 때까지 기다렸다가 왼쪽으로 걸었다. 전시용 벽에 거대한 텔레콤프가 걸려 있었다. (전에 왔을 때 저게 망가져 있었지?) 그는 그 앞을 지나친 다음 걸음을 멈췄다. 앞쪽 벽 근처에 누군가가 미동도 없이 누워 있었다.

아니, 그건 들것이었다. 베개와 담요가 있는 들것 두 개. 파파 잰과 그가 옛날 몸에 둘렀던 담요. 바로 그때의 그 담요인 것 같았다.

그는 잠시 가만히 서서 기억을 더듬었다.

그러다가 걸음을 옮겼다. 문을 향해. 파파 잰이 밀어서 열어주었던 문. 그 옆의 스캐너는 그가 처음으로 접촉하지 않고 지나친 스캐너였다. 그때 얼마나 겁이 났던지!

'이번에는 날 억지로 밀어붙일 필요 없어요, 파파 잰.' 그는 속으로 생각했다.

문을 조금 열고 그 안의 층계참을 보았다. 환한 조명이 켜진 그곳에는 아무도 없었다. 그는 안으로 들어갔다.

그리고 서늘한 곳을 향해 계단을 내려갔다. 이제 서둘러야 했다. 위층의 그 청년과 여자가 곧 정신을 차리고 소리를 지를 수도 있으니까.

그는 메모리뱅크 첫 번째 층의 문을 지나쳤다.

두 번째 문도 지나쳤다.

이제 계단 맨 끝에 이르렀다. 가장 아래층 문.

그는 거기에 오른쪽 어깨를 대고, 총으로 앞을 겨누며, 왼손으로 문고리를 돌렸다.

천천히 문을 열었다. 흐릿한 어둠 속에서 빨간 불빛들이 빛났다. 송수신 장비들이 설치된 벽이었다. 나지막한 천장에서도 희미한 빛이 났다. 그는 문을 조금 더 열었다. 궤도가 설치된 냉각 설비 구덩이가 앞에 있고 거기서 위로 파란색 팔들이 뻗어 있었다. 그 뒤에는 기둥 하나, 구덩이 하나, 기둥 하나, 구덩이 하나. 반응로는 방의 맞은편 끝에 있었다. 조명이 희미한 프로그래밍실의 유리에 빨갛고 둥근 지붕들이 비쳤다. 멤버는 한 명도 눈에 띄지 않았다. 닫힌 문과 침묵뿐이었다. 나지막하게 윙윙거리는 소리가 꾸준히 들려오는 것을 빼면. 그는 문을 더 열고 방 안에 발을 들여놓았다. 장비가 있는 또 다른 벽에서 빨간 불빛들이 반짝였다.

그는 방 안으로 더 깊숙이 들어가 등 뒤로 잡고 있던 문 가장자리를 놓아 문이 저절로 닫히게 했다. 총을 아래로 내리고, 어깨에 멘 끈을 엄지손가락으로 내려 키트를 바닥에 조심스레 내려놓았다. 순간, 목이 졸리고 머리가 뒤로 휙 젖혀졌다. 초록색 비단옷을 입은 팔꿈치가 그의 턱 아래에 있었다. 그 팔이 그의 목을 부술 듯이 조이는 바람에 숨이 막혔다. 총을 쥔 손목은 힘센 손에 붙들려 꼼짝도 하지 않았다. “이 거짓말쟁이, 거짓말쟁이.” 웨이가 귓가에서 속삭였다. “널 죽이는 게 얼마나 즐거울꼬.”

칩은 자유로운 왼손으로 목을 누르는 팔을 잡아당기고 주먹질을 했다. 대리석 조각상의 팔에 비단을 입혀놓은 것 같았다. 그는 웨이를 내동댕이치기 위해 발을 뒤로 빼려고 시도했지만, 웨이도 함께 뒤로 움직이며 그를 무력하게 만들었다. 그는 아치처럼 몸이 구부러진 채로 빙글빙글 돌며 빛을 내는 천장 아래에서 웨이에게 끌려갔다. 웨이가 그의 손을 비틀어 단단한 난간에 쾅쾅쾅 내리쳤다. 총이 그의 손에서 사라져 구덩이 안에서 챙그랑 소리를 냈다. 그는 손을 뒤로 뻗어 웨이의 머리를 붙잡았다. 귀가 손에 잡히자 그것을 비틀었다. 근육이 단단한 팔이 그의 목을 더욱 세게 조이고, 분홍색 천장이 박동했다. 그는 웨이의 옷깃 속으로 손을 뻗어 천으로 만든 띠 아래로 손가락을 억지로 집어넣었다. 그 안에서 손을 구부려 굴곡이 있는 단단한 살을 손마디로 최대한 세게 눌렀다. 오른손은 자유로워졌지만, 왼손이 붙잡혔다. 그는 오른손으로 목을 붙든 손목을 잡아 팔을 떼어 냈다. 그리고 헐떡거리며 숨을 들이쉬었다.

그의 몸이 내동댕이쳐져서, 빨간 불빛이 켜진 장비에 납작하게 처박혔다. 찢어진 띠가 그의 손에 감겼다. 그는 손잡이 두 개를 움켜쥐고 패널 하나를 떼어 내 그대로 돌아서며 웨이에게 휘둘렀다. 웨이는 한 팔로 그것을 옆으로 쳐 내며 계속 달려들었다. 손날치기를 위해 두 손을 들어 올린 자세였다. 칩은 왼팔을 위로 올리며 주저앉았다. ("자세를 낮춰, 초록 눈!" 골드 대위가 소리쳤다.) 그의 팔에 타격이 왔다. 그는 웨이의 가슴을 주먹으로 쳤다. 웨이가 그에게 발길질을 하며 뒤로 물러났다. 그는 벽에서 떨어져 바깥쪽으로 둥글게 돌면서, 감각이 사라진 손을 주머니에 넣어 칼자루를 쥐었다. 웨이가 달려들어 그의 목과 어깨를 손날로 쳤다. 그는 왼팔을 든 자세로 주머니에서 칼을 꺼내 위로 쳐올리며 웨이의 몸통에 찔러 넣었다. 처음에는 칼이 일부만 들어갔지만, 곧 힘을 줘서 끝까지 밀어 넣었다. 하지만 웨이의 공격은 계속되었다. 그는 칼을 빼내 뒤로 물러났다.

웨이는 그 자리에 그대로 서서 칩을 보고, 그가 손에 쥔 칼을 보고, 자신의 몸을 내려다보았다. 자신의 허리를 만져본 뒤 손가락을 보았다. 그리고 칩을 보았다.

칩은 칼을 들고 그를 지켜보며 둥글게 돌았다.

웨이가 달려들었다. 칩은 칼을 휘둘러 웨이의 소매를 베었지만, 웨이가 양손으로 그의 팔을 붙잡고 난간으로 밀어붙이며 무릎으로 공격했다. 칩은 웨이의 목을 붙잡고 졸랐다. 찢어진 초록색과 황금색 옷깃 속에서 있는 힘껏 목을 졸랐다. 그는 웨이를 억지로 떼어 낸 뒤 난간에서 몸을 돌리며 목을 조르는 손에 계속 힘을 주었다. 웨이는 칼을 쥔 그의 팔을 계속 붙들고 있었다. 그는 구덩이 주변에서 웨이를 억지로 돌려세웠다. 웨이는 한 손으로 그의 손목을 쳐 아래로 떨어뜨렸다. 그는 팔을 빼내 웨이의 옆구리를 칼로 찔렀다. 웨이는 피하려다 난간 너머로 몸이 넘어가 구덩이 안으로 떨어졌다. 원통형 강철 케이스에 등부터 납작하게 떨어졌다. 곧 거기서 미끄러진 그는 파란색 파이프에 몸을 기대고 앉아, 입을 벌리고 숨을 몰아쉬며 칩을 올려다보았다. 그의 무릎에 검붉은색 얼룩이 있었다.

칩은 키트를 향해 달려가서 키트를 들고 재빨리 벽을 따라 돌아왔다. 그는 칼을 주머니에 넣고(칼이 주머니에 난 구멍으로 빠져나갔지만 그는 내버려두었다), 키트를 찢듯이 열어 커버를 아래에 쑤셔 넣었다. 그러고는 돌아서서 뒷걸음으로 장비가 있는 벽의 끝을 향해 가다가 걸음을 멈추고 구덩이들과 기둥들을 바라보았다.

입가와 이마의 땀을 손등으로 닦아 내고 보니, 손에 피가 묻어 있어서 옆구리에 닦았다.

그는 키트에서 폭탄 하나를 꺼내 어깨 뒤로 젖혔다가 목표를 향해 던졌다. 폭탄은 포물선을 그리며 가운데 구덩이 안으로 들어갔다. 그는 손으로 새 폭탄을 잡았다. 구덩이에서 텅 하는 소리가 들렸지만 폭발은 없었다. 그는 새 폭탄을 꺼내 구덩이 안으로 더 세게 던져 넣었다.

이번에는 더 힘없고 부드러운 소리가 났다.

궤도가 있는 구덩이에는 아무 변화가 없었다. 위를 향해 뻗은 파란색 팔도 마찬가지였다.

칩은 그것을 보고, 키트 안에 하얀 지푸라기로 고정돼 있는 폭탄들을 보았다.

그리고 폭탄을 하나 더 꺼내 가까운 구덩이 안에 있는 힘껏 던져 넣었다.

또 텅 하는 소리가 났다.

그는 잠시 기다리다가 조심스레 구덩이로 다가갔다. 더 다가갔다. 원통형 강철 케이스 위에 폭탄이 있었다. 하얀 얼룩, 찰흙으로 빚은 하얀 젖가슴.

가장 먼 구덩이에서 찢어질 듯 높게 헐떡이는 소리가 들려왔다. 웨이가 웃고 있었다.

'지금 던진 폭탄 세 개는 그 여자, 목자의 것이었어.' 칩은 속으로 생각했다. '그 여자가 폭탄에 무슨 짓을 한 건지도 몰라.' 그는 장비가 있는 벽의 한복판으로 가서 가운데 구덩이를 똑바로 바라보았다. 그리고 폭탄을 던졌다. 폭탄이 파란색 팔에 달라붙었다. 하얗고 둥글게.

웨이가 웃다가 숨을 헐떡거렸다. 그가 있는 구덩이에서 긁히는 소리, 움직이는 소리가 들렸다.

칩은 폭탄을 더 던졌다. '작동하는 게 하나는 있겠지. 하나쯤은 반드시 작동해야 돼!' ("던지면 쾅 터져요. 그걸 통에 담으면 좋겠어요." 여자가 그에게 거짓말을 했을 것 같지는 않았다. 그러면 뭐가 문제지?) 그는 파란색 팔과 기둥을 향해 폭탄을 던졌다. 사각형 강철 기둥에 납작한 하얀 원반들이 서로 겹쳐서 달라붙었다. 그는 '폭탄'을 모두 던졌다. 마지막 폭탄은 맞은편 벽을 향해 깔끔하게 던졌다. 장비가 있는 벽에 폭탄이 납작하고 널찍하게 달라붙었다.

그는 텅 빈 키트를 들고 서 있었다.

웨이가 크게 웃었다.

그는 구덩이 난간을 타고 앉아서 양손으로 총을 들고 칩을 겨눴다. 몸에 달라붙은 작업복 다리를 타고 검붉은 얼룩이 흘러내렸다. 샌들 끈 위로 빨간색이 흘렀다. 그는 또 웃었다. "왜 그런 것 같나?" 그가 물었다. "너무 차가워서? 너무 습해서? 너무 건조해서? 너무 오래돼서? 왜일 것 같아?" 그는 총에서 한 손을 떼어 뒤로 뻗더니 난간에서 천천히 내려왔다. 난간 위로 다리를 들어 올릴 때는 움찔하면서 스읍 하고 숨을 들이마셨다. "아 예수 그리스도시여." 그가 말했다. "자네 때문에 이 몸이 정말 많이 다쳤어. 스읍! 자네가 이걸 진짜 망가뜨렸다고." 그는 일어서서 다시 양손으로 총을 들고 칩을 마주 보았다. 그리고 빙긋 웃었다. "좋은 생각. 자네가 나한테 자네 몸을 주는 거야, 응? 자네가 이 몸을 상하게 했으니 나한테 새 몸을 줘야지. 공정하지 않나? 게다가 깔끔하고, *경제적이야!* 이제 뭘 해야 하냐면, 자네 머리에 총을 쏘는 걸세. 아주 조심스럽게. 그리고 나서 우리 둘이 의사들에게 긴 밤을 지새우며 일할 거리를 주는 거지." 그의 미소가 더 커졌다. "내가 자네의 몸을 '좋은 상태'로 유지하겠다고 약속하네, 칩." 그는 이렇게 말하고 나서 느리고 뻣뻣한 걸음으로 걸어왔다. 양쪽 팔꿈치를 옆구리에 딱 붙이고, 가슴 높이로 들어 올려 꽉 쥔 총으로 칩의 얼굴을 겨냥했다.

칩은 벽까지 뒷걸음으로 물러났다.

"신참들에게 하는 말을 바꿔야겠어." 웨이가 말했다. "'여기서부터 아래는 칩일세. 그 말솜씨와 새로 끼운 눈과 거울에 비친 미소로 거의 나를 속일 뻔한 프로그래머지.' 하지만 여기에 신참이 또 들어올 것 같지는 않아. 위험이 즐거움을 능가하기 시작했거든."

칩은 키트를 그에게 던지고 달려들어 그를 뒤로 쓰러뜨렸다. 웨이가 소리를 지르고, 칩은 그의 몸을 깔아뭉갠 채 손에서 총을 뺏으려고 씨름했다. 빨간 광선이 발사되었다. 칩은 총을 억지로 바닥으로 돌렸다. 폭발의 굉음이 울렸다. 그는 웨이의 손에서 총을 빼낸 뒤 일어서서 뒷걸음으로 물러나 시선을 돌렸다.

방 맞은편, 장비가 있는 벽의 한복판에 동굴이 하나 생겨나 연기를 피워 올리며 부슬부슬 잔해를 떨어뜨리고 있었다. 그가 아까 던진 폭탄이 납작하게 달라붙은 곳이었다. 공중에서 먼지가 은은히 빛나며 어른거리고, 바닥에는 검은 파편들이 커다란 호선 모양으로 떨어져 있었다.

칩은 총과 웨이를 차례로 보았다. 웨이는 팔꿈치로 몸을 지탱하고, 방 맞은편과 칩을 차례로 보았다.

칩은 방의 한쪽 구석을 향해 뒷걸음으로 물러났다. 하얀 폭탄이 다닥다닥 달라붙은 기둥들과 가운데 구덩이 위에 하얗게 뻗어 있는 파란색 팔을 보면서. 그리고 총을 들어 올렸다.

"칩!" 웨이가 소리쳤다. "이건 *자네 거야!* 언젠가 *자네 것이 될 거야!* 우리 둘 다 살 수 있어! 칩, 내 말을 들어." 그는 앞으로 몸을 기울였다. "소유하는 것, 통제하는 것, 유일한 자가 되는 것에 기쁨이 있어. 이건 절대적인 진리야, 칩. 자네도 직접 겪으면 알게 될 거야. 소유하는 데에 기쁨이 있어."

칩은 멀리 있는 기둥에 총을 쏘았다. 빨간 선이 하얀 원반 모양으로 달라붙은 폭탄들 위쪽을 때렸다. 또 다른 빨간 선은 아예 하얀 원반을 직접 때렸다. 폭발의 섬광과 굉음이 천둥처럼 일고 연기가 피어올랐다. 연기가 가라앉은 뒤 드러난 기둥은 방의 저편을 향해 살짝 휘어져 있었다.

웨이가 불만스러운 신음을 흘렸다. 칩의 옆에 있는 문이 열리려고 했다. 칩은 그 문을 밀어 닫은 뒤 거기에 등을 대고 섰다. 그리고 파란색 팔에 붙은 폭탄들을 총으로 쏘았다. 폭발의 굉음과 함께 불길이 일어났다. 구덩이 안에서 더 커다란 폭발이 일어나면서 그의 몸이 문에 짓이겨지고, 유리가 깨지고, 웨이는 흔들거리는 장비 벽으로 날아가고, 맞은편에 열려 있던 문들이 쾅쾅 닫혔다. 불길이 구덩이를 가득 채웠다. 노란색과 주황색의 거대한 불기둥이 몸을 부르르 떨면서 천장을 두드렸다. 칩은 열기를 막으려고 팔을 들어 올렸다.

웨이가 네 발로 일어섰다가 두 발이 되었다. 그리고 흔들흔들 걷기 시작했다. 칩은 그의 가슴에 빨간 선을 쏘았다. 한 번 더. 그러자 그가 방향을 돌려 휘청휘청 구덩이로 향했다. 불길이 그의 작업복에 깃털처럼 달라붙었다. 그는 털썩 무릎을 꿇었다가 상체부터 앞으로 바닥에 쓰러졌다. 그의 머리카락에 불이 붙고, 작업복이 불에 탔다.

타격에 문이 흔들리고, 그 뒤에서 고함 소리가 들렸다. 다른 문이 열리더니 멤버들이 들어왔다. "오지 마!" 칩은 이렇게 소리치고는 가까운 기둥을 총으로 겨냥하고 쏘았다. 폭발이 일어나고, 기둥이 휘어졌다.

구덩이 속의 불길이 조금 잦아들고, 휘어진 기둥들이 끽끽 긁히는 소리를 내며 천천히 방향을 바꿨다.

멤버들이 방으로 들어왔다. "물러나!" 칩이 소리치자 그들은 문까지 물러났다. 그는 기둥과 천장을 계속 살피면서 구석으로 이동했다. 그의 옆에서 문이 열렸다. "오지 마!" 그는 문을 밀면서 소리쳤다.

기둥의 강철 외피가 갈라져서 벌어졌다. 콘크리트 덩어리가 가까운 기둥에서 떨어졌다.

검게 변한 천장이 삐걱거리는 소리를 내며 축 처지더니 조각들이 떨어졌다.

기둥이 부러지자 천장이 무너졌다. 메모리뱅크들이 구덩이 안으로 추락했다. 거대한 강철 블록들이 서로 충돌하며 천둥 같은 소리를 냈다. 그렇게 서로 포개져 장비가 있는 벽을 파고들었다. 가장 가까운 구덩이와 가장 먼 구덩이에서 폭발이 일어나 강철 블록들이 떠오르고 불길이 쿠션처럼 그것들을 받쳤다.

칩은 열기를 막으려고 팔을 들어 올렸다. 그리고 웨이가 있던 자리를 보았다. 블록이 하나 있었다. 금이 간 바닥 위에 블록의 가장자리가 있었다.

또 삐걱거리는 소리가 났다. 머리 위의 어둠에서. 부서진 천장의 가장자리가 불빛에 드러났다. 메모리뱅크들이 또 떨어져 서로 겹쳐지며 서로를 뭉개고 터뜨렸다. 메모리뱅크들이 우르르 미끄러지며 구덩이를 메웠다.

불길이 이는데도 방은 더 서늘해졌다.

칩은 팔을 내리고 주위를 보았다. 불빛을 받아 반짝이는 강철 블록들이 무너진 천장을 뚫고 쌓여 있었다. 그는 계속 주위를 살피다가 문 옆을 돌아서, 복도에서 안을 빤히 바라보는 멤버들 사이로 억지로 길을 뚫었다.

그는 옆구리에 총을 들고, 하얀 타일 복도를 달려오는 멤버들과 프로그래머들을 헤치며 걸었다. 바닥에 카펫이 깔리고 벽에 그림이 걸린 복도에서도 프로그래머들이 달려왔다. "무슨 일이야?" 칼이 걸음을 멈추고 그의 팔을 움켜쥐며 소리쳤다.

칩은 그를 보며 말했다. "가서 봐."

칼은 그를 놓고, 총과 그의 얼굴을 흘깃 본 뒤 다시 뛰어갔다.

칩은 계속 걸었다.

6

그는 몸을 씻고 손에 난 멍과 얼굴의 베인 상처에 약을 뿌린 뒤 파플론 작업복을 입었다. 앞섶을 여미면서 그는 방 안을 둘러보았다. 라일락이 옷을 만드는 원단으로 쓸 수 있게 침대 커버도 가져가고, 줄리아에게 줄 작은 그림도 하나 가져갈 작정이었지만 지금은 내키지 않았다. 그는 담배와 총을 주머니에 넣었다. 하지만 문이 열리는 바람에 다시 총을 꺼냈다. 디어드리가 넋이 나간 얼굴로 그를 빤히 보았다.

그는 총을 다시 주머니에 넣었다.

그녀가 방으로 들어와 등 뒤로 문을 닫았다. "당신 짓이구나."

그는 고개를 끄덕였다.

"당신이 무슨 짓을 한 건지 알아?"

"당신이 하지 않은 일을 했지." 그가 말했다. "당신이 하려고 왔지만 설득에 넘어가서 안 하게 된 일."

"나는 그걸 멈춰서 프로그램을 다시 짜 넣을 수 있게 하려고 했어." 그녀가 말했다. "그걸 완전히 부수려고 온 게 아니야!"

"프로그램은 새로 바뀌고 있었잖아, 기억나? 만약에 내가 그걸 멈추고 진짜 새 프로그램이 입력되게 억지로 상황을 만들었다면, 방법은 모르지만 하여튼 그렇게 했다면, 어차피 조만간 똑같은 결말에 이르렀을 거야. 웨이가 그대로 나타나거나, 내가 새로운 웨이가 됐겠지. '소유하는 데 기쁨이 있어.' 이게 웨이의 마지막 말이었어. 다른 건 전부 합리화이자 자기기만이었고."

그녀는 성난 표정으로 시선을 돌렸다가 다시 그를 보았다. "여기가 전부 무너질 거야."

"진동은 느껴지지 않는데."

"다들 떠나고 있어. 환기 장치가 멈출 우려가 있고, 방사능 위험도 있어."

"난 여기 남을 생각 없었어."

그녀는 문을 열고 그를 보다가 밖으로 나갔다.

그는 그 뒤를 따라 나갔다. 프로그래머들이 그림, 베갯잇으로 싼 꾸러미, 구술 타자기, 램프 등을 들고 복도에서 양방향으로 바삐 이동했다. ("웨이가 그 안에 있었어! 죽은 거야!" "주방에는 가지 마, 미쳐 돌아가고 있어!") 그는 그들 사이를 걸었다. 벽에는 텅 빈 커다란 액자밖에 없었다. ("시리 말로는 칩이 한 거래, 신참들이 아니야!" "…25년 전, '섬들을 통합하자, 우리한테는 프로그래머가 충분히 있다'고 했는데, 그가 나한테 이기심에 대한 인용문을 말해줬어.")

에스컬레이터가 작동하고 있었다. 그는 그것을 타고 꼭대기 층으로 올라가 반쯤 열린 강철 문을 통과한 뒤, 목자와 청년이 있던 화장실로 갔다. 그들은 사라지고 없었다.

그는 한 층을 내려갔다. 프로그래머들과 멤버들이 그림과 꾸러미를 들고 터널로 통하는 방으로 밀고 들어갔다. 그는 사방에서 몰려오는 군중 속으로 들어갔다. 앞에 있는 문이 내려져 있었지만, 아래쪽이 조금 열렸는지 모두들 느릿느릿 앞으로 나아갔다. ("서둘러!" "좀 움직일래?" "아, 그리스도와 웨이시여!")

누가 그의 팔을 잡았다. 마디어가 식탁보에 뭔가를 가득 싸서 가슴에 안고 그를 노려보았다. "네 짓이야?" 그가 물었다.

"네." 칩이 말했다.

마디어는 붉게 달아오른 얼굴로 그를 노려보며 부들부들 떨었다. "미친놈!" 그가 소리쳤다. "미치광이! 미치광이!"

칩은 그의 손에서 팔을 빼낸 뒤, 앞으로 나아갔다.

"놈이 여기 있어!" 마디어가 소리쳤다. "칩! 놈이 범인이야! 놈이 이런 짓을 저질렀어! 놈이 여기 있어! 여기! 놈이 이런 짓을 저질렀어!"

칩은 앞쪽의 강철 문을 바라보며 군중과 함께 앞으로 나아갔다. 손은 주머니 속에서 총을 쥐고 있었다. ("이 형제 싸움꾼 같으니, 미쳤어?" "미친놈이야, 미쳤어!")

*

그들은 터널을 걸어 올라갔다. 처음에는 빠르게, 그러다 느리게. 무거운 짐을 든 검은 형체들이 무질서하게 한없이 이어졌다. 여기저기서 램프들이 빛을 냈다. 각각의 램프 주위로 둥글게 밝은 곳이 생겨났다.

칩은 터널 측면에 앉아 있는 디어드리를 보았다. 그녀는 돌처럼 굳은 얼굴로 그를 보았다. 그는 총을 옆구리에 붙이고 계속 걸었다.

*

터널 밖으로 나온 그들은 공터에 앉거나 누워서 담배를 피우고, 음식을 먹고, 여기저기 모여서 이야기를 나눴다. 가져온 꾸러미 속을 뒤져 포크와 담배를 교환했다.

바닥에 들것이 네댓 개 있었다. 어떤 멤버가 그 옆에서 램프를 들었고, 다른 멤버들은 쪼그려 앉아 있었다.

칩은 총을 주머니에 넣고 그쪽으로 다가갔다. 목자와 청년이 들것 두 개 위에 누워 있었다. 머리에는 붕대를 감고, 눈을 감은 그들의 가슴 위에서 이불이 들썩거렸다. 다른 두 개의 들것에도 멤버들이 있었다. 또 다른 들것에는 영양위원회의 발로 위원장이 눈을 감고 죽은 사람처럼 누워 있었다. 로젠이 그 옆에 쪼그리고 앉아서 칼로 찢은 작업복 틈새로 그의 가슴에 뭔가를 붙이는 중이었다.

"다들 괜찮아요?" 칩이 물었다.

"다른 이들은 괜찮아." 로젠이 말했다. "발로는 심장 발작을 일으켰어." 그는 칩을 보았다. "웨이가 그 안에 있었다고 하던데."

"맞아요." 칩이 말했다.

"확실해?"

"네. 웨이는 죽었어요."

"믿기가 힘드네." 로젠은 고개를 젓고는, 어떤 멤버의 손에서 작은 물체를 하나 가져와 조금 전 발로의 가슴에 테이프로 붙인 물체에 나사로 고정했다.

칩은 잠시 지켜보다가 공터 입구로 가서 바위에 등을 기대고 앉아 담배에 불을 붙였다. 그리고 발가락으로 샌들을 벗은 뒤 담배를 피우면서, 멤버들과 프로그래머들이 터널에서 나와 주위를 돌아다니며 앉을 자리를 찾는 모습을 지켜보았다. 칼이 그림 하나와 꾸러미를 들고 나왔다.

어떤 멤버가 칩에게 다가왔다. 그는 주머니에서 총을 꺼내 무릎 위에 놓고 손으로 쥐었다.

"당신이 칩이야?" 그 멤버가 물었다. 그날 저녁에 새로 들어온 두 남자 중 나이가 많은 쪽이었다.

"맞아." 칩이 말했다.

남자는 그의 옆에 앉았다. 쉰 살쯤 되어 보이는 그는 피부색이 아주 검었고, 턱이 튀어나와 있었다. "당신을 습격하자고 말하는 이들이 있어." 그가 말했다.

"그럴 것 같았어." 칩이 말했다. "난 곧 떠날 거야."

"내 이름은 루이스야."

"반가워."

그들은 악수를 했다.

"어디로 갈 건데?" 루이스가 물었다.

"내가 있던 섬으로." 칩이 말했다. "리버티야. 마조카. 미요르카. 그건 그렇고, 콥터 조종할 줄 모르지?"

"모르지. 하지만 별로 어려울 것 같지 않은데."

"내가 걱정하는 건 착륙이야."

"물에 착륙해."

"콥터를 잃기 싫을 것 같아서. 그것도 콥터를 찾을 수 있을 때의 얘기지만. 담배 줄까?"

"아니, 괜찮아."

둘은 잠시 조용히 앉아 있었다. 칩이 담배를 한 모금 빨고 위를 올려다보았다. "그리스도와 웨이시여, 진짜 별이야. 저 아래에는 가짜 별이 있었는데."

"정말로?" 루이스가 말했다.

"정말로."

루이스는 프로그래머들을 보다가 고개를 저었다. "저들 말을 들으면 패밀리가 아침에 죽을 것 같아. 하지만 그게 아니지. 새로 태어나는 거지."

"하지만 문제가 아주 많을 거야." 칩이 말했다. "벌써 시작됐어. 비행기가 추락하고…."

루이스가 그를 보며 말했다. "죽어야 할 멤버들이 죽지 않았어…."

잠시 뒤 칩이 말했다. "그래. 일깨워 줘서 고마워."

루이스가 말했다. "당연히 문제가 생기겠지. 하지만 모든 도시에 치료를 덜 받은 멤버들이 있어. '유니랑 싸워'라는 구호를 쓴 멤버들. 그들이 처음에는 상황을 유지할 거야. 그리고 궁극적으로는 상황이 좋아지겠지. 살아 있는 사람들이 생길 테니!"

"더 재미있어지긴 할 거야, 확실히." 칩은 샌들을 신었다.

"살던 섬에 계속 있을 건 아니지?" 루이스가 물었다.

"모르겠어. 거기 도착한 뒤의 일은 생각해 보지 않아서."

"돌아와. 패밀리에는 당신 같은 멤버가 필요해."

"그래? 난 저기서 눈 한쪽을 바꿨어. 그런데 내가 오로지 웨이를 속이기 위해 그렇게 한 건지 잘 모르겠어." 그는 담배를 짓뭉개듯이 끄고 일어섰다. 프로그래머들이 그를 돌아보았다. 그가 총으로 그들을 겨누자 그들은 재빨리 시선을 돌렸다.

루이스가 일어섰다. "폭탄이 제대로 터져서 다행이야." 그가 웃는 얼굴로 말했다. "내가 만든 폭탄이거든."

"멋지게 터졌지." 칩이 말했다. "던지면 쾅."

"그래. 저기, 눈에 대해서는 잘 모르겠지만 당신은 섬에 갔다가 몇 주 뒤에 돌아와 줘."

"봐서. 잘 있어."

"잘 가, 형제." 루이스가 말했다.

칩은 몸을 돌려 공터를 벗어나서 풍치 지구를 향해 바위 능선을 내려가기 시작했다.

*

그는 도로 위를 날았다. 도로에서는 가끔 움직이는 차들이 나타나 연달아 멈춰 서 있는 자동차를 사이를 요리조리 천천히 움직였다. 프리덤강에서는 바지선들이 무작정 강둑을 들이받고, 도시에서는 모노레일 열차들이 레일에 가만히 매달려 있었다. 간혹 열차 위에 콥터가 떠 있기도 했다.

콥터 조종 기술에 점점 자신이 붙자 그는 고도를 낮춰 광장을 살폈다. 멤버들이 밀치락달치락 모여 있었다. 스치듯이 지나간 공장에서는 입력 라인과 출력 라인이 모두 멈춰 섰고, 건설 현장에서는 멤버 한두 명만이 움직일 뿐이었다. 다시 나타난 강에서는 멤버들 한 무리가 바지선을 강변에 묶고 배에 올라 공중의 콥터를 올려다보았다.

그는 강을 따라 바다로 나가서 낮게 바다 위를 날았다. 라일락과 잰을 생각했다. 싱크대에서 화들짝 놀라 돌아서는 라일락을 상상했다(침대 커버를 가져올걸, 왜 그냥 왔을까?). 하지만 그 둘이 아직도 그 집에 살고 있을까? 그가 잡혀서 치료를 받고 다시는 돌아오지 않을 거라고 생각한 라일락이 다른 사람과 결혼하지는 않았을까? 아니, 그럴 리가 없었다. (왜? 그가 떠난 지 거의 9개월이 지났는데.) 아냐, 그녀는 그런 사람이 아니었다. 그녀는….

맑은 액체 방울들이 콥터의 플라스틱 전면에 떨어져 줄무늬를 그리며 옆으로 흘러내렸다. 위에서 뭐가 새는 모양이었다. 하지만 이내 그는 하늘이 회색으로 변했음을 알아차렸다. 양옆보다 앞쪽의 회색이 더 짙었다. 전 통합 시대의 그림 속 하늘과 비슷했다. 콥터에 떨어지는 것은 바로 *비*였다.

비라니! 낮에! 그는 한 손으로 콥터를 조종하며 다른 손의 손가락 끝으로 플라스틱 안쪽에서 빗물의 흔적을 더듬었다.

낮에 비가 내리다니! 그리스도와 웨이시여, 너무 이상해! 너무 불편해!

하지만 한편으로는 즐겁기도 했다. 자연스럽게 느껴졌다.

그는 손을 다시 레버에 놓았다. '자신감이 지나치면 안 되지, 형제.' 그는 미소를 지으며 앞을 향해 날아갔다.

1969년 6월 뉴욕에서 완성,

애덤 레빈, 제드 레빈, 니콜라스 레빈에게

바친다.

이 완벽한 날

초판 1쇄 찍은날 2026년 4월 13일
초판 1쇄 펴낸날 2026년 4월 29일

지은이	아이라 레빈
옮긴이	김승욱
펴낸이	한성봉
편집	안태운·김학제·김정택·박소연
콘텐츠제작	안상준
디자인	최세정
마케팅	오주형·박민지·이예지·정효인
경영지원	국지연·송인경
펴낸곳	허블
등록	2017년 4월 24일 제2017-000050호
주소	서울시 중구 필동로8길 73 [예장동 1-42] 동아시아빌딩
페이스북	www.facebook.com/dongasiabooks
인스타그램	www.instagram.com/hubble_books
트위터	twitter.com/in_hubble
전자우편	dongasiabook@naver.com
블로그	blog.naver.com/dongasiabook
전화	02) 757-9724, 5
팩스	02) 757-9726

ISBN	979-11-90090-90-7 03840

※ 허블은 동아시아 출판사의 문학 브랜드입니다.
※ 잘못된 책은 구입하신 서점에서 바꿔드립니다

만든 사람들

편집	김학제
크로스교열	안상준
디자인	최세정